천년을
나르는 눈

천년을 내리는 눈

초판 1쇄 찍은 날 ┃ 2012년 7월 25일
초판 1쇄 펴낸 날 ┃ 2012년 7월 30일

지은이 ┃ 정현진
펴낸이 ┃ 서경석

편집장 ┃ 권태완
편집책임 ┃ 이수민
편집 ┃ 장미연

펴낸곳 ┃ 도서출판 청어람
등록번호 ┃ 제1081-1-89호
등록일자 ┃ 1999. 5. 31
어람번호 ┃ 제5-0312호

주소 ┃ 경기도 부천시 원미구 심곡2동 163-2 서경B/D 3F (우) 420-822
전화 ┃ 032-656-4452 팩스 ┃ 032-656-4453
http://www.chungeoram.com
E-mail ┃ chungeoram@chungeoram.com

ⓒ 정현진, 2012

ISBN 978-89-251-2943-3 03810

Chungeoram romance novel

정현진
장 편
소 설

천년을 내리는 눈

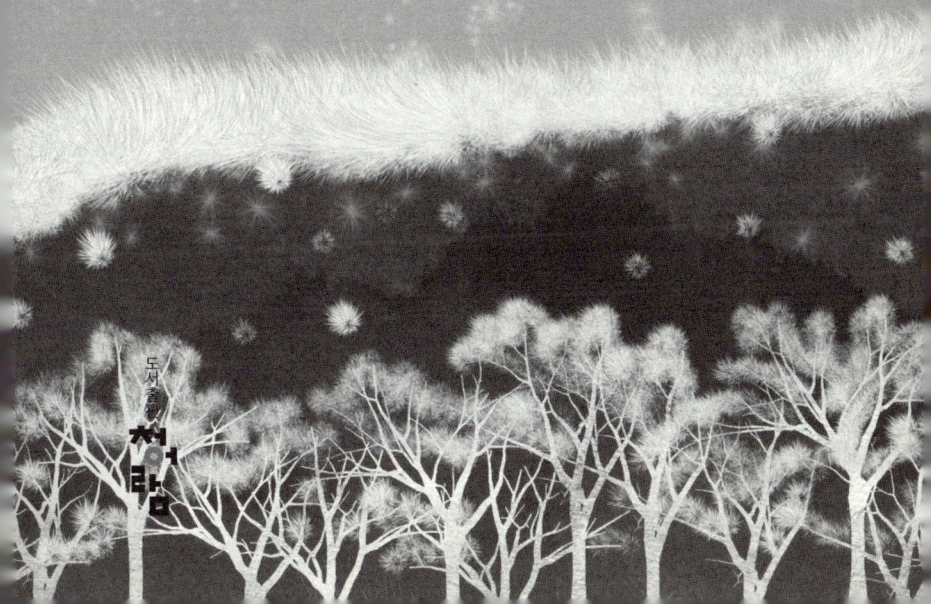

도서출판
청어람

목차

1장

이민李旻은 새벽녘에 잠을 깨었다. 꿈자리가 어지럽다. 낯선 숲을 홀로 헤매는 꿈이었다. 딸의 울음소리가 꿈속에서 민을 어디론가 자꾸만 이끌었다. 꿈의 끝에 민은 무언가를 끌어안은 채 천천히 죽어가는 자신의 딸을 보았다. 울음을 꾹꾹 참고 있는 딸아이의 큰 눈망울이 생시처럼 눈에 밟혔다. 그 속울음이 아비의 귀에 들려 꿈속에서도 민의 마음은 찢어졌다.

'왜 울었느냐, 무엇이 너를 그리 울게 하였느냐.'

첫 아들 '경璟'을 얻은 후 한참 아이 울음소리가 끊어진 집 안이었다. 근심하던 아내가 정성으로 백일 기도를 올려 얻은 딸이다. 허나 딸이라는 서운함은 태어나 두 손에 안을 때부터 눈 녹듯 사라졌다. 어미의 고운 얼굴을 고루 빼닮아 갓난아이 때부터 해사하니 어여뻤다. 또한 무사인 제 아비를 닮아 차돌 맹이처럼 단단하고 강인해 보이기도 했다. 어깨 너머로 드문드 문 배웠으나 학문도 경을 읽고 논할 만큼 익혔으며 무엇보다 밝고 활기찼다. 제 어미는 계집아이가 망아지 같다고 혀를 찼 지만, 어미 옆에 앉아 바느질을 돕거나 수를 놓을 때는 더없이 음전한 규수감이었다. 아비가 재미 삼아 가르친 검술에는 사내 아이가 아닌 것이 아쉬울 만큼 뛰어난 재능을 보였다. 이제 열 살을 갓 넘긴 딸아이지만 고운 태가 나기 시작한다. 열대여섯 을 넘기면 틀림없이 누구나 돌아볼 만큼 아름다울 것이다. 딸 아이라 조심스러운 마음에 남들이 입에 올리는 말을 듣기가 편 하진 않으나, 그의 딸을 데려가는 댁에서는 훗날 정경부인을 미리 얻는 것이라는 과분한 소문도 나쁘지는 않았다.

어지러운 꿈을 되짚으며, 민의 한숨은 깊어졌다. 그 한숨 소 리에 아내도 몸을 일으켰다.

"왜 벌써 일어나셨습니까."

"일어나셨소?"

"무슨 근심이라도 있으십니까?"

"혜정慧貞이가 갓난쟁이일 때 어느 스님이 사주를 짚어주셨 던 것, 기억하오?"

"예."

"눈물이 끊이지 않을 거라셨지."

"예. 허나 우리 딸아이는 외려 웃음이 너무 많아 탈이지 않습니까. 어제도…….."

아내가 잠시 말을 멈췄다.

"무슨 일이 있었소?"

"예, 아버지한테 말하지 않는다 굳게 약조하였는데. 제가 말하였다 하지 마시어요. 어제 큰길 박씨댁 아드님이 혜정이에게 짓궂게 농을 건 모양입니다. 가만 넘어갈 혜정입니까, 어디. 서로 싸웠다고는 하나 우리 혜정인 얼굴에 상처 하나 없고 그 댁 아드님만 코피를 펑펑 쏟으셨답니다. 이러다 우리 딸 혼사가 막히게 되었습니다. 대감께서 검술을 가르치는 바람에 딸이 아니라 대장부가 되면 어쩌시렵니까?"

어슴푸레한 새벽 어둠 속에서도 아내의 목소리에는 가벼운 웃음기가 섞였다.

"그러니 그 스님께서 사주를 잘못 짚으신 게지."

"웃음이 헤퍼 걱정입니다. 엄히 가르치는데도 무어 그리 재미난 게 많고 웃을 일도 많은지."

"사주를 잘못 짚으신 게야. 설마 정이 웃음이 지금까지가 전부겠소. 앞으로도 더 웃을 일 많을 거요."

하지만 말과 달리 딸의 행복은 천진난만한 아이 때까지가 전부일까 두려웠다.

"근심치 마시어요. 혜정이는 어느 가문으로 시집가든 잘살 아이입니다."

"눈물이 끊이지 않을 것이란 소리야 아녀자로 살아가며 누구나 참고 견뎌야 하니 그러려니 하였소. 허나 나는 스님의 다른 이야기가 목에 걸린 가시 같구료."

"딸을 너무 귀히 여기시니 벌써 십 년이나 지난 사주풀이를 잊지 못하십니다."

아내는 대수롭지 않게 넘기려 했다.

"딸아이는 겨울이 없을 거라 하셨지 않소. 평생을 봄, 여름, 가을까지만 산다고. 부모된 마음이 사람을 어리석게 만드는지 그 한마디가 잊혀지지 않고 계속 되뇌어지는구료."

"어찌 사람이 사주대로만 산다 합니까. 딸아이 저리 밝고 활기 넘치지 않습니까."

종삼품 어영대장으로서 왕실의 호위를 맡고 있는 이민은 냉철한 무관이었다. 떠돌이 승려의 사주풀이나 어지러운 꿈의 조각들이 이토록 오래 자신을 괴롭힐 줄이야.

그해 음력 삼월 보름경. 달이 유난히 밝은 밤이었다. 안채에 가족이 모였다. 아내는 민의 옷을 바느질하고 딸 혜정은 그 곁에서 조각보를 만들고 있었다. 손끝이 야무지고 뭐든 빨리 배워 열 살 아이의 손이 그 어미만큼이나 재빨랐다.

"아버님, 얼굴이 내내 어두우십니다."

서찰을 받아드는 민의 한숨을 놓치지 않고 살갑게 말을 붙이는 딸아이.

"그래 보이느냐."

"예. 무슨 근심이십니까."

"나한테야 왈패 같은 딸아이가 늘 근심이니라."

"하하하."

"에구, 쯧쯧. 웃음소리 좀 낮추래두."

"웃음이 나는 걸 어찌합니까."

곁에 있던 아내가 눈을 흘기고, 혜정은 민을 보며 다시 한 번 웃는다. 또렷하고 반듯한 선을 그리고 있는 이목구비, 흠잡을 데 없이 고운 자태. 이제 열 살이 된 혜정은 곧 만발할 꽃봉오리처럼 싱그럽고 아름다웠다. 크고 맑은 눈엔 무사인 아비의 기상이 있어 도도하고 냉엄해 보이기도 했다.

"혜정아."

"예."

"울지 말거라."

"예?"

딸의 눈이 동그래진다.

"사람이란 자고로 속이 굳고 강해야 하는 법이다. 허나 그보다 앞서 다른 이 앞에선 울지 말거라."

"예."

"대감께서 괜히 그러십니다. 혜정인 웃음이 헤퍼 근심인데요."

민은 혜정의 머리를 한 번 쓰다듬으며, 다시 서찰로 눈을 돌렸다. 무인의 가문으로 이름이 높다 보니 간혹 양반가에서 그 자제를 맡아주길 부탁하기도 했다. 이 서찰 역시 한 해에 몇 번은 받는 그러한 청請 편지였다. 이태 전 부제학을 지낸 김성익金星益이 보낸, 자신의 어린 아들을 부탁하는 몇 줄의 글이 왜 이토록 마음을 무겁게 하는지 알 수 없었다. 그러나 불길한 예감만은 선명히 민을 짓누르고 있었다.

서찰을 받고 일주일쯤 지나서였다.

"대감마님, 오늘이 연안 김씨댁에서 사람이 오는 날이라."

집안의 대소사를 맡고 있는 최 서방이 허리를 조아렸다. 민은 곧 훈련청에 보낼 소년들 몇에게 검술을 가르치고 있던 참이었다.

"아, 오늘이었느냐? 준비하느라 고생 많았겠구나."

"가마가 곧 마당에 당도한다 하니……."

"음."

민은 이마에 흐르는 땀을 닦았다. 그러고도 축축한 습기가 버선발부터 등을 타고 올라오는 느낌에 연신 꿉꿉해진 무명수건만 쥐락펴락하며 하인의 뒤를 따라 안마당으로 들어섰다. 김성익의 서찰은 그의 성품만큼이나 깔끔하고 군말이 없었다. 부제학을 지낸 세도를 과시하지도 않았으며 금지옥엽 귀한 아들이라는 언질도 없이 그저 올해 여덟 살 난 아이가 유약해 근심이니 몇 달 데리고 있어달라 했을 뿐이었다.

가마가 마당 안으로 들어왔다. 몸종이 가마문을 열어주자 수더분한 인상의 여인네가 먼저 나오고 그 여인네의 등에 얼굴을 기댄 사내아이……. 너로구나.

"먼 길 아이를 데리고 오느라 고생이 많았겠구나. 그런데 어디가 아프더냐?"

"아닙니다. 도련님께서 낯을 가리셔서. 도련님, 인사하시어요, 앞으로 뫼실 스승님이십니다."

하지만 여덟 살 아이는 고개를 반대편으로 새초롬히 돌릴 뿐이었다. 병을 앓았던가, 작은 체구가 나이보다 두어 살은 어려 보였다. 그 뒤에는 계집종 하나가 보퉁이를 바리바리 싸들고 있으며 따로 지게에 이것저것 얹은 하인 두엇이 고개를 조아리고 있었다.

"전부 도련님 세간이더냐."

"드시는 약재와 서책하고 옷가지를 챙겨 왔습니다. 뒤에 딸려온 쌀과 찬거리는 여기서 도련님 지내시게 되니……. 따로 폐 끼칠 수 없다고 하시어."

민은 사례를 받으면 아이가 손님이 되고 그러면 모시느라 마음이 내도록 분주하니 그리 아시었으면 한다고 김성익에게 일러두었다. 거절했으나 이런 명분으로라도 짐을 덜고 싶은 김성익의 마음이 느껴졌다.

"도령이 쓸 방을 따로 마련해 두었으니 그리로 뫼시도록 해라."

"예."

그런데 도령을 업은 여인이 잠시 머뭇거렸다.

"무슨 할 말이 있더냐?"

"예. 잠시 드릴 말씀이 있습니다. 언년아, 네가 도련님을 뫼시고 먼저 들어가 있거라."

도령은 뒤에 섰던 여자아이에게 건너 업히면서 그제서야 눈을 뜨고 마당 안을 둘러본다. 유리알처럼 까만 눈동자가 조금의 두려움도 없이 민의 눈을 정확히 응시했다. 얼음처럼 서늘하다. 여덟 살 아이의 눈빛이 날선 칼날처럼 차가웠다. 저 동그랗고 귀엽기만 한 얼굴에서 상처 입은 어린 짐승의 눈빛을 보게 될 줄이야.

도령은 무언가를 찾는 것처럼 마당을 둘러본 다음 파르르 식어 다시 얼굴을 묻었다. 그 웅크린 등허리가 다시 유난히 작게 느껴졌다. 도령을 업은 여자아이가 마당을 나갔다.

"생모이신 모부인마님께선 이태 전에 지병으로 돌아가시었습니다. 작은마님께서 친자親子와 다름없는 정성으로, 그리 돌보시는데도 모부인마님 돌아가신 후론 잔병치레 유난히 많으시고 잘 주무시질 못하니 근심이 끊길 새 없습니다."

"그런가."

"대감마님의 깊은 의중은 알 수 없으나 낯선 사람은 친척분이 오셔도 얼굴 한 번 보이길 어려워하는 도련님인데 이곳에 가겠느냐 물으니 대번 고개 끄덕이셔서 모셔 온 줄 아옵니다."

"아이가 뭘 알고 가겠다 했겠느냐. 그저 집이 갑갑하고 힘들어서 놀이 가는 셈 쳤나 보다."

"아니옵니다. 도련님 연치 어리시나 자신의 뜻은 언제나 또렷하게 말씀하십니다. 싫으면 싫다 하고 좋으면 좋다 하시지요. 소인, 도련님 젖어미일 뿐이나 대감마님 성품에 구구절절 사연 말씀하셨을 리 없어 예가 아닌 줄 알면서도 감히……. 그저 잘 부탁드립니다."

하지만 말투가 차분하고 단순한 가운데 제가 젖 먹여 키운 주인도령에 대한 숨길 수 없는 애정이 드러났다. 민은 유모를 무심한 양 다시 보았다. 눈매가 선하고 지혜로웠다.

"다른 도령들처럼 검술 익히게 할 것이고 사자소학 가르칠 것일세. 가을 추수할 때쯤에나 뫼셔 간다 하셨는데. 그때까진 맡기고 잊으셔야 할 것일세. 그리 전해주게."

"그럼 갈 길이 멀어 저희는 가보겠습니다."

여인은 한 번 더 깊은 인사를 하였다.

그날 저녁.

"혜정인 어디 갔소?"

식사 때마다 하다못해 물그릇이라도 들고 따라 들어오던 딸이 보이지 않아 아내에게 무심히 물었다.

아내도 대수롭지 않게,

"오늘 연안 김씨댁 아기씨가 오지 않았습니까. 거기 식사 들이라 보냈습니다."

"아무리 아이라 해도 남녀가 유별한 법인데, 딸아일 거기 왜 보낸단 말이오!"

민은 저도 모르게 왈칵 역정을 냈다. 도령들이 검술을 배울 때도 딸아이는 별 거리낌 없이 드나들곤 했었다. 하다못해 병약한 여덟 살 아이를 두고 '남녀'를 운운하며 언짢아하다니. 그만도 놀랄 일인데 하인을 시켜 불러와도 될 딸아이를, 민은 밥상을 물리고 별채인 학인당으로 걸음을 옮겼다.

이래저래 객이 많이 드나드는데다 양반가 자제들이 몇 달을 머물기도 하니, 여섯 칸으로 단촐하고 검소하게 지은 공부방 겸 별채가 학인당이다. 혜정은 어릴 때부터 워낙 부지런하여 없는 일도 찾아다니며 하였으니 학인당도 지체 없이 드나들며 청소도 하고 하였다. 그러나 오늘, 민은 괴이하게도 가슴이 뛰었다. 그 소년의 상처 입은 어린 짐승 같은 서늘한 눈매가 가슴을 베고 지나가는 듯하였다. 댓돌 위에 나란히 놓인 사내아이의 신발과 혜정의 당혜를 보자 심사는 더욱 불안해졌다. 검을 쥐고도 평정심을 잃지 않는 무사인데 괜히 헛기침을 크게 하였다.

"혜정이 게 있느냐."

"……"

"혜정아."

이름을 부르며 민은 서둘러 마루로 올라섰다. 방문이 조심스
레 열렸다. 하녀 아이 하나가 문 옆에 다소곳이 비켜섰다. 방
안에는 금지옥엽 외딸이 그 도령과 마주 앉아 있다.

"아버님."

민은 불편한 속내를 감추지 않고 선 자리에서 대뜸,

"네가 식사 수발을 할 이유가 무어 있느냐. 앞으로 아랫것들
을 시키고 너는 드나들지 말도록 하여라."

"예."

평소 때라면 금방 '왜요?' 라 되물었을 아이의 대답이 너무
쉽다.

다시 도령을 보았다. 밥상을 앞에 놓고 숟가락을 꼭 쥐고 있
는 모습이 아까 유모의 등에 업혀 고개를 돌리던 그 새초롬함
과는 또 달랐다. 그 눈망울에 장난기와 생기가 넘쳐 민은 또 한
번 놀랐다. 이대로 그냥 돌아서려다 민은 다시 혜정에게 물었
다.

"울었느냐?"

"예?"

혜정의 눈매에 눈물이 번져 있던 것을 놓치지 않았다.

"울었느냐고 물었다."

"예…… 예, 아버님."

"식사 들이며 울 일이 무어 있어. 왜 울었느냐."

이래저래 어색한 참이다. 여덟 살 도령은 밥 먹다 말고 이상하다 여길 것이며, 아무리 아이라 해도 명문대가댁 자제를 들여놓고 딸아이를 야단치는 것도. 괜히 문을 열어준 하녀가 어찌할 바를 몰라 한다. 대답이 시원스럽게 나오지 않자 곁에 있던 하녀를 다그쳤다.

"은희야, 아씨가 왜 울었느냐. 무슨 일 있었느냐?"

"저는 그저 밥상 들고 함께 들어왔을 뿐인데, 도련님 깨워 밥 드시라 하며 아씨가 갑작스레 눈물 흘리셨습니다."

"그랬니?"

민의 음성이 알 수 없는 노기로 떨렸다.

"예."

항상 웃음을 달고 사는 아이였으나 그 심성이 여리고 고왔다. 장맛비에 떨어진 어린 새를 붙들고 몇 날 며칠 고쳐 준다 살려준다 야단하기도 했다.

"대감, 안채로 자리 옮기시지요."

뒤따라 온 아내가 민을 조용히 만류했다. 혜정은 눈물을 소맷자락으로 닦아내며 방을 먼저 나서려 했다. 그런데 이번엔 어린 도령이 따라 일어나서 혜정의 치맛자락을 잡았다.

"울면 미우니 울지 마라."

어린 도령의 음성이 또렷하다. 그런데 혜정은 놀라지도 않고 마치 오래전부터 도란도란 이야기 주고받기라도 하던 이들마냥.

"알았으니 밥 마저 먹어라. 어린아이 굶으면 안 되는 법이
니."

의젓하게 말했다.

그런데 도령이 피식 웃었다.

밝은 웃음이다. 여덟 살 아이로 돌아가 휘어진 눈매로 밝게
혜정을 향해 웃었다. 그리고 그 웃음을 비추는 것처럼 혜정이
아직도 눈물이 젖었으나 따라 웃었다.

안채로 돌아와서도 민의 추궁은 끝나지 않았다. 한 번 더 물
었다.

"왜 울었니, 그 도령이 짓궂게 장난치더냐."

"예."

"네 성정에 장난치는 도령이면 주먹질을 했으면 했지, 게서
왜 울었단 말이냐."

민도 어느 정도는 안정을 찾았다. 혜정은 울었던 기색을 말
끔히 지우고 평소와 같은 얼굴이 되었다.

"저보다 작고 어려 함부로 할 수 없었고."

"또."

"안쓰러워 그러했습니다."

"뭐가 그리 안쓰럽더냐?"

"그저 안쓰러웠습니다. 안쓰러워 눈물이 났습니다. 울지 않
으려 했는데 그보다 앞서 눈물이 나서 어찌할 수 없었습니다."

혜정의 대답이 명쾌하다. 어찌할 수 없었다, 눈물이 나는 걸 어찌하느냐. 아마 아비가 아무리 엄히 더 따져 물어도 대답할 말은 없을 것이다. 그저 그뿐이었으니까.

은희가 달려와서 그 '도령' 이야기를 할 때까지도 혜정은 별 관심이 없었다. 사내 아기씨인데 어찌 그리 예쁘게 생겼는지 꼭 인형 같다고 호들갑을 떨 때도 그러려니 하고 말았다. 어디가 아픈지, 검술이나 학문을 익히러 왔는지 알 수는 없으나 진주처럼 보얀 얼굴에 눈망울이 숯처럼 검다는 것도, 방에 내려놓고 지금껏 업어준 유모가 돌아가는데도 고개 한 번 돌리지 않더라는 얘기에도 그러려니 하였다.

은희에게 저녁상을 들려 갈 때까지만 해도, 집에 머무는 동안 도령이 불편하게 지내면 아버지에게 누가 될까 염려하는 마음뿐이었다.

학인당 제일 안쪽 방, 그 안에 아이가 홀로 앉아 있었다. 처음부터 홀로 태어난 것처럼.

음력 사월, 봄의 끝자락인데도 방의 기운이 쌀쌀했다. 조심조심 걸어서 아이의 조붓한 어깨에 손을 얹었다. 이 아이에게서는 시큰한 땀냄새도, 달달한 유과냄새도 아닌 그저 쏟지 못한 눈물의 냄새만이 나는 것 같았다. 우두커니 앉아 있는 그 아이에게 선뜻 밥 먹으라 말도 쉽게 건네지 못한 혜정이 그 어깨를 두어 번 흔들며, 그만 눈물을 뚝뚝 흘리고 말았다. 왜 눈물

이 나는지, 왜 슬픈지 몰랐으나 무언가 손끝을 타고 혜정에게
번져 왔을 뿐이다. 아이가 눈을 떴다. 차고 깨끗한 눈망울로 혜
정을 보며, 또록또록 물었다.

"누구냐."

분명 저보다 어릴 이 사내아이가, 그래도 사내아이라고 낯선
자리에 앉아서도 어른인 양 물었다.

"이혜정. 누나라고 하렴."

"그런데…… 왜 울어. 뭐가 그리 눈물이 나."

"그냥 네가 눈물이 난다."

말은 그리하지만 혜정은 이 아이의 목소리가 듣기 좋아 살풋
웃고 있었다. 그래도 눈물은 쉬 그치지 않았다.

"이 집하고. 누나하고."

"응."

"꿈에서 본 것 같다."

"그러니?"

"그때도 누나는 울었는데."

"나는 잘 안 운다. 내가 얼마나 씩씩한데."

혜정은 밝게 웃었다. 그래도 이 꼬맹이는,

"꿈속에서는 울었잖아. 나무 많은 숲 속에서 내가 죽은 줄
알았다고 하면서 울고, 내가 달래줬잖아."

"……그랬니?"

어린아이의 꿈이려니. 저도 생시 같은 꿈을 꾼 적이 있어

서……. 혜정은 그래도 아이의 눈물이 자꾸만 걸렸다.

"네가 못 울어서 내가 눈물이 났나 보다."

아이가 고개를 푹 떨궜다. 그리고 다시 얼굴을 들어 혜정을 보며 눈물을 닦아줬다. 혜정은 이제야 제가 왜 왔는지 기억이 났다는 듯,

"아, 밥 먹어라, 지금 자면 밤에 잠 안 온다. 밤에 안 자고 자꾸 뒤척대면 호랑이가 업어 간다."

"그런 얘긴 애기들이나 듣지."

"너도 애기다."

사내인데도 숟가락을 꼭 쥔 작은 손이 참 예쁘다. 혜정은 아이 머릴 몇 번 쓰다듬어 줬다.

"꼭꼭 씹어서 고루 많이 먹어. 그래야 쑥쑥 크지."

"응."

"이름이 뭐라고 했니?"

"이혜정."

"아니, 내 이름 말고. 네 이름 뭐냐고."

"지원滋元, 김지원."

"이름도 너처럼 예쁘구나."

마주 웃는 그 찰나에 아버지가 밖에서 혜정을 찾았던 것이다. 아이는 다시 멀끔한 얼굴로 돌아가 밥숟가락을 뜨적댄다. 혜정이 눈물을 몇 번이나 훔쳐 냈으나 아버지는 한눈에 알고 엄히 되물었다. '왜 울었느냐' 고. 남 앞에서 울면 아니 된다 하

지 않았느냐고. 아버지는 평소 눈물은 수치라고 가르치셨다. 그래서 혜정은 일곱, 여덟 살이 지나고부터는 종아리를 맞아도 혼자 다락방에 숨어 울었으면 울었지 부모 앞에서도 함부로 눈물을 보이지 않았다.

혜정은 지금껏 아버지의 명을 어겨본 적이 없다. 그러지 말아라, 하면 그래야 하는 줄 알았다. 말씀이 엄격하고 차가울 뿐이지 실은 딸을 너무 어여삐 여겨 하라, 하지 마라 하는 뜻도 잘 알았다. 그런 아버지께서 학인당에 출입하지 마라, 연안 김씨댁 자제 일은 네가 신경 쓰지 말아라 하셨다. 하지만 아이가 자꾸만 마음에 걸렸다. 밥은 잘 챙겨 먹었을까, 집 안이 갑갑할 터인데 뭐 하고 있으려나. 함께 공부하던 아이들도 모두 아버지를 따라 조정에 들어갔으니 학인당도 텅 비었을 텐데. 쓸쓸할 텐데, 집도, 하인들도 모두 낯설 텐데. 어찌하고 있으려나. 여덟 살 아이인데 남의 집에서 첫잠을 잘 잤으려나. 어머니를 따라 수를 놓고 있으나 손은 건성이었다.

"혜정아, 어디 가니?"

"광에 갑니다. 전에 쓰던 수틀이 거기 있는 것 같아서 찾으러 가요."

"은희를 시키면 될 것을."

"아닙니다. 은희는 순분이 따라 나물 하러 갔습니다. 얼른 갔다 올게요."

"넘어질라, 뛰지 마라. 집에 손님 있으신데."

"예."

"학인당에 가지 말라셨다. 아버지 말씀이니 궁금해도 어기면 안 된다."

하지만 어머니는 옅은 미소를 짓고 있다. 딸의 호기심을 잘 알고 있으며 여덟 살 소년과 무어 그리 내외할 게 있나, 어머니부터 느슨히 생각하고 있었다. 다녀오되 아버지한테 들켜서는 안 된다는 말을 하고 싶은 게다. 눈치 빠른 혜정은 생긋 웃고는 안채를 나왔다.

중문을 열고 들어섰다. 학인당 마루에 지원이 나와 앉아 있다. 그늘 속에 있어서인가 낯빛이 어제와 또 다르다. 그리고 대뜸,

"왜 이제 왔어?"

꼭 오기로 약속했던 사람처럼 물었다.

"내가 언제 온다고 했니, 내 맘대로 왔다갔다 하는 게지. 여긴 내 집인데."

"온다고 하고 안 오는 사람이 제일 나쁘다."

"내가 온다고 했어?"

"어."

지원이 명쾌히 대답하니, 혜정은 자신이 그런 약속을 한 적 있나, 고개를 갸웃했다.

"잊었나 부다."

"잊은 사람도 나쁜 거다."

"누나를 가르치려고?"

지원은 자리를 탈탈 털고 일어나더니,

"저기 뒷산에 같이 가."

"저기 뒷산? 대나무숲이 있어서 무섭다. 너 같은 꼬마가 가면 귀신이 홀려 간다."

"나는 귀신은 안 무서워. 누나 씩씩하다며."

"뒷산엔 뭐하게?"

"오면서 봤어. 그래서 누나하고 가려고, 벌써 생각해 뒀다."

이 무슨 이야기인가, 고개를 갸웃거렸으나 지원이 어느새 혜정 앞에 와 자기 손을 잡으라고 내미니 거절할 수 없었다.

"대신 누나 손 꼭 잡아야 된다. 너 잃어버리면 누나 쫓겨나."

"꼭 잡고 있을게."

언제나 몰래 집을 나서는 일은 혜정을 들뜨게 했다. 재밌다, 재밌다! 대문을 나서기도 전인데 벌써 두 아이는 신이 났다. 집 안에 부산스레 왔다갔다 하는 하인들의 눈을 피해 마당과 중문을 통과해서 큰길에 나섰을 땐 지원이 먼저 까르르 웃어댔다.

"이제 집 밖에 나왔으니 누나 말 더 잘 들어야 된다."

말이 떨어지자마자 걸음을 멈추고 되물었다.

"어떻게?"

"손만 잘 잡고 있으면 돼."

어린 지원이 혜정을 올려다보며 다시 밝게 웃었다. 처음 웃는 사람처럼 맑고 예쁜 웃음이었다. 손을 꼭 잡았다.

장난치길 좋아하는 여덟 살 사내아이 지원과 열 살 혜정은 그 뒤로도 거리낌 없이 어울려 놀았다. 아버지가 유난히 안 된다 하시니 아버지의 눈을 피해 지원과 놀 때는 더 설레고 즐거웠다. 남들과 있을 때는 껍질 속에 갇힌 것처럼 무표정하고 말 없는 지원이 혜정과 있을 때는 영락없는 장난꾸러기 소년으로 돌아왔다.

어머니는 대수롭지 않게 혜정이 동생이 없어 외로움을 타나 보다, 두 아이가 여덟 살, 열 살. 두 살 터울이 지니 친동기간마냥 잘 어울리는구나, 하고 말았다. 혜정이 우는 바람에 날카로워졌던 민의 마음도 그럭저럭 놓여가고 있었다. 어쩌다 둘이 머릴 맞대고 마당 한 켠에서 놀고 있는 걸 보아도, 손을 잡고 뒷산이니 뭐니 뛰어다니는 걸 보아도, 사이 좋은 오누이처럼 보일 뿐이었다. 괜한 걱정이다. 아이를 귀하게 여기니 쓸데없는 사주와 꿈으로 정신을 어지럽혔던 거라 여겼다.

그해 가을, 지원의 집에서 사람이 왔다. 아일 데려가겠다는 것이다.

"지원이 아버지께서 올해 청나라로 떠나시게 되었다는구나. 견문도 넓히고, 아이도 이제 건강해졌으니 함께 데려간다 하신다."

혜정은 반듯하게 앉아 고개를 끄덕였다.

"예."

"네가 친동생마냥 돌보며 정이 많이 들었을 텐데. 보내기 아쉽겠구나."

"평생 함께 살 것도 아니온데 아쉬워 무엇하겠습니까."

혜정이 어른스레 웃는다. 옆에 앉은 지원은 제 손끝만 고집스레 쳐다보고 있을 뿐이었다. 몇 달 만에 보는 제집 사람을 봐도 반길 줄 모르고 한 번 웃어주지도 않았다.

"지원아, 그간 우리 집에 머물며 불편한 것은 없었느냐. 편히 지냈느냐?"

"예."

고개를 들어 다시 민을 쳐다봤다. 민은 아무리 오래 지났어도 저 아이의 눈빛에는 익숙해지지 못할 거란 생각이 들었다. 너무나 맑고 깨끗해서 서늘했다. 깊은 얼음장처럼.

"잔병치레 없이 잘 지내 다행이다. 누이는 네가 돌아올 때쯤이면 시집가고 없을 테니, 인사 잘하거라. 남의 집 아녀자가 되고 나면 지금마냥 쉽게 볼 수야 있겠느냐."

혜정이 지원의 머릴 쓸어 넘겨주고, 옷매무새를 잡아주었다. 어머니 같고 누이 같은, 정이 듬뿍 담긴 손길이다.

"아버지 말씀 잘 듣고, 청나라 가면 공부 많이 하고. 좋은 것도 많이 보고 돌아오거라."

"응."

"맞다. 올 적에 기이재이奇異載理 구해다 주겠느냐?"

"기이재이? 누나는 왜 귀신 이야길 그리 좋아하니. 무서워하면서 왜 읽고 그러나. 알 수가 없다."

"약조하거라. 구해다 줄 테냐?"

"책 말고."

"응."

"장검 같은 게 있어야 할 텐데. 누나는 그런 게 더 잘 어울린다."

"요게, 이제 다시 못 볼 텐데 끝까지 놀린다."

혜정이 눈을 흘겼다. 지원은 그 말을 놓치지 않고,

"다시 못 본다면서."

"친동기간이면 내가 시집가두 친정 나들이나 오면 볼 텐데."

"누나."

"응?"

혜정은 울지 않았다.

이 여덟 살 꼬마 아이가 정을 알까 싶어 눈물조차 민망스러웠다. 아니다, 그저 아이와 정이 들어 운다 해도 아버지도 꾸짖지 않으리라. 집에서 키우던 강아지를 다른 집에 나눠줄 때도 헤어질 게 아쉬워서 이불 안에 숨겨놓곤 했었다.

그런 정에 끌려 운다 하면 될 일이다. 처음엔 그저 이 아이가 안쓰럽고 안타까웠다. 울고 싶어도 울지 못하는 게 맘에 걸려서 그리 눈물이 났다. 그랬던 아이가 햇살처럼 웃어주니 좋았다. 이곳저곳 뛰어다니는 것도 좋아하고, 자신만큼이나 호기심이 많아서 서책도 함께 보면 더 재미났다. 가끔 놀다 지쳐 잠이 들면 아무렇지 않게 무릎베개를 해주고, 잠든 얼굴을 한참 쳐다보곤 했다. 동생이 없어 좋았나 보다. 길 잃고 어미 잃은 어린 짐승을 돌보듯 그렇게 마음을 주었나 보다. 그래서 이렇게 마음이 아픈가 보다.

이제 다시 못 볼 것을 이 아이는 알까. 나중에 청나라에서 돌아올 때쯤 되면 이곳에서 보냈던 봄, 여름, 가을을 까맣게 잊어버리지 않을까. 지각이 날 때는 친절하고 다정했던 누이쯤으로 자신을 기억해 주겠지. 혜정이 지원을 기억하듯이 오목조목 머릿속에, 가슴속에 담고 있을까. 마음이 아렸다.

혜정은 지원이 가는 모습을 봐줄 참, 먼저 자리에서 일어났다. 지원이 따라 일어난다. 여자아이치곤 훤칠한 혜정의 가슴팍에도 닿을까 말까 하는…… 여덟 살 사내아이. 그래서 혜정은 편히 지원일 제 품으로 끌어 와 안았다. 어린 지원의 작은 등을 가만히 안아 다독였다. 꺼내놓을 수 없는 슬픔도, 서러움도 가라앉히고 맑은 얼굴로 이 아일 보내주리라는 다짐이 혜정의 그 손에 담겨 있었다.

"누나."

인사가 길어진다 여겼는지 지원이 대뜸, 혜정을 불렀다.

"응, 왜?"

"시집 두 번 가게?"

지원의 말에 둘러선 어른들까지 눈이 휘둥그레졌다.

"뭐?"

하도 놀라 눈물이 쏙 들어갔다. 혜정의 품에서 놓여난 지원은 개의치 않고 제 할 말은 하겠다고 혜정을 응시하고 있었다.

"누나, 혼인을 도대체 누구랑 또 할 건데?"

"너, 너, 그게……."

"누나 나중에 다른 사내와 친영례 치르면, 막 와서, 내가, 이 혜정은 두 번 시집간대요! 하고 고함지르고……."

"야, 김지원!"

혜정은 기어이 소리를 높이고야 말았다. 지원이 '두 번 시집' 운운할 때 혹시나 했다. 설마 그 '장난'을 꼬맹이가 이렇게 또렷하게 기억하고 있다가 어른들 다 계신 자리에서, 작정한 듯 헤어지는 날 말할 줄은 꿈에도 몰랐다.

"지원아, 이 댁 아기씨 혼삿길 막히겠다. 우리 조카가 농이 지나칩니다."

지원을 데리러 온 숙부가 어설픈 사과를 하고, 민은 자애로운 미소는 거두지 않은 채,

"혜정아, 지원이하고 무슨 장난하고 놀았니?"

물었다.

"아닙니다."

혜정은 고개를 떨구었으나 지원은,

"스승님, 아닌 것은 아닙니다. 누이는 제게 시집오기로 약조

하였습니다. 제가 아직 어리니 누이 데리러 오려면 더 있어야
합니다."

그 말이 당돌해서 지원을 데리러 온 집안 어른도, 민도 크게
웃었다. 하지만 지원은 제 나름 단호하게 혜정을 쳐다보고 있
었다. 혼인하기로 약조했다는 말은 남들 듣는 데서 할 수 있다.
그래도, 어린 마음에도 혜정이 꽃잎 연지곤지 찍고서 자기한테
시집왔다는 말은 하기 싫었다. 그 늦봄의 기억은 오롯이 혜정
과 지원, 두 사람이 갖고 있어야 한다고 여겼다. 지원은 눈을
맑게 빛내며 혜정을 쳐다보았다.

그날은, 마당에 심어둔 살구꽃, 앵두꽃, 자두꽃이 유난히 흐
드러졌다. 살랑살랑 불어온 바람에 늦봄 꽃잎이 비처럼 내렸
다. 때마침 근동 마을에 사는 종손의 혼례가 있어 하인들까지
그곳에 불려가느라고 집이 텅 비었다. 꽃나무 그늘 아래 앉아
혜정과 지원은 사금파리그릇에 꽃잎으로 밥을 만들어 아기자
기한 소꿉놀이를 했다. 그러다 지원이 먼저 물었다.

"누가 장가드나?"

"응."

"그럼 누가 시집오는데?"

"고운 아기씨가 연지곤지 찍고 시집오지. 고운 옷 입고."

"연지곤지?"

"응, 이마하고……. 여기 뺨에 이렇게 찍고."

그 말에 지원은 곧장 손톱만 한 분홍, 빨강 꽃잎 몇 장을 찾아냈다. 혜정의 반듯하고 어여쁜 뺨에, 이마에 하나하나 얹었더니 영락없이 연지곤지가 되었다. 무엇이냐 해서 시집, 장가가는 놀이라 했다. 꽃그늘 아래 두 사람 제법 의젓하게 맞절까지 나누었다.

민은 두 아이가 괜히 걸리고 또 걸려서 여덟 살, 열 살 어린애들일 뿐이다, 다른 누구도 아닌 제 스스로를 달래가며,

"나도 저 나이 땐 사촌 누이에게 장가들겠다고 생떼도 많이 썼다. 그렇지 않아도 지원이 많이 이뻐하는 혜정이가 맘이 더 안 좋겠구나. 어서 서둘러야겠다."

등을 밀다시피 했다.

"그간 감사했습니다."

지원은 민에게 스승의 예를 다해 인사를 했다. 겨우 여덟 살일 뿐이지만 제 마음속에서 꼭 붙들어야 할 기억과 약속을 가졌으므로 서러울 것도 서운할 것도 없다고 생각했다. 자꾸 울면 늦게 어른이 된다 하였다. 지원은 혜정에게 누구보다 진지하게 기다리라는 말, 다시 오겠다는 다짐을 하고 그 집을 나섰다.

＊

열여섯 혜정은 '아름답다'는 말이 아쉬울 만치 고운 여인으로 성장했다. 이제 완연히 여인이 되니 행동이 어릴 적처럼 자유로울 수 없어서 외출할 때마다 아버지의 허락을 구해야 하고 그나마 나설 때는 쓰개치마로 꽁꽁 싸매니 갑갑해 죽을 지경이었다. 그러나 아무리 단속을 하여도 본래의 성정까지 숨길 수는 없어서 여전히 웃음이 많고 쾌활하고 영민했다.

그해 늦가을.

주안상을 차리는 어머니를 돕는 혜정, 어머니의 낯빛을 살폈다.

"아버지를 찾는 객이 많구나."

"예."

"나라가 어지러우니. 아녀자가 근심해서 될 일 아니겠다만."

"오늘 오신 분은 누구십니까."

"대비마마의 오라비라 하시던데. 지체 높으신 어르신께서 무슨 연유로 찾으시는지."

자식에게 근심을 지우고 싶지 않으나 한숨을 감출 수는 없었다. 혜정은 부러 더 밝은 얼굴로,

"무슨 일이야 있겠습니까. 아버님은 강직하신 분이니."

"허나 그것이 근심이구나."

그해 조정은 유난히 어지러웠다. 세자가 서른을 넘겼으나 국왕께서도 건재하시니 왕실에 묘한 기운이 감돌기 시작한 것이다. 혈연과 권력이 어지러이 얽히니 잔혹한 피바람의 기운이

넘실대고 있었다.

"정아, 아버님께서 잠시 사랑채로 들라 하시는구나."

"예?"

혜정은 놀랄 수밖에. 객을 만나는 자리에 성장한 딸을 부르다니, 알 수 없는 노릇. 게다가 딸을 부르는 어머니의 음성은 더없이 무거웠다.

혜정이 열네 살을 넘길 때부터 혼담이 끊이지 않았다. 간혹 혼담을 놓는 댁의 어르신이 와서 혜정을 선보일 때가 있었다. 먼저 퇴짜를 놓는 이유는 대략 서너 가지였다. 미색이 넘치고 과하다거나 여인이 춘추까지 읽었다 하니 그래서 지아비 섬기는 법도를 알겠느냐, 또 검술까지 익혔다 하니, 하며 고개를 젓고 돌아가는 패들이었다. 미색이야 그것만을 보는 눈을 가진 것을 어찌하겠으며, 딸이라 하여 서책 보기를 버려 대하듯하라 가르칠 생각은 없었고 그렇다 하여 사랑채 드나들며 내외를 하지 않은 것도 아니니 흠될 것도 없다. 허나 검술이야말로 제가 소질도 있고 더 하고자 하였으나 딸이 아니냐, 고운 외딸의 손에 더는 검을 쥐게 할 수 없었고, 검이 부딪히는 것은 곧 몸이 부대끼는 것이니……. 안 될 일이다. 열 살, 열한 살을 넘어갈 무렵부터는 일절 손대지 못하게 하였다. 굳이 혼담을 깨며 흠잡은 이들에게 민이 하는 변명은 그런 것이었고, 그들이 혹하여 혼사를 진행하고자 하나 당사자인 혜정이 거절할 때도 있었다. 그리 키워왔으니 아버지 민도 혼사를 강요하지 않았고 그 의사를 존중해 주었다. 노처녀로 늙어 죽을 테냐 농을 걸면 혜정은 생긋 웃으며 '마음에 꼭 드는 사람을 택해 섬기며 살 것'이라 딱 부러지게 대답하였다. 어느 하나 흠잡을 데 없이 곱고 귀한 딸이라 이민 역시 사윗감이 하나같이 눈에 차지 않았기 때문에도 혼사가 자꾸 늦어지기도 했다.

사랑방의 기운은 무겁기 그지없었다. 혜정은 공손히 고개를 조아렸다.

"대감께서 너를 좀 보자 하시는구나. 인사 올리거라."

"인사드리옵니다."

고개를 조아렸다. 대비의 동복 오라비, 대제학 심재윤沈材玧은 유심히 혜정을 살폈다. 궁을 드나들며 꽃 같은 궁녀는 수도 없이 보아왔다. 그래서 여인의 미색에는 무뎌졌다고 생각했으나 혜정이 문을 열고 들어오는 순간에는 어찌할 수 없이 심장이 뛰었다. 그저 아름다운 궁녀들과는 달랐다. 무어라 설명할 수 없는 기품 때문일까. 이태 전에 간택된 세손마마의 비도 아름다움에 대한 소문이 자자하나 이 여인의 자태를 당해낼 수는 없을 듯하였다.

"도도하시기로 유명한 그 따님이시구료. 대사성 영감의 혼담도 일언지하에 거절하셨다며. 아기씨 미색이 너무 뛰어나니 누가 거둬 감당할 수 있겠소. 허허."

재윤은 농담을 던지며 혜정의 얼굴을 살폈다. 살풋 웃는다.

차가워 보이던 얼굴에 미소가 번지니 참, 곱구나. 어느 사내가 혹하지 않을 수 있을까.

"딸아이를 버릇없이 키웠나 봅니다. 제 뜻을 굽히지 않으니 늙은 아비가 억지로 혼사를 이룰 수 없어서 듣기 민망한 소문만 많으니."

"……."

혜정은 하고 싶은 말이 목 끝까지 올랐으나 그저 꾹 참고 있었다. 그 기색을 놓치지 않고,

"안동 김씨댁 자제는 직접 찾아오기까지 했다며. 아기씨가 내쫓아 망신을 당했다고 하더이다."

재윤의 말에 혜정은 다시 아버지를 건너다본다. 말하여도 되겠습니까 아버지의 뜻을 묻는 것이다. 민은 덤덤하게,

"할 말이 있느냐. 네가 직접 말씀드리거라."

"예. 대제학 어르신, 안동 김씨댁 자제분이 찾아오셨으나 제가 거절한 것은 사실이옵니다."

"왜 거절하였느냐. 안동 김씨댁이라면 명문대가가 아니더냐. 그 댁에 시집가서 종손으로 평안히 살 터인데."

"첫째는 소녀의 용모를 들어 청혼을 하시니, 저는 아름다움으로써 지아비를 섬기지 아니할 것이라 거절하였습니다. 둘째는 안동 김씨의 영화로움을 강조하시고 저희 가문에 대한 말씀 없으시니 그것은 저도 또한 존중치 않으신다 여겨 거절하였습니다. 셋째는 혼례에는 엄연한 절차가 있는 법인데 관례를 어

기시니 하나를 보면 열을 안다 하였습니다. 그래서 거절하였습니다."

"허허, 듣던 대로 딱 부러지는 대답이로고. 허나 아기씨 너무 영특하여 재앙을 불렀으니 어찌하면 좋을 것이냐."

"예?"

혜정의 눈이 커진다. '재앙'이라니. 허튼 농담을 할 사람이 아니란 것은 한눈에 알았다. 무슨 재앙입니까. 가슴이 쿵 내려 앉았다. 아버지를 건너다보았으나 아버지는 무인다운 기개 그대로, 흔들림이 없었다.

"아, 아니야. 귀담아 듣지 말거라. 내가 남의 집 귀한 여식에게 과한 농지거리를 한 모양이니."

"예. 괘념치 마십시오. 제 여식도 마음 무거이 하지 않을 것입니다."

하지만 혜정은 아버지의 눈매에 크나큰 근심이 어리는 것을 놓치지 않았다.

재윤은 다시 혜정에게,

"내 하나만 더 묻자."

"예."

"왜 내가 이 집을 찾아올 때 근심이라 하였느냐."

"들으셨습니까, 송구합니다. 소녀, 내훈을 제대로 익히지 못하여…… 결례를 했습니다."

재윤이 찾아왔다는 이야기를 하인에게 듣고는 혜정이 한숨을 쉬며 '근심이 오셨구나' 하였는데 그 말을 들었나 보다. 얼굴이 붉어졌다. 민망하고 죄송한 것이다.

"연유를 듣고 싶구나."

"야심한 시각에 가마도 타지 아니하시고, 구종을 물리친 채 홀로 단출하게 오셨으니……. 그런데다 높은 벼슬하는 어르신이니……."

혜정은 말을 쉽게 잇지 못하고 망설이며 아비를 한 번 더 쳐다보았다.

"네 뜻을 물으시지 않느냐. 말씀드리거라."

"번다한 이목을 살피시니 떳떳한 일은 아닐 것이라 여겼습니다. 아버님 성품에 떳떳치 못한 일이오면 거절할 것이 분명하옵고, 그리하여 근심이 될 거라 여겼습니다."

"흐음."

재윤은 허연 수염을 쓰다듬으며 다시 민에게 눈을 돌렸다.

"혜정아, 이만 물러가거라."

"예. 소녀 물러가옵니다."

그 뒷모습을 보며 재윤은,

"아들은 본디 가문과 함께 해야 하니 죽음이 아깝지 않겠으나, 딸은 죽지도 못하니 이를 어쩌면 좋겠소. 귀한 딸보다 그대의 충정이 더 중한 것이오?"

잠시간 몇 마디 나누었을 뿐이나 저 아이의 장래를 생각하니 선혈이 뚝뚝 떨어지는 듯 아프다. 인간사의 정욕 따위에는 무심해지는 나이라 생각하고 살았으니 이 감정조차 낯설다.

"어찌 여식의 목숨을 살리자고 두 마음을 먹겠습니까."

"주상께서 결정하신 일이오. 그대는 세자궁의 호위관이기 이전에 주상의 신하가 아니오."

"목숨을 구걸하는 무인은 없습니다."

"그대의 여식이 아깝구료. 안동 김씨 가문에 시집갔으면 출가외인이니 화를 면했을 터인데."

"······."

민의 마음은 천 갈래, 만 갈래로 찢어지는 듯하였다. 죽음을 각오하였으나 딸이 홀로 남아 살아갈 지난한 인생길을 생각하면 절로 눈물이 흘렀다.

"관비로 팔려가면 어찌 사는지 알지 않소."

"그것이 저 아이의 운명이라면 방법이 없습니다."

"저리 자존심 강한 아이니 굴욕을 견디며 어찌 살겠소."

"······."

하지만 마주 앉은 재윤이 아무리 간곡하여도 민의 결심은 바뀌지 않았다. 세자저하의 폐위가 거론되는 시점이다. 저하께서 역심을 품으셨다 한다. 민은 아는 것도, 관여한 것도 없다. 세자 나이 열두 살 때부터 지척에서 모셨다. 주인이 가는 길을 함께 따르는 것이 너무나 당연한 일이라 폐위에 대한 소문이 퍼질 때도 어찌하면 내 한 목숨 살 수 있을까 고심하지 않았다. 광주목사로 내려가 있는 아들이 이 풍파에 휩쓸릴 것이다. 갓

난쟁이 손자의 얼굴도 눈에 밟혔다. 삼십여 년 내외로 살아온 조강지처가 늙어가는 몸으로 편히 죽지 못할 것이니 그도 마음에 걸렸다.

하루에도 몇 번이나 덤덤히 마음을 정리하고 자신과 처의 죽음을 각오했다. 아들 내외와 어린 손자의 앞길이 아파도 그에 눈이 멀지는 않으리라 무인답게 장검을 가는 심정으로 다짐하고 했다. 허나, 내 딸 혜정아…… 열여섯 살 난 딸을 앞에 두고는 죽음도 평안해지지 않았다. 차마 내려놓아지지 않았다. 눈먼 아비가 되어 가슴을 뜯으며 울었다. 할 수만 있다면 도리이며 절개이며 하는 것들은 종잇장처럼 버리고 딸의 앞길을 밝혀주고 싶었다.

재윤이 돌아가고 난 뒤 민은 그날 밤, 사랑채에 홀로 꼿꼿이 앉아 있었다. 손끝이 바들바들 떨렸다. 어찌하면 네가 살겠느냐. 살아다오, 너는, 어떤 길이든 살아다오. 한마디만 되뇔 뿐이었다.

재윤은 자리에서 일어나며 민에게 한 가지 '제안'을 하였다.

"우리 먼 일가친척 중에 자손이 없어 근심하는 이가 있는데, 대비마마께서 이 댁 여식을 어찌어찌 아시고 아깝다 하시더군. 대비마마가 살려준다 하시지 않소. 그 댁으로 들어가면 비록 후실이나 목숨은 건질 수 있을 것이고 인품도 훌륭한 어른이라오. 관비로 팔려가서 양반가의 놀잇감으로 사는 것보다야 낫지 않겠소. 이달 보름 안에 세자저하에 대한 처결이 내려질 것이오. 너무 늦지 않아야 할 것이오. 내 진심이니 언짢게 듣지 마시오."

그가 남긴 말을 불덩이처럼 끌어안고 민은 밤을 하얗게 새웠다.

＊

몇 해 만의 고국 땅인가. 여덟 살 아이는 어느새 훌쩍 자라 열네 살, 장성한 군자는 아니더라도 이제 제법 청년의 모양새를 갖추었다. 긴 여행길에 지쳐 집에 돌아오자마자 며칠을 내쳐 잠만 잤다. 청나라에서 육 년을 지내다 왔으니 이야기를 들려달라 손님들이 모여들었으나 헛걸음할 수밖에 없었다.

"청나라에는 서양인들도 드나든다면서."

새어머니가 어색한 침묵을 깨고 한마디 묻는다. 지원은 밥을 먹으며 무심히,

"예."

대답했다.

여덟 살, 어린아이일 때도 대하기가 어려웠다. 딱딱하고 무심하고, 속에 무슨 생각을 담고 있는지 몰라서 불편했던 그 아이. 그 아이가 육 년이나 집을 떠나 있다가 열네 살 소년이 되

어 돌아오니 더욱 타인처럼 여겨졌다.

"큰 나라에 있다가 조선으로 돌아오니 갑갑하지 아니하냐."

이번엔 아버지 김성익이 묻는다. 김성익은 청나라에서 공무를 마치고 몇 해 전에 돌아왔다. 지원은 어린데다 영특하여 청나라 말도 빨리 익히고, 그들과도 쉽게 어울려서 아버지가 떠나고도 심양에 대군 내외와 함께 삼 년을 더 머문 것이다.

"그저 그렇습니다. 사람 사는 곳이야 다 똑같지요."

"주상께서 한번 보고 싶어하신다. 대군마마 소식도 듣고파 하시고."

"예."

"언제 입궐을 하는 게 적당하겠느냐. 조정에 근심이 있으니 쉽게 운신할 수도 없고."

"예."

지원은 조정의 일이나 벼슬, 관직 따위에는 별 관심이 없었다. 청나라에서 서양 학문도 익히며 그들과 어울렸다. 청국을 온전히 벗어나진 못하였으나 서양인들의 거주촌은 새로운 세계였다. 나라의 중심이 임금이며, 그가 하늘이니 어버이니 하는 생각은 사라진 지 오래. 그저 한 나라의 통치 군주일 뿐이니 지금 당장 주상을 본다 해도 온몸이 떨리거나 그것을 성은이라 여기지도 않을 것이다.

지원이 생각하는 사람은 다시 만나면 심장이 아플 만큼 떨릴 사람, 그리고 또 한 번, 아주 오랜만에 자신을 크게 웃게 만들 사람. 자신의 등을 다독이던 손길이며, 품 안에서 나던 여린 미향까지 생생한 사람은 오로지 하나이다. 어찌 자랐을까. 열여섯 살이겠구나, 약속을 지키지 않는 것을 아주 싫어하니 여간한 사내보다 의리 있는 그 사람, 분명 시집가진 않았을 테다. 자기만큼이나 고집이 세니 집에서 뭐라 등을 떠밀었어도 안 가고 버티고 있을 테지. 얼마나 더 자랐을까. 지원은 여덟 살 꼬마일 때도 그 소녀를 여인으로 기억했다. 지원은 제 짐 꾸릴 때 값진 약재보다, 패물보다 고작 기이재이 대여섯 권을 더 애지중지했다. 꺼내놓으면…… 얼마나 좋아할까. 잊지 않고 있었다고 자랑스레 말해야지. 저도 모르게 웃음이 자꾸 새어 나왔다.

지원이 혼자 생각에 잠겨 있는 것을 아는지 모르는지 김성익은 무심코 이야기를 덧붙였다.

"원래 무인들은 한 번 정한 뜻은 절대 바꾸지 않는다 하는데 아무리 그러해도 아까운 어른이다. 멸문지화를 당하게 되었으니……. 섣불리 나섰다가는 아드님도 내치신 주상이니 무슨 화를 당할지 몰라 모두 전전긍긍만 하고 있구나."

"조정이 평안할 날이 어디 있습니까. 이번엔 무슨 일입니까."

아버지가 유난히 심려하며 말하기에 되물었다. 그런데,

"세자저하가 역모를 꾸몄다 하시는구나. 군대를 일으켜 주상전하를……. 허니 세자궁의 호위무사가 무탈할 리 있느냐. 아, 지원아. 그리고 보니 너도 기억하겠구나. 이민 그 어른에게 검술을 배우지 않았더냐. 너무 어려서 잊었느냐?"

"예?"

"문무에 고루 능하신데다 지조와 절개를 따를 분이 없으시다. 그런 분이시니…… 능지처참만은 면하셔야 할 텐데."

"……그게 무슨 말씀이십니까. 멸문지화를 당한다는 가문이, 그럼."

"그래, 이민 어르신, 영천 이씨가에서 이번 일에 가장 큰 화를 입을 것 같구나. 아니라 하시면 될 일을 굳이 세자저하를 등지지 못하시니."

"아버지, 그러면 그 댁 가족들은…… 어찌됩니까."

"아직 세자저하가 폐위되지 않았으니 결정난 것은 없으나, 그 댁 외아드님은 광주목사 자릴 내놓고 처자를 이끌고 탐라로 갔다 하는구나. 유배령이 내리기 전에 제 발로 걸어 들어간 것이지. 허나 그 일로 죽음을 면할 수 있을지는 모르겠다."

"딸이 있지 않습니까. 올해 열여섯 살이 되는."

"그래, 그 딸 팔자가 기박하다. 무슨 일인지 그 좋은 혼처를 다 마다하고 고르고 또 고르더니만. 얼른 시집을 갔으면 여인네니 화를 면했을 텐데. 하기사 가족의 고통을 보아야 하는 것 말고는 그리 기박하다고도 못하겠구나."

"무슨 말씀입니까."

"대비마마께서 어여삐 보신 모양이야. 영월에 대비마마의 육촌 형제가 사시는데 그 댁에 측실로 가게 되었다는구나. 정실부인이 아니니 설혹 아비가 대역죄를 받는다 해도 큰 문제될 것이야 있겠느냐. 그래도 혹여나 싶으셨는지 영암 송씨댁 양녀로 먼저 보냈다 하더구나. 그런 후에 일이 좀 잦아들면 영월로 가는 게지. 미색에 대한 소문이 자자했다. 월궁항아님이 그보다 곱겠냐고. 장옷을 입고 외출이라도 하는 날엔 사내들이 어찌나 주변에 들끓었는지, 담을 넘보는 한량들도 많아 그 댁 어른들도 근심이 많았을 게야. 허나 이런 일을 앞두고 보니 그런 근심이야 농담꺼리로고. 아무리 대비의 육촌 형제라 하나 그 귀하고 어여쁜 딸을 측실로 보내게 되다니. 어쩌겠느냐, 그러지 않으면 관비로 팔려갈 터인데. 그저 여인네란 모나지만 않으면 되는 법이라. 미인박명이란 말이 있지 않느냐."

성익은 아들을 살피지도 않은 채 혀를 끌끌 내찼다. 하루아침에 운명이 뒤바뀌어 버린 여인에 대한 동정심과 이민의 굳은 절개에 대한 존경 따위가 뒤섞였다.

"영암 송씨댁이 어딥니까, 아버님."

"뭐라, 그건 왜 묻느냐. 폐위되지 않았다 해도 주상의 의중 확고하시어 감히 입에도 올리지 않는다. 영암 송 대감댁이니 그 딸 거둘 수 있었으니 무어라 너를, 따로 역적 딸과 만나게 하겠느냐. 동기간도 아니지, 나서지 말거라."

평소라면 성품대로 긴말하지 않았을 게다. 허나 최대한 풀어 설명해 주었다. 성익이 그제서야 자신의 아들을 다시 보았다. 좀체 속을 드러내지 않는 아이이다. 그런데 지금은 무릎 위에 없은 두 주먹이 부들부들 떨리고 있지 않는가.

"영암 송씨댁이 어딥니까. 어딥니까."

눈에서 불길이라도 일 듯했다. 한 마리 범 같았다. 이 눈빛을 언젠가 본 적이 있다. 그래, 제 생모가 절명하였을 때. 입관을 할 때 여섯 살 아이가 죽은 어미의 손을 놓지 않으며 그때도 이렇게 성익을 바라보았다. '엄마'를 애타게 부르다 잠긴 목소리에, 하도 울어 기진했었는데도 그 순간만은 아이의 눈빛에서 푸른 기운을 느꼈다. 뿌리 깊은 원망과 그리움이 뒤엉켜 있었다.

"왜 그러느냐."

"찾아갈 것입니다."

"가도 소용 없을 거라 했다. 어린아이가 나서서 될 일 아니다, 왜 가냐고 물었다."

지원은 이미 자리에서 일어났다. 절박하고 안타까워 보이는 소년은 손을 부들부들 떨면서도,

"기이재이라는 책을 줘야 합니다. 구해달라 하여 청나라에서도 책방을 다니며 한 권, 한 권 모았습니다. 또 여기까지 남의 손에 맡기지 않고 제가 챙겨 근근이 지고 오느라 노리개도, 비단도 다 가져오지 못했습니다. 보면 신기하다 분명히 좋아했을 망원경도 두고 왔고, 천구의도 두고 왔습니다."

"무슨 말을 하는 게야. 게 앉거라."

"소자 다녀오겠습니다."

아버지의 대답을 기다리지도 않은 채 말릴 새도 없이 나가
버렸다.

하인에게 영암 송씨댁을 물었다. 북촌 어디쯤이라는 대답이
끝나기도 전에 말을 몰아 나왔다. 여덟 살 아이였을 적에…….
그때를 생각했다. 귀신 이야길 들으면 토끼처럼 어깨를 움츠리
고 겁에 질려 했다. 그러면서도 원귀의 사연을 들을 때는 무어
그리 정의감에 불타는지 소매를 걷고 화를 내다가 눈물을 꾹꾹
참느라 애쓰곤 했다. 처음 만나던 날 밥상을 들고 들어와 잠든
척 눈을 감고 있는 지원을 깨우며 속에 묻어놓은 눈물에 울어
주었던 소녀……. 이제 여인이 되었을. 돌아오면 내게 시집오
라 하였다. 다 잊을 거라고 이야기하기에 '그럴 수도' 있을 거
라 하였다. 어미의 얼굴을 잊지 않았듯이 잊지 않을 거라고 약
속했다. 선명하고 큰 눈이며, 오똑한 콧날이며, 하나도 잊지 않
았다. 조금도 잊지 않았다.

그런데 어디로 간다고. 이럴 수는 없다. 아직 김지원, 열네
살 소년의 세상에서 할 수 없는 일도, 돌이킬 수 없는 일도 없
다.

✳

지원이 청국에서 입국하던 바로 그날 밤.

47

민의 집.

"혜정아."

민의 음성은 깊이 가라앉아 있었다. 이제 숨길 수 없는 일이다. 혜정은 마음을 다잡고 있었다. 두려울 것도 절망스러울 것도 없다. 저승길인들 어떠하랴. 죽고 사는 것은 문제가 아니다. 어떻게 죽고, 어떻게 사느냐가 문제일 뿐이다.

"예, 아버님."

"세자저하께는 곧 폐위교서가 내려질 것이야. 며칠 말미는 있겠으나 곧 역모죄에 대한 국문이 시작될 것이다."

"예."

"이 아비는 동궁의 호위무사였다."

"예."

"두렵지 않으냐."

"예."

혜정은 짧게 대답하며 아버지를 향해 웃어 보였다. 그러나 이 부녀는 서로가 안쓰러웠다. 민은 딸의 핼쑥해진 뺨에 다정히 손을 대보았다.

"고운 얼굴이 이리 되어 어쩌누. 왜 마음고생하느냐, 달라질 게 무어 있다고."

"아닙니다. 마음 쓰지 않았습니다."

"……울지 않도록 가르친 건 아비가 유약하여 그런 것 같구나. 네가 울면 아비 마음이 감당할 수 없이 아파서 눈물 보이지 말라, 그리 혼냈나 보다."

"……눈물 나지 않아 아니 웁니다. 마음 쓰지 마시어요."

"속으로만 그리 채워두면 이제 뉘 앞에서 울려고 그러느냐."

"아버지 앞에서만 울 것입니다."

민의 아내는 부녀의 이별을 지켜보고 있었다. 저녁 식사를 물리고 세 가족이 모여 앉았다. 아마 마지막이 될 것이다. 지체할 시간이 없음을 안 민은 다시 자신을 다잡고 딸에게 물었다.

"혜정아, 아버지를 따라가겠느냐, 아니면 홀로 살겠느냐."

"예?"

"아비는 늘 네게 먼저 묻지 않았니. 그래서 이번에도 묻는 것이다. 살겠느냐, 아비를 따라 죽겠느냐."

"아버지, 저는……."

혜정은 '죽음'을 각오하고 있었다. 그런데 아버지가 다시 묻는 말에는 가슴이 무너졌다. 이 물음에 담긴 아버지의 뜻을 알기 때문이다.

"혜정아, 아비 부탁이다. 살겠다 하여라. 어여쁜 열여섯이니 너 닮은 고운 딸 낳고 지아비 사랑받으며 살겠으니 그리 하게 해달라 하여라. 우리 정이 영특하고 속 깊으니 미련스레 아비 따라 죽겠다 하지 말고 살고 싶다 하여라."

"소녀는 영특하지도 속 깊지도 않습니다. 아직 머리 올리지 않았으니 아버지 말씀처럼 아이입니다. 어린아이 혼자 두고 어디 가시렵니까. 데려가세요, 아버지."

혜정은 울지 않았다. 마주 앉은 부모의 가슴에서는 피눈물이
흐른다는 것을 알기에 제가 먼저 울 수는 없었다. 그때 문밖에
서,

"대감마님, 송씨댁에서 가마가 왔습니다."

"오냐, 잠시만 기다리라 그리 하여라."

혜정은 제 치맛자락을 꼭 쥐었다. 그 손으로 아버지를 붙잡
고 매달리면 안 될 듯하여 누르고 눌렀다.

"아버지, 홀로 살지 않을 것입니다. 어디든 홀로 가진 않을
것입니다."

하지만 민은 흔들림이 없었다.

"죄인 될 이라 옥가락지 하나 줄 수 없구나. 무엇 하나 이 집
에서 가지고 나가선 아니 되니 그저 입던 옷 그대로 따라나서
거라. 송 대감댁에 머무는 동안 잠시라 하여도 그 댁 따님이 되
는 것이니 마음을 다하여 모시거라. 나는 저승에서도 그분들의
은혜를 잊지 않을 것이다. 천금 같은 내 딸을 살려주는 분들이
니."

"……"

"네 아비와 어미의 죽음에 통곡하지 말거라. 땅 속에도, 가
슴에도 부모를 묻지 말거라."

"아버님."

"이제 문을 나서면 이 집안과의 인연은 모두 끊어야 한다."

기어이 민의 눈에서 뜨거운 눈물이 흘렀다.

"아버지, 그리 못하겠습니다."

"너를, 반드시 살리고 싶었느니. 아비의 욕심이라 영월에 들어가게 되면 정부인마님 잘 모시고, 아들딸 낳고 그리 살거라. 그리 살아줄 것이지? 약조해 주겠느냐?"

이 순간은 나약한 아비일 뿐이다. 민이 서안 위로 손을 내밀었다.

"……."

여린 어깨가 바르르 떨린다. 혜정의 두 손을 찾아 꼭 쥐었다. 한 번 이리 애틋하게 잡아본 적 없었다. 내 딸 혜정아, 네 손은 왜 이렇게 작으냐. 아직 왜 이렇게 어리고, 어리냐.

"약조하여라, 혜정아."

"싫습니다. 저도 데려가시어요. 뒤따르겠으니 홀로 살라 하지 마시어요."

"기어이 아비 뜻을 어기겠느냐. 아비 가슴에 대못을 치겠느냐. 살아내겠다 약조하여라. 그래야 늙은 네 어미와 내가 저승에서라도 즐거이 있지 않겠느냐. 우리 딸아이 곱고 귀하게 살고 있다고 마음 놓을 것 아니냐. 그 약속도 못해주겠니."

"아버지, 어머니."

혜정은 아이처럼 엉엉 울었다. 민이 아일 안아 다독였다.

"오늘 실컷 울거라. 앞으로 서럽고 고단한 때가 오거든, 오늘을 생각하며 버티거라. 아무 일도 아니려니 의연히 넘기거라."

"……."

"네가 살면서 웃을 일 있거들랑, 내가, 네 어미가 보고 있다 여기고 그리 살아야 한다."

혜정이 몸을 일으켜 고개를 끄덕였다. 눈물은 그치지 않았으나 이렇게 보내드릴 수는 없으니 웃어 보이려했다.

"이제 아비가 할 이야기는 끝났다. 가마꾼이 오래 기다렸겠구나. 가을밤 날씨가 차다. 얼른 가마에 오르거라."

민은 눈물을 훔쳐 냈다. 덤덤하게 딸을 보내려 했다. 그의 아내 역시 곁에 앉아 딸의 마지막을 지켜본다.

"당신은 혜정이에게 할 이야기 없소?"

"콧대 높으신 우리 딸아이. 그래도 언젠가는 시집갈 것이니 그때 주려고 금침에 수를 놓던 것이 내일이나 모레면 끝나는데, 그걸 주지 못해 아쉽구나. 허나 귀한 댁에 들어갈 터이니 금침 하나 없어도 서운하기야 하겠니."

"예."

"부모님 잘 섬기고 시집가서는 지아비 받들어 살거라."

"……."

"그만 울거라. 여인네는 쉽게 눈물 보여선 안 되는 법이다."

혜정은 부모에게 큰절 올리고 방을 나왔다. 가마꾼과 그 댁에서 보낸 하인이 두엇 서서 혜정을 기다리고 있었다. 안채를 다시 돌아보았다. 어릴 적부터 뛰어놀던 마당이며 뒤안 툇마루까지 마음에 담아두려 하였다.

"혜정아."

"어머니."

"……어미 욕심에 아니 되겠다. 잠시만 게 기다리거라."

어머니가 손에 쥐어주는 것은 산호장식이 고운 비녀였다.

"내 시집오고, 네 아버지에게 처음으로 받은 것이니, 나를
귀히 여기신다 주신 것이다. 지니고 가거라."

"예."

"울지 말거라. 이거 볼 적마다 처녀애처럼 가슴이 뛰었다.
웃으라 주는 것이다. 알겠니?"

"예."

"가마꾼이 오래 기다렸겠구나. 타거라."

"예."

혜정이 다시 고개를 숙였다. 민은 나와보지 않았다. 정녕 입
던 옷 그대로 보냈다. 쌀쌀한 밤이라 장옷 하나 어깨에 덮어주
지 못하는 것이 또 마음에 쓰였다. 열여섯 살 아기가 창백하게
질려서는 가마에 올랐다. 어찌 저리 곱기만 하누, 어찌 저리 속
깊고 착하기만 할까, 덜 귀하고 덜 어여쁘게 키울 것을. 가마가
큰길을 나설 때까지 조용히 쳐다보았다. 딸의 마지막 모습, 이
제 저 고운 딸을 저승에서나 다시 볼 것이다.

밤이 깊어간다.

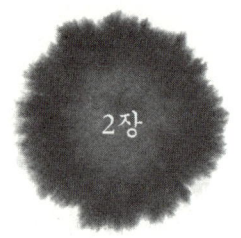

2장

송치수宋治粹는 본디 탐욕스럽고 자신과 가문의 영화를 위해
서라면 어떤 일이든 마다 않는 위인이었다. 득실을 따져 주변
을 정리하고 줄을 세우는 데는 탁월하니 문인이라기보다는 장
사꾼에 가까웠다. 혜정을 양녀로 들이는 것도 대비와 모종의
거래가 있었기 때문이다.

주상은 세자를 내치고 세손과 세자비를 모두 귀양 보낼 요량
이다. 새로이 세자를 올리려는 것이다. 주상에게는 장성한 아
드님이 여덟 분이나 계시니 개중 하나를 올리면 그만. 주상이
마음에 두고 있는 아드님은 돌아가신 효공왕후의 장자로 올해
열여덟 살 된 은성대군이었다. 아직 혼례 전이신데다 마침 송

치수의 외딸이 올해 열여섯 살, 짝으로 맺어주면 더없이 좋을 것이다. 딸을 두고 오를 수 있는 최고의 영화가 부원군이 되는 것 아니냐. 딸을 세자비로 만들고 후일 중전 자리에 올릴 것이다. 그를 위해 역적의 딸을 양녀로 들이고 대비에게 제 원하는 바 무엇인지 확실히 해두었다. 세자의 폐위로 멸문지화를 당하는 집안의 여식을 집안에 들이는 일이 개운치는 않으나 큰 것을 얻기 위해서라면 이 정도 위험은 감내해야 하는 법.

송치수에게는 후일에 대한 치밀한 계획만 있을 뿐이니 혜정이 어떤 여인이라더라, 듣고도 귓등으로 흘렸다. 역적 딸, 늙은이 측실로 들어가 목숨 부지할 처녀 아이의 용모가 고와봐야 무슨 소용 있나.

내일부터 국문이 시작된다기에 부랴부랴 혜정을 데려오라 하였다. 아무리 권세가 대단타 하여도 아비가 죄인 되어 국문장에 끌려가고 나면 그 딸도 손 쓸 새 없을 것이다. 처첩을 불러들이고, 곧 세자빈에 오를 외딸 효주도 불러서 혜정을 기다렸다.

"아씨 도착하셨습니다."

"들어오라 하여라."

새식구를 맞는 가족들의 낯빛이 좋을 리가 없다.

부모와 생사의 길로 헤어지고, 하루아침에 낯선 집에 왔으니 많이 울었으려니, 처녀 아이 기가 푹 죽어 초라해 보이려니 했다.

그러나 문을 열고 들어서는 혜정은,

　　"인사드리옵니다."

　　음성에 흐트러짐이 없었다. 급히 따라나서 옷차림은 수수하
였으나, 단정하게 절 올리고 자리에 앉으니 둘러 앉은 처첩이
며 용모로는 빠지지 않을 외딸 효주마저 일순 무색해진다. 월
궁의 항아님이 날개옷을 벗어두고 잠시 인세에 머무는 듯하다
더니……. 송치수는 마른침을 삼켰다. 내 집안으로…… 들어왔
다, 날개를 접어 두고……?

　　"네가 혜정이냐."

　　"예."

　　"부모 이별하고 근심이 크겠으나 근신해야 할 것이다."

　　"예."

　　"이분이 내 정처이니 어머니라 모시면 될 터이고, 저분은 작
은어머니 되시니, 깍듯이 하여라. 효주는 열여섯 동갑이나 십
이월에 났으니 동생이라 여기면 될 터. 올 동지 전에 은성대군
마마께 시집갈 아이이니 네가 도와주면 좋겠구나. 수놓는 솜씨
가 보통이 아니라 들었다."

　　혜정에 관한 소문은 빼어난 용모가 전부가 아니었다. 수침
솜씨는 조복을 지을 정도라 근방에 이름이 높았다. 또한 여식
이나 그 아비가 정성 들여 가르쳐 춘추를 읽고 논할 학식도 갖
추었다고. 허나 모든 것을 다 가진 줄 알았는데 가장 큰 것을
잃게 되었구나. 혜정이 꼿꼿하게 앉아 고개를 조아리고 있으니

치수는 이상하게도 이 아이에 대한 연민이 끓어올랐다.

무관의 딸이라 그러하냐, 도도하고 쉽게 침범할 수 없는 기운이 주상 앞에서도 당당한 치수를 움츠리게 하였다. 열여섯 살 처녀 아이, 대비와의 약조 따위 모른 체하고 지금이라도 이 집을 나가거라 하면 관아로 끌려가서 노비의 신세로 전락할 것이다. 생사 여탈권을 쥐고 있는 것은 치수인데, 혜정을 마주하니 말 한마디 함부로 할 수 없었다.

치수가 어려워하는 기색이 언짢은지 살이 투덕투덕 오른 그의 부인이 곁에 앉아 있다가 뾰조록하니 한마디 툭 던진다.

"대군마마께 시집갈 아이가 수침을 익혀 무엇합니까. 별채를 손보아두었으니 게서 머물면 될 것이다. 네 처지는 네가 더 잘 알 것이고. 조석 문안인사도 필요 없고 그만치 컸으니 식사 수발 따로 들지 않아도 되겠지?"

"예."

"별채는 쓰지 않은 지 오래되어 지내기가⋯."

"무어 신경 쓰실 일도 많으십니다. 또 은령이마냥 목이라도 맬까 그러합니까?"

기어이 한마디. 은령이란 이름에 치수의 눈빛이 사납게 변한다.

"그 이름 입밖에 내지 말라 한 것, 잊었소?"

"아니, 그것이 아니옵고."

"아씨 별채로 뫼셔 드려라."

치수는 먼저 일어나며 한 번 더 혜정을 보았다.

별채 중문을 여니 소리가 요란하였다. 그 앞까지 혜정을 데려다 놓고는 제 할 일을 다했다는 듯, 늙은 노비는 뒤도 돌아보지 않고 꽁무니를 뺐다. 혜정은 담담하게 문턱을 넘어 별채로 들어섰다. 기와지붕 위로 풀이 자라나고 인적 끊어진 지 오래라 찬바람이 들었다. 마루로 올라서자 비명처럼 오래된 나무가 삐걱대는 소리가 들렸다. 바람이 들지 않고 비가 새지 않으니 그만이다 여겼다. 옷궤 하나 덜렁 놓인 빈방에 홀로 앉아 있으니 그제야 남의 집에 온 걸 알겠고 부모님과 헤어졌으며 그분들 어떤 일 당하실지 찬찬히 실감이 나고 맥이 풀렸다.

울지 말아야지, 울지 말아야지. 아랫입술을 사려물었다. 그러나 눈물은 속으로만 차서 손끝이 떨린다. 하늘 아래 나 혼자구나, 아버지의 말씀을 새겼다. 꼭 살아달라 하셨다. 네가 웃으면 저승에서 볼 터이니 그런 마음으로 살라 하셨던 말씀.

아무도 신경 쓰지 않으니 외려 편했다. 열흘이 채 지나지 않아 별채는 사람 사는 모양새를 갖추고 말끔해졌다.

송치수의 안주인이 오며 가며 별채를 들여다보긴 하는지 지나가는 말처럼,

"속을 알 수 없는 것인지. 아니면 아예 정신을 놓아 그리 사는건지 알 수가 없습니다. 혜정이란 아이 말입니다."

"무슨 일로?"

"손끝이 어찌나 야물고 꼼꼼한지 별채를 저 혼자 다 치우고. 뭘로 홀렸는지, 하녀 아이들이 별채를 드나듭디다. 어제는 별채마당에 잡풀을 뽑는데 누가 보면 아주 흥에 겨워 일하는 줄 알겠더만. 제 아비가 국문장에 끌려가 날이면 날마다 살과 뼈가 무너지는 걸 저도 알 것인데. 부러 그러는지 그 댁 어른이 딸을 그리나 귀히 여겼다니 정이 없어 그러는 것도 아닐 테고. 날 보고도 아무렇지 않은 양 인사하는 게 어찌 보면 섬뜩하기도 하고. 하여튼 무서운 아이입니다. 불쾌하고 언짢으니 얼른 영월에서 사람 와서 데려가면 좋을 텐데."

"군식구 와서 매일 매일 궁상스레 눈물바람 하는 것보단 낫지 않소."

말은 하였으나 치수는 알 것 같았다. 울 자리가 아니니 울지 않는 것이다. 이민이 딸아이에게 무어라 하며 이리로 보냈는지도 알 듯하다. 혜정은 저리 제 나름의 애도를 하고 있는 것이다. 살아가는 것이 저 연약한 여인에게는 가시밭길일 것이다. 그나마 마음껏 울 수도 없는 가시밭길.

지원은 말에서 풀썩 뛰어내렸다. 대문을 두드리며 호기롭게 '게 아무도 없느냐'를 외쳤다. 문이 빼꼼히 열렸다.

"뉘시오, 무슨 일이시오?"

차림새나 뒤따른 준마로 보나 명문가의 자제가 틀림없으니 하인은 공손히 고개를 조아렸다.

"이 댁 아씨를 뵈러 왔소."

나이 어려 보이나 당돌하기 그지없다.

하인은 치수의 딸 효주를 찾는 것인 줄 알고는 다시 물었다.

"도련님께선 뉘신데 대가집 규수를 함부로 찾으시오. 주인 어른 아시면 큰일 날 것이니 어이 돌아가십시오."

집 안팎에 곧 세자위 오르실 은성대군에게 시집갈 몸이라는 소문이 자자한데, 소년이 드나들어 좋을 일이 없다. 하인은 대문을 닫으려 했다.

"이 댁에 양녀로 들어왔다 하였소. 이 댁에 벌써 와 있는지 아니 왔는지만 말해주시오."

보통 일이 아니구나.

양녀라면 열흘 전쯤에 들어온 별채 아씨를 말함이다. 집안이 멸문지화를 입었다 했다. 하인들도 입단속을 단단히 받았다. 함부로 입을 놀렸다간 경을 칠 것이라고. 양녀라 하나 역적 딸을 거두고 있으니 얼마나 조심스러우냐. 벌써 어린 노비들은 별채 아씨와 정이 드는지 저희들끼리 모여 '곱다' 하고 '솜씨 좋으셔서 음식도 맛나다' 하고 성품도 더없이 선하시다 지껄이는 것을 듣기는 하였으나. 역적의 딸이다. 섬뜩하고 두려웠다.

"여기 잠시 계십시오."

잠시 후. 어느 명문가에서 별채 아씨를 찾으신다고, 때마침 등청하지 않고 집에 머물고 있던 치수에게 말씀 올렸다. 치수는 당장에 대문간으로 나와보았다. 잠시나마 등골이 서늘했다. 허나 문간에 서 있는 것은 그저 나이 어린 사내가 아니냐. 눈망울이 똘망하고, 사내아이치곤 과히 고우나.

"뉘댁 도령이시오."

그 댁 하인이 다급히 쫓아와 뒤따라 서 있다가. 급히 대답했다.

"부제학 김성익 어르신의 둘째 아드님이십니다. 청나라에서 오신지 얼마 되지 않아 물정 몰라 그러는 것이니. 혹여 실수가 있다 해도 너그러이 용서해 주십사 어르신께서 부탁하셨습니다."

도령은 전혀 흔들림 없이,

"왜 왔어? 내 알아서 할 것이다."

말하고 무례하게도 집 안을 살폈다.

"도련님, 이리 무작정 오시면 어찌 하십니까. 대감마님께서 속히 돌아오라 하십니다."

"여기 혜정 누이가 있습니까. 여기 머물고 있습니까. 그것만 대답해 주십시오."

하인이 소맷부리를 잡는데도 치수를 거리낌 없이 쳐다보며 따지듯 물었다. 그 기세가 하도 당돌하여 헛웃음이 났다.

"무슨 연유로 내 딸을 찾는지 알아야 말을 할 것 아닌가."

"제가 누이와 약조한 일을 대감께 말씀드릴 이유가 없습니다. 여기 없으면 누이 본가로 갈 것입니다. 대답하십시오.”

“그 댁은 멸문지화를 당했네. 군사들이 지키고 있을 것이니 드나들지 못할 것이며 역적죄인이니 기웃거리는 것만으로도 큰일을 당할 것인데.”

치수는 자신을 설명할 수는 없었으나 혜정을 찾는 이 소년을 두고 묘한 투기심이 일었다. 뭐가 그리 절실하고 절박해서 앞뒤 보지도 못하고 무작정 찾을 수 있냐고. 그 용기는 어디서 나오냐고. 자식보다 더 어린 소년에게 따져 묻고 싶었다. 쉽게 혜정이 여기 있다는 대답조차 하기 싫었다.

부제학 김성익은 내외로 신망이 높은 관리였다. 그 댁의 아들이 청나라에서 돌아왔다는 이야길 들은 것 같기도 하다. 청나라에 가 있는 진성대군의 귀여움을 많이 받아 아들과 다름없이 지냈다는 이야기도.

영리한 소년은 치수가 망설이는 것을 놓치지 않고,

“여기 있다는 말씀이시군요. 누이에게 곧 찾으러 올 터이니 기다리라 전해주십시오.”

“허허, 곧 찾으러? 올해 안에 영월 땅으로 시집갈 여인을 두고 그런 말을 올리면 괜히 아씨 행실이 문란했다 소문만 나빠질 것인데.”

입으론 웃고 있으나 치수의 눈매도 매서웠다.

“그깟 소문은 중요치 않습니다.”

“아직 도령이 어려 무얼 모르나 보오. 그리로 시집가지 못하면 관비로 팔려가 죽을 목숨인데."

죽을 목숨. 소년의 얼굴이 굳어졌다.

"누이의 목숨 살려주신 은혜는 잊지 않을 것입니다. 허나 이 일로 대감께서도 얻는 것 많으시니 더는 말씀하지 마십시오."

"하하하, 이거 원. 명문세가의 자제라 그러한가, 부제학 어르신을 닮아 그런가, 그것도 아니면 청국에서 호방하게 자라 그런가. 말이 도가 지나치구료. 뭣들 하고 섰느냐. 도련님 뫼셔라. 이만 가신다는구나. 친동기 간도 아닌데 과년한 아씨가 어찌 남의 집 자제를 손님으로 맞겠느냐. 앞으로도 그리는 못할 터이니 헛걸음 마시라 이르거라."

치수는 언성을 높였다. 마음이 썩 언짢았다. 저 어린 소년을 어쩌면 계속 이기지 못할 것이라는 불길한 예감 때문인지도 모른다.

"아씨, 우셨습니까."

곁에 앉아 바느질을 하던 하녀 아이가 물었다.

혜정은,

"한 땀 한 땀 반듯해야 한대두. 자꾸 신경을 흩트리니 들쑥날쑥하지 않느냐."

말을 돌린다.

"저의 동무 중에 궁에 드나드는 아이가 있습니다. 아비를 따라서요. 아씨, 소식이라도 알아봐 드릴까요?"

무엇을 말하는지 안다. 하지만 혜정은 밝게 웃으며 고개를
가로저었다.

"어르신께서 근신하라 하셨지 않느냐. 궁이라니……. 그런
이야기하다 누가 듣기라도 하면 어쩌려고. 네가 매를 맞아도
나는 말려주지도 못한다. 마음 쓰지 말거라."

"밤새 못 주무시고 뒤척대셔서."

"꿈자리가 어지러워 그러했나 보다."

혜정을 다시 쳐다보았다. 평안한 얼굴로 버선코에 나비를 수
놓고 있을 뿐 잡념이라곤 없어 보였다. 이태 전에 이 댁 어르신
의 소실로 들어온 열일곱 살 처녀 아이, 은령은 일 년을 넘기지
못하고 대들보에 목을 맸다. 몰락한 양반가의 서녀로 경국지색
이라 소문이 자자했다. 그런 아이를 기만 냥을 들여 사오다시
피 들인 것이다. 허나 아버지뻘 권문세족의 서너 번째 애첩으
로 팔려 온 심정은 오죽 참혹했을까. 게다가 집안이 몰락하기
전 혼담이 오가던 정인情人이 있었다 했다. 송치수는 그 사실을
모두 알고 있었다. 중간대문뿐 아니라 별채 안 방문까지 밖에
서 걸어 잠가두고 마치 짐승을 다루듯 감시했다. 견딜 수 없었
을 것이다. 기어이 대들보에 목을 매고야 말았다. 그 방법 말고
는 이곳을 벗어날 길이 생각나질 않으셨을 게다. 이후 은령의
아비가 주상께 상소를 올리고 딸의 뒤를 따라 자진自盡하였다.
이후 송치수도 간혹 노류장화 기생이나 품을까, 별채는 한참
비워두었다. 첩을 더 들이지 않은 게다.

그런 자리에 들어와 머물게 된 혜정. 노비의 눈에도 혜정 아씨의 미태美態가 훨씬 더 빼어났다. 그런데다 다정하고 따뜻한 분이라 그저 좋았다. 처음엔 이 고운 분도 여기서 목을 매실까 겁이 나서 주변을 맴돌았다. 허나 차돌처럼 단단한 속을 지닌 분, 곁에 있는 하녀가 매 맞을 일까지 심려하곤 늘 평안해 보이시니 열여섯이 아니라 한참 더 윗길의 어른 같다. 제가 매 맞는 일 각오하고라도 이 고운 아씨, 부모 소식이라도 전해주고 싶었다.

혜정은 어젯밤 이 댁에 들어오고 처음 꿈을 꾸었다. 얼마나 이를 꽉 깨물었는지 자고 일어나니 입안에서 비릿한 피냄새가 났다. 꿈을 돌이키니 다시 가슴이 아렸다. 하지만 세상에 나 혼자일 뿐이니 허튼 한숨 한 번도 쉴 수 없어서 숨을 잠시 참았다 풀어놓았다.

효주는 부산스러웠다. 비록 은성대군에게 시집갈 몸이며, 아버지가 일러주듯이 훗날 중전마마 될 몸이라 하여도 미소년에 마음이 동하는 것은 어찌할 수 없지 않느냐. 곁에서 머리를 다듬어주던 아이가,

"아씨, 분을 바르시니 더욱 곱습니다."

듣기 좋은 소리를 한다.

"그러냐, 너무 난해 보이지 않구?"

"예."

"그 도령은 청국에서 지내다 왔으니 재미난 이야기도 많이 알 테야. 그치?"

"예. 허나 어르신 뵙는 자리니 아씨는 다과상만 들이고 나오셔야 합니다."

"그게 무슨 상관이냐. 잠시 눈이라도 마주치면 야밤에 월담인들 못할까."

대범하게 이야기를 해놓고 깔깔 웃는다.

"도련님이 그리 미남자라 하시더이다."

"사내아이인데 그 눈웃음에 사람들이 홀린다고 청국에선 '야호령'이라 했다더라."

"야호령이요?"

"그래, 여우 혼령이라고 말이다. 후훗, 어찌 내가 들어가 봐야겠다. 나도 홀릴 수 있는지 아닌지."

"그러다 정녕 홀리시면 어찌하시려구요."

"호호호, 그래 봐야 사내는 다 똑같은 법이다. 여색에 끌리는 것이 당연지사이지. 어떠하냐, 나 고우냐?"

"예."

"나도 월궁항아처럼 고우냐?"

"예?"

월궁항아? 수발 들던 아이가 깜짝 놀라 되묻자 효주는 조금도 망설이지 않고 **뺨**을 때렸다.

"못된 것. 별채에는 잘도 월궁항아라 하더니. 뭐, 예? 나는 그년만 못하더냐?"

"아, 아니옵고."

"저리 가라."

사랑채에서 객을 맞은 치수는 당황스러울 뿐이다. 소년을 내쫓은 것이 바로 어제의 일이다. 그런데 다음날, 예를 갖춰 다시 집을 찾은데다,

"송 판서 어르신, 어제는 결례가 심했습니다. 심양의 진성대군께서 조정 노신료들의 물건을 챙겨주셨는데 제가 어젠 그걸 드린다는 게 급히 오느라."

여전히 당돌하게 웃었다. 하지만 눈매가 얼마나 차디찬지. 입꼬리만 올려 웃으니 더 서늘했다.

"이건 무엇이오?"

"지도책입니다. 대국에는 서양인들의 지도책이 많아서."

"이름이, 무엇이라 하였소?"

"예?"

문밖에 인기척이 나자 그에 정신을 팔고 있다가. 수월하게,

"김지원입니다. 올해 열네 살입니다."

송치수를 뚫어져라 쳐다보며 대답했다.

"아버님, 다과 들이겠습니다."

효주가 다과상을 들고 들어왔다. 고개를 조신하게 숙이고 있으나 눈으로는 도포를 제대로 차려 입고 의젓하게 앉아 있는 소년을 쳐다보기 바빴다. 효주도 어디 하나 빠질 데 없이 어여쁜 아이였다. 그런데도 소년의 표정에는 전혀 변화가 없지 않느냐. 오히려 무언가를 기대했다가 실망한 얼굴이었다. 효주는 체통을 잃고 아예 반쯤 넋이 나간 듯했다.

"효주야, 다과 들였으면 그만 나가보거라."

"예? 아버님, 제가 차 한잔 내려 드려도 되겠습니까?"

효주는 이 소년과 조금이라도 함께 있고 싶은 모양이었다. 여인네의 마음이란 알 수가 없구나. 후일 중전이 된다 해도, 주상이 될 이와 혼인을 앞두고 있어도 풋내 나는 어린 소년에게 마음이 뺏기기도 하느냐. 그저 웃고 말았다. 어쩌겠니, 하루 놀이라고 생각하렴.

차를 따르는 효주의 손끝이 바들바들 떨렸다. 긴장한 것이다. 지원은 심드렁하게 치수의 질문에 몇 마디 대답해 줄 뿐, 효주에겐 전혀 관심이 없었다.

"드…… 드시어요."

"고맙습니다."

지원이 효주가 내미는 찻잔을 받으며 아주 의례적인 미소를 띠운다. 그 바람에,

"어머나!"

효주가 찻잔을 쏟아버리고 말았다.

"이런, 게 밖에 누구 없느냐."

"어쩌나, 괜찮으십니까?"

"물이 뜨겁지 않으니 괜찮습니다."

지원은 별일이냐, 무슨 호들갑이냐는 듯 도포자락에 쏟아진 녹차를 아무렇지 않게 털어냈다. 아니, 그보다 먼저 이를 어쩌냐며 놀라서 엉겨드는 효주의 손을 뿌리쳤다. 내게 손대지 마시오. 웃음은 짓고 있으나 그 손길이 차갑고 단호했다.

＊

깊은 밤.

혜정은 별채마당에 내려서서 밤하늘을 올려다보고 있었다. 눈썹달이 걸려 있다. 어둠이 더 깊고 푸르다. 아무도 없으니 한숨 한 번 깊이 내쉬었다. 꼿꼿하게 지켜왔던 자신이 한숨 한 번으로 무너질 것 같았다. 그저 자리에 털썩 주저앉고 싶었다.

아버지, 왜 저한테 살라 하셨습니까. 피눈물이 나는데 어찌 웃으며 살라 하셨습니까.

때늦은 원망을 해본다.

그때,

"누…… 누구냐."

등 뒤에서 서늘하게 다가오는 기운에 혜정의 목소리가 떨렸다. 제 한 몸은 지킬 수 있을 만큼 무예를 익혔다고 생각했으나 심신이 지친 혜정은 고스란히 손목을 잡히고 말았다.

이대로 죽으면 되겠구나. 나는 살려 했는데 죽었으니 아버지도 꾸중하시진 못할 테지.

"......."

마음먹으면 어찌 제압해 볼 수도 있었다. 하지만 그러고 싶지 않았다. 이 댁에 소란을 일으키기도 싫으며, 열여섯 살 여자아이가 홀로 버틸 수 있는 시간은 그리 길지 않아서 이제 기운이 없다. 이대로 주저앉아 잠들 듯이 숨이 끊어지면 소원이 없겠다.

"죽여야지, 왜 가만 있느냐. 소리치지 않을 것이다. 조용히 베고 가거라."

"......."

뒤에 선 사내의 숨소리가 너무 여렸다. 밤기운을 안고 있어 손이 차다. 혜정의 손목을 어찌나 세게 그러쥐고 있는지 얼얼할 지경인데, 왜 아무 말 하지 않는지…….

"못됐다, 아무 남정네한테 죽여달라 하면 되나. 손목 잡히고도 고함 한 번 지르지 않고, 스승님께 배운 좋은 무예도 한 번 써먹지 않고 어째 그저 내어주고만 있니."

소년의 목소리. 혜정은 뒤로 잡힌 손을 뿌리치고 그제서야 목소리의 주인을 쳐다보았다.

"지…… 지원아."

"……다행이다, 더 컸을까 염려했는데."

누가 들을세라 소곤소곤, 혜정이 보라고 있는 힘껏 활짝 웃고 있지만 지원의 눈에는 눈물이 고였다. 혜정의 손목이 야위었다. 어깨는 한 줌에 바스라질 것 같았다.

낮에 지도책을 핑계로 이 집에 들어와서는 별채가 어딘지 봐두었다. 밤이 깊기를 기다려 담을 넘었다. 의심이 많은 송 판서는 집 안에 장졸들을 여럿 두고 경비를 세운다 들었다. 그래도 무서울 것은 없다. 절대 잃어버릴 수 없는 단 한 가지만 생각했다. 달빛 아래 어슴푸레한 그림자만 보고도 혜정을 알아보았다. 그 곧은 자존심에 울지도 않고 한숨 한 번 피처럼 토해놓는 혜정을 한눈에 알아보았다.

"어찌 왔어, 청나라에서."

"말도 타고, 걷기도 하고, 배도 타고."

"……네가 올 데가 아닌데. 너 큰일 나려고 이러니."

"얼굴 보자. 몇 년 만인데 그대로인지 한 번 보자."

"지원아, 이러다 일 난다. 우선……."

혜정은 짧게 망설였다. 하지만 이런저런 일을 따질 때가 아니다. 다급한 대로 지원을 데리고 방 안으로 들어가려는 혜정을, 그대로 돌려세워 끌어안았다.

"미쳤다. 왜 이러니."

"내가 더 클 거라고 그랬지?"

"그래."

"절대로, 안 잊을 거라고도 했지?"

"……그래."

"……나 김지원 맞어."

"알아."

"울어, 울어도 돼."

"……눈물이, 안 난다."

여덟 살 아이가 열네 살 소년이 되어 자신을 안아 다독여 주고 있었다. 혜정의 마음이 다시 어려졌다. 부모님과 가족을 잃은 절망, 비통함이 파편이 되어 가슴 속 깊이 박혀 있었다. 지원이 울어도 된다고 말하니 그제야 아프다. 나는 어떻게 살아야 할지 모르겠다고, 왜 혼자 남겨두었냐고. 아버지를 향해 하지 못했던 원망이 쏟아져 나올 것 같았다. 한참 그대로 있었다. 눈물이 나지 않아서 가쁜 숨만 크게 쉬었다. 오래 참았다가 비로소 공기를 마시는 사람처럼. 그리고 떨리는 손을 들어 지원의 옷자락을 쥐어보았다.

"어쩌려고 울지도 못할 만큼 참고만 있어. 미련하다."

"……나는 벌써 죽은 사람이라고 생각했는데. 네가 죽은 거아니라고 하니까 모르겠다."

"나한테도 세월은 지났어. 나 열네 살이야. 열다섯 살로 봐도 돼."

지원이 안았던 손을 놓고, 짐짓 기분 상했다는 듯 혜정을 쳐다보았다. 그런데 별채 중문에서,

"아씨, 게 누구 있습니까?"

파수 도는 장정의 목소리.

혜정은,

"아니오. 달 보러 나왔소. 여긴 아무 일 없으니 가보시오."

말하곤 지원을 잡아끌었다.

"월담을 하고 간 크다. 우선 들어가 얘기하자."

방문을 걸어 잠그고 지원의 신발도 챙겨 들고 희미한 등불만 밝혔다. 일렁이는 빛 그림자 속에 지원은 그래도 아이처럼 웃고 있었다. 제가 무슨 일을 하고 있는지 하나 모르는 사람처럼. 여전히 눈은 맑게 빛나고 깊었다. 마주 앉자마자 지원은 궁금했던 일을 물었다.

"컴컴한데 어떻게 나인 줄 바로 알아봤어?"

"……나는 안 잊어. 지원인 애기 때 얼굴 그대로 있어."

"그래서 그렇다 하지 말고 매일 생각해서 그런다 해주지. 여덟 살이던 아이가 얼마나 훤칠하게 잘 자랐을까. 나 데리러 온 댔는데 언제 올까 기다려서 그렇다 해주면 오늘 담 넘고 고생한 거 다 없어질 텐데."

지원이 생글대는 걸 보자니 혜정도 그를 따라 웃는다.

"지원이 고운 얼굴에 흉터 생겼네. 어쩌다가?"

"북경에 갔다가 시비가 붙어서."

"싸웠어?"

"아니, 시비 붙는 걸 보다가 밀려서 넘어지는 바람에. 보기 싫지?"

허나 자세히 보지 않으면 모를 만큼 작고 여린 흉터이다. 심지를 낮춰놓은 등불 아래 콧잔등의 희미한 흉터가 혜정에겐 또렷하고 안타깝다. 여덟 살 아이를 대하듯 손을 내밀어 만져 보려다가 관두었다.

"김지원. 내가 너를 돌봐주질 못해, 이제."

"……아직도 내가 여덟 살이야? 돌봐달라고 왔어, 놀아달라고 왔어?"

"……아직도 어려. 지원아."

"어른이야. 우리 형은 열 살에 장가도 들었어."

"그래, 어른이라 하자. 날 찾아와 어쩌려고. 역적죄인인데. 이 집에서 쫓겨나면 관비로 팔려갈 테고 쫓겨나지 않으면 이따 어느 노인 후실로 가 살아야 한대. 죽는 게 더 나은 것 같은데 아버지께서 꼭 죽지 말고 살라 하셨으니 그조차 마음대로 못하겠다. 김지원, 니가 나를 어찌할 거니."

대답할 수 없다.

"……."

왜 원망 쏟아놓았을까. 어린아이라 자기 입으로 그리 말했으면서 안 되지, 안 된다고. 혜정은 자신을 곧게 세우는 심정으로,

"한 번 봤으니 됐다. 잠시라도 웃게 해줬으니 고맙고. 조심해서 돌아가거라."

지원의 눈을 피하며 작별인사를 하려 했다. 그런데 지원은 다시 혜정을 쳐다보며 또박또박 말했다.

"관비로 팔려가면 내가 다시 데려올 테고, 후실로 가서 살아야 하면 내가 보쌈이라도 해올 거야."

"같이 죽자고? 그런 소리 쉽게 하는 거 아니다."

"같이 살자 하는 거야."

"어떻게?"

소용없는 줄 알면서 되물었다.

"우선 담 넘자 생각했지. 그 다음은 생각 못해봤어. 어디든 붙들려 가면 꼭 잃어버리지 말고 다시 옆에 같이 있어야지 생각은 했는데. 이제 찬찬히 궁리해 볼게."

지원의 솔직한 대답. 혜정이 또 웃는다.

"내가 너한테 별걸 다 묻는다."

"우선 보고 싶으니까, 살아 있나 그 생각만 했다. 이제 봤으니까 어찌할진 생각해 볼거야."

"지원아."

"그대로 있어. 키도 더 크지 말고 나이도 더 들지 말고."

"김지원."

"아까처럼 담 넘어 손 잡는 사내 있으면 고함지르고 해야 돼. 그냥 있으면 안 된다. 도포도 지어달라 하고 싶었고 맛난 밥도 지어달라 하고 싶었는데 다 다음에 해달라 해야겠다. 우선은 숨 쉬고 살아만 있으면 된다. 알았지?"

지원은 다 큰 사내처럼 말하고 자리에서 일어났다.

"왜 나한테만 자꾸 살라고 하니. 못 살겠는데, 죽겠는데. 왜."

"……내가 살고 싶으니까."

혜정을 돌아본다. 눈물이 고여 있다. 지원은 다시 웃어 보였다.

＊

지원은 사랑채 문을 열어두고 골똘히 생각에 잠겨 있었다. 서책을 펴두고는 있으나 한 식경이 지나도록 책장 넘길 줄 몰랐다.

"도련님."

"응?"

여덟 살 아기를 혜정의 집까지 모셔갔던 그 여인, 세화였다. 이제 손자, 손녀까지 봐서 '할머니' 소릴 듣고 있다. 원래 말수가 적고 행실 반듯하여 아랫사람은 물론이요, 상전도 함부로 대하지 않았다. 지원의 생모가 이 댁에 시집와서 아들 둘 낳고 병사하고 큰아들 자라 장가들고, 둘째 아들 이리 크는 것까지 고스란히 지켜본 여인이다.

"사흘 전에 송씨댁 가셨드랬지요?"

"응."

"한 번만 간 거 아니시지요?"

지원은 세화의 말에 놀라지도 않고,

"낮에 한 번, 밤에 한 번. 낮엔 사전답사, 밤엔 현장실습. 어찌 알았어?"

세화는 지원의 대답에 한참 웃다가, 주변을 새삼스레 둘러봤
다.

"도련님, 송씨댁에서 오늘이나 내일께 한 번 더 와주십사 전
언이 왔다 합니다."

"왜?"

"청나라에서 건너온 그림 몇 점을 선물받으셨는데 그걸 와
서 좀 봐주시라는데요."

"내가 거길 왜 가?"

녹차 쏟고 난리법석, 분냄새 진동하던 그 댁 외동딸을 생각
하며 피식 웃었다.

"아무나 보고 웃으시면 어쩝니까."

"안 웃으면 무섭다 하고, 웃으면 계집애 같다느니 홀린다느
니하고. 어쩌란 말이냐?"

지원이 책을 소리 내어 덮고 제 나름 토라진 체했다.

"도련님. 그 댁 아기씨 보러 가셨습니까?"

"응, 누나 보러 갔어."

지원이 거짓말하지 않을 줄 알았다. 그래도 절로 깊은 한숨
이 새어 나온다. 어린 도련님 생모 잃은 슬픔과 공허함에 마음
줄 데 찾느라 누나를 잘 따른 것이라 여겼다. 그런데 육 년 세
월을 이토록 고스란히 건너오다니. 그냥도 안 될 일인데 역적
죄인의 딸이다.

"보긴 하셨습니까?"

"어."

"여전히 고우셔요?"

"당연하지."

어린 도련님 제가 어떤 마음을 품고 있는지 알고나 있는 걸까. 금세 흐뭇한 웃음을 띄운다. 지원의 마음을 금방 읽을 수 있는 세화는,

"우리 도련님 좋다는 고운 여인네들이 벌써 도성 안에 줄을 선다는데 꼭 그 댁 아기씨여야 합니까. 나이도 많으신데요. 먼저 늙으실 텐데요."

"나도 늙어."

무얼 믿고 그리 단호한지. 어머니를 많이 닮으셨습니다, 도련님은 이제 기억이 희미해지셨겠지만. 강단 있고 단호하실 땐 또 더없이 단호하시고. 사람에게 쉬 정 주지 않지만 한 번 마음 주면 깊이 아끼셨던 분이라. 어떤 마음인지 알았으니 세화는, 말 전에 다짐부터 받는다.

"제 이야기 듣기 전에 약조 하나 하십시오."

"뭘?"

"걱정되어 그러니 무조건 약조하세요."

"그래."

세화를 믿으니 수월히 대답했다.

"도련님, 귀한 분이니 절대 다치시면 아니됩니다."

"어."

"이민 대감께서 어젯밤에 옥사하셨다 합니다. 오늘 아침에 시신 내어주니 신의 두터운 친구분들이 급히 장례 치루셨다 하고. 안주인도, 따라 자결하셨다고 합니다."

"역적죄 씌우면 사람 죽이는 일도 쉽구나."

살아서 이 고통을 감당할 혜정이 마음에 박힌다. 아프다. 울겠구나. 아니 울지도 못하겠구나.

"제 딸아이가 그 집 몸종과 어릴 적부터 친구라. 이름이 오덕이라 합니다."

"응."

"오덕이가 얘기하기로, 아기씨 오늘 아침에 어찌 아셨는지 부모님 절명하셨단 말 듣고 혼절하셨답니다. 도련님, 우선 제 얘기 다 들으셔요."

벌써 자리에서 일어나는 지원을 붙잡는다.

"……."

"위중하신지 건넛마을 양 의원댁으로 옮겼다 합니다."

"양 의원댁이 어디지? 아, 문양산 아래 서원 있는 곳, 거기지?"

총명한 도련님, 아주 어릴 적 한 번 열병을 심하게 앓아 간 적 있는 그곳을 정확히 기억하고 있었다.

"아직 날이 밝습니다. 해 지면 나서시지요. 제가 뫼시겠습니다. 오덕이가 아씨 곁에 있다 하는데 아이가 말수 적고 무게 있으니 괜찮지 싶습니다."

"유모."

"예."

"못 깨어나는 거 아니지?"

좀체 감정을 드러내지 않는 지원의 얼굴에 솔직한 두려움이 스쳤다. 언젠가 저 얼굴을 본 적 있었다. ·세화는 지원을 우선 달래어주고 싶었다.

"예. 아무리 각오했던 일이라도 열여섯 살 어린 아기씨에게 부모님 그리 가셨단 소식 감당하기 힘들 겝니다."

"이런 이야기 경솔하게 해줄 사람이 아닌데 나는, 내가 하고 싶은 대로 한다. 알잖아."

"예."

"유모는 말릴 것 같은데. 왜 안 그러고."

"억지로 떼놓는 일, 한 번이면 되었습니다."

생모의 곁에서 죽어도 떨어지지 않으려는 여섯 살 사내아이를 억지로 안고 나온 것이 세화였다. 여섯 살 지원은 울며 발버둥 치고, 어찌나 주먹을 세게 쥐고 때리는지 세화의 가슴팍에 멍이 시퍼렇게 들었더랬다. 그래도 멍든 가슴보다 엄마 잃은 아이가 더 아팠다.

미리 연락받았는지 오덕이 양 의원댁 후문 밖에서 지원을 기다리고 있었다.

"좀 전에 정신이 드셨으나, 아니, 그래도 도…… 도련님."

지원이 무작정 방 안으로 들어가니 오덕이 어찌할 바를 몰라 했다. 그러나 세화가 옆에서,

"그런 분 아니시다. 밖에 나가 뉘 오는지나 좀 봐주렴. 여긴 내가 있으마."

"예."

오덕의 말이 끝나기도 전에 마루에 올라섰다. 막상 혜정을 보니 한 걸음도 떨어지지 않았다. 얼굴이 하얗게 질려 있다. 입술이 바짝 메말라서 갈라졌고 탕약은 머리맡에 그대로 놓여 있었다.

지원은 숨을 크게 몰아 쉬었다. 열네 살 소년은 저 여자의 상처가 아팠다.

"약, 먹어라."

무작정 탕약그릇부터 쥐었다. 지원의 음성이 떨린다. 울지 않아야 어른으로 볼 터인데. 그래야 이 작고 여린 여자가 자기에게 기대 울 텐데. 한 줌밖에 남지 않은 여인이 이대로 사라질까 두려움에 목이 메였다.

혜정은 그 큰 눈을 뜨고 있었다. 하지만 지원을 바라보지도 않는다. 반응이 없었다.

"……이혜정, 약 먹어. 안 먹으면 막 소리 지를 거다. 의원이며 사람들 다 몰려오라고. 잡혀가면 나도 역모했다 할 거다. 같이 죽여달라 할 거다."

그 말에 혜정이 자리에서 몸을 일으켰다. 여린 손목으로 바닥을 짚어 몸을 지탱하고 지원을 노려봤다. 원망스럽다. '역모'라고……. 가슴에서 피가 철철 쏟아지는데……. 나쁘다, 이렇게밖에 위로할 줄 모르는 저 어린 마음이, 지금은 원망스럽고 아렸다.

"너 죽는 게 안타까워서 나더러 살라 하니?"

상처를 헤집으니 쓰리고 아파서 혜정은 물었다.

"열여섯 살이나 먹어선 왜 이렇게 아기처럼 생떼냐. 나 여덟 살 때 아파서 울면 누나가 더 때리고 야단쳤잖아. 그땐 아픈데 옆에서 구박하는 누나 미워서 고뿔 한 번 걸리기가 싫었다."

"……."

"누나, 혜정아."

지원이 제 이름을 부르자 거짓말처럼 혜정의 얼굴에 천천히 눈물이 번진다. 지원의 가슴팍으로 쓰러져 길게 길게 흐느꼈다. 이 고통이 너무 깊고 안쓰럽고 또 아파서 안아주지도 못하겠다.

"내가 어찌하면 사는 거니. 왜 나 혼자만 살아야 하니. 나 못하겠다. 어머니, 아버지 소원대로 아들 딸 낳고 웃으며 사는 거, 못하겠다. 무섭고 겁나서 못 살겠어. 지원아, 김지원."

하지만 차마 '제발 나 좀 죽여달라'는 간절한 한마디는 내뱉지 못했다. 그 말이 비수가 되어 꽂힐 지원을 알기 때문에. 통곡할 수 있는 가슴 내어준 열네 살 소년의 여린 마음이 아려서.

지원은 혜정이 하는 얘기도, 하지 않는 얘기도 들을 수 있다.

"실컷 울어, 참지 말고."

"……."

"울어. 나 아기 아니지, 어른 맞지?"

한참 혜정은 흐느꼈다. 아주 오래 기다려 주었다. 울어도 되는 사람 있으니 혼자라 생각하지 말라고, 눈물이 고여 썩을 때까지 누르고 참지 말고 이제 나한테 기대 울라고. 여기가 당신이 울 자리라고.

"이제 약 먹자."

"알았어. 이따가."

"행여나 허튼 생각하지 마. 저승이라도 따라갈 테니."

"그런 말하면 못 쓴다."

"나 고집 세. 아무도 못 말려."

"알았어."

앞으로 살아야 할 날들은 헤아려 보지 못하고 지원을 보고 있으려니 '알았다'는 대답이 쉽다.

"얼른 가, 밖에 누구 있지 않아?"

"유모하고 같이 왔어. 그 정신에도 내 걱정은 꼭 하네. 들켜봐야 종아리 맞기밖에 더 해? 근데 누나."

"어?"

"계속 아프다고 해."

"왜?"

"담 넘기는 힘든데 의원댁은 들어오기 훨씬 편하잖어."

"그래, 계속 아플게."

"응? 그거 아니라니까. 아픈 척만 하고 속은 낫고."

"바라는 것도 많다."

"같이 살면서 쉬엄쉬엄 갚을 거니까 괜찮아."

"뭐, 같이 살아? 고작 열네 살짜리 어린애가 못하는 소리가 없네."

"이상하네. 나한텐 누나가 더 어린애 같은데."

혜정이 고개를 떨구고 작게 웃었다.

혜정은 일주일을 더 그 의원댁에 머물렀다. 매일 밤 지원이 찾아왔다. 울면 달래주고 다독여 줬다. 밤이슬 맞으며 찾아오는 지원을 자신의 처지 잘 알고 있지만 밀쳐 내질 못했다. 소년에겐 짧게 이는 불꽃이길 빌었다. 다 태우고 나면 쉽게 잊고 지나쳐 갈 수 있으리라 생각했다.

송씨댁으로 돌아온 뒤에도 세화와 오덕일 통해 편지를 주고받거나 조심하며 만나곤 했다. 마을 가까이 정토사라는 작은 절이 있는데 혜정이 어릴 적부터 어머니와 드나들던 곳이라 그곳 승려들은 보고도 못 본 체해주었다.

영월 땅 낯모르는 사내에게 끌려가면 죽은 것이나 다름없으니, 그때 이 소년 없이 살아야 하는 긴긴 시간 동안…… 지금을 생각하면 웃어질까. 그럼 저승에서라도 아버지 보시고 기꺼워하시려니.

열네 살 소년의 마음에 아직 정이 남아 있어 혜정을 찾아오니 그 정 다할 때까지 곁에 있어주면 나중 어른 되어 쉽게 잊고 살 수 있을 거라고. 혹여 들키게 된다 해도 자신이 한 일이라 모두 들쓰면 되고. 지원은 앞날 창창한 명문대가댁 자제이니 그 댁 어른들께서 어련히 알아서 잘 거둬주실 테다. 지원이 서른, 마흔 되면 까맣게 잊을 것이다. 한때의 기억으로 아련히 남아 있을 것이다.

가을이 깊어질 무렵.

치수의 딸 효주와 은성대군과의 혼사가 착착 진행되고 있었다. 주상께서는 세자위를 한참 비워놓고 계셨다. 폐세자 하고 세자빈과 세손까지 일가를 전라도 창평으로 유배 보냈다. 이제 딸 세자비 되는 것만 지켜보면 되는데 막상 치수는 모든 일에 심드렁했다. 최고의 권세를 누리니 의례 올 법한 공허함이라 여기기도 했으나 그것이 아니었다. 금은보화가 담긴 궤짝이 수레에 바리바리 실려 마당에 들어와도 흥이 나지 않았다.

흥이 나지 않다 뿐이랴, 고작 서른아홉 혈기왕성한 나이에

역절풍이라 무릎이 쑤시고 아려서 한동안 외출을 삼갔다. 여름이라 날씨는 푹푹 찌는데 매일 뜸을 뜬다, 침을 놓는다, 탕약을 들인다, 수선을 떨며 보냈더니 지리하고 짜증스러웠다. 가을이 되며 날씨가 선선해지자 어혈이 풀리는지 청나라에서 구한 약재가 좋은지 무릎이 한결 편안해서 모처럼 가뿐하게 외출이라도 해볼까. 곧 등청해서 세자 책봉 문제를 마무리하면 되는데 다 잡아놓은 고기라 그런가 도통 서둘러지질 않아서 마당을 이래저래 걸으며 여유 부리던 참이었다.

마침 빨랫감 챙겨 바지런히 별채로 가던 혜정이, 치수를 보고 고개 숙여 가만히 웃었다. 멀찍이 스쳐 가니 바람에 그 여린 향기가 옮겨온 듯 심장이 뛰었다. 마치 사춘기 소년처럼 얼굴이 붉어졌다. 생각하지도 않았는데 입술이 열리고 목소리가 나왔다.

"빨래를……. 험…… 험……."

"예?"

혜정이 그대로 지나가려다 멈추어 섰다. 말간 눈으로 치수를 보았다가 이내 시선을 더 주지 않고 고개를 떨궜다. 그 순간, 저도 모를 기갈이 났다. 나를 보아라. 왜 보지 않느냐. 큰소리라도 낼 것 같았다.

"아랫것들을 시키지 않고서. 네 손으로 하였느냐?"

다정스런 아비라도 되는 양 물었다. 단박에 곁에 가서 함지박 쥔 깨끗한 손을, 저 손목을 쥐고 싶었으나 이 자리에서 한 발자욱이라도 떼면 안 될 듯했다. 이 평안마저, 기갈나는 바라봄마저 끝장날 것 같아서 치수는 저를 근근이 억눌렀다.

"예."

어떤 기운 때문일까 혜정이 금방이라도 별채를 향해 돌아설 참이었다.

"……내 지난 점심상에 노각무침이 입에 꼭 맞더구나. 네가 별채 뒤란에 심었던 것을 손수 캐어다가 무쳤다지?"

"……예."

"의원께서 그리하라더냐?"

"……아닙니다. 더위를 많이 타시어서, 속이 허하고 식욕이 없다시니……."

"내 걱정을 했더냐?"

"……."

절로 입술 끝이 올라갔다.

"아버님께서 편찮으신데 딸 된 도리입니다. 저는 그만, 들어가겠습니다."

혜정은 더 깊이 허리를 숙인다. 그 뒷모습을 보며 치수는 다시 웃었다. 내가 저를 탐내어 이리도 공허했구나. 꼭 얻고 싶은 것이 생겼으니 그만큼 빈자리가 생긴 것이다. 지금껏 그것을 몰랐다.

천하의 송치수가 얻지 못할 게 무엇이랴.

치수는 김성익 댁에 서신을 보내고 답을 기다렸다. 한 식경도 지나기 전에 김성익도 화들짝 놀라 사람을 보냈다. 모르고 있을 리가 있나. 아들의 나이 이제 겨우 열네 살인데 무얼 깊이 재고 앞날을 바라볼 수 있겠나. 그저 들키지 않으려 밤을 틈타 만나고 안 될 일이라 생각하니 더 즐거웠을 테지. 귀한 댁 도련님의 장난질은 이제 끝나야 할 때가 된 것이다.

혜정은 소매를 동동 걷고 별채 뒤뜰에 쪼그리고 앉아 있었다. 웅크린 등허리가 날렵하다. 치수는 침을 삼켰다. 조신하게 드리운 댕기머리 하며, 걷어 올린 소맷자락 아래로 여린 팔, 손목까지……. 은밀한 욕망을 꿈틀거리게 했다. 치수는 제 스스로를 가로막지 않았다. 딸과 동갑이다. 그 어떤 애첩보다 어려서인가, 고와서인가……. 손에 넣기 어려워서일까. 아직은 모른다. 우선은 손아귀에 넣고 보아야겠다고 치수는 제 마음을 정해두었다.

"혜정아."

"네?"

벌떡 일어난다. 치수의 별채 출입은 처음이었다. 그저 데면데면 타인처럼 대하고 혜정도 더없이 조심하며 지냈다. 며칠 전 느닷없이 빨래하고 돌아오는 길에 치수가 불러 몇 마디 말 붙이기에 대답했다. 무언가…… 답답했다. 도리 없이 새장에 갇힌 새처럼 철창 밖으로 머리 내밀어볼 수밖에 없는 것이 제

신세인 줄은 잘 알았지만.

"뭐하던 중이냐."

치수의 목소리가 다정하기 그지없다.

"아욱을 심어두었더니 이제 캘 때가 되어서."

"텃밭을 가꾸었구나. 네가 이 집 온지 이제 두어 달밖에 되지 않았는데 별채가 한층 온기가 도니 좋다. 그래, 귀신은 본 적 없니?"

농담이라 던지며 혜정의 불안해하는 눈을 응시한다.

"예."

"밤마다 오덕이와 정토사 간다면서."

"예……? 예."

"부모님 명복 빌어드리고 싶은 맘은 잘 알지만, 조심해야지. 안 그러냐."

"예."

혜정은 치수의 눈빛이 이제야 소름 돋고 무서웠다.

"이 집에 눈이 좀 많으냐. 아녀자 밤이슬 맞고 다닌다 말 나면 어쩌겠니. 너 영월로 시집갈 때까지 내가 잘 데리고 있어야 하는데, 무슨 일 생기면 너 모시는 오덕이년 무사치 못할 게다. 밤길 무섭지 않니? 장정 두엇 붙여줄 테니 같이 다니려나?"

"아…… 아닙니다. 기도 충분히 드렸으니 오늘 밤부턴 아니 가겠습니다."

온몸에 소름이 돋았다. 치수는 혜정을 빤히 들여다보고 있다. 혜정의 숨통을 쥐었다 놓으면서 이 순간, 자신의 소유임을 확인하고 있는 것이다.

"혜정아."

"예."

"영월에서 택일하자고 연통이 왔더구나."

"……예."

"올겨울에는 보냈으면 하는데, 그 댁에서는 겨울 지나고 날 풀리면 데려가겠다 하시더라. 참으로 자상하시지?"

"예."

"혜정아."

"예."

"효주가 왜 니 머리채 잡고 패악질을 했을고?"

"예?"

효주가 요 며칠 앓아누웠다. 약수발 들라기에 안채 출입하며 정성껏 간호했다. 그랬는데 효주가 정신이 들자마자 혜정의 머리채를 잡았다. 곁에 있던 몸종들까지 깜짝 놀라 뜯어 말리고 한참 난리였다.

치수가 그 음흉한 속내를 흘리며 다시 혜정을 쳐다본다.

"저, 저는."

"네가 뭔 잘못 있겠니. 열네 살 사내면 아직 어린애지."

"……."

"네 아버지가 왜 그리 가셨는지 아느냐. 거짓을 말하지 못하는 곧은 성품 때문이셨지. 한 번 거짓말하고 고개 돌리면 오히려 영화 누리며 사셨을 터인데. 너도 그 아비에 그 딸이라 거짓말을 못할 테지."

"……."

"그래, 너도 사내였으면 틀림없이 아비를 쏙 빼닮아 강직한 무관이 되었을 게다. 그런데 이리 고운 처자로 났으니 어쩌겠느냐."

무언가 불길하고 무서운 예감에 어깨를 움츠린 혜정을 두고 치수는 유유히 별채를 빠져나갔다.

야심한 시간이 되자 당연한 듯 오덕이 문밖에서 인기척을 냈다.

"아씨, 차비 다 하셨습니까. 나서시지요."

"오덕아, 잠시 들어와."

"예."

혜정은 오덕의 두 손을 잡으며,

"오늘은 혼자 다녀오마."

"아니 됩니다. 밤길 위험하고, 그래도 산속인데 혼자 가시다니요."

"어릴 적부터 아버지한테 무예 배웠으니 내 한 몸은 지킬 수 있다. 오늘이 마지막이니까 심려하지 말고, 너는 어머니하고 자거라. 내가 나간 거, 너는 모르는 게다. 그리만 해다오."

"아씨, 무슨 일 있으셨습니까?"

"불공 드린다는 핑계도 하루 이틀이다. 괜찮다, 별일 없을 게다. 있거라."

나 하나 웃고 살자고 몇 사람을 끌어들였는지. 나 혼자 죽으면 그만이라 여겼는데 아버님이 살라는 뜻이 이런 것은 아니었을 텐데. 하인이라 하나 오덕이 목숨줄이 왔다갔다 한다는 것을 잊었다. 지원이, 그 고집 센 녀석이 나 잊지 못하고 앞으로 살아야 할 그 많은 날들, 힘겨워할까 봐. 혹여라도 그리워할까 봐 만나는 거라 생각했다. 허나 이도 핑계겠지. 지원이가 좀 더 용기 없기를, 좀 더 쉽게 잊기를, 열네 살 나이 그만큼만 깊기를 바랐던 마음.

그래도 그 아이 웃음에 기대고 싶었다. 그 아이의 낮고 다정한 목소리를 잠시라도 듣고 있으면 마음을 어루만져 주는 것 같았다. 달 뜬 밤에 만났으나 햇살처럼 웃어졌다. 나란히 앉아 있다가 다정스레 손잡아주면, 어린아이 손이 든든하고 따뜻해서 이 손 쥐고 평생이라도 살 수 있을 것 같았다.

장옷으로 얼굴 가리고 초롱불 하나 밝히지 않고 밤길을 나섰다. 유난히 뒷덜미가 섬뜩하지만 마지막이니 한 번만 욕심을 내보자. 인사 없이 보낼 수는 없으니 그 얼굴, 마음에 담고 싶어서 무작정 걸음을 빨리 했다.

절 뒷채 마루에 앉아 지원을 기다렸다. 밤바람에 풍경 소리만 은은히 들려온다. 한참 기다리니 지원이 그제야 중문 안으로 뛰어들어 왔다.

"미안해, 오래 기다렸지?"

"뛰어왔니? 땀 봐. 나 어디 가는 거 아닌데 뭐하러 이렇게 급하게 와. 산길에 넘어지면 어쩔래."

그래도 혜정의 옆에 앉아서, 숨 몰아쉬며 혜정을 쳐다봤다. 힘들었는지 얼굴이 상기되어 있으나 생글생글 미소가 가득했다.

"오늘따라 나오기가 힘들어서."

혜정은 더운 열기를 느끼며 옷고름으로 이마에 배인 땀을 찬찬히 닦아주었다. 얼굴 좀 더 보자. 내가 보는 마지막 네 얼굴이 여덟 살 때가 아닌 것만도 감사해야겠다. 나중에 늙어 늙어 노인네 되어도 너 찾기 쉽겠다.

"흉터가 맘에 걸린다."

"뭐, 어때. 나중에, 나중에 알아보기 좋잖어."

"그래도 큰 흉 아니어서 다행이다. 만져 봐도 돼?"

"어, 만져 봐. 나는 누나 맘대로 해도 되는 사람이야."

"무슨 소리야, 이상한 말 자꾸 한다."

지원의 말에 자꾸만 웃음이 나는데, 곧 눈물이 따라왔다. 목구멍 속으로 눈물을 삼켜본다. 떨리는 손끝으로 콧잔등이며, 윗입술께 흐릿해진 흉터를 만져 봤다.

그런데 지원이 갑자기 혜정의 손을 잡아 쥐었다.

"멀리 가지 마."

"김지원."

여전히 웃고 있지만, 여전히 목소리는 따뜻하지만 들끓는 슬픔과 분노를 가라앉히고 단호하게 말했다.

"아버지가 나를 다시 청나라로 보내실지, 아니면 형님 있는 관동 군영으로 보내실지 모르겠지만."

"……내가 미안해. 욕심내면 안 될 일을, 아니라 하고 처음부터 돌려보냈으면 되었을 일을. 괜히 이까지 왔어. 맘에 담지 마."

"마음에 벌써 있는 사람을, 어떻게 마음에 담지 않을 수 있어? 안 돼. 내 마음이 있는 한은 그렇게 안 돼."

"……아버지한테 꾸중 많이 듣지 말고, 아니 만나겠다고 곱게 말씀드리고. 집 떠나 고생하지 말고. 응?"

청나라도, 관동 군영도 너무 멀다. 팔 년 만에 집에 돌아온 지 석 달 채 안 되었는데. 또 그 먼 곳에서 얼마나 고생스러울지.

"나는 누나가 걱정이다."

"지원아."

"나는 잘 버티다 올 수 있어. 어디 있든 찾아갈 자신도 있고."

"……."

"혹여 무슨 일 있더라도. 내가 이렇게 손 잡고 있던 거 잊으면 안 돼. 이 손 놓으면 안 돼. 나는, 어디 있든 갈 거야. 저승이라도 갈 거야."

"잘살아야지. 저승엘 왜 따라와."

"그러니까, 내 몫까지 산다 생각하고 살아야 돼. 응?"

"김지원."

"누나 말처럼 내 나이 이제 겨우 열네 살이라 아직, 내가 어려서 미안해. 늦게 태어나서 오래 기다리게만 해서 미안해."

"나는, 이제, 여기서 너 못 기다린다."

"……."

"내년 봄이면 영월로 가야 돼."

"알아."

"그러니까 지원아, 천천히 잊으면 된다. 아버지, 어머니 돌아가셔서 아픈 것도 나도 사람이라고 밥 먹어지고……. 너 보면 웃어지고, 그렇게 살아지더라. 못 견딜 상처도 없고, 못 잊을 사람도 없으니 잊고 살자, 응?"

"약속 하나 해줘. 꼭."

"무슨 약속? 나는 내 맘대로 못 사는데 내가 너한테 무슨 약속을 해?"

"마음은 나한테 준다고, 고스란히 나한테 줄 거라고, 약속해."

"지원아."

"몇 년 동안 무슨 일이 있어도, 마음은 나한테 있다고 생각

하고 살 거야. 내가 진짜 어른이 되면 꼭 다시 데리러 올게. 그
동안은 무슨 일이 있어도 살아준 것만도 감사할 테니까. 나한
테 미안해하지도 말고 잊으라고 하지도 말고, 나 잊지도 마라."

"……나는 내년이면 시집간다고. 후실로 들어가 아이 낳아
주고 그리 살아야 한다고. 우리 아버지, 그렇게 해서라도 나 살
리려고 하셨으니 난 목매지도 못해. 왜 말을 못 알아듣고 자꾸,
나보고 못할 일 하라고 하니."

"그래서라도 살아주면 안 돼?"

"……."

겨우 겨우 울음을 참고 있었다. 이 아이를 어찌하면 좋을까.
이제 끈은 끊어졌는데……. 놓지 않아도 다시 이을 수 없는데.

"지원아."

"그러고 나서 나하고 오십 년만 살아주면 되잖어."

"……."

"오십 년이 너무 많으면 그래 사십 년만 살아줘. 나 열여덟
살, 누나 스무 살 되어서 딱 사십 년만 같이 살자."

"그래."

"숨만 쉬고 있어. 그러면 다 돼. 그것만으로 충분해. 응?"

"진짜로 살아만 있으면 어디든 찾아와? 그리고 오십 년, 육
십 년 내 옆에 있어줄 테야?"

혜정이 이제 아이가 되어 조르듯, 지원에게 물었다. 이 아이
의 대답을 듣고 싶었다. 약속하고 싶었다. 비록 지키지 못하더

라도 그 약속을 마음에 담고 살고 싶었다.

"응. 꼭."

"약속, 한 거지?"

지원이 웃었다. 고개를 끄덕여 주었다. 오늘이 이 약속이 세상에서 하는 마지막이라 하더라도 괜찮다 여겼다. 다시 이 아일 만나지 못한다 하더라도.

지원이 혜정의 머리를 쓸어주고, 입술에, 뺨에, 이마에 입을 맞췄다.

그날 밤, 치수는 혜정을 기다리고 있었다.

"인사 잘하고 왔니?"

"……."

"내가 왜 오늘 밤은 보내줬을 것 같니?"

"어르신의 깊은 뜻을 제가 어찌 알겠습니까."

"허허, 정 깊이 줘서 날 원망하거나 통곡이라도 할 줄 알았더니, 의연하구나."

"……."

"김성익 댁에서 연락을 받았다. 제 아드님 성정을 너무나 잘 아시더구나. 다른 여인과 혼례를 올린다고 접을 마음도 아니요, 평생 외따로 떼놓고 산다 해도 해결될 일 아닐 거라 하시더구나."

"……."

"안 된다하면 더 애틋한 것이 인간사 아니겠느냐. 그래, 우선은 멀리 보낸다 하시더라. 눈에서 멀어지면 자연 마음도 멀어지지 않겠냐고. 혼례라도 올리게 하면 열 여자 마다할 남자가 어딨냐마는 그 댁 위상에 맞추려면 여간한 양반가 아니면 아니 될 테고. 그 댁 도령 벌써 곱다느니 사람 혼을 빼놓는다느니. 하하, 별 소문 다 돌아 혼담이 안 들어온다 하더라. 어디 조용히 있다가 잠잠해지면 혼례 올리실 모양이지. 곧 떠난다 하더만. 마지막이라 생각했으니 더 간절했겠구나."

"제게 하실 말씀이 무엇입니까."

"내가 너를 어찌 생각하는지 아느냐?"

"예?"

"내가 너를 어찌 생각하는지 아느냐고 물었다."

"양녀로 받아주신 은혜, 잊지 않고 있습니다. 아버님께서 저승에서라도 은혜 갚겠다 하셨습니다. 저 또한 그 은혜 잊지 않고."

"그래, 분명 은혜라 했으렸다."

"예."

아랫입술을 사려물었다. 치수의 탐욕에 젖은 눈빛이 두려웠다. 무릎 위에 얹힌 두 손이 떨렸다. 죽음을 생각하며 살았으니 하늘 아래 나 혼자이니 무서울 것도 두려울 것도 없다고 여겼는데.

"어차피 영월에서 후실로 살거나, 내 집에서 살거나 다를 바 없지 않느냐."

"그게 무슨 말씀이십니까."

"니가 어떤 여인인지 잘 안다. 영월로 가나, 내 곁에서 사나 마음은 주지 않을 게 뻔하지 않느냐."

"차라리 내치십시오. 관비로 살겠습니다."

끔찍하다. 그렇게는 살 수 없다. 절대로, 절대로.

"하하하, 은혜라며. 살려주신 은혜라 하지 않았느냐."

치수가 무릎걸음으로 다가와 혜정의 여린 손목을 움켜쥐었다.

"이 손 놓으십시오."

늙은 사내라 하나 손아귀 힘이 어찌나 센지, 꼼짝할 수가 없었다. 손목이 아렸다. 그보다 치욕에 견딜 수가 없었다.

"끝까지 말은 반듯하구나."

"죽을 것입니다. 이러지 마십시오."

"죽을 것이라?"

그제야 치수의 손에서 힘이 좀 풀린다. 그 틈을 놓치지 않고 손을 빼냈다. 아직도 몸이 떨린다. 천만 번 씻어내도 오물에 더럽혀진 듯한 이 손이 다시 깨끗해질 것 같지 않았다.

"제 뜻대로 할 수 있는 것이 그것뿐이니, 그리할 것입니다."

"영월에 시집가도 그럼 죽을 것이냐?"

"예."

이미 결심한 일이다. 혜정의 대답은 단호했다. 저승에서 아버님 만나면 무릎 꿇고 빌 생각이다. 살라 하셔서 살아보려 했는데 그리는 못하겠더라고. 차라리 지원을 만나지 않았으면 견디고, 싸운다 여기며 하루 하루 지날 수 있었을 텐데. 다정하고 고운 소년을 만나니 살고 싶고, 살고 싶은 만큼 견딜 수 없는 고통도 크더라고. 무릎 꿇고 사죄할 것이다.

치수는 은령이 대들보에 목을 맸던 일을 기억하고 있었다. 꽃처럼 예쁜 계집이었다. 억지로 취하여 별채에 두었으니 저도 사람인데 적당히 호화부귀 누리며 살겠지 대수롭지 않게 여겼다. 허나 은령은 일 년도 채우지 못하고 자결을 했다. 그다지 서운하고 애달픈 일은 아니었다. 그저 들인 돈이 좀 아쉬울 뿐. 깊은 담장 안에 은령을 가두자 뜨겁던 소유욕도 시들해져서 기방 출입도 예전과 같아졌고, 고운 계집으로 눈이 즐거운 것은 오래 가지 않았다.

너도 그리할 것이냐. 어찌하면 널 살릴 수 있을꼬. 마음대로 살 수 없으면 마음대로 죽을 수도 없다.

그저 꽃같이 고운 몸을 안아보는 것만으로는 족하지 않을 듯했다. 마음을 갖고 싶었다. 세파 다 겪은 심장에 다시 피가 돌았다. 혜정이 마음을 담아 자신을 향해 웃어주면 세상을 다 가진 듯할 것이니 그 눈빛을, 웃음을 갖고 싶은 게다.

✳

치수의 딸 효주는 은성대군에게 시집갔다. 그리고 채 한 달이 지나지 않아 은성대군이 세자위에 오르게 되어 책봉식이 사흘 앞으로 다가왔다. 치수가 원하는 것이 한 걸음, 한 걸음 자신에게 다가오고 있었다. 책봉식을 사흘 앞두고, 대비가 찾는다는 전갈을 받았다. 대비전, 언젠가 넘어야 할 고비이다. 혜정은 자신의 담 안에 가둬두었다. 대비의 육촌 형제 한미한 선비 따위에게 혜정을 내줄 수는 없다.

네 딸을 세자비 만들어주었으니 이제 당신이 원하는 걸 달라는 거지. 치수는 대비의 속을 빤히 들여다보며 이 싸움에서도 자신의 승리를 확신했다. 대비전에 드니 그의 오라비인 심재윤도 앉아 있었다. 몇 마디 의례적인 인사를 주고받은 다음 대비가 먼저 말을 꺼냈다.

"영월에서 자꾸 혼사 미룬다구요."

"예, 마마."

"동생 내외 금실이 유난하여 제 처 마음 상할까 차일피일 미루고만 있나 보군요. 일을 서둘러야 하지 않겠습니까. 택일은 날 풀리면 한다고 해도 더는 세자비 사가에 폐 끼치기도 송구합니다. 영월에 연통 넣어 먼저 데려가라 했습니다."

치수는 마른침을 삼켰다. 대비……. 늙은 여인이라 만만히 봤더니……. 그래, 쉬우면 얻은 보람 적지 않겠느냐.

"실은 아이가 첩실로 들어간다고 하니 심화를 얻었는지 겨울 들어서자마자 앓아누웠습니다. 별채 출입도 어려우니 당장 먼 길 가기엔 어렵지 않겠습니까."

절반쯤은 사실이기도 하다.

"그럼 내의원에 기별하여 어의녀를 보내겠습니다. 아, 대비전 의녀 아이 보내면 되겠구나. 김 상궁, 그리 해주게. 아프다니 진즉 기별했으면……."

"아니옵니다. 며칠 말미 주시면 몸 추스르게 하겠습니다. 제가 데리고 있으면서 아프니 면목이 없습니다."

치수는 준비했던 이야기를 풀어놓았다. 음성이나 표정에는 당황한 내색 비치지 않는다.

"제 아비 따라 입궐한 그 아이를 처음 본 게 십 년쯤 전일 겝니다. 스치는 인연이겠습니까? 내 각별히 여기고 우리 집안사람 만들고자 애썼습니다. 역모 일을 아녀자 입에 올릴 수는 없으나 주상께서 권문세족 축첩하라고 그 고운 아이 살린 것은 아닙니다."

기어이 말속엔 뼈가 있었다. 그래도 내 손에 든 것을 쉽게 내놓을 것 같으냐. 치수는 속내 감추고 금세 능글능글 웃으며 고개를 더 납작 숙였다.

"대비마마, 명 받들어 아이 시집보낼 준비하겠습니다."

"내 조카 정우는 나이 이제 스물여섯에 정처와 혼인한 지 십 년이 넘었으나 후사가 없어 제가 일을 급히 추진하는 것입니다. 정우는 서원을 열어 학동 가르치고 인망 높은 선비입니다.

근심치 않았으면 합니다. 어찌 사사로운 욕심내어 데려가겠습니까. 선비로서 축첩할 수 없다는 것을 내가 억지로 일 추진하는 것입니다. 아이를 거둬주신 것은 고마우나 더는 염려치 마세요."

구중궁궐의 암투 속에서 자기 아들 왕위에 올리고 오십여 년을 꼿꼿이 산 여인이다. 치수의 검은 속을 들여다보고 있었다.

"그리고 대감, 사사로이 따지자면 나와는 사돈지간이 아닙니까. 곧 세자비 효주는 제 손자며느리지요. 효주, 곱고 총명하여 이번 혼사는 잘 치른 것이라 이 늙은이 마음이 매우 흡족합니다."

자애로운 미소를 띄고 있는 대비. 하지만 네 딸 효주가 어디 있는지 잊지 말라는 엄중한 경고가 있었다. 치수는 당연히 혜정을 내어줄 듯 그저 고개만 숙였다. 공손히 대답 올렸다.

세자 책봉식 이후로 날을 잡고 있었으나 대비가 한발 앞서 가려 한다. 일을 서둘러야겠구나. 치수는 걸음을 재촉했다. 아무도 모를 법한 곳에 집을 마련해 두었다. 도망치지 못하도록 장정 열댓 붙여놓을 것이다. 대비에게는 첩살이의 치욕 견디지 못해 죽었다고 할 작정이었다.

혜정을 영원히 남 앞에 내놓지 못할 것이나 오히려 잘된 일 아니냐. 시신 한 구 구하는 건 일도 아니다. 관아의 순검들이야 다 구워삶아 두었으니 서류 몇 장 꾸미면 끝이다. 이혜정은 역모로 죽은 제 부모 따라, 혹은 첩살이로 가게 된다 하니 곧은 자존심에 자결하였다고 말 만들기도 얼마나 좋으냐.

치수는 가마꾼에게 빨리 가라 타박하며 혜정을 머릿속으로 그려보았다. 네 마음 먼저 얻으려 했으나 안 되겠다. 대비가 내 것을 가지려고 서두르니 나도 어쩔 수 없구나.

침을 꿀꺽 삼켰다. 입술이 마른다. 장정들 세워놓고 감시 게을리 하지 말라 몇 번이고 일렀지만 마치 혜정이 어디론가 가버릴 것 같아 애가 탔다.

겨울이 되었다.

시간은 기다려 주지 않고 돌아보아 주지도 않고 흐른다. 혜정은 내색 않고 지내려 하였으나 한겨울 되자 제 한 몸 건사하기도 힘겨웠다. 효주 시집갈 때 대례복이다 뭐다 길쌈을 혜정에게 맡기니 무리한 탓이려니 했다. 그러나 며칠 쉬어도 하늘이 핑핑 돌았다. 쓰러지듯 잠드는 날이 많아졌다.

그날도 그리 잠들어 아련한 꿈속을 헤맸다.

"아버님."

그리던 아버지, 이민이다. 생전 모습 그대로였다. 엄격해 보이나, 혜정을 향한 눈빛에는 애정이 듬뿍 담겨 있다. 혜정은 꿈에서나마 마음껏 울었다. 민은 쓰러진 딸의 어깨를 끌어안고 아기 달래듯 등을 토닥였다.

"힘드냐."

"예."

"아비 원망스러우냐."

"예."

"우리 혜정이 사주에 눈물이 그리 많다 하더니……. 우리 혜정이 사주에 겨울이 없다 하더니, 아비가 데려갈 걸 그랬니."

"지금이라도 데려가 주세요, 데려가세요. 아버지"

"……그래도 이까지 잘 버텼느니……."

"아버지."

민의 모습 희미해지려 해서 혜정은 무작정 굳은 손을 잡았다. 검을 쥐던 무사의 손, 단단하고 세상 누구보다 강했던…….

"정아, 이 겨울 끝나가니 조금이나마 평안할 것이야."

"예?"

"귀한 인연이다. 부모 자식 간의 연이란 그런 것이다. 마음 다하여 정성껏 키워 좋은 어미 되어야 한다."

민의 얼굴에 잔잔한 미소 번졌다.

"……아버지."

"눈물 거두거라. 나와 네 어미가 늘 바라보고 있으니 그리 알고 살아야 한다."

민의 모습이 점점 사라져 간다.

그리고 잠에서 깼다. 숨이 가빴다. 아버지의 말이 마음 약해 져서 꾸는 꿈이라 넘기기엔 너무나 선명하고 생생했다. 부모 자식 간의 연이라니. 하루 살아내기도 숨이 가쁜데 무슨 말씀 이신가.

마음을 채 다스리기도 전에 갑작스레 밖에서,

"아씨, 손님 오셨습니다."

조심스러운 목소리. 혜정은 대충 옷매무새 가다듬고, 머리 매만졌다.

치수는 집에 들어서자마자,

"별채엔 별일 없지?"

물었다. 집사는 고개를 바짝 숙이며,

"영월에서 손님이 오셔서 별채로 모셨습니다."

"뭐? 영월에서 손님?"

"예, 아씨 데려가실 댁 안주인이라 하시던데. 마님이 별채로 모시라 하시기에……."

"뭐라?"

일이 이렇게 어긋날 줄이야. 세자 책봉식만 치르면 일 서두르려 했다. 대비……. 늙은 여우임이 틀림없구나. 치수는 이를 갈았다. 아직 부원군이 되지 못했으니 경거망동해서도 안 된다. 내가 그리 큰 것을 욕심냈느냐……. 어찌할 수 없다는 걸 알면서도 속이 쓰렸다. 천하를 호령할 권좌를 잃은들 이다지도 공허하고 아릴까. 열로 들뜬 머릿속, 혜정을 내주지 않을 온갖 방법을 다 궁리해 보았으나……. 이미 늦었다.

아직은 아니다. 이리 빼앗기니 다시 되찾고 싶은 마음은 더욱 강해졌다. 치수는 그저 두 주먹만 부르르 떨었다.

✱

심정우의 아내, 미윤은 별채로 가면서도 마음이 조마조마했다. 방문 열고 들어서니 알 수 없는 향기가 코끝에 맴돌았다. 자리 비켜주며 내려서는 열여섯 살 여인. 미윤은 '앉으라'는 말도 잊은 채 한참 넋 놓고 보고만 있었다. 결국 혜정이 먼저 공손히 묻는다.

"뉘신지요."

"우선 앉게."

"예."

치맛자락 사락이는 소리만 났다. 자리에 앉아 고개 숙이니 반듯한 이마며, 오똑한 콧날이며……. 무엇보다 맑고 깨끗한 눈망울에, 새까만 눈동자. 긴 속눈썹이 깊은 그늘을 지우고 있었다. 정녕 목석의 애간장도 녹일 듯하다. 참으로 어여쁜 아이구나. 심재윤과 대비마마께서 근심 깊었던 이유를 알겠다. 탐욕스러운 송치수⋯⋯. 이 여인 자기 집 안에 가둬두고 어떤 마음 품었을지 짐작하기 어렵지 않았다. 독사굴에서 하루하루 보냈구나. 불안하고 애태웠겠구나.

"나는 영월에서, 자네 데려가기로 약조한 심정우 댁 안사람일세. 우리 집 바깥 어르신 워낙 정갈하신 분이라 택일 미루기만 하시고. 투기심 없다면 거짓말일 게야. 미뤄주시기에 그저 말로만 서두르시지요, 하고 말았는데. 대비전에서 세자저하 대례식 전에 일 서두르라 하도 채근하시고, 또 일전에."

미윤은 말을 꺼내려다 말았다. 미윤이 아이를 점지해 주십사 치성드리러 다니는 절이 있다. 말수 적고 단정하신 주지 스님께서 '공덕을 쌓으셨으니 귀한 인연이 닿을 것입니다. 새사람이 들어와 아들을 낳진 않으나 어머니가 되어주실 겝니다' 하셨다. 마침 대비전에서 혜정의 혼사를 의논하는 언문서간을 보내왔다. 단순히 첩 들여 후사 이으라는 독촉이 아니었다. 대비는 십여 년 전부터 시작된 인연이라 하였다.

"그 아이가 대여섯 살 때였나⋯⋯. 제 아비를 따라 입궐을 하였는데 따박따박 걷는 뒷모습이 고와서 나도 모르게 한참 쳐다보고 있었느니. 제 아비를 기다리다 지쳤는지 늙은 상궁에게 일일이 장독을 가리키며 이것은 무엇입니까,

저것은 무엇입니까, 조잘대며 묻더라. 그게 또 어찌나 예쁘더냐. 내가 불러 홍시를 가져와라 일러서 숟가락으로 한참 떠먹였더랬다. 내가 그때쯤 공주를 병으로 잃지 않았느냐. 어린 여자아일 보니 마음이 무너져 그리 정이 갔나 보다. 제비 새끼마냥 입을 벌려 받아먹는 것이, 지금도 생생하다. 허나 궁궐이 어떤 곳이냐. 세자궁 호위무사의 금지옥엽 외딸이라 커가는 걸 소식만 전해 들었지. 정을 따로 표해본 적도 없다. 그러나…… 역모니 역적이니. 내 못해도 그 딸만은 살리고 싶다. 그 모습 그대로 곱게 살리고 싶어 네게 이리 서두르라 채근하는 것이다."

그러나 지금 혜정을 앞에 앉혀놓고 있으니 그저 마음이 먼저 동하여 동기간마냥 정에 끌렸다.

"많이 아프다 하여 걱정했네. 그래 몸은 좀 괜찮은가?"

"예."

혜정의 음성이 떨린다. 미윤의 인품을 생각할 새가 없었다. 자신을 향한 따뜻하고 정 넘치는 눈빛도 위로가 되지 않았다. 송치수의 음흉한 욕심 견디며 이 집에 사는 것이 지옥과 같았지만 어디든 다를까. 소용없는 줄 알면서도 그리워하면 끝없을 것 같아 꾹꾹 눌러두었던 이름을 불러본다.

네게 마음을 다 주었더니, 어딜 가도 어디에서 살아도, 나는 못 살겠다. 네가 살아만 달라 하였는데, 너와 그러겠다고 약조

하였는데 지키지 못하겠다. 당장이라도 문 열고 들어와 '어딜 가니, 나랑 살아야지' 하고 손 끌어 어디로든 데려가 줄 것만 같아서……. 나는 어찌할까. 이렇게 해서라도 살아야 할까.

"수침 솜씨가 좋구나."

혜정이 굳은 침묵만 지키자 미윤은 혜정이 놓다만 수틀을 보며 말했다.

"……."

"범이구나."

"예."

"무슨 호랑이가 이렇게 앙증맞고 귀여우냐. 호랑이야 자고로 사내다워야지."

"솜씨가 없어 그리되었습니다."

"어디 쓰려고."

"겨울버선을 만들다가 솜 누벼 만들었더니 그래도 허전하여서요."

지원이 어디 있는지조차 모른다. 먼 풍문에 청나라로 돌아갔다고도 하고 어느 깊은 산 작은 암자에서 대과 준비를 한다고도 했다. 어디 있든 추울 것인데……. 전해줄 수 없다는 걸 알면서도 마음에 위로라도 삼고 싶어서 정성껏 버선을 지었다. 품 안에 지니고 있다가 따뜻한 온기 그대로 추우면 안 된다, 다정스레 말도 건네며 신겨줄 수 있으면.

"속에 눈물만 찼는데, 이 수 놓으면서는 그래도 웃어지는구

나. 마음에 없는데 한 땀 한 땀 정성 들여 놓아지겠느냐."

"예?"

놀랄 수밖에.

"서방님 과거 보러 한양 가시면 혼자 빈방에서 기다리며 수놓을 때 내 마음이 딱 이러했다. 왜 모르겠느냐."

그저 마음에 품은 소년 있으려니 하고만 여겼다. 혜정은 빙옥처럼 깨끗하고 고운 아이. 마음에 담아놓은 정인이 있으니 다른 남자 첩살이 견디기 어려울 것이다.

"우선은 나와 함께 영월로 내려가자꾸나. 이 댁 권세 아무리 대단하여도 이미 성사된 혼약을 깰 만큼 무례하진 못할 게다. 대비전 말씀을 거역할 만큼의 권세 아직 없을 테니. 나와 가자꾸나."

"준비해야 할 일 있으니 사나흘 말미를 주십시오."

혜정은 차분히 말을 꺼냈다. 이미 결심했던 일이다.

"혜정아. 선비댁 첩살이 견디지 못하여 자결하였다 소문 나면 우리 집에 폐될까 봐 그러니?"

자결, 혜정에게 서린 비장함을 읽었다기보다는 그저 미윤의 가슴을 치고 들어오는 섬뜩한 예감 때문이다. 호위무사였던 혜정의 아비가 죽음으로써 폐세자에 대한 의리를 지켰듯. 단정하나 서늘한 기운을 품은 이 여인도 기어이 죽어서라도 제 마음에 품은 정인을 놓지 않을 것 같았다.

"예."

"죽을 것이냐."

흔들림 없이 대답했다.

"예."

붙잡아야 했다. 세상을 버리게 할 수는 없었다. 미윤은 무릎 걸음으로 다가갔다.

"바깥 어르신 생각 깊고 올곧은 분이라 네가 싫다 하면 손끝 하나 대지 않으실 분이다. 심려 말거라. 이 댁에 계속 있다간 네가 죽을 것 같구나. 나와 함께 영월에 가서 친동기간마냥 의 지하며 지내자꾸나. 어차피 봄에 날 풀리면 택일하기로 하였으 니 법도 어겨가며 너를 어찌하시겠니. 정 마음 내키지 않으면 면 친척댁에 나들이 왔다 생각하고 지내면 되지 않으련. 어르 신 곁에서 뫼시다 연모하는 마음 생기면 너처럼 고운 아이, 딸 이라도 상관없으니 많이도 말고 셋만 낳아서 잘 키워 시집 장 가 보내고 하자꾸나. 내 욕심이 과하더냐."

"……."

"친정에 막내동생이 있는데 네 나이와 동갑이다. 시집오기 전에 그리 마음 잘 맞고 친했다. 지금도 편지는 주고받으나 예 전만 하겠니. 널 보니 꼭 막내동생 보는 것 같구나. 같이 가자."

미윤은 혜정의 두 손을 잡고 도닥였다.

*

강원도 영월.

정우와 미윤, 부부간의 금실이 워낙 깊어서 혜정은 그저 친척 아이 보듯 예를 다해 대해주니 마음이 조금씩 놓였다. 워낙 청렴한 선비 집안이라 살림이 넉넉하지 않았으나 미윤이 부지런하고, 혜정이 옆에서 도우니 집 구석구석 윤이 났다.

혜정은 비로소 근심을 조금씩 벗고 옛날 모습을 찾아갔다. 부모님 슬하에 있을 때마냥 밝게 웃는 일도 많아지고, 미윤이 너무나 아끼고 사랑해 주니, 어머니 곁에 있는 것 같았다. 서원에 가서 이 책, 저 책 꺼내 보는 것도 즐겁고, 읽다 막히는 구절 있으면 정우에게 묻고. 정우는 또 혜정의 총기를 칭찬하며 자상하게 대답해 주었다. 미윤의 말처럼 존경하고 따르는 마음이 들었다. 나이 터울 많이 지는, 탐라로 내려간 오라버니 생각도 많이 났다.

송치수나 궐 소식은 먼 풍문으로만 닿는 영월. 세월은 평안히 흐르고 흘러 혜정의 나이 스무 살이 되었다. 그러던 중 심정우에게 큰 경사가 생겼으니 미윤이 아이를 가진 것이다. 서른셋, 늦은 나이에 가진 아이. 혜정이 지척에서 정성으로 돌보았다. 건강한 아들 낳으시라고 매일 밤 정한수 떠놓고 기도를 올렸다.

그해 겨울, 정성이 하늘에 미쳤는지 미윤은 튼튼한 사내아이를 낳았다. 하지만 아기에게 젖 한 번 물리지 못하고 그 길로 앓아누웠다. 이미 병은 골수에 미쳐서 인력으로 되돌릴 수 없을 지경이었다. 혜정이 병자 곁을 떠나지 않고 간호를 했으나 어찌할 수 없었다. 혜정에게는 생명의 은인과 같은 분이요, 어머니와 같은 정을 준 여인이다. 병들어 죽어가는 모습을 보자니 마음이 찢어질 듯 아팠다.

"혜정아."

"예."

"혜정아, 내가 이 귀한 인연으로, 너로 인해 공덕을 쌓아서 내 배로 아들을 낳았나 보다."

"아닙니다. 어찌 제 덕이겠습니까."

"지난 사 년간, 여간한 일엔 눈물 뵈지 않더니……. 울지 말거라."

미윤은 뼈만 남은 야윈 손을 들어 혜정의 얼굴에서 눈물을 닦아주었다.

"일어나셔야지요. 은수가 엄마 찾습니다."

강포에 쌓인 아이는 제 어미 죽는 거 모르고 쌔근쌔근 깊은 잠 들었다.

"내 그 인연으로 은수 부탁해도 되겠지?"

"예."

"그래 네 성품 잘 안다, 분명 귀하고 어여삐 여기며 키워줄 것이야. 처음 볼 때부터 마냥 네가 좋더니 우리 아이 어미 노릇 해주고, 서방님 조강지처 될 이라 그러했나 보다."

"얼른 나으셔야지요."

"은수는 걱정되지 않는데 서방님이 맘에 걸리는구나. 혜정아."

"예."

누운 이, 눈을 한 번 길게 감았다 떴다. 평생 한결 같은 마음으로 제 남편, 정우를 연모하였다.

"아직도…… 호랑이 수놓던 마음, 그대로이냐."

혜정이 이 집에서 안온한 날들을 보낼 수 있었던 것은 정우가 다른 마음을 먹지 않았기 때문. 그리고 혜정은 깍듯하게 예를 다해, 스승님 모시듯 정우를 대했기 때문이다.

미윤이 묻는 뜻을 알기에 혜정은 쉽게 대답을 하지 못했다.

"혹여 나 보기가 미안하여, 서방님에게 그리 대한 것이냐."

"아닙니다."

"몇 해 세월 흘러도 열여섯 살 마음 그대로이냐."

"……"

"아니라 해다오."

죽어가는 이, 애타는 유언이다. 혜정은 그저 눈물만 뚝뚝 흘릴 뿐…….

"혜정아, 내 마지막 부탁이다. 서방님 평생 학문하시며 정결히 사실 수 있도록 네게 부탁해도 되겠니."

"……예."

차마 그리는 못하겠다는 말이 떨어지지 않았다. 혜정의 대답을 듣고서야 미윤은 편히 눈을 감았다. 마지막 부탁 어찌나 간절한지 죽어가면서도 혜정을 꼭 잡은 손을 놓지 못했다. 혜정은 기어이 소리내어 울고야 말았다. 혜정의 울음소리에 잠들었던 은수가 깨어나 칭얼댄다. 날 때부터 혜정이 어루고 키웠더니 혜정이 어미인 줄 알고, 제 엄마 숨 거둔 것도 모르고, 그저 혜정이 우니 더 큰 소리로 따라 울었다.

잔인한 겨울의 끝자락이다.

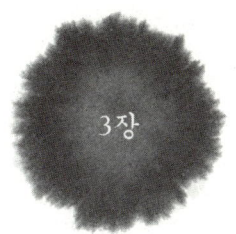

3장

주상이 노환으로 쓰러졌다. 대비 먼저 죽은 것은 이태 전. 치
수는 제 손에 넣었다가 놓친 것을 잊지 않고 있었다. 영월의 소
식은 꼬박꼬박 사람 보내어 알아보고 있다. 치수는 한마디만
물었다.

"혜정이 죽었다더냐."

"아닙니다."

죽지 않고 있구나. 그 곧은 자존심에 쉽게 마음 다른 이에게
주었을 리 없고, 죽지 않았다면 올곧게 자신을 지키며 살아 있
을 것이라 여겼다. 혜정의 나이 스무 살이 되었으니 더 성숙하
고 아름다울 것이다. 치수는 몸이 달았다.

올해 안에 국상이 있을 것이다. 그럼 소원대로 효주는 중전이 되고, 치수는 부원군이 될 것이다. 다만 하나의 근심이 있다면 효주와 세자 불화하여 아이가 없다는 것이다. 게다가 세자는 혈기 왕성하여 후궁 여섯이나 들이고 벌써 아들을 넷이나 두었다. 정 아니 되면 그중 하나를 밀어줄 것이다. 권력의 결탁은 어려운 일이 아니다. 다만 더 많은 재물이 필요할 뿐. 치수가 지금 앞에 놓고 있는 것은 개성상단에서 받은 십만 냥 어음이었다. 봉투를 열어보았다가, 곁에 앉은 참봉에게 물었다.

"허 참봉."

"예, 어르신."

"김지원이라는 이름이 흔한가?"

"예?"

"김지원이라는, 동명이인이 있을 듯하냐 그 말이다."

"뭐, 아예 없으라는 법도⋯⋯."

"그 아이 나이 이제 열여덟 살일 텐데⋯⋯. 상단 수장 옆에서 십만 냥 어음 처리할 만큼 큰일 할 리 없지. 아암."

치수는 무엇이 불안한지 스스로에게 확인하듯 말하였다. 십만 냥 어음 아래에는 반듯한 글씨로 '김지원'이 쓰여 있고, 개성상단 붉은 낙인이 찍혀 있었다.

김성익은 부제학에서 물러난 다음 전라도 낙안으로 낙향하여 학문하며 조용히 살고 있다고 했다. 그의 둘째 아들 지원은 대과 공부하라고 지리산 작은 절로 들여 보냈으나 두 해를 넘기지 못하고 뛰쳐나가서 행방이 묘연하다고. 귀한 도련님, 떠돌이 생활 견딜 리도 없고, 자기 아껴주는 청나라 대군 곁으로 돌아갔으려나. 열네 살 소년 시절에 잠시 불탔던 마음은 잊었겠지. 무얼 기억하고 있으려나. 치수는 한 치 떨리는 마음을 덮었다. 고작 열네 살 소년에게 느꼈던 두려움 따위 돌이키고 싶지 않았다.

"어음 전해 드렸니?"
"예."
"뭐라시더냐."
"일간 찾아뵙겠다고."
"응, 어르신께는 네가 말씀 전하여라."
"어디 가시렵니까."
"바람 쐬고 오려고."
지원은 도포자락을 날리며 휙, 밖으로 나갔다.
김지원, 이제 훤칠한 장부가 되었다. 군살 없는 몸에 키도 훌쩍 큰데다, 원체 잘생긴 얼굴이다. 도공이 자기를 빚은들 저리 매끈할 수 있을까, 상단 상인들조차 몇 년 함께 생활했으면서도 자기들끼리 모여 아직 수군거렸다. 눈웃음 지으면 여인네들은 체통 잃고 아예 혼이 빠진 듯 쳐다보기 바빴다. 지원은 잘 웃는다. 허나 인상이 굳어지고, 차가운 음성으로 낮게 말하면 등골이 서늘해진다. 장난끼 다분하기도 하지만 낯도 많이 가려 사람들을 쉽게 자기 곁에 두지 않는다.

상단 수장과의 인연은 벌써 삼 년 전으로 거슬러 올라간다.

수장은 나라를 사고 팔 만큼 거금을 움직이는 거상이다. 장사꾼다운 대범함과 사람 보는 안목이 탁월하여 한 번에 소년 김지원을 자기 곁으로 끌어들였다. 지원은 수장 바로 곁에서 일을 맡아 처리했다. 청나라와의 홍삼 무역을 크게 성공시켜 개성상단에서 칭송이 자자했다. 그저 '희한하도록 고운' 사내인 줄만 알았는데 총명함이 보통 아니었다. 사람들은 수장의 딸과 결혼하여 상단 이어받을 것이라고 했지만. 아무리 큰 거래가 있어도 지원이 가기 싫으면 안 가는 것이요, 작은 일이라도 지원이 흥미 생기면 대번에 나서 큰일로 만들어놓았다. 개성 수장 장진수도 그 성격 잘 알아 강요하지 않았다.

열네 살 소년일 때 아버지에게 물었다. 종아리 맞아도 꼼짝않는 아들 때문에 근심하는 아버지.

"제가 무얼 하면 됩니까."

아버지는 한숨 한 번 깊이 쉬고,

"사내가 제 소신, 신념대로 살고프면 힘이 있어야 한다."

한마디.

"그 힘이 어떤 것입니까."

"대과 급제하여 권력을 얻을 수 있고. 금전이면 그만인 세상이니 돈 모을 수도 있겠지."

알았습니다. 고개 깊이 조아렸다. 대과 급제. 과거는 이미 탁해질 대로 탁해져서 의미가 없었다. 그래서 지원이 택한 길이 이것이었다.

늦었으면 어찌하나 하룻밤도 깊이 잠들 수가 없었다. 매일 밤 꿈을 꾸면 혜정이 울며 어디론가 끌려갔다. 손을 아무리 뻗어도 닿을 수 없었다. 그래도 울지 않았다. 울면 약해지고, 그러하면 영원히 다시 찾지 못할까 봐. 꿈속에서도 이를 악 물었다.

은수는 무럭무럭 자랐다. 잔병치레 없이 살도 포동포동하게 오르고, 키우는 혜정을 닮는지 사내아이인데도 아무나 보고 잘 웃었다. 혜정이 은수를 유모에게 맡길 때는 젖 물릴 때밖에 없고, 한시도 곁에서 떼놓지 않았다.

정우는 미윤의 사십구일재四十九日齋가 지나고부터 아예 처소를 서원으로 옮겨서 간혹 집에 들러 은수를 보고 갈 뿐이다. 혜정이 서원을 찾아가 빨랫감 내오고, 옷 챙기고 하면 건조하게 '고생 많구나. 고맙다' 툭, 던졌다. 미윤이 살아 있을 때는 혜정에게 이런저런 서책 권하기도 하고, 혜정을 다른 학동들 대하듯 하더니 이젠 거리 두려 애쓰고 있었다. 미윤의 유언이 가슴에 남아 그런 정우가 감사하기도, 미안하기도 했다.

음력 삼월, 봄이 와서 버들가지 색 짙어지고, 꽃도 피고……. 혜정은 은수를 들쳐 업고 뒷산에 나물 캐러 나갔다. 햇빛 따뜻하고, 등 뒤 은수도 어찌나 잘 자고, 잘 노는지……. 바구니에 냉이며 쑥 가득 캐서 즐겁게 집으로 돌아왔다. 그런데 마침 정우가 자신을 기다리고 있었다.

"나물 하러 다녀오는 길이오?"

"예."

얼굴 한 번 마주보지 않고 조심하며 내외하는 터.

"은수는 맡겨두고 가지, 아이 어린데도 제법 무거울 텐데."

"괜찮습니다. 어인 일이신지요."

"잠시 안으로 들겠소? 긴히 할 이야기가 있소."

"예."

혜정은 마른침을 삼켰다. 정우는, 은수가 있으니 가끔 이렇게 불러 의논을 하는 일이 있었다. 하지만, 그때마다 혜정은 가슴이 탔다. 미윤의 유언을 외면할 수 없어서 죄책감이 들었고, 생명의 은인이라 해도, 죽은 미윤에 대한 정이 아무리 커도. 겨울 지나 사 년 세월……. 긴 시간 지났을 테니 그 아이도 자신을 잊었을 거라고. 마음 전부 주었으나 주인이 없으니 이제 소용없는 일이라고 이렇게 살아보자고, 재촉해도 제 마음은 한 치도 움직이지 않고 그 자리에서만 버티었다.

정우를 대하며 미윤의 유언을 되뇌일수록 안 된다. 그리 되지 않았다.

"자네 친정……. 송치수 어른께서 서찰 보내셨소. 대비마마 승하할 때도 나 혼자 입궐하였더니, 올해 주상전하 병세 위중하시니 꼭 손자 데리고 일가 올라오라시는구료."

송치수. 이 댁 울타리 안에 있으며 잊었던 이름. 안색이 바뀐다. 정우도 눈치채고 있었다.

"예."

"……은수 엄마가 늘 심려했었소. 한양에서 내 교류하는 선비들 서찰 와도 혹여나 송치수에게서 무슨 말 있나 싶어 불안해하고. 누가 자네 뺏어갈까 조마조마해했지."

"예."

"한양 가거들랑 지금처럼 데면데면하게 굴지 말구료. 송치수 대원군되어 권세가 대단타 하니 이거 원, 처가 나들이가 아니라 전쟁터라도 가는 기분이구료."

"심려 끼쳐 드리니 죄송합니다."

"내게 마음 없더라도, 내 손 놓으면 무슨 일 당할지 모를 처지니 힘들어도 우선은 이 손잡고 버텨보오. 은수에게 엄마 될 사람은 자네뿐이라 은수 위한 일이라고 생각해 주면 고맙고."

정우의 뜻을 알고 혜정은 고개를 조아렸다. 한양 갈 채비를 서둘렀다. 혜정은 은수가 먼 길 가야 하니 걱정되어 미리 약재도 챙기고 옷도 넉넉히 마련했다.

보따리를 싸면서도 이상하게 가슴이 뛰었다. 이미 다른 남자 아내로 살고 있는 여자에게 또 무슨 마음먹겠냐마는, 그래도 송치수의 탐욕 잘 아니 불안해서 떨리는 거라 생각했다.

은수가 아직 강포에 쌓인 아이라 길을 재촉할 수 없어 여정이 길어졌다. 어른 둘만 나섰으면 이틀이면 도착했을 한양을, 꼬박 나흘이 걸렸다. 혜정이 도착하자 치수의 아내는 싫은 내색을 감추지 않았다. 무서울 게 무엇이랴, 따님이 세자비 되었으니. 마당 복판에 어린아이 안고 있는 혜정을 한참 세워놓고.

"작은아씨 내외 사랑채로 뫼시라지 않느냐."

행랑 아범에게 엉뚱한 화풀이를 한다.

"마님, 오늘은 개성상단에서 중요한 손님 오신대서 대감께서 곧 퇴궐하시니 사랑채는 비워둬야 할 듯합니다."

"그게 무슨 소리냐, 그럼 내가 저 아이를 안채에 들이기라도 해야 한다더냐! 애 엄마 된 스물 넘은 여자 데리고 뭘 그리 극진히 내외해야 한다더냐!"

치수의 아내는 혜정을 위아래로 훑어보았다.

못된 것. 제 남편이 혜정에게 흑심 품었던 일 잘 알고 있다. 워낙 기방 출입 잦은 양반이다. 집에 들인 첩실이 벌써 셋, 따로 집 내준 첩년까지 합치면……. 그러니 치수의 여자 문제에 대해서는 무뎌질 만큼 무뎌졌다.

그런데, 이혜정 저 아이를 보는 심사는 절대 무뎌지지 않았다. 스무 살이라며, 보통 시골 아낙들은 아이 낳고 스무 살 넘기면 생활에 치이고 고생스러워 얼굴도 변하고, 몸에 군살 붙고, 그리되기 마련인데. 네겐 세월이 어찌 그리 흐르느냐. 나이 들어 풋풋함 사라지고 나니 더욱 아름답다. 생각으로도 감탄하고 싶지 않았으나 혜정이 아이 안고 마당에 들어설 때부터 하인들 시선 모두 모이고, 지들끼리 서서 쑥덕였다. 아예 넋 놓고 보는 것들도 있었다. 야무지게 사내아이 안고 인사 올리니 모정이 있어 그러한가, 은은한 광채마저 있는 것 같았다.

"괜히 심사 불편케 해드려 송구하옵니다. 사랑채로 안내해 주게."

"마음 쓰지 마십시오."

정우도 고개를 조아린다. 따로 인사받지도 않고 치수의 처는 횅하니 돌아서서 안채로 가버렸다.

사랑채는 치수의 위세에 걸맞도록 일전에 쓰던 열화당悅和堂을 손보아 스물다섯 칸으로 넓혀 지었다. 내어준 방 한 칸은 넓고 호화로우나 정우와 한 방에 있어야 하고, 게다가 송치수의 집안이니 마음이 편할 리 없었다. 하지만 긴 여행길에 지쳐서 혜정은 자꾸만 눈이 감겼다.

"은수 우선 내게 주고 눈 좀 붙이시오."

"아닙니다. 저는 유모와 함께 방 써도 됩니다. 피곤하실 텐데."

"종일 아이 달래고 어르느라 지쳤을 거 아니오. 그럼 내 잠시 나가서 세책가 좀 다니다 올 터이니 그동안이라도 주무시오. 아이 있고 안채 가까우니 대감 돌아와도 별일 있겠소."

정우가 일어나 다시 갓 쓰고 도포를 입었다. 마침 아이가 잠에서 깨어 크게 울어댄다.

"그럼 다녀오세요. 은수야, 엄마 여기 있어. 뚝, 금방 이렇게 눈물이 그렁그렁해서는."

혜정이 은수를 안고 어른다. 방문 열고 나서려다, 정우는 그런 혜정을 가만히 바라보았다.

"……."

"얼른 다녀오시어요."

혜정은 정우의 눈빛이 무엇인지 모른다. 아이 안고 일어서서 정우를 배웅하려 했다.

"어릴 적엔 골목대장이었다며. 왈가닥 아가씨였다고 들었는데, 꼭 아이 서넛 키워본 여인네 같소."

"하하."

혜정이 오랜만에 웃었다. 정우도 어색하니 하지 않던 농담을 했다. 은수는 금방 울음을 그치고 제 아비 얼굴 빤히 쳐다본다. 정우는 새삼 정이 솟는지 은수를 받아 안았다.

"요 녀석, 너는 호강하는구나. 선녀 같은 어머니가 품에 안고 놓아주지 않으니."

"그만 제게 주시고 다녀오세요."

"다녀올 동안 좀 주무시오."

"예."

문을 열며 나가는 정우를 혜정도 아이 안고 따라나섰다. 다정하고 반듯한 분이시다. 열여섯 살일 적에는 두렵고 무섭기만 하더니…… . 마음은 드릴 수 없어도 평생 내조하며 살 수 있을지도 모르겠다.

혜정이 다소곳이 아이 안고 정우 배웅하러 마루에 나서는데. 사랑채 마당에 낯설고도 한편 낯익은 사람이 서 있다. 어디선가 마른 봄바람이 불어와 그의 도포자락을 흔들고 지나갔다. 댓돌 위에 놓인 정우와 혜정의 신발에서 시선 떼지 못하다가 드디어 고개 들어 혜정을 쳐다본다.

언제부터 거기 서 있었을까. 뒤에서 고개 조아린 이 댁 하인도 어찌할 바를 몰라 한다.

"어르신, 저쪽 건넛방으로 드시지요."

재촉하는 하인의 목소리를 듣지 못한 것인지, 그 자리에 못 박힌 듯 서서 지아비 마중하는 아들 안은 어머니, 혜정을 그저 쳐다만 보고 있었다. 얼음처럼 차가운 것 같기도 하다. 마음이 들끓어 올라 제 혼자 열을 주체하지 못하는 것 같기도 하다. 혜정은 숨을 쉴 수가 없다. 입을 뗄 수도 없었다.

지금은 그저 아무것도 생각나지 않았다. 제 마음 오롯이 가져간 사람이다. 아무것도 약속하지 못했으나 살아만 있어달라

한 사람이다. 하지만 저 눈빛은 너무나 서늘해서 오래도록 묻어놓았던 눈물을, 고통을 깨웠다. 이름 부르면, 생각하면, 그리워 견딜 수 없을 것 같아서……. 꿈에서라도 그 모습 보고 잠에서 깨면 세상을 다 잃은 것 같아서.

열네 살 소년이 열여덟이 되는 시간. 어찌 변했을까, 그려보지도 못했다.

너무나 아픈 이름이라, 마음으로라도 불러보지도 못했다.

김지원, 지원아……!

"어디 아픈 게요?"

"아닙니다."

"은수는 유모한테 맡기고 좀 들어가 누우시오."

"예."

"다녀오리다."

정우가 마당에 내려섰다. 그리고 지원에게 가볍게 목례했다. 송치수를 찾아온 부잣집 자제쯤으로 생각하고 있을 게다. 품에 안은 아이가 또 칭얼거렸다. 엄마라고 부를 듯 눈으로 혜정을 찾는다.

그래, 그래…….

혜정은 자신을 다잡고, 천천히 돌아서서 방 안으로 들어갔다. 아이 눕히고 작은 가슴 도닥거려 주며 몇 번이고 숨을 몰아쉬었다. 이것도 꿈의 한 자락일까. 잔인한 꿈……. 마음을 주겠다 하였으나 정작 묻지 못한 말이 있었다. 내가 마음 주면 너는 그 마음 영원히 지니고 있겠냐고, 버리지 않을 거냐고. 묻지 못했으니, 대답도 듣지 못했다.

고요한 사랑채, 마루 하나를 두고 건너편 방에는 지원이 있다. 몇 발자국만 걸어가면 있을 텐데. 사 년……. 내 마음껏 그리워할 수도 보고 싶어할 수도 없어서…… 고달픈 세월이었다. 웃어도 가슴 한 켠에서 눈물이 차서 일렁댔다.

갈 수가 없다. 소리내어 부를 수 없는 사람이다.

혜정은 뜨거운 한숨 토해놓으며, 손으로는 아이를 다독여 재우고 있지만, 실은 자신을 달래고 있었다. 이혜정, 넌 아무것도 못 봤어. 아무도 없어. 열네 살 소년이 보쌈이라도 해서 오십 년 살 거라는 약속. 어리니까 무모하게 할 수 있었던 약속 같은 거 다 잊었을 거야. 짐 지워서도 안 되고, 잊었다고 원망해서도 안 돼.

하지만 한 번만 다시 보고 싶다. 그 얼굴 멀리서라도 좋으니 보고 싶다. 손잡아보고 싶다. 지원아, 김지원. 이름 부르고 그 아이 대답해 주면 또 사 년은 살 수 있을 것 같다. 울어서는 안 되는데. 이제 열네 살 소년 아닌데, 열여덟 청년 밝은 앞길에 눈물 뿌려서는 안 되는데. 가슴이 아프다.

송치수를 놀라게 해줄 생각이었다. 네가 그리 거래 트고 싶어하는 개성상단, 상주 옆에서 일 맡아하고 어음 찍어내는 사람이 나, 김지원이라고. 당신처럼 딸 세자비 만들어 권력 얻지는 못했지만 나 이제 내 목숨 같은 사람은 잃어버리지 않을 거라고. 잃어버리지 않을 힘 키우느라 조금 오래 걸렸을 뿐이라고.

옥색 도포 입고 갓 쓰고 오랜만에 차려 입으니 상단 상인들은 지원에게 '오늘 길 가는 처자들은 다 죽었네' 농담하고 지원은 기분 좋게 웃었다. 송치수의 집……. 그때도 지금도 기죽을 것 없다. 사랑채로 안내받아 갈 때도, 이상하게 가슴 뛰는 이유를 몰랐다. 백만 냥 오가는 거래할 때도 눈 하나 깜박하지 않는데, 사랑채마당에 들어설 때는 심장이 터질 것 같았다. 내가 왜 이러지, 왜?

댓돌 위에 나란히 놓인 신을 볼 때도 몰랐다. 방 안에서 도란도란 흘러나오는 목소리를 듣고서야 알았다.

혜정, 이혜정……. 잊다니, 한 순간도 놓아본 적 없다.

마음에서 한 번도 내 여자 아닌 적 없었던 사람이 다른 남자와 낮게 이야기 나누고 있었다. 그리고 웃는다.

사립문 스르르 열리고, 척 보아도 단정한 선비……. 서른 내외의 남자가 나왔다. 그리고 그 뒤에 아이 안고 혜정이 따라나섰다. 잔잔한 웃음이 퍼져 있다.

웃고 있다.

아이를 안고 있었다. 엄마가 되어 아이를 안고, 누군가의 아내가 되어 그를 배웅한다. 지원은 눈에서 불이 이는 것 같았다. 그래도…… 내색하지 않았다. 고개 숙이고 혜정을 보지 않았다. 그 큰 눈 보지 않으려 했다.

마음속에 폭풍이 이는 이 순간에도, 사 년여 동안 너무나 간절히 바란 여인 앞에 두고도…… 지원은 생각했다. 그래, 웃는구나. 당신이 행복하구나. 아이 좋아하기로 타고난 사람. 살가워서, 정이 넘쳐서, 지나가는 어린애도 그냥 못 지나치는 여자잖아. 그랬던 당신이 아이 낳아 안고 있구나. 영감의 첩살이가아니라, 반듯하고 좋은 남자가 당신 곁에 서 있구나. 내가 섣불리 내색해서 당신의 그 행복 깨어지면 어떡해. 그럼 정말 내가어린 거잖아. 안 그래도 매번 나 어리다고 타박했던 사람. 여기서 철없이 굴면 안 되는 거지, 그렇지?

입술을 깨물고 혜정을 쳐다보면 아무것도 참을 수 없을 것같아서…… 시선을 떨구었다. 다시 보면 아무것도 생각하지 못하고 혜정을 잡을 것 같았다. 저 작고 여린 어깨를 쥐고 왜, 왜약속 지키지 않았냐고. 내게 줬던 마음, 왜 다시 가져가 버렸냐고, 아이처럼 투정부릴 것 같았다. 돌려준 적 없는데, 나는 죽어도 의심하지 않았는데, 마음만은 나한테 오롯이 있다고 믿고살았는데……. 이제 아니라고 말하면 나는, 나는 어찌 살아야하냐고. 여덟 살 아이가 되어 떼쓰고 싶을 것 같았다.

방에 들어와서도 혜정이 짓던 미소를 생각했다. 당신은 평온한 삶 속에서 그리 행복하게 살고 있는데, 왜 내 마음은 이리요동을 치는지. 당신을 따라 웃어지질 않는지. 지원은 저를 이토록 흔드는 것이 분노인지 절망인지도 몰랐다. 지원은 제가뛰어들어 혜정을 뒤흔들까 두려웠다. 그러니 참아보자……. 보

지 않은 듯 살아보자……. 저를 달래보았다. 그러나, 아무리 그
래도 가라앉질 않았다. 물어야겠다. 꼭 한 가지는 물어야겠다.

"문, 열지 마. 들어오지 마."

문 너머에 그가 서 있다. 저녁 노을이 깔리는 시간, 어렴풋한
그의 그림자가 비친다. 은수는 곤히 잠들었다. 온통 문밖에 신
경이 집중되어 있었다. 지원이 기어이 마루를 건너와 혜정이
있는 방, 장지문에 손을 얹었다.

이 세상에 두 사람만 남겨진 것처럼 숨막히는 침묵. 서로의
마음에 남겨진 상처와 고통에…… 아무 말도 할 수 없는 이 시
간.

지원아, 아무 말도 하지 마. 내가 너무 힘들어, 버티지 못하
겠어. 한꺼번에 허물어지면 내가 어찌 살아야 할지 모르겠어.

혜정은 손끝부터 시작해 온몸이 떨렸다.

"하나만 물어볼게."

지원의 목소리.

낮고 차갑다. 예전처럼 따뜻하고 다정한 음성이 아니었다.
그것만으로도 혜정은 심장이 찔린 것처럼 아팠다. 몸이 자꾸만
움츠러든다. 고통이 생생하다.

"……."

"왜. 약속 지키지 않았어?"

"……."

"그대로, 있으라고 했잖아. 같은 자리에 있으라고. 그런데 나 버리고 혼자 어디까지 간 거야? 이혜정……. 당신은 어디까지 혼자 가버린 거야? 어디 가서 찾아야 돼?"

"……어디 있냐 물었니? 내가 혼인하고 아이 엄마 되어 그거 원망하는 거니?"

"……."

"너도, 그냥 보통 사내구나. 왜 나를 지키지 못했냐고 원망하는구나."

혜정은 뜨거운 한숨을 토해놓았다. 그래도 네 얼굴 안 보여 다행이다. 이렇게 처참하고 아픈 나를 보여주지 않아도 되니 다행이구나.

"아니."

지원의 대답은 단호했다. 혜정은 그래도 눈물이 나지 않았다. 숨이 턱턱 막히는데도, 주인 잃은 눈물은 흐르지 않는다.

"왜 살아만 있으라고 했어. 그 말 아니었음 죽었을 텐데. 미련 없이 부모님 곁으로 갔을 텐데. 살아만 있으라며, 마음만 너한테 다 주라며."

"그 아이……."

"그래."

차라리 혜정은 차분해졌다. 열네 살 소년일 때야 말할 수 있었겠지. 어떻게든 살아만 있으라고. 마음만 달라고. 마음을 주어서 나를 지킬 수 있었는데 이제 지킬 이유 없어졌으니 나는 어떻게 사나. 오래 오래 산 여자처럼 넋두리가 쏟아질 것 같았다. 혹여 무슨 일 생긴다 해도, 지원이라면……. 추호도 의심해 본 적 없었다. 사창가로 끌려간다 해도 지원이라면, 내 마음 고스란히 가진 지원이라면, 살아 있으니 된 거라고 고맙다고 이 손 잡아줄 줄 알았다.

괜찮다, 마음이 변한 게 아니라 시간이 흐른 것일 뿐이다.

"그 아이, 엄마 된 거지? 그럼……."

"그래."

"그래서 나한테 준 마음은 다시 가져간 거지?"

"……."

"엄마라서, 당신도 이제 그 아이 엄마라서 나는 잊을 수 있는 거지?"

"김지원."

"우리 엄마가 죽어도 내 손 못 놓았던 것처럼 당신도, 그 아이 손 못 놓는 거지? 이제 나 잡을 수 없는 거지?"

"……."

"내가 죽어도 이제 나한테 줄 마음은 없는 거지? 그대로 살아지는 거지? 나는 돌아보지 않을 거지?"

"……."

"내가 이 자리에서 죽어도 나 때문에 아플 마음, 없는 거지?"

아이가 되어 숨도 못 쉬도록 연이어 묻고는 툭, 끊어진 끈을 쥐듯 지원이 고개를 떨구었다. 눈물도 이어 흘렀다.

"아니, 아파. 죽을 만큼 아파……. 너 때문에 아플 마음 그대로 있어."

"……."

문 너머로 비치는 그림자, 아이처럼 울고 있었다. 무엇을 다시 생각할 수 있을까. 혜정은 일어나 문을 열었다.

"미안해, 지원아……. 울지 마."

젖은 눈을 들어 혜정을 쳐다본다.

"……."

그저 바라만 보았다. 눈물 닦아줄 수도 없고 쌓인 울음 마음껏 토해놓을 수 있도록 네 가슴 내어달라 할 수도 없다. 마음속에서 한시도 내려놓은 적 없는 사람, 고스란히 살아서 내 앞에 서 있었다.

"울지 마. 니가 울면 나 아무것도 못해. 이제 어떻게 살아."

"울지 마."

지원이 혜정의 눈물을 닦아준다. 눈물 닦아주는 손은 아직도 작게 떨리고 있었다.

"미안해. 내가 살 수 있도록 널 기다릴 수 있도록 해준 분, 그분이 내가 낳지 않아도 낳은 거라셨어. 돌아가시면서도 내 손 놓지 못하셨어. 내가 엄마라고 생각하고 살 수 있을 줄 알았는데."

지원은 뜨거운 숨을 토해놓았다. 눈물보다 먼저 첫숨을 쉬는 것처럼 긴 한숨이 쉬어졌다. 아이의 어머니가 된 혜정은 꼭 자신을 버릴 것 같았다. 앞뒤 없이 그것만이 두려웠다. 그런데 아니라 한다. 조여들던 마음이 비로소 제 자리를 찾았다.

"······."

"내가 나쁜 사람이다, 내가 천벌받을 거야. 내가 정말, 은수 낳았다 해도 김지원 너한테······ 너한테 가고 싶으니까 벌받을 거야······. 미안해, 미안해······."

"같이 벌받아, 그럼."

"지원아."

"어."

"김지원."

"그래, 나 여기 있어."

"이제 나, 잃어버리지 마."

"응, 절대로."

지원은 엷게 웃으며 혜정을 끌어안았다. 처음 숨 쉬는 사람처럼 깊이 숨 쉰다. 내가 살아 있구나, 비로소 몸을 깨우는 것 같다.

"이제, 진짜 나보다 더 컸네."

"응."

"이제 어디, 가지 마"

"응. 근데 큰일이다."

"왜?"

안은 손 놓지 않고 지원이 천천히 말했다.

"돈도 많이 벌고 싶고 빨리 나이도 들고 싶고, 힘 있는 사람 되고 싶었는데 그냥 이대로 세상 다 가진 것 같아서 아무것도 안 해도 될 것 같다."

"그래. 아무것도 안 해도 돼."

"……"

"내 마음 다 가진 사람, 세상에 너밖에 없으니까. 너는 있어 주기만 하면 돼."

"내 마음 다 가진 사람도 고마워, 살아줘서 고마워."

혜정은 지원의 따뜻한 품 안에서 눈을 감았다. 얇은 얼음장 위를 걷는 것처럼 초조하고 떨리기만 했던 마음이, 비로소 편안해졌다. 지원을 안은 손에 더욱 힘을 주었다. 애틋하고 소중한 서로를 마음 다해 안으며…… 두 사람은 같은 생각을 하고 있었다. 이제 이 손 놓으면 죽겠구나, 또 헤어져서는 못 살겠구나.

*

치수는 온몸을 부들부들 떨고 있었다. 계획이 이렇게 어그러질 줄이야. '모두'가 아니라 '하나'를 가지고 싶었다. 세자와 효주는 불화하나 세자 또한 영악하고 계산속 빨라서 자신이 왕위 굳건히 하려면 장인과 어찌해야 하는지 알고 있었다. 다 되어간다고 여겼다. 개성상단에서 받은 십만 냥으로 조정 대신들 구워삶았으니. 안 그래도 자금줄이 필요했는데 나라 최고의 상단에서 먼저 손을 뻗어 오니 두 번 생각할 여지 없었다. 차곡차곡 쌓은 다음, 되찾을 생각이었다. 심정우는 세상 물정 모르는 책상물림일 뿐이다. 그의 손에서 빼앗아 오는 일 어렵지 않다고 여겼다. 그런데 오늘 저녁 자신을 기다리는 손님은 김지원. 열네 살 그 겁 없던 소년이 청년이 되어 자기 앞에 당당히 앉아 있었다. 개성상단 수장을 대신해 거래를 성사시키러 온 사람이었다.

말 한마디, 표정 하나 흐트러짐 없었다. 십만 냥 요긴하게 쓰셨냐 태연히 말 건네고. 청나라와 비단, 홍삼 오가는 큰 거래 곧 할 생각이니, 부원군 되실 어르신 도움이 필요하다며 부탁했다. 그러나 그 속 모를까, 지원은 치수에게 한 치도 고개 숙이지 않았다. 서늘하고 차가운 얼굴로 치수의 눈을 쳐다본다. 치수가 먼저 그 눈을 피하고 싶었다. 심장까지 떨려 왔다. 지원의 눈빛이 무엇을 말하고 싶은지 알 듯했다. 그래봐야 상단 수장의 오른팔 노릇할 뿐이요, 기껏해야 돈줄 좀 쥐고 있는 것뿐인데…… 치수는 검을 든 무사와 마주한 것 같았다. 형식적인 이야기 오간 다음, 지원이 자리에서 일어나며 치수에게 말했다.

"앞으로 뵐 일 많을 듯합니다. 몸 성히 계십시오."

치수는 자신 안에서 들끓는 분노와 광기가 감당되지 않았다.

사내들도 투기하는 거 모르더냐. 내가 가질 수 없으면 차라리 아무도 가지지 못하게 만들고 싶은 마음, 네가 아느냐.

아이를 안고 인사하는 혜정을 보았다. 곁에 선 정우 따윈 눈에 들어오지도 않았다. 대비 때문에 놓친 여인, 사 년 세월 지나 다시 보니 낱낱이 되살아났다. 얼마나 가지고 싶었는지, 입술이 바짝 말랐다. 그래, 너무 쉬우면 재미없지 않느냐. 누가 피 흘리든 결국에 널 쥐는 사람이 이기는 것 아니더냐. 끝까지 가보자꾸나.

✳

"영월엔 언제 내려가실 생각입니까."

혜정이 먼저 조심스레 물었다. 한양에서 벌써 나흘째. 시간이 길어지니 혜정은 유모와 함께 방을 썼다. 정우가 사랑채에 있으니 조석으로 들러서 영월에서 하듯 식사 챙기고 옷가지 정리해 주고, 은수 안고 들어가 보여 드리고. 정우의 낯빛이 전과 다르나 그까지 살필 여유가 없었다.

혜정은 자신이 자꾸만 헛손질을 하고 있는 것 같았다. 마음이 간절하니 다른 사람들이 허상인 양 느껴졌다. 정우가 밤늦도록 기방 출입한다는 유모의 귀띔도, 치수와 자주 얘기 나누는 것 같아도 마음 쓰이지 않았다.

"글쎄. 장인 어른 뜻대로 아예 한양에서 살아볼까. 관직 내

어준다 하시고 번듯한 집 한 채 마련해 주신다니 그 아니 좋
소."

"예?"

수저 놓아드리던 혜정이 깜짝 놀랐다. 이런 말씀하실 분 아
닌데. 그제야 정우의 얼굴 살핀다. 눈빛도, 말투도 사나워서 오
래도록 보아오던 그분이 아닌 것 같았다.

"한양이 좋은지 얼굴에 화색이 돌아 하는 말이오."

"무슨 말씀이십니까."

"아니오. 주상전하 곧 승하하실 듯하니 괜히 영월 내려갔다
가 국상 소식 듣고 다시 올라오면 일도 늦을 뿐더러 너무 힘들
지 않겠소. 보름은 더 머물 듯하니 그리 알고 계시오."

"예."

"한양에 와서 좋은 사람이라도 만나셨소?"

"⋯⋯."

뭐라고 대답해야 하나. 마른침만 삼켰다. 정우는 무심하게
덧붙였다.

"당신과 내가 한 번도 부부 인연 맺은 적 없으니⋯⋯. 남남
이나 다를 바 없어도, 요 며칠 빈 하늘 보고도 웃는 당신을 보
니⋯⋯. 아니오. 어젯밤 술이 과했나 보오. 나가보시오."

"예."

"사내였으면 틀림없이 의리에 죽고 사는 헌헌장부였을 게
요. 언제 가더라도 나한테 인사는 하고 가시오. 당신을 제 어미

로 알고 있는 은수에게도…….”

어디까지 알고 있는지. 혜정은 고개 깊이 조아렸다.

고맙습니다. 정우의 깨끗한 성품에 자신을 보내주는 말이라 여겼다. 아버지가 살라 하셨고, 정우와 미윤 부부 덕에 살 수 있었으니 이 은혜 잊지 않겠다고, 어디서든 은수 잘 자라고, 선비님 건강하게 사시라고 기도하겠다고 마음속으로 말했다. 정우의 그 무심한 말투 속에 번뜩이는 증오와 분노를 읽어낼 수 없었다. 드러내지 않는 마음이 더 무섭다는 것도 아직은 모른다.

은수 볼 날이 얼마 남지 않았다고 생각하니 마음이 더 애틋해졌다. 혜정은 은수를 한참 안고 빤히 보기만 하다가 외출 준비를 했다. 유모에게 은수 업히고, 오랜만에 한양 도성 안으로 나섰다. 포목점에서 좋은 옷감 넉넉히 끊어다가 은수 옷 만들 생각이었다. 커가는 모습 볼 수 없으니 미안하고, 더 정 깊어져서 몇 년 뒤에나 입을 쾌자, 저고리, 버선도 넉넉히 지어두고.

강원도 영월에서만 살던 유모는 북적대는 한양 도성 거리, 볼거리 천지라 구경하느라 바빴다. 혜정은 장옷으로 얼굴 가리고도 오랜만에 사람 많은 길 걷고, 장사치들 흥정하는 소리 듣고 하니 기분이 가뿐해졌다.

“아씨, 노리개 좀 봐요.”

몇 개 손에 들고 만지작……. 이 장거리에서 본 상점 중 제일

큰 곳이다. 노리개 말고도 비단포목이며, 없는 물건 없이 펼쳐
져 있어서 여기서 은수 옷감 골라볼까, 찬찬히 살폈다.

"마음에 들면 하나 사렴."

"제가 달 일도 없을 텐데요."

"아니다, 하나 사려무나. 내가 하나 사주련."

유모는 '아니에요, 괜찮은데' 하면서도 매화 수놓은 노리개
하나 손에 들었다. 혜정이 품 안에서 주머니 꺼내 계산하려는
데,

"원래 열다섯 냥은 주셔야 되는데, 아씨 고우시니 그냥 가져
가세요."

"……."

"이렇게 다니시면 큰일납니다. 대낮에도 한량들이 어찌나
많은지."

"아니에요. 값 치러야지요."

보통 상인들과는 차림새부터 달랐다. 갓 쓰고 도포 입고, 뒤
에 장정 서넛 세우고 있었다. 하지만 혜정에겐, 이 장난스러운
목소리부터 단박 들렸다. 뭐가 그리 수줍은지 혜정은 눈도 쳐
다보질 못하겠다. 갓 아래 동그란 눈이 생글생글 웃고 있었다.
지원은 혜정이 부끄러워 어찌할 바 몰라 하는 거 알고는 더 즐
겁다. 개성상단 아래 있는 상점, 의례적으로 별일 없는지 훑어
보고 가는 길, 한눈에 알아보았다. 장옷으로 머리부터 발끝까
지 모두 가려도 알아볼 수 있다.

작고 마른 뒷모습…… 상점 주인이 흥정하려는 걸 옆으로 비켜서라 하고, 물건 찬찬히 살피는 혜정을 마음 놓고 보았다. 눈만 내놓고 있어도 어찌 저리 예쁘냐. 노리개 골라주고, 옷감 들춰보고 하느라 분주한 혜정. 소매 끝에 나온 여린 손목, 가는 손가락, 어디 하나 아니 고운 곳 없는 사람. 그리움에 아픈 사람이었는데 이제 매일매일 닳도록 보고 살 것이라 생각하니 남들이 보면 이상하다 할 만큼 혜실헤실 웃어진다.

혜정이 돈 꺼내서 헤아리고 내밀다가 그만 놓쳐서 바닥으로 툭툭 떨어졌다.

"사람을 보고 돈을 주셔야지, 제대로 보지도 않고 내미니 이렇지요, 아가씨."

지원은 태연스레 앉아서 하나하나 주웠다. 혜정도 같이 앉아서…… 당황스러우니 뭘 어찌해야 할지를 모르겠다. 장 거리 사람들은 북적이고, 길바닥에서 머리 맞대고 동전 줍는 두 사람, 아무도 신경 쓰지 않았다. 두 사람 마주 앉아 아무도 어릴 적 소꿉장난하듯 소곤…….

"어찌 나오셨습니까?"

"아이 옷감 좀 마련하러."

"안 그래도 보고 싶어서 월담할 뻔했습니다."

"다치면 큰일 나. 그러지 마."

능청스레 존대하는 지원.

떨어진 동전은 언제적에 다 주웠다. 그래도 잠시 이렇게 햇빛 밝은 날, 울지 않는 서로의 얼굴 보는 게 즐거웠다. 누가 보면 어쩌나 두렵지만, 이렇게 웃어주는 얼굴 보니 세상 다 가진 듯 행복했다.

"어디 가지 말고 있어."

"응."

"내 옷은 언제 지어주나."

"평생……. 서방님 옷이야 평생 지어줄게요."

"하하……."

지원이 크게 웃다가 고개 푹 숙였다. 다른 이들 이상히 여길까 봐 괜스레 아무것도 없는 땅바닥 한 번 더 더듬고. 아무 일 아닌 척하며 시선만 부딪힌다. 그 마주치는 시선 사이, 또 웃음이 오갔다. 은수 옷감은 어찌 골랐는지도 모르겠다. 얼마인지도 모르고 그저 손에 있던 돈 내미는데, 그 돈 지원이 받으며, 손바닥, 손가락, 손목 은근히 스친다. 또 혜정은 화들짝 놀라 얼굴만 발개졌다. 지원은 장난꾸러기 아이처럼 웃었다.

✳

"어딜 다녀오느냐?"

한양에서 머무는 날은 합쳐 봐야 일 년 중 한 달이 안 되지만 상단에 식구들이 많으니 도성 안에 널찍한 집을 얻어서 생활했다. 개성상단 수장 장진수는 지원을 기다리고 있었다.

장사로만 사십 년. 돈은 인간을 가장 솔직하고도 추악하게 만드는 것이 아니냐. 별일을 다 겪으며 개성상단을 키웠다. 사사로운 정이라야 하나뿐인 딸에 대한 것이지마는, 그 딸이라도 속속들이 다 보여줄 만큼 믿지는 못한다. 믿음이 독이 되기도 하는 것을 잘 알기 때문이다. 하지만…… 고작 삼 년 시간이 쌓인 지원에게는 '믿음'이 독이 되더라도, 주고 싶었다. 진수에게는 처음 생긴 '사람' 욕심이었다. 한양에 들어온 지 보름께 지원은 무슨 일인지 분주했다. 장사를 할 때는 볼 수 없었던 얼굴이다. 저 녀석이 다칠까 진정으로 불안했다.

"알아볼 일 있어서요."

"오늘 오시에 주상이 승하했다는구나."

"아, 예."

"국상 치르고 나면 세자가 보위 이어받지 않겠느냐."

"예."

권력과 재물의 물꼬가 어디로 트이겠는가. 세상은 혼란에 휩싸일 것이다. 지원은 마음을 굳게 다잡았다. 괜찮아, 지킬 수 있어. 괜찮아……. 스스로를 다독였다.

"어젯밤에 최씨상단의 일족 하나가 길에서 칼을 맞았다니, 너도 모쪼록 조심하거라."

"예."

개성상단이 한양에 들어와 세를 모으기 시작하니 남은 상단 서넛이 힘을 합치면서 크고 작은 사건들이 끊이지 않고 일어나는 모양이었다.

지원이 나서서 거래를 성사시키면 한 켠에서 넘어지는 이들 있으니 개성상단 수장인 진수에게 직접 칼 들이대진 못하고, 지원을 향해 이 가는 무리들이 있었다. 하루 이틀 일 아니니 귓 등으로 듣고 흘렸다. 작게는 장거리에서 멱살 잡는 사람도 있었고, 크게는 국경 부근에서 자객 맞은 일도 있었다. 그래서 평범한 상인들마냥 꾸몄으나 나라 안에서 손에 꼽힐 만큼 무예 뛰어난 사내 대여섯을 항상 지원의 주변에 두었다.

대원군 될 송치수, 그 속내 검고 추악하기로 유명한 영감이다. 지원이 나설 때부터 묘한 불안감에 쉽게 마음 놓이지 않았다. 거래가 어그러져 손해날까, 돈 잃을까 하는 마음이 아니었다.

"지원아."

"예."

앞으로 일 꼬이고 힘들 테다, 얘기했는데도 지원의 얼굴은 밝기만 했다.

"네가 돈 버는 연유가 생겼느냐, 그 일이냐?"

"예? 하하, 아마 그럴 겁니다."

지원이 웃었다.

지원을 상단에 들일 때 물었다. 왜, 양반가 자제가 돈 욕심을 내어 천한 상인들 무리에 섞이려 하냐고. 열네 살 소년은 큰돈 벌어 할 일 있다고만 하고, 쉽게 대답하지 않았다. 후일, 지원의 수완에 놀라며, 술자리에서 다시 가벼이 물었다.

"김지원, 수중에 돈 있어도 기방 출입도 아니하고 여인네 멀리하니, 남장여인 아닌가 하는 사람도 있더라만. 너는 돈 벌어 무엇하려고 그러냐?"

"되찾을 게 있습니다."

"무엇인데 그리 큰돈 필요하냐, 조선이라도 살 것이냐?"

"아니요. 제 뜻대로 살고 싶습니다. 제 뜻대로 살려 하니 세상이 '힘'을 가지라 해서 그럽니다."

"네 뜻이 무엇이기에."

"마음껏, 살고 싶습니다. 살아 있는 것만으로도 좋으니 그리 살고 싶습니다."

'마음껏 살고 싶다' 라. 누가 돈 필요한 이유에 저리 절실한 대답을 했던가. 아마, 그 대답을 들을 때부터 지원이란 아이, 장사 수단이 아니라 '사람' 으로 보기 시작했나 보다. 그 마음이 이어져 하나뿐인 외동딸 소은이 짝으로 지어주고 싶었다. 아비로서 품은 사사로운 욕심이었다.

"아, 그리고 어르신."

방 나서려다 다시 돌아서서 지원이 말했다.

"왜."

"무예 뛰어난 이들로. 너댓 더 구해주십시오."

"음, 그래. 몸 조심해야지."

"그런데 무예 뛰어난 이들 중에 여인은 없습니까?"

난데없이 여인은 왜 찾누, 무슨 일인가 싶어 지원을 다시 보았다. 지원은 그저 웃고만 있으니 장난인지 진심인지 알 수가 없고.

"웃자고 하는 소리냐?"

"후우, 사내들이야 다 불안해서. 아닙니다. 그럼."

말은 '불안하다'는데 미소가 걷히지 않았다. 다시 짧게 고개 숙이고 방을 나선다. 언제 저 아이, 저렇게 생기 넘치고 즐거워 보였던가. 지원의 찬란한 행복이, 곧 깨어질 유리장처럼 불안스레 느껴진다. 그 파편에 피 흘릴까, 저 아이 다치게 될까 혈육인 양 애가 쓰인다.

*

왕이 승하하였다.

오 일간 도성 내 모든 시장이 문을 닫고 양반가에서는 출입을 삼가며 장거리에는 통곡하는 이들의 무리가 길게 이어졌다. 송치수, 대원군 될 일이 코앞이다. 허나 장례 절차에 따라 삼 일간은 입궐하여 상복을 입고 곡하여야 한다. 삼 일, 설마 사흘간 무슨 일 있겠느냐.

게다가 그 어떤 사람보다 믿을 만한 이가 있으니. 마음이 들끓으니 됐다. 단순히 명령 받들어 감시하는 것과 비할 수 있겠느냐. 송치수와 마주 앉은 정우는 마른 종잇장마냥 거칠었다.

"곧 입궐해야 하네."

"예."

"국상이 끝나는 삼 일 뒤에…… 약조한 대로 하세."

"예."

송치수는 저와 같은 증오와 분노를 감당치 못하는 정우를 한눈에 알아보았다. 목숨도 충분히 내놓을 수 있을 것이다. 손에 쥐었다 놓칠 때의 마음은 그런 것이다. 그리고 지난 사 년간 혜정의 극진한 내조 받지 않았느냐. 처다만 보아도 연정이 피어올랐는데, 아내라고 여기고 보았으니 그 마음 오죽하였겠느냐.

"지아비 있는 여인이 외간 남자와 눈 맞아 그 정절 더럽혔으니 주리돌림을 당한다 해도 할 말 없을 텐데. 고이 죽여주면 그것이 고마운 일이지. 험한 꼴 당하지 않아도 되고."

"예. 헌데 개성상단의 그 청년은."

"제 아무리 돈줄 쥐고 있다해도 법도가 엄격한데 어디 감히 나설 수 있겠나. 걱정 말게."

"사천 저도까진 어찌 옮기실 생각입니까."

송치수는 빙긋 웃었다.

"좋은 약을 구해뒀네. 날랜 말과 믿을 만한 장정들도 알아봐 두었고. 선비께서 그런 험한 일까지 마음 쓰지 않아도 되네."

"예."

스무 살……. 체구 비슷하고, 병들어 죽은 여인 시신 한 구 구했다. 이번에는 절대 어그러짐 없을 것이다.

"내가 못 미더울 테지?"

"예?"

　송치수는 정우의 속내를 들여다보고 있었다.

"나 혼자 갖기야 하겠나. 하하하."

　치수의 웃음은 섬뜩했다. 섬에 갇힐 혜정은 자존심 곧고 반듯한 여인이니 분명 이런 치욕 견디지 못하리라는 것, 정우는 잘 알았다. 허나 마음대로 죽지 못할 것이다. 한시도 눈 떼지 않을 테니.

　미윤은 죽어가며 정우에게 따로 유언을 남겼다. 혜정이 매해 버선 짓는 이유, 마음속에 담은 정인 있다고 했다. 빙옥마냥 순결하고 고운 아이이니 꼭 그 마음부터 얻으시라고 당부했었다.

　정우는 아내의 마지막 말을 들으며, 제 속을 비로소 들여다볼 수 있었다. 총명하고 예쁜 아이, 제 앞에 앉아 서책 넘기며 이것저것 물어보고 고개 끄덕이고, 햇살처럼 웃던 아이. 마음씀이 깊고 세심하여 정우가 학동들 가르치니 목 상하신다며 겨울에는 모과차 떨어지지 않게 갖다주던. 정욕은 처음부터 없는 것이라 여겼다. 먼 친척 아이려니, 그리 생각했다. 하지만 '아이'가 아닌 '여인'이었다.

　아내가 마음 얻으시라 하니, 그 마음 얻지 못한 것을 더 절실히 알게 되었다. 아내가 죽고 처소를 서원으로 옮긴 이유도 그

것 때문이다. 마음을 다스리기가 어려웠다. 그런데 한양으로
오고 나서 보고야 말았다. 그 마음 가진 사내가 누구인지 보았
고 어린 새들이 부리를 비비듯, 그리 끌어안고 있는 모습을 보
았다. 배신감이었다. 시간 지나면 당연히 변하는 것이라 생각
했는데 사 년여를 같이 살아도 얻지 못했던 마음을, 네 무엇이
라고 그리 가질 수 있느냐.

　낱낱이 망쳐 주리라 결심했다. 어차피 마음 가질 수 없으니
다른 이에게도 줄 수 없다 여겼다. 너 때문에 내 이리도 번뇌하
고 괴로우니 너도 괴로워해라, 정우는 자신부터 망치는 걸 알
면서도 증오를 놓을 수 없었다.

　왕이 승하하고 사흘째. 지원은 '국상이 나면' 이라고 하였으
니 그 말 알아듣고 차곡차곡 준비하고 있었다. 준비라 해도 은
수 옷 짓는 일 서둘렀을 뿐이다. 지원에게 어디에 가냐, 묻지
않았다. 그저 '같이 가냐' 고만 물었다. 지원이 활짝 웃으며 고
개 크게 끄덕여 주기에 그걸로 다 되었다. 불안할 일도 가슴 조
릴 일도 없었다.

　은수 두고 가는 것이 가시처럼 걸릴 뿐. 은수야, 미안해. 나
중에 저승에서 네 어머니 만나면 무릎 꿇고 잘못을 빌 것이다.
살려준 은혜가 아니라 지원을 기다릴 수 있게 해준 은혜라, 더
은수를 내려놓기 죄스러웠다.

　짬 내어 지원에게 줄 주머니도 만들었다. 같이 살면 옷 지어

줄 일 한없을 텐데 마음은 그렇지 않아서, 곱게 수놓아 늘 지니고 있으라고. 그리고 그 주머니 안에 오래 간직해 왔던 것을 넣었다. 무엇이냐고 물어보면 울지 말고 대답해야지. 지원은 같이 웃어줄까, 울어줄까.

떠날 때 되었으니 정우에게 마지막 서안 한 장 남길 것이다. 무슨 말씀 먼저 올려야 하나 먹을 갈며 차분히 생각을 정리했다. 밤이 깊은 시각. 은수 업고 나간 유모가 한참 돌아오지 않고 있건만……. 제 목 조여 오는 검은 그림자 있는 줄 모르고, 그저 정우가 참한 규수 얻어 은수에게 좋은 어머니 만들어주었으면 하는 착한 마음으로 붓을 들었다.

국상 중이니 사흘 동안은 자잘한 방물도 사고 팔지 못한다. 상거래가 엄격히 금지되었으니 모든 상단 문을 닫았다. 개성상단도 장사를 접고 일 정리하느라 분주했다.

"지원아, 청나라 류 대인이 소식 보냈더구나."

"예."

"이번에 박씨상단과 거래 끊고 새로 거래 트자시는데 꼭 네가 왔으면 하더구나."

"가야지요."

수월히 대답한다. 장진수는 지원이 무슨 일 계획하고 있는지 알고 있었다. 처음엔 돈 쓰지 않던 녀석이 꽁꽁 묶어두었던 거금 헐기 시작하니 궁금해서 따라가 본 것이었다. 그런데 생각했던 것보다 더 큰일 벌이고 있었다. 제가 무슨 일 하는지 알고나 있는지.

"뭘로 또 류 대인 혼 빼놓았느냐. 박씨상단과 십 년째 하던 거래를 단칼에 자르게 하고. 허허허, 국상 끝나는 대로 청나라로 가야지?"

"예."

"박씨상단, 이번 일로 크게 한 번 휘청이겠구나."

"휘청만 하면 됩니까. 아예 넘어져야지요."

얘기하면서도 여전히 웃는 얼굴이다.

"거래 끊겨도 굴리던 돈 있으니 밤늦은 외출은 삼가고 어딜 가든 조심, 또 조심하거라."

"예."

지원은 또 수월히 대답했다. 자칫 잘못하면 사지로 몰릴 터인데 여유롭게 웃고만 있는 열여덟 지원의 속, 알 수가 없었다. 참다못해 장진수가 먼저 말 꺼냈다.

"도성 밖에 집은 왜 구했니."

"필요해서요."

물어볼 줄 알았던 사람처럼 놀라지도 않고 대답했다. 장진수는 말 돌릴 줄 모르니,

"유부녀와 야반도주하면 사내는 죄 묻지 않고 여인네는 주리돌림당하거나 친정으로 쫓겨 가는 것이 이 나라의 법도이다. 그러면 친정 아비가 가문의 수치라며 딸 목매게 할 수도 있다.

너 지금 무엇하는지 아느냐."

지원은 그제야 되묻는다.

"어찌 아셨습니까?"

"내가 널 아무리 아끼나 손해볼 일 하지 않는다. 왜 나한테 거짓말은 하지 않니?"

"말씀드리려 했습니다."

"그 여인 데리고 나와 어찌할 생각이냐?"

"마음껏 살고 싶습니다."

그 대답, 다시 들을 줄 알았다. 장진수는 한숨 깊이 쉬었다. 나 또한 너를 잃을 수야 없지 않느냐.

"네 돈 가는 길 쫓다 보니 송치수 영감 있더구나. 송치수도 너도 일 꾸미고 있더구나. 세상에 돈만큼 솔직한 것이 또 있더냐."

"예."

"내일이면 송치수 퇴궐하고 부원군 받을 터인데, 오늘 갑작스레 그 댁 유모가 아이 업고 심재윤 대감댁으로 간 것 알고 있니?"

"예?"

"송치수 머슴 하나가 우리 상단 피해 굳이 도성 밖 자잘한 약재상 돌며 약 구한 것 알고 있었느냐? 벌써 사나흘 전이다."

"무슨 말씀이십니까."

"글 읽고 신분 높은 이들이 눈 뒤집히니 독하고 무섭기가 상놈들하곤 비할 바 안 되더구나."

"……."

"너도 국상 끝나 통행 자유로워질 때 기다리는 게지?"

"……."

"십만 냥 어음 떳떳치 못한 곳에 썼으니 송치수 쉽게 움직이지 못하리라 생각한 게야?"

"예."

"지원아, 허울뿐이나 애 아버지 있는 것, 왜 생각하지 못했니?"

"……."

'좋은 분'이라 했다. 아니면 지난 세월, 지원을 기다리지 못했을 거라고. 욕심이라곤 없는 분이라고, 몇 번이나 그 고결한 인품을 칭찬하기에 쓸데없는 투기심까지 일 정도였다. 그래, 안심하고 있었다. 조카 돌보듯 거둬주셨던 분이니 새삼 무슨 일 있으랴 했다. 송치수보다 앞서면 다 될 줄 알았다.

"아직 늦지는 않았을 게다. 다녀오거라."

"예."

장진수의 허락임을 알고 있다. 지원이 자리에서 일어나자,

"몸 성히 와야 한다. 그리고 다녀오거들랑 류 대인과의 거래 잘 성사해 내야 하고."

"알겠습니다."

"곧 죽어도 고맙다느니 은혜 갚겠다느니 입에 발린 소리하

지 않는구나."

"충분히 갚을 것이라 그럽니다."

대답도 간단하다. 진수는 긴 수염 쓸며 한 번 웃고 말았다.

네 뜻대로 살고 싶다 하였으니. 돈에 묻히고 늙어가며 자기
뜻 잃기 다반사인 세상이라 너는 그 뜻 잃기 전에 마음껏 살아
보아라. 지원과 동갑인 외동딸 생각에 서운하기야 하지만 그렇
다고 저 가는 길 막아설 수야 있겠느냐.

내일 날 밝으면 새 왕의 즉위식 있을 터이니 송치수 정신없
이 바쁠 테고, 삼 일 금족령 풀리고 상인들 움직일 때를 기다리
고 있었다. 도성 밖에 집 구해두어 그곳에서 며칠 묵게 했다
가…….

밤길 급하게 서두르면서도 지원은 눈물을 꾹꾹 담아 누르고
있었다. 무슨 일 생기면 누구도 용서치 않으리라. 그것이 설혹
하늘이라 할지라도. 검을 쥔 손이 분노로 떨렸다.

✳

혜정은 정우에게 남길 편지를 마무리 지었다. 할 말 많을 리
없어서 은수 부탁하고, 사 년간 살펴주신 은혜 깊이 감사하고
매해 미윤의 기일이 되면 어디 있든 물 한 그릇이라도 떠놓고
기도드리겠노라고……. 선비님 좋은 아내 얻으시고 또한 학문

이루시라 단정히 써 내려갔다. 첩실 자리로 들어간 집이다. 미윤과 정우가 아니었다면 진작 죽었을 목숨이라 여기니 새삼 감사한 마음 더했다. 이렇게 살아서 열여덟 살, 지원을 다시 만났으니.

편지 잘 접어 봉투에 넣어 봉했다. 은수 옷 챙겨둔 보따리 안에 함께 넣어두었다. 그제서야 마음이 좀 가라앉았다. 밤이 늦었다. 달도 없는 밤, 방 안에 스미는 어둠이 유난히 칠흑 같다. 그러고 보니 저녁 무렵 은수 업고 급히 나간 유모가 왜 오지 않나 싶었다. 쌀쌀한 밤공기에 아이 감기라도 걸리면 어쩌나, 한양 온 지 얼마 되지 않았는데 그새 동무라도 생겼나, 길 잃었으면 어찌하나, 국상 중이라 순라군들 많이 다니는데 혹여 오해받지나 않으려나, 걱정이 꼬리를 물었다. 낯선 사람들이래도 이 댁 하인 불러 사람 좀 찾아오래야겠구나 하는 참. 문이 벌컥 열렸다.

심정우.

혜정은 당황하면서도 차분히 자리 내어드리고 마주 앉았다. 보따리며 서찰이며 방 안이 어수선하니 신경 쓰였다. 정우가 문 닫고 들어섰는데, 그 문밖에 낯선 그림자 어른거리는 것이며……. 뭘까, 이게. 숨이 막혔다. 정우 말없이 혜정을 쳐다만 봤다. 원망인지 분노인지 모를 감정에 눈빛은 뜨겁기도 싸늘하기도 했다.

"어디 갈 생각이었소?"

"예."

"그대가 거짓말을 잘하는 여인이었으면 살기가 좀 편했을까?"

"예?"

"은수가 열이 높아서 사촌 어르신댁으로 보냈소."

"예에. 의원에게 보이셨습니까?"

"그게 돌림병일지도 모른다 하니 혹여 그대도 병날지 몰라 걱정되어 내가 약 달여 왔소. 가지고 들어오라."

이 댁에 들어오며 늘 보아오던 머슴이 아니었다. 그리고 약 달여 오는 일인데 사내를 시킨다니. 우락부락하게 생긴 사내가 조심성 없이 방에 들어와 약사발 놓고 나갔다. 정우와 혜정이 마주 앉았다. 그리고 그 가운데, 약사발. 김이 아직도 폴폴 올라온다. 정우가 다시 말했다.

"돌림병 오면 큰일이지 않소. 곧 영월로 먼 길 가야 하는데. 드시오."

"……."

"왜, 얼른 들이키라니까. 내가 못 미덥소?"

"저는 괜찮습니다. 은수 열 있으면 제가 심재윤 대감댁으로 건너가 보아도 되겠습니까?"

무서워도 내색하지 않았다. 정우의 광기를 보면서도, 사람이 이렇게 변하는 거구나 섬뜩하고 소름 돋는데도 차분하게 대답했다.

"또 범이구료."

지원에게 주려고 만들어뒀던 주머니, 정우가 싸늘하게 웃으며 그 주머니 손에 들었다.

"……."

"이건, 아……. 하……. 하하하하하……."

주머니 안에 넣어둔 물건 꺼냈다. 정우는 실성한 사람마냥 웃어댔다.

"어머님 유품입니다. 주십시오."

"그래, 알고 있지. 역적죄인이라고 입던 옷 그대로 내보내면서도 챙겨준 것이라며. 싸늘한 날씨에 장옷 하나 덮어주지 못했던 네 어머니가 이것만은 갖고 가라고 주신 거라며. 그런데 이것의 주인이 개성상단의 그 청년인가?"

"주십시오."

"하나만 묻자. 그 청년은 어찌해서 네 마음 가질 수 있었나?"

"모르겠습니다."

"모르겠다? 허허, 이 약 마셔라."

혜정이 먼저 자리에서 일어났다. 존경하던 그분 아니다. 미윤이 죽어가며 부탁하던 그 선비가 아니었다. 정우도 따라 일어났다.

"어딜 가려고. 앉거라."

혜정의 손목 틀어쥐었다.

"놓으십시오."

"왜, 힘으론 못 이길 듯 싶으냐. 저 약 다 마시면 보내주지.
어디든 보내주마."

아직도 양손 거칠게 잡고 있다. 감사하고 기도할 분이었는데
사 년 세월 이렇게 무너지니 혜정의 마음 싸늘해지며 눈빛도
따라 매서워졌다.

"이런 분 아니십니다. 은수 아버님."

그래도 정우는 쥔 손에 더 힘을 주었다.

"약 마셔라."

혜정은 대답하지 않고 있는 힘껏 그 손 뿌리쳤다. 정우도 그
바람에 휘청한다. 혜정의 손목에 선명한 자국 남았다.

"네 정녕 험한 꼴 봐야겠느냐."

"은수 아버지시니 죽어도 미워하진 않을 것입니다."

차라리 불 같은 분노가 일어나기라도 한다면…… . 하아…… .
이 급박한 중에도 한숨이 쉬어졌다. 아버지의 가르침, 검을 들
때는 분노도 때로는 힘이 되는 법이다, 허나 그리되면 저잣거
리 왈패들의 싸움질에 지나지 않으니 감히 '도'라 하지 않는
다. 검은 얼음처럼 흔들림 없는 마음으로 들어야 한다. 분노로
떨리고, 사심으로 얼룩져서는 아니 되는 법.

지금은 흔들리고 얼룩진 분노도 일지 않았다. 미윤이 사랑했
던 분이며 아직도 어여삐 크고 있는 은수, 아이 아버지가 한낱
욕정에 스스로를 망치고 있었다. 저승에서 이 모습에, 분

명…… 목 놓아 곡할 미윤이 혜정을 눈물짓게 했다.

정우는 제 욕심에 이미 눈멀어 혜정의 눈에 어리는 눈물이 저를 향한 연민이며 또 미윤을 생각해서인 줄 몰랐다. 다시 더러운 손 뻗었다.

"다른 사내들 손, 닿아야 말 듣겠소?"

문밖 기척.

"그럼 이 손과 무엇이 다릅니까?"

"……."

"똑같은 짐승인데 다르다 하십니까?"

평생 서책을 넘기던, 여인만큼이나 곱던 손끝이 찔리듯 움찔거렸다.

그리고 뭔가 제대로 되지 않는다 생각했는지 문밖에 서 있던 험악한 사내 두 명이 방 안으로 들어왔다. 혜정을 위 아래로 훑어보고 피식 웃었다. 고작 이 여인 하나 어쩌질 못해 구구절절 사연 주고받고 계셨냐, 정우를 은근히 비웃었다.

이제 꼿꼿하게 버티고 서서 손 하나라도 대면 죽어버릴 것이다 악이라도 써야 하는데 혜정은 입이 떨어지지 않았다. 지원을 기다릴 수 있게 해주셨던 깨끗한 인품 지니셨던 분, 오라버니 연배와 비슷하여 남몰래 육친마냥 가까이 느꼈던 분이, 하루아침에 송치수와 다름없는 짐승 되어 자신의 목을 조르니. 꿈이어라 싶었다.

"선비님과 얘기 끝났으면 이제 곱게 약 먹어. 갈 길이 멀어 그러니, 고운 처자 몸 버릴라."

탁한 목소리, 지저분한 수염, 사내가 약사발을 들고 제 얼굴도 혜정에게 함께 디밀었다.

받아드는 척 그릇을 들어 그대로 바닥에 내던졌다. 약사발은 산산조각이 났다. 혜정은 한 가지만 다짐했다. 여기서 죽더라도, 울지 않을 것이다. 저들에겐 눈물 한 방울도, 제 것은 보이지 않을 것이다. 입술을 더욱 사려물었다.

송치수의 집, 훌쩍 담 타 넘었다. 횃불 들고 집 구석구석 살피는 사내가 덤비는데 단순한 부잣집 머슴이 아니라 제법 힘쓰는 놈이었다. 그러나 지원과 함께 나선 이들의 상대는 되지 못했다.

"어찌 할까요."

"안에 사람 있으니 조심해서 들어가자."

나서고 처음 입을 떼는 지원. 입술이 바짝 마르고, 목소리가 잠겼다.

제발, 제발.

몇 개의 중문과 담으로 둘러쌓인 은밀한 후원, 마당에 감시서던 장정 단번에 제압했다. 지원은 숨을 다시 쉬었다.

아무 일, 없을 거야. 아무 일도. 스스로를 달래지 않으면 이 떨리는 손, 멈출 것 같지 않고, 그러면 큰 실수 할 것 같았다. 촛불 일렁이는 방 안. 그림자만이 비쳤다. 마루에는 신발자국

이 무질서하게 흩어져 있다. 지원이 앞서 방 안으로 들어갔다.

곧 따라 들어온 이들, 주먹 오가긴 했으나 전국에서 구한 무인들인데다 상단과 함께 다니며 온갖 일 다 겪어서 여간한 일, 여간한 부상에는 꿈쩍도 않는 고수들인지라. 요란한 소리나지 않고 피 흘린 사람 없이 순식간에 패악무도한 이들 무릎 꿇리고 입 틀어막았다. 함부로 죽일 수야 없으니. 자신들 할 일 끝내고 지원이 뭐라 지시 내리길 기다렸다.

지원은 문 열고 들어서자마자 그대로 멈춰 섰다. 못 박힌 듯 움직일 줄 몰랐다.

눈으론 정확히 혜정을 찾아 크고, 슬프고, 그 먹먹한 눈 쳐다보았다. 그 눈에 고인 눈물이 지원의 가슴을 까맣게 태웠다. 분노로 심장이 들끓어서 혜정의 어깨 쥐고 있는 저 사내의 팔뚝 단칼에 잘라내 버릴 것 같았다. 같이 나선 무인들이 앞서 단번에 일 끝내지 않았으면, 지원은 이 자리에서 모두 도륙 냈을지도 모르겠다. 숨이 쉬어지질 않았다.

"어르신, 속히 나서야 할 듯 합니다."

그중 하나가 재촉했다.

그리고 다른 한 사람, 쓰러진 혜정을 부축하려 다가갔다. 이 여인 구하러 온 길인 것을 잘 알고 있기 때문이다.

"손, 대지 마라."

그제야 지원의 한마디. 낮고 서늘한 음성. 분노로 들끓던 머릿속이 풀썩, 하얀 재로 내려앉을 것 같다. 혜정은 옷 매무새 조금 흐트러졌을 뿐 다행히 다친 곳은 없었다. 얼마나 무섭고 치 떨렸을까. 나를, 얼마나 불렀을까⋯⋯.

아무 일 없었던 것처럼 일어나 풀어진 옷고름 바로 하고 머리 매만졌다. 지원아, 괜찮아, 나 안 죽었잖아. 아직도 장성한 사내 셋에게 둘러싸여 숨도 못 쉴 만큼 무서웠던 마음, 치 떨리는 마음 남아 있는데도. 눈물 주룩 흘려 버린 지원이 안쓰럽다.

미안해, 미안해, 미안해 입안으로만 되뇌이는 그 말 왜 못 들을까.

괜찮아, 안 죽어. 괜찮아, 아무 일 없었던 거야.

혜정이 차마 어찌할 줄 몰라 하는 지원에게 먼저 다가서서 눈물 닦아주었다. 그래도 손끝이 부들부들 떨리는데 지원의 얼굴, 코, 입, 눈 닿으니 이제야 숨을 쉬는 것 같았다.

"나가자. 얼른."

"너무, 늦게 왔지."

"언제가 되든 오면 되지. 왔으니 됐어."

웃어주고 싶다. 다시 네 얼굴 보지 못할까 얼마나 무서웠는데, 네가 여기 서 있으니. 너도 미안해하지 말고, 울지 말라고. 김지원, 네가 울면 나도 눈물 떨어지고, 네가 웃으면 나한텐 온 세상이 다 웃어주는 것 같으니까.

지원은 조심조심 혜정을 꼭 끌어안았다. 안은 손에 자꾸만 힘 더 주게 된다. 아스라질 듯 작은 어깨, 감싸고⋯⋯ 그저 그대로.

서로를 잃을까, 서로가 다칠까 뼛속까지 불안하고 떨렸던 마음이 그제야 조금씩 놓였다. 지원의 따뜻한 품 안에서, 이 남자, 숨 쉬고 있구나. 다행이다, 생각하면서 그제야 혜정의 눈에도 눈물이 흘렀다. 떨리는 손으로 지원을 잡아본다.

지원의 손잡고 그 집을 빠져나왔다. 다시는 발 들이지 않을 곳이다. 다른 패거리들과 함께 쓰러져 있는 정우는 쳐다보지 않았다.

도성 밖 마을과 조금 떨어진 곳. 굳게 잠겨진 대문 몇 번 두드리자 기다리고 있던 사람이 문을 열었다. 제법 먼 길 걸어 지쳤지만 문 열어주는 사람 얼굴이 희미한 등롱에 비치자…….

"아주머니."

친척댁 놀러온 아이처럼 금방 반색하는 혜정.

"아주머니는, 이제 할머니지요."

세화였다. 지원의 유모. 이제 나이 제법 드셨으나 여전히 예전처럼 조금 무뚝뚝하고 차가운 인상 속에 깊은 속정 숨겨놓은 그 모습 그대로였다. 새삼스레 반갑다.

"그간 평안하셨어요?"

"그럼요, 어서 들어와요."

세화는 따뜻하게 혜정의 손 끌어 안방으로 데려 들어갔다. 정갈하고 깨끗한 방 안에 앉자 이제야 마음이 좀 놓였다.

"도련님은 얼른 옆방 가 주무세요."

"왜?"

지원이 눈 멀뚱히 떴다.

"그 검도 치우시구요. 그리 싫다시며 왜 들고 오셨습니까?"

세화의 말에,

"검이 싫다고? 검술도 익히고 했잖아?"

혜정이 되물었다.

"그래도 난 날카로운 게 싫어."

태연히 대답한다. 영 농담은 아닌 듯 어깨를 움츠리고 싫은 내색을 한다. 세화가 옆에서,

"우리 도련님, 배우시는 거 남달리 빠르시나 검술은 유난히 성취가 늦으신 연유가 검을 싫어하셔서 그렇지요. 아기씨댁에서 검술 배울 땐 의젓하게 아닌 양 하신 모양입니다. 지금도 제가 알기로 그리 훌륭한 무인은 아니셔요."

지원은 집이라 여겨 마음이 놓이는지 여린 하품했다.

"옆 방에서 잘게. 내일 일찍 나가봐야 하니까 깨워줘."

지원은 금방 자리를 피했다. 세화가 지원의 어머니 같다. 자애롭고도 엄한 지원을 보는 눈빛이 이리 따뜻할 수 없다. 다행이구나, 혜정도 마음이 좋아졌다.

지원이 나가자마자 세화는 혜정에게 더 가까이 와 앉으며 두 손 꼭 잡았다.

"아기씨, 어디 다치신 데 없습니까?"

"예?"

"미리 연통 받고 기다리며 얼마나 조마조마했는지 모릅니다. 괜찮으십니까?"

그래서 지원이 먼저 보냈구나. 혜정은 그 마음씀이 고마웠다.

"괜찮습니다. 아무 일 없었습니다."

"다행입니다. 검은 아씨가 지니셔야겠습니다. 세상 험하고, 사람들 독해지니 큰일입니다."

늙고 거친 손으로 혜정의 고운 손잡아 토닥여 줬다. 아주 오랜만에 혜정도, 지원도 깊은 잠, 편안히 잘 잤다.

다음날 아침. 식사 준비하러 나갔다가 방에 들어선 세화가 혜정이 일어나 앉은 걸 보곤,

"좀 더 주무시지요. 뭐하러 벌써 일어나셨습니까."

억지로 자리에 다시 눕히고 싶은데 그 고집 잘 아니.

혜정은 환하게 웃으며,

"잘 잤습니다. 제가 물 길어 올게요. 우물터 어디지요?"

"큰일 날 소리 하십니다. 대문 밖 나가시면 안 된다 하셨습니다."

"그래도 아직 이른 아침인데."

"정 도우시려면 도련님 좀 깨워주시고 채비하라 해주십시오. 아침잠 많으셔서 매번 깨울 때마다 이 늙은이 어찌나 애먹이시는지. 차라리 등짐 지는 게 낫지 예삿일 아닙니다."

"예."

세화 돕는다, 쉽게 대답했는데 막상 지원이 잠든 방 앞에 서니 쉽게 문도 열어지지 않았다. 세화는 분주히 왔다갔다 하며 아침 준비하느라 정신없고. 또 지원이 어젯밤에 일찍 나서야 한댔으니 괜스레 마음 불편하고 수줍고.

마침 마당 지나던 세화가 놀리듯,

"아이고, 아씨, 방문 앞에서 날 다 지나겠습니다. 서방님 침소 드는 걸 어찌 그리 수줍어하실까."

심호흡 한 번 하고 조심스레 방문 열었다. 버선발로 사뿐사뿐 방 안에 들어섰다. 아침 해가 비치는 방, 지원이 아기처럼 웅크리고 잠들어 있었다. 많이 피곤했는지 옷가지 벗어 옆에 아무렇게나 던져두고 쓰러지듯 잠들었다. 고요하다.

지원의 쌔근 숨소리 들리고, 온기가 감도는 작은 방 안. 지원과 혜정뿐이다.

혜정은 우선 그 옆에 앉았다. 잠든 얼굴이라 마음껏 보아도 되겠구나. 이 얼굴 보니 또 여덟 살 아이 때 같았다. 설레는 마음 그대로 담아 머리카락 쓸어 넘겨본다. 입술 위에 난 흉터, 살짝 손대보고 오똑한 콧날도 한 번 만져 보고. 그러다, 이게 뭐 하는 건가 싶어서 혼자 웃고. 아 깨워야지.

"지원아, 김지원."

"……."

"일어나, 일찍 나가야 된다며."

"조금만 더 자구."

"아기 때도 잘 안 일어나더니 그 버릇 그대로네."

"응."

"안 일어날 거야?"

"응."

"대답은 잘하네. 잠 깼지?"

지원은 피식 웃었다. 눈 뜨고 자신을 빤히 들여다보고 있는 혜정을 보았다. 이불 밖으로 손 내밀었다. 혜정이 그 손 잡아주었다.

"꿈 꾸는 것 같네."

"꿈은 무슨, 얼른 일어나."

혜정이 잡은 손 힘주어 끌자, 마지못한 척, 지원이 일어나 앉았다. 그러다 다시 눈 감고 천천히 눈 떴다가,

"나가야 할 일 있다며. 얼른 일어나야지."

"응."

"그래도 잠이 덜 깼어?"

"아마."

"아침 벌써 다 하셨겠다. 도련님도 일어나 씻구 식사하고 나가셔야죠."

말 맺자마자 지원이 갑자기 혜정을 자기에게로 살짝 당겼다.

"음, 계속 자면 우리 첫날밤인데."

"아침이야. 그리고 체통을 지키셔야죠, 도련님께선."

지원은 잠도 덜 깨고는 혜정의 손목 잡고 놓아주지 않으면서 장난스레 웃었다. 지원이 손목 세게 잡으니, 아팠다. 어젯밤 잡혔던 자리 때문이구나. 그래도 내색하지 않았다.

햇빛 좋은 아침. 마당가에 물 데워두었다.

지원이 세수하고 그 옆에 수건 들고 혜정이 기다렸다. 아주 오래 같이 산 부부처럼 지원은 세수 끝내고 손 내밀며 능청스레,

"여보, 수건 주구료."

"여기."

얼굴 대충 닦고. 혜정을 멀뚱히 쳐다보았다. 혜정은 소매 걷고 그 세숫물 버릴 거라고 대야 드니 지원이,

"내가 할게. 그건."

굳이 자기가 들고 뒤뜰로 갔다.

세화가 차려주는 아침상 들고 방으로 갔다. 앉아서 기다리던 지원이 금방 일어나 상 받아 들고. 두 사람 마주 앉아서 소박한 아침 먹었다. 겸상하여 사소한 이야기 주고받고. 밥 먹은 다음에는 지원이 도포 입고 갓 쓰고 하는 거 옆에서 챙겨주고, 난리 중에 갖고 나온 주머니, 내민다.

"이거 뭐야?"

"안에 건 나중에 꺼내봐. 언제 와?"

"오늘은 일이 많을 거 같아서 좀 늦어."

"올 거지?"

"그럼 내가 어디 가?"

갓 아래 보이는 앳띤 얼굴이 불안하기도 듬직하기도 했다. 그래도 손 한 번 꼭 잡아주고 마당까지 총총히 따라나서 지원을 배웅했다. 아침나절 잠시 함께 보냈을 뿐인데, 언제까지 버틸 수 있는 힘을 또 얻은 것 같았다.

지원은 상단에 들러 금고 안에 넣어두었던 몇 가지 물건 다시 챙겨 나왔다. 송치수 집으로 가는 길이다. 도성 안은 아직 별다른 움직임 없었다. 송치수는 혜정이 어디 있는지 알 것이다. 소원하던 부원군 되어 권력을 쥐었으나 그 힘 쓰지 못하니 애가 달을 것이다.

"송치수 대감댁에 갈 것이니 너는 이것, 전에 말했던 곳에 전해 드려라."

"혼자 가셔도 되겠습니까?"

조심스레 묻는다.

"밝은 대낮에 나 어디 가는지 본 사람 한둘 아닌데 별일이야 있을라구."

오늘 해 질 때 집으로 돌아가면 대문 열어주겠지. 또 수줍은 듯 그렇게 웃겠지. 저녁상 마주하고 밥 먹으며, 이런저런 얘기 해야지. 등불 밝히고 곁에 앉아 있을 단아한 여인, 생각만으로도 입꼬리가 자꾸 올라갔다.

당당하게, 대문 두드렸다. 머슴이 얼굴 **빼꼼히** 내밀었다가, 지원을 알아보고 금방 고개 숙인다. 마당 안으로 들어서자 장정들 모여들어 지원을 둘러싼다. 지원은 겁날 거 없으니,

"주인 어르신 뵈러 왔다."

말했다.

"안으로 뫼셔라."

방문 안에서 송치수의 날카로운 목소리, 들렸다. 지원은 그런 그를 비웃으며 방 안으로 들어섰다.

송치수는 거리낌 없이 들어서는 지원을 보며 숨을 깊이 쉬었다. 세상사 쉽지 않다는 걸 가르쳐 줄 셈이었다. 네가 한 일의 대가가 얼마나 큰지도. 여인 하나 차지하자고 벌인 일. 그런데 피차 간에 너무 멀리 왔지 않느냐. 너도, 나도 원한을 쌓았으니 많은 것을 잃게 되더라도 지금 품은 칼 내려놓지 않을 것이다.

"어젯밤 집에 강도가 들어서. 결례가 되었다면 미안하네."

송치수의 눈빛 날카롭다. 지원은 옷자락 털며 편히 앉아 흔들림 없이 송치수를 마주 봤다.

"부원군마마댁에 강도라니요, 경비 더 삼엄히 하셔야겠습니다."

"허허, 일간 모시러 갈 요량이었는데 이렇게 먼저 찾아줄 줄은 몰랐네."

"제가 오라, 가라 소리 듣는 걸 별로 좋아하지 않습니다."

팽팽한 긴장이 감도는 가운데, 방문 조심스러이 열리며 찻상 두고 나갔다. 지원은 여유롭게 차 한 모금 마셨다. 한참 이어진 침묵을 깨며 송치수가 어쩔 수 없이 먼저 입 열었다.

"이번 청나라 사신행차 때 개성상단에서 동행해 주게."

"예. 그 말씀 들으려고 거금 드린 것 아닙니까."

지원은 흔쾌히 대답한다. 송치수는 지원의 덤덤함에 치를 떤다. 그리고 씹어 뱉듯 비열한 제 속 숨기지 않고 말한다.

"그럼, 자네가 준 십만 냥의 대가는 이제 된 것 아닌가?"

"그런 셈이지요."

"상단에서 잔뼈 굵지 않나. 계산 이렇게 하는 거 아니지."

"그렇다면 어찌 계산할까요?"

"마음먹자면 지금에라도 관아에 명 내려 지아비 배신하고 야반도주한 년 잡아들이라는 거 일 아니지. 용모파기 그려 뿌리면 그 반반한 얼굴, 어디서나 눈에 띌 테니 조선 땅 어디선들 출입 자유롭겠으며 잡아들이는 것 또한 일도 아닐 테고."

"대감의 깊은 의중 알아채기 어려우니 원하시는 걸 말씀하십시오."

"거래를 해야지 않겠나. 자네가 원하는 걸 가져갔으니, 대가를 줘야지."

"저는 거래라 생각지 않았습니다."

지원이 어떤 패를 숨기고 저리 자신만만한가. 치수는 쓴 입맛 다시며 입을 뗐다.

"내가 관아에 명 내리면 자네는 어찌할 텐가?"

"대감 쓰신 십만 냥이 꼬리 물고 어디에 어찌 쓰였는지 낱낱이 기록되어 있습니다. 사헌부로 넘기는 것 일도 아닙니다."

"뭐라?"

"부원군마마께도 줄 댈 수 있는 것이 돈의 위력인데 사헌부야 말할 나위 있겠습니까."

지원은 여유롭게 웃었다.

"내 그 돈 어디 쓴다 한들, 줄줄이 밝혀지면 개성상단 타격 클 터인데."

"저는 연안 김씨 양반가의 자제 아니겠습니까. 한때의 객기로 상단에 잠시 몸담았으나, 이제 마음 잡고 과거 준비라도 해볼까. 아니면 아버님 계신 낙안에서 제 처와 살아볼까 생각 중입니다."

"……."

송치수는 들었던 찻잔을 다시 내려놓았다. 개성상단에서 몸을 뺐다라? 그렇다면 지금 혜정의 일을 트집 잡아 개성상단에게 준 독점권을 뺏을 구실도 없고. 무엇보다,

"국문장에서 좌상, 우상 대감이며 부원군마마까지 뵐 생각하니, 뭐 그리 나쁘지 않을 것 같습니다."

"어음, 처리해 준 것이 그럼 자네 독단이란 말인가?"

"예."

"상단에 있을 때 적 많이 만든 것으로 아는데, 개성상단 후

광 없이 홀로 장사라도 해보려고? 목숨 부지나 되려나?"

"어찌 사는 것이 중요하지, 살고 죽고가 중요하겠습니까."

지원은 치수의 눈매를 매섭게 쏘아본다.

"상단에 피해 주지 않으려 그러는가? 도대체 무얼 믿고 그리 자신만만한 게야?"

"부친상에 오지 않는 아들이 어디 있겠습니까."

송치수가 무슨 말인가 눈 껌뻑이는데, 지원은 자리에서 일어 났다.

"차, 잘 마셨습니다."

"자네."

지원은 잠시 멈춰 섰다. 자리에 앉은 송치수를 내려다봤다.

"예."

"지키려는 쪽과 망치려는 쪽이 싸우면 항상 망치려는 쪽이 이긴다네."

"……."

"이겨도 져도, 피 흘려야 하니 말이세. 잊고 있는 것 같아 서."

"예."

"끝까지 자네의 패가 무엇인지는 보여주지 않으려나?"

"지금 주상전하, 비록 그 성정 거칠고 난폭하셔도 형제간 우 애 돈독하다 들었습니다. 그리고, 저만 지켜야 하는 것이 있는 건 아닐 테지요."

다시 고개 짧게 숙이고 그 집 나섰다.

송치수는 한참 자리에 앉아 지원이 던진 말을 이리 저리 꿰맞추었다. 그 말의 의미 되짚을수록, 지원이 가진 것이 단순 '돈' 만이 아닌 것을 알게 되었다. 일이 커진다. 너도, 나도 전부를 걸고자 하니, 그래. 해보자. 지원의 뒤 밟게 해두고 한 시도 떨어지지 말라 한 번 더 당부하였다. 조선 팔도 내에서 손꼽히는 상단 어찌 흘러가는지 알아보라 하고, 얼마 전 거래 끊겼다는 박씨상단의 수장과는 은밀히 만날 약속 해두고. 송치수는 서둘러 입궐하였다.

사흘간.

지원은 상단에도 도성 내 어디서도 나타나지 않았다. 개성상단은 변함없이 바쁘게 돌아갔다. 장진수는 지원을 믿으니 하자는 대로 일 처리할 뿐이다. 성공하면 큰 이윤 볼 것이고 실패하더라도 몸 상하지 않아야 할 것인데 그것 하나가 걱정이었다.

지원은 사흘 뒤, 야삼경이 넘어서야 집으로 돌아왔다. 세화가 대문 열어주며 새삼스럽게 반색한다.

"그간 연통이라도 좀 주시지요."

"하루 이틀인가."

송치수가 붙인 이들 어찌나 집요한지 따돌리는 것도 힘든데다, 상단 수하들 없이 홀로 다니려니 불편한 것이 한두 가지 아니었다. 그래도 청나라에서 사신 일행과 함께 아버지처럼 따르던 진성대군 돌아오시는 날 이제 열흘도 남지 않았다. 지금 주상과는 동복형제 아니던가. 지원은 대군이 돌아오길 기다리고 있었다. 하지만 송치수 때문이 아니었다.

"그래도 아기씨 옆에서 보고 있으려니 내가 다 애가 쓰이더이다."

"자?"

"어젯밤까지 거의 한숨 못 주무시다 이제 막 눈 붙이셨으니 깨우지 마셔요."

"사흘 만인데 나 또 새벽에 나가야 하는데, 얼굴도 못 보는 거야?"

"떼쓰실 일 아닙니다. 제게 폐될까 내색도 못하고 속으로만 어찌나 앓으시는지……. 이제 어디 가지 마시던지. 그저 집에서 편히 글공부나 하시던지요."

세화의 잔소리. 지원은 싫지 않았다. 그래도 건넛방으로 가지 않고 머뭇거렸다. 따라오던 세화는 금방 눈치채고,

"제가 오늘은 건넛방으로 가지요."

"집에서 글공부나 해야겠다, 이제."

"아버님께 가시렵니까?"

"낙안은 그리 경치가 좋다며. 산도, 들도, 그리 예쁘다며. 읍성이 춘삼월이면 꽃대궐 같다 하더라. 부인하고 거기 가서 글공부하고, 텃밭 가꾸고 그렇게 살아야겠다. 오손도손 자식 낳아 키우고."

"상단일 하지 않으십니까?"

"이번 일만 해주고. 장마 오기 전에 청나라 갔다 오면, 가을쯤 낙안에 내려갈 수 있겠다."

"이 늙은이도 데려가시렵니까?"

"음 부인한테 시어머니 노릇 할 거 아니지?"

"제가 어찌요."

"……."

생각만으로도 좋아서 지원의 얼굴에 미소가 번졌다. 평안히, 그저 평안히 우리 마음껏, 살아보자 지원이 방문 열려는데 세화가 못내 걱정스러운지,

"도련님."

"응?"

"아직 혼례 올리지 않으셨습니다. 아시지요?"

"……."

괜한 말했나. 지원이 아이처럼 얼굴 붉어졌다. 세화는 속으로만 어찌 저리 순진하실까, 두 분 다 하고.

아침나절 잠든 지원의 방 들어가지 못해 전전긍긍하던 혜정. 사흘 만에 와서 보고픈 마음에 덥썩 방에 들어간다 말은 해놓고도 막상 저리 수줍어하는 지원. 천생연분이라 보는 사람 마음 흐뭇하다. 고운 두 사람, 저 소소한 행복 누리며 오래 오래 살았으면. 세화의 마음이 괜히 간절해졌다.

혜정은 자리에서 일어나 등불에 불 붙이고 있었다.

"일어났네."

"목소리 들려서."

웃어줘야지. 혜정은 환하게 웃어주고 싶었다.

사흘 내도록 온몸에 피가 말랐다. 지나가는 발소리에도 귀가 번쩍 뜨이고, 대낮에 누가 대문 두드리면 혹여 불길한 소식 전해 올까 심장이 멈추는 것 같았다. 하지만, 더 힘들었을 테니, 해줄 수 있는 게 없으니, 이렇게 웃어주는 거 말고는 없으니.

"새벽에 나가야 되니까. 얼굴 보려고."

"아직 밤엔 쌀쌀할 텐데. 밤이슬 맞고, 새벽에 나가고 잠은 어디서 자는데?"

"듣고 보니 추운 것 같다."

겉옷 벗어 벽에 걸어두고 혜정과 조금 멀찍이 떨어져 앉은 지원, 괜히 어깨를 움츠렸다.

"잠이라도 편히 자야지. 이리 와서 누워. 내가 나가면 돼."

혜정은 자기가 누웠던 이부자리로 지원을 끌었다. 춥다고 하니 푹 자라고, 따뜻하라고 자리 내주었다. 이런저런 생각할 새 없다. 지원은 자신을 이불 위에 앉히고 곧장 일어나는 혜정을 잡는다.

"어디 가?"

"밥은?"

"아니. 자라며. 자면서 먹어?"

"내가 건넛방에서 잘게. 저 방 계속 비워놔서 싸늘할 거 같아. 니가 여기서 자."

"가지 마."

"……."

"있어주기만 하면 되는데. 잠 잘 올 것 같은데."

지원이 물끄러미 혜정을 올려다보았다. 저 눈빛을 어찌 외면하랴. 혜정은 다시 앉았다.

"그럼 자. 내가 여기서 봐줄게. 불 꺼줄까?"

"그래도 추운데."

이불 안에 묻혀선 자리에 눕지도 않고 춥다는 지원. 혜정은 이불 안으로 손 넣어보며,

"바닥도 따뜻하고, 이불도 따뜻한데?"

"무서웠어."

"어?"

"내가 무섭다고 하면 더 무서워할 테니까. 안 그런 척해야 하는데."

"……."

"내가 무서운 게 전에는 딱 한 가지였거든?"

"뭔데?"

"날카롭고 뾰족한 모든 것들."

"응."

"이제 하나 더 생겼다."

"뭔데, 그게?"

"지금."

"지금, 무서워?"

"응, 지금. 지금이 다시 안 올까 봐 무서워."

"큰일이다, 무서운 게 많아서. 나 누굴 믿고 사나."

"내가 부인 믿고 살아야겠네."

"열 살 지나고 아버지가 무예 익히지 못하게 하셔서 나도 이제 못하는데."

아버지, 어머니. 그 품에서 지냈던 어린 시절, 생각하며 혜정은 눈물이 날 것 같았다. 그립고 보고 싶어서.

"청나라에서 대군 일행 내려오시면, 인사드리고 나랑 낙안으로 내려가자."

"낙안에 왜?"

"아버지, 형님 내외 있는데, 거기서 기다리고 있어."

"너는?"

"대군께선 자식 없으셔서 날 늘 친자처럼 여겨주셨어. 이번에 청나라 가서 상단 일 봐주어야 하는데. 대군 일행과 함께 움직이면 안전하고 또 거동이 좀 편하니. 다녀올게, 오래 걸리지 않을 거야."

"먼 길 가는구나."

"다녀와서는 나하고 낙안에서 살자."

"……."

"그리고 낙안 내려가기 전에 갈 곳 있다."

"어디?"

"산소."

"……."

"어딘지 알아봐 두었으니……. 낙안엔 가면 다시 한양 올 일 없을 테고. 그러니 내려가기 전에 가보자. 도성 근처 산인데."

"고마워."

아버지, 어머니 혜정은 고개를 떨구었다. 아무리 시간이 지난들 잊을 수 있을까. 가슴이 저릿해진다. 지원은 그런 혜정을 조심스럽게 안고 등 다독였다.

다음날 새벽, 지원은 혜정이 깰까 조용히 일어났다. 춥다고 투덜대는 지원을 안아준다고, 잠드는 거 곁에서 지켜봐 준다고 하더니 이불 속에 지원을 푹 파묻어두고 정작 자기는 이불도 덮지 않고 잠들었다. 어젯밤 마주보고 누워 이런저런 이야기 하다 그대로 잠든 것 같은데.

잠든 혜정, 이불 덮어주고, 곧 다시 올 텐데 이제 일 잘 정리되고 그러면 편히 매일 볼 사람인데 발길 쉽게 떼지지 않는다. 괜한 걱정일 거라고 생각하면서, 앞으로 오십 년, 육십 년 같이 살 사람 괜찮다, 겁내지 말라고 스스로 위안하면서 집을 나섰다.

봄 날씨 따뜻하다. 꽃이 피려고 싹이 오르고 텃밭에 뿌려두었던 씨앗에서도 싹이 고개를 내민다. 이제 낮에는 볕이 좋아 마루에 나와 있어도 추운 기운 없다. 혜정은 세화와 마주 앉아 바느질감 정리하고, 다듬이질하고 있었다. 낙안으로 옮길 준비 시작했는데, 원체 단촐한 살림이라 금방 정리 끝내고 언제든 마음만 먹으면 보따리 들고 나설 수 있도록 해두었다.

기다리는 내색 하지 않는데도 그 마음 들여다보는 것처럼 세화가 먼저 말 붙인다.

"도련님 자주 오시는 것을 보니, 이제 일 좀 편해지시나 봅니다."

"예, 청나라에서 오시는 분들이 국경 넘었다 하니 곧 한양 도착한다구요."

"그래서가 아니라 아기씨 보고 싶어 그러지요."

"아닙니다."

세화가 농을 거니 괜히 민망해 다듬이질하는 손 빨라졌다. 사나흘, 집을 비우더니 또 며칠은 연이어 해질 무렵이면 돌아와서 함박웃음 짓게 해주었다.

"몸에 상처 많아서 걱정입니다."

"낙안에 내려가셔도 도련님 성품에 방에 가만히 앉아 책만 읽으실 분 아닌데."

"그러게요. 산행이라도 다니면 좋을 텐데. 검을 그리 싫어하니, 화살도 싫어할 테고."

팔뚝에 난 흉터며 얼굴에도 남은 흔적들 생각한다.

세화가 잠시 망설이더니,

"어머님이 늘 몸 안 좋으시니 매일 의원들이 출입한다 문턱이 닳을 지경이었습니다. 아기 때부터 보아온 것이 어머님 몸에 여기 저기 침 놓아져 있는 것이고. 어린 마음에 무얼 알겠습니까. 몸 나으시라고 놓은 침인데, 그게 싫으셨는지 의원 오면 그리 우셨습니다. 도련님 여섯 살 때 돌아가셨으니 하나 기억 못한다고 여겼는데 도련님 워낙 영특하셔서 그런지 아니면 농담이신지 갓난아기 때도 기억하신답니다."

"어떤 분이셨습니까?"

"아기씨 많이 닮으셨습니다. 늘 병석에 계셨지만 아프다 힘들다 내색 아니하시고 늦게 얻은 둘째 아들 그리 예뻐라 하셨습니다."

"예."

"도련님 낳으시곤 몸 더 안 좋아지셔서 한 번 제대로 안아주지도 못하셨는데, 도련님이 유난히 어머니 따랐습니다."

"……."

"아이 어리니 금방 잊고 새어머니 정 붙일 줄 알았는데…… 되려 큰도련님보다 더 어머니 그리셨습니다."

"예."

"지금 생각하니 신기한 것이 도련님 여덟 살 때 아기씨댁에 맡기지 않으셨습니까. 그때 도련님이 꿈 꾸셨답니다. 아기씨 얼굴 꿈에서 먼저 뵈었다 하면서 꼭 알던 사람 찾아가듯이 그리 얘기해서 어리고 엉뚱한 분이라 그런 줄 알았는데, 이제 생각해 보니 아닌 것 같습니다."

"저도 생각납니다."

벌써 몇 년 전인가. 처음 만났던 그날 생각해 본다.

"그런 인연이 있나 봅니다."

"예?"

"두 분 인연이 그러한 듯해서요. 죽어서도 헤어질 수 없으면 하늘에 별이 된다 하지 않습니까. 그걸 '장성將星'이라 하더이다. 옆에 있진 못해도 하늘 양끝에서 서로 마주보는 별이라고."

"싫습니다. 멀리서 쳐다보는 건 싫습니다. 옆에 있을 겁니다."

"그러셔야지요. 누가 두 분 다시 떼어놓겠습니까. 후훗, 아들 딸 구별 말고 다섯만 낳으십시오. 제가 다 키워 드리지요."

세화의 말에 혜정이 또 웃었다. 그렇게 살 것이다. 그 사람 바라보고 곁에서 함께 늙어갈 것이다. 뭐 그리 대단한 꿈 꾸는 것도 아닌데 마음은 꼭 이루지 못할 아득한 곳이라도 그리는 양, 허공을 디딘 것처럼 불안했다.

✳

"그 여인 있는 곳, 며칠 새 자주 드나드니 걱정이다."

"사신 일행 늦어도 그믐 전에는 도착한다고 합니다. 대군마마께서 제 서신 받아보셨을 겁니다."

지원은 담담히 장부 꺼내어 청나라에 싣고 갈 물건과 이것저것 계산해 놓고 있었다. 도성 근처, 사람 안 산 지 오래된 낡은 집. 상단 내에서도 지원은 떠난 사람이 되어 있었다. 철저히 일해야 하니 가까운 이들 몇 빼고는, 장진수가 딸과 지원의 혼약 깨지자 내쫓은 것으로 알고 있었다. 칼 갈고 있는 송치수 잘 알고 있으니 연락 주고받을 때도 극히 조심하였다. 그런데 오늘은 장진수가 직접 걸음하였다. 일이 성사될 시점 다가올 수록 마음이 놓이질 않았다.

"미행당하면, 어찌하려고 그러냐."

"사람 필요 없다 말씀드렸는데 어르신도 미행 붙이지 않으셨습니까."

못내 불안하여 몇 사람 시켜 지원이 일 있을까, 곁에서 지켜보게 하였다.

"알고 있었니?"

"제가 미행당하고 아니 당하고도 모르겠습니까. 괜히 낯선 사내들이 자꾸 따라 붙으니 제가 다 헷갈립니다. 송치수 사람인지 어르신 보낸 사람인지도요."

"손 놓고 당하면 어찌하려고 그러냐."

"송치수 일 벌이지 못합니다. 교활하긴 하여도 지금이 때가 아니란 건 잘 알 테지요. 제 손으로 제 목 조르겠습니까."

"나도 그리 생각한다만."

"대군 일행 도성 안에 오시면 저는 잠시 낙안에 다녀오겠습니다. 대군께서도 보름은 머문다고 하셨으니 아버님 뵙고 돌아오면, 함께 출발할 수 있을 것 같습니다."

"몸 조심하여라."

장진수는 일어나며 한 번 더 덧붙였다. 지원은 주머니 안의 비녀, 한 번 더 꺼내보았다. 이 비녀에 담긴 사연, 왜 모를까. 산소 앞에 무릎 꿇고 절 올리고 이 여인 아내로 맞아 귀하게 여기며 살 것이라 말씀드릴 것이다.

점심 때 지나서 텃밭 보고 있는데 누가 대문 두드렸다. 세화가 문 열어주니 장정 두엇 들어오더니 지게에 지고 온 물건 척척 마당에 쌓았다.

"이게 무엇이오?"

"이 댁에서 박씨상단 포목상에서 물건 사지 않았소? 이리로 가져다달라기에 가져다주는 것인데?"

"물건 산 적 없는데."

세화, 의심스러워 궤짝 열어보았다. 고운 비단포목 차곡차곡 들어 있었다. 어느 상단 물건인고. 별다른 것 없이 그저 상단 이름만 쓰여 있다.

"어떻든 우리야 돈 받고 하는 일이니."

물건만 두고 더 말 섞지 않고 휙 나가 버렸다.

세화는 오랜 연륜 있어 갑자기 들여다 놓은 비단포목, 뭔가 뒷덜미가 섬뜩했다.

그래도 혜정의 불안한 눈초리 보니,

"도련님이 보내셨나 봅니다. 아씨 고운 옷 입으시라고. 아니면 혼례복 미리 준비하시려나."

"그럴까요."

혜정도 억지로 웃어 보였다.

세화는 평소 잔심부름시키던 동네 아이 불러서 도성 안으로 연통 전하라 하였다. 마음 급하니 그저 언문으로 '박씨상단에서 비단포목 들여놓았습니다' 라고만 적었다.

꼬마 아이, 눈치 빨라서 이 사람 저 사람 살피더니 상훈에게 쪼르르 와서 쪽지 전했다. 무엇이냐 물으니 '연하동' 에서 왔습니다 하고는 뜀박질이다. 연하동, 지원이 그 여인 데려다 놓은 곳. 상훈은 이 상단에 들어온 무인 중에서도 수장격인데 송치수 집 가던 날도 앞장섰었다. 장진수는 그 쪽지 받아 들고 한참이나 안절부절못하였다. 시각을 다투는 일이다. 상훈은 명령받들어야 하는 사람이니 장진수 쳐다보고 있을 뿐이었다. 박씨상단, 김지원 향해 칼 갈고 있다는 소문 파다했다. 그래도 세勢가 이미 기울었으니 고작해야 시정잡배 끌어다 난동이나 일으키는 정도겠지 하여, 크게 경계하지 않았다. 노련한 지원이 여간해서 제 몸 드러내지 않을 것을 알고, 지원의 여자에게 손 뻗으려 하고 있다.

지금 상단에서 섣불리 움직이면 지원과 개성상단 인연 끊어지지 않은 것을 증명하는 꼴 될 것이다. 그러나 구해낸다 하더라도 상단 사람이니 대군 수행원 될 수 없어 그 뒷일 불안할 것이며 류 대인과의 거래도 어긋날 것이다. 박씨상단으로 사람보내야 하나 그 여인 때문에 송치수 눈 치뜨고 있는 것 뻔히 아는데 그야말로 진퇴양난이다.

"상훈아, 네 급히 도련님께 가서 오늘은 절대 처소 뜨지 말라 전하여라."

"예."

이 일 알면 제 끓는 피 감당하겠느냐. 그러면서도 불안 초조한데 문 열리며 삼삼오오 지원의 곁에 붙여놓았던 장정들 돌아왔다.

"왜 오느냐. 도련님 상단으로 오시는 게야?"

"아니오. 아까 수원장에 가시기에 따라나섰다가 놓쳤습니다."

"그러면, 끝까지 찾아야지 그냥 오면 어쩌느냐!"

"그게 원체 걸음 빠르시고 다른 미행하던 이들도 다 따돌리셨으니, 별일 있을까 하여."

상훈은 검을 세게 쥐었다. 이 일을 어쩌면 좋으냐 해질 무렵 연하동에서 그들, 기다리고 있을 터인데. 혹여 앞서 가서 그 여인에게 일 생겼으면 어찌하나. 입술이 마른다. 장진수도 당황하는 차에 이번엔 관아 나졸들 들이닥친다.

"개성상단 수장 장진수가 누구냐?"

"나요."

"조사할 것 있으니 관아로 가자."

박씨상단 혼자 하는 일 아니구나. 진수는 큰 한숨 쉬었다. 지원아, 대군께서 도성 도착하는 날 다가오니 저들도 서두르는구나.

진수는 차분히 상훈에게,

"너는 네 일 하여라."

상훈은 고개 조아리며.

"예."

우직하게 대답할 뿐이다. 머릿속으로는 연하동 가는 지름길 그려놓고 있었다. 죄 지은 일 없으니 담담히 따라나서는 진수. 다시 상훈에게 한마디 더 보태어.

"거래 어려울 것 같으니 우리 물건 상하지 않게 다시 찾아오너라. 알겠느냐."

"예."

상단을 비워둘 수는 없었다. 상훈은 수하들 모아놓고 오늘 일 지시했다.

"나 혼자 가서 도련님 모시고 나올 것이니 너희들은 박적골 고개에서 기다리도록 해라. 만약 파루 칠 때까지 내가 돌아오지 않으면 연하동으로 오거라."

"형님, 같이 가시지요."

"도련님 찾으려는 이 또 있다. 무리 지어 움직이면 그들에게 연하동 가르쳐 주는 격 될 것이니. 그리되면 일 커질 것이다. 해 지기 전이니 아직 일 벌이진 못할 것이다."

"예."

상훈은 지름길로 달렸다. 말고삐 더욱 바짝 쥐었다.

해질 무렵, 지원은 제 뒤 밟는 이들 여유롭게 따돌리고 집으로 들어섰다. 그런데 지원을 보는 세화의 안색이 다르니,

"무슨 일 있어?"

예사롭게 물었다.

"도련님, 제 연락 못 받으셨습니까?"

"무슨?"

"박씨상단에서 비단포목 보내왔으니 무슨 일인가 해서 상단으로 연통하였는데요."

"뭐?"

여기를 어찌 알았나. 그저 돈으로 사람 사서 부리기나 할 테지하고, 박씨상단은 대수롭지 않게 여겼었다.

부엌에서 저녁 준비하던 혜정,

"오늘은 일찍 왔네."

밝게 웃으며 다정히 말 건넨다. 그 얼굴 보자 정신 번쩍 든다. 이제 혼자가 아니다. 자객 맞았던 일, 칼부림 나던 일 생각

하니 소름 돋는다.

"유모, 아들네 집 어디랬어?"

"여기서 이십 리 길쯤 됩니다."

"가, 지금."

세화는 금방 일 있을 것 알고 혜정의 손잡아 끌었다. 혜정은 얼결에 앞치마 두른 채로 세화에게 끌려 나서다,

"지원아, 무슨 일인데."

다시 묻는다.

"거래하다 보면 돈으로 원한 품는 이들 있어."

"너는 어찌하려고?"

"나 혼자 몸 피하기 쉽지. 여인네 둘이나 데리고 피하려면 짐 된다, 짐 되는 거 싫다며."

"……."

"안 죽어, 걱정하지 마."

지원은 쉽게 이야기했는데, 그 말 듣고 혜정의 눈엔 눈물이 그렁해졌다.

"죽고, 살고, 얘기하지 마."

"미안, 또 뭘 그리 심각해. 얼른 가. 상단으로 연통 갔다니 곧 사람들 올 거야. 장터 깡패들은 상대가 안 돼."

지원이 웃으며 이야기할수록 불안하다.

"아프면 아프다고 얘기할 거지?"

"세상 최고로 엄살 부릴게."

"다시 보는 거지?"

"그럼, 서방님 두고 어디 가려고?"

이리 애달아하는 혜정을 보니, 지원도 새삼스레 기분 이상하다.

"우리 어머니, 아버지 찾아뵙고 그런 다음에, 낙안 가서 살 거지? 약속한 거지?"

"응."

"다치면 안 돼. 응?"

"알았어. 왜 날 못 믿을까."

마당에 서서 평온히 혜정을 보내는 지원. 별일 아니다, 별일 없을 거다, 마음을 다잡는데도 뼛속까지 떨려 왔다. 세화 따라 나서며 지원을 다시 돌아봤다. 지원은 아이처럼 맑은 얼굴로 손까지 흔들었다. 달려가 안아주고 싶은데 아니다, 금방 또 볼 사람, 그렇게 인사하면 안 될 것 같아서 절실하고 애타는 마음 담아 그 따뜻하고 보드라운 손, 한 번 꼭 쥐어주고. 대문 밖 나섰다.

혜정과 세화가 나서고 얼마 되지 않아 상훈이 집에 도착했다.

"도련님, 괜찮으십니까?"

"하루 이틀인가. 다른 사람들은?"

"지금 관아에서 갑자기 사람 나와 수장 어른 모시고 갔습니다. 그래 많이 움직이진 못하고, 파루 치기 전까지 제가 오지 않으면 곧장 이리로 오라 하였습니다. 박적골에서 기다리니 금방 올 것입니다."

"박씨상단 하나가 움직이는 것, 아니구나."

송치수에 생각 닿자마자. 그저 박씨상단 일패들과 싸움 붙을 줄 알고, 가벼운 마음으로 세화 아들네로 피하라고 했다. 송치수 그가 보는 것, 그가 원하는 것.

"상훈아, 큰길 따라 곧장 가라. 여인네들이니 아직 먼 길 못 갔을 것이다. 따라나서라."

"도련님, 도련님은 어쩌시려구요."

"나야 금방 몸 피하면 된다. 파루 칠 때까지야 얼마 남지 않았으니."

"같이 가시지요."

"나 부탁 잘 하지 않는 거 알지?"

"예."

"어르신께도 고개 잘 안 숙이는 것, 알지?"

"예."

"부탁한다. 다치지 않도록 내일, 다시 얼굴 볼 수 있도록, 부탁해."

상훈은 더 이상 지원을 설득하지 못하고, 길을 나섰다.

빠른 걸음으로 쫓아갔더니 마을 벗어나는 산길쯤에서 두 여인, 만날 수 있었다. 어느새 해는 지고 어둠이 깔리고 있었다.

상훈이 앞길 막아서니 소스라치게 놀랐다가, 혜정이 다행히 그날 밤, 그 사람들 중 하나 얼굴 알아보았다.

"아씨, 근처에 제가 잘 아는 상점 하나 있습니다. 그리로 가시지요."

"예."

아니다, 이건 이상하다. 혜정이 상훈에게 다시 물었다.

"지원이는요?"

"다른 사람들이 와서 안전하게 뫼셔갔습니다. 염려 마십시오."

"별일, 아닌데 저 따라가라 보냈을 리 없고 다른 사람들 정말 와서 지원이 함께 간 거 맞습니까."

혜정이 다부지게 묻는다. 그 눈, 절실하고도 강인했다.

거짓말이 쉽게 나와야 하는데,

"파루 치고 나서 올 것입니다."

"아직 파루 치지 않았으니, 파루 칠 때까지 가서 함께 있겠습니다. 아주머니, 먼저 가세요."

"아씨, 가신대서 도움될 일 없습니다."

상훈이 말려본다.

"도움되러 가는 것 아닙니다."

"……."

혜정은 돌아서서 길 되짚어갔다. 할 말은 입속으로 삼켰다.

죽어도 같이 죽을 것입니다. 피 흘리면 같이 피 흘릴 것이고, 살아도 같이 살 것입니다. 마음이 점점 다급해져서 걸음을 재촉했다. 무서울 일 없다. 그 사람, 다시 보지 못할 일만이 죽는 것보다 무서울 뿐이었다.

치맛자락 밟히는 줄도 모르고 밤길 뛰다시피 걸으면서, 혜정은 아버지를 생각했다. 다른 이 앞에선 울지 말라 하셨다. 여인이나 약하지 않으니, 강하게 살라 하셨다. 지원이 보기 전엔 울지 않을 것이다. 이 악물 것이다. 집 앞에 도착했다. 멀리서 파루 치는 소리 이제야 들린다. 혜정이 다짜고짜 대문 안에 뛰어들려 하자 뒤따라 온 상훈이 먼저 들어섰다. 집 안에는 숨 막히는 적막뿐이다. 이제야 세상이 깜깜해졌다.

김지원, 김지원! 어딨어!

놀란 가슴, 눈물조차 떨어지지 않았다.

혜정의 눈에 마당 한 켠에 호랑이 수놓아주었던 그 주머니 떨어져 있는 게 보였다. 손에 쥐어 들었다. 온몸이 부들부들 떨려서 혜정은 제가 손에 들고 있는 게 무엇인지도 이제 어떻게 해야 할지도 몰랐다. 어디 있어도, 이 사람 찾아야 하는데. 그래서 어딜 가도 손잡고 같이 가야 하는데.

"이…… 이거 지원이 거예요. 깊이 지니고 있었을 테니 그저 흘렸을 리는 없고."

"아씨, 진정하십시오. 곧 사람들 도착할 테니 따라나서면 금방일 것입니다."

상훈의 말 들으니 정신이 든다. 그래, 지원이 누군가한테 잡혀갔구나. 그렇구나. 차마 미치지 못했던, 생각. 짐 되어도 하는 수 없다고 떼쓸 것을. 별일 아니라 했으니 같이 있겠다고 고집 부렸어야 했다. 아니다, 아까 나설 때 그때 한 번 안아볼 것을 손 한 번 잡고 보내지 말 것을. 지원의 따뜻한 손, 지금도 금방 다시 잡을 수 있을 것처럼 생생했다.

"말, 타고 가지 않았겠지요?"

"예, 사람들 눈에 뜨일 테니."

상훈의 대답 끝나기도 전에 혜정이 골목 밖으로 뛰어나갔다. 어찌 말릴 수 있겠느냐. 상훈도 무작정 뒤따랐다. 수하들 오면 같이 움직이는 것이 훨씬 나을 텐데. 아무리 악독한 이들이라 한들 사람 금방 어찌하지 못할 텐데. 그런 판단이 되질 않았다. 지원이 고개 숙이며 '내일도 얼굴 볼 수 있도록 부탁한다' 했던 말만이 귓가 맴돌 뿐이었다.

다행히 그들을 찾았다. 혜정이 무작정 걸음 빨리했다.

"아가씨, 천천히."

보부상처럼 꾸몄으나, 그중 하나가 지게 지고 있었다. 지게 위에 멍석 말아 얹고 있는데, 그 끝으로 버선발 보였다. 움직임이 없다.

"정신 잃었습니다."

"진정하십시오. 너무 가까이 가면 눈치챌 것입니다."

"저들 놓치면 안 됩니다."

그 목소리, 얼마나 절박한지. 마을 벗어나니 저들도 경계 늦추고 근처 야산으로 들어섰다. 저곳이구나, 상훈에게 짚이는 곳 있었다.

"박씨상단, 밀매하는 창고가 저 산에 있습니다. 그리로 가는 것입니다. 어디로 가는 줄 알았으니 제가 아이들 데리고 오겠습니다. 아씨는 돌아가 계십시오."

"얼마나 걸리십니까."

혜정이 되묻는다. 안 가겠다 고집 피우시면 어쩌나 걱정했는데, 이제 차분히 말하니.

"금방입니다. 사내들 걸음이야 훨씬 빠르지요. 우선 근처 세책가 가 계십시오. 야밤일수록 아낙들 제일 많이 모이는 곳이니 거기가 제일 나을 것입니다."

"제 걱정은 마세요."

"그럼, 도련님 뫼시고 이따 뵙겠습니다."

상훈은 급한 일이니 더 생각지 않고 무작정 길 재촉했다. 혜정이 그 자리에 한참 서 있는 것, 보지 못했다.

인적 끊긴 산길 걸었다. 풀 밟는 소리만 들린다. 멀리 어슴푸레한 창고 불빛 보였다. 조금만 기다리면 사람들 올 테니 그사이에 부디 아무 일 없어야 할 텐데. 사람 한 순간 정신 놓게 하였으니 무서운 사람들이다. 창고 밖 지키는 이들은 따로 없어, 혜정은 좀 더 가까이 다가갔다. 숨소리라도 들릴까 조심하였다. 창고 안에서는 두런두런 사내들의 말소리 들렸다. 상훈이 곧 사람들 데리고 나타날 테니 조금만, 조금만 기다리면 된다. 혹여 그전에 무슨 일 나면 어디든 같이 가줄 테니 김지원, 어디든 같이 갈 거니까. 생각하고 나니 그제야 미친듯이 뛰던 심장이 가라앉는 것 같았다. 숨은 쉬어질 것 같다.

✳

"너도 주먹 꽤나 쓰는구나. 이제 정신 드냐?"

"뭐 워낙 험한 바닥이니까. 이 정도도 못하면 쓰나."

세화는 어릴 때 모습만 보았으니 검이라면 그저 지원이 싫다 하는 줄 알았다. 지원의 아버지 김성익도 검을 익히는 건 수련 이상의 의미를 두지 않았고 학문할 시간을 빼앗겨선 안 된다 하였다. 그러나 청나라에서 장진수 만나 상단에 들고부턴 어떻게 해서든 제 한 몸은 지켜야 하고 워낙 험한 일 많았다. 싫고 좋고가 어디 있느냐, 진수가 붙여준 호위무사를 스승 삼아 제 한 몸 보호할 만큼은 익혔다. 허나 오늘 이 자리는 상대가 되질 않았다. 장터에서 마구 구르던 패들인데다 제대로 독기까지 품었다. 게다가 지원은 혼자, 저들은 얼추 보아도 거의 스무 명은 넘었다.

지원은 그래도 심난한 머릿속 감추고 입가에 피 닦아내며 피식 웃었다. 어차피 승산 없는 싸움이다. 물건 겹겹 쌓인 창고 안, 박씨상단 수장, 그리고 사내 이십여 명, 각자 손에 몽둥이며 주섬주섬 주워들고 지원을 둘러쌌다.

미치겠네. 살아야 하는데 얼마나 버티면 오려나. 죽지 않을 만큼 해주면 그나마 고마울 것 같은데. 다행히 칼 들고 덤비는 놈 없었다. 우선 앞에서 날아오는 몽둥이는 가볍게 피했다. 하지만 상대 되지 않았다. 곧 어깨에 둔탁한 느낌. 여간히 하지, 이것들이 누굴 죽이려나. 뒤에서 사내 둘, 지원의 양쪽 팔 잡았다. 상단 잃고 내일이면 조선 땅 떠날 사내들이라 눈에 보이는 것 없었다. 무자비한 폭행이 이어졌다.

"대감께서 죽이진 말라셨다."

"……."

"이리 보내기야 아깝지, 죽이지만 말라셨으니. 어찌 해주랴. 네 반반한 얼굴에 칼집 하나 깊이 내주랴."

"……."

바닥에 쓰러진 지원은, 그래도 정신 잃지 않아서. 허세 부리지 마라. 내 앞에 칼 들이밀 수 있을지 보자. 아픈 건 문제 아니다. 죽지 않으면 그만이지. 이 일, 꼭 갚아줄 것이다.

"웃어? 하하하. 그래, 이만한 배짱 없이 그 많은 거래 성사시켰을 리 없지 않느냐. 어찌 갚아줘야겠느냐. 내 상단 말아먹은 것이 네 이 손 아니더냐. 네 이 손모가지 잘라주면 내 상단 통째로 넘어가는 한 좀 풀리겠구나.”

“…….”

“김지원, 네 덕에 나는 바다 건너가야 하니, 가는 길에 기념으로 네 손가락 여덟 개쯤 가져가야겠다. 이제 어음 서명하고 돈은 헤아리지 못해도 책장은 넘길 수 있을 테니 학문에 힘쓰도록 하여라.”

그는 허리춤에서 칼 꺼냈다. 잘 갈린 칼에 제 얼굴 비치니 기분 더욱 좋아졌다. 악귀보다 사악한 웃음 지었다. 바닥에 쓰러진 지원, 팔다리 움직이기도 힘들었다.

아무리 봐도 상인될 손은 아니구나. 손가락 길어 자르기도 좋고, 험한 일하지 않아 제법 살결 부드럽고.

“어찌 해주랴, 엄지손가락 남겨주랴, 아니면 중지 하나 남겨주랴? 하하하하”

우선 엄지손가락부터. 분명 숨 붙어 있는데 손가락에 칼 대는데도 미동도 하지 않았다. 살려달라는 애원도 없다. 하나하나 차례대로 잘라내 주마. 네 손가락, 바닥에 떨어지는 것 보면서도 그리 눈 부릅뜨나 보자.

그때. 문 거칠게 열렸다.

벌써 누가 찾아온 거냐. 하지만 뛰어든 이는 제 한 몸 건사도 힘들 듯한 얼굴 하얗게 질린 여인이었다. 겁내지도 않고 머뭇거리지도 않고 곧장 지원에게로 왔다. 손가락 베는 그 칼 제 손으로 밀쳐 낸다. 그 바람에 여인의 손바닥 깊이 베여 피 흐르는데도 개의치 않고 지원의 손, 제 치마폭으로 감쌌다. 어미라도 되는 양 만신창이 된 지원 끌어안았다.

안에 모여선 사내들, 황당하기도 하고……. 이 여인의 웅크린 작은 뒷모습이 무언가 덥썩 몽둥이 휘두르는 일은 멈추게 했다.

"도련님 따라 고운 아씨도 오셨으니, 이거 우리 복이 터졌구나."

웅성거리고 웃고 떠들고 혜정의 어깨에 손대고, 하지만.

혜정은 전혀 동요하지 않고 지원의 눈을 찾아 응시했다. 주변의 소란스러움과 상관없는 집중이었다. 김지원, 죽지 않았지? 눈이, 마음이 물었다.

지원은 제 몸이 부서져 아픈 줄도 모르고 어쩌자고 여길 들어왔냐고, 못 말리는 고집불통……. 어차피 저들은 나 죽이지 못할 테니 버티다 손가락 잃어도 되는데. 나한테는 당신 다치는 게 더 못 견딜 일인데, 어쩌자고 여길 들어왔냐고 호통 치고 싶은데 소리조차 낼 수 없었다. 혜정의 눈물이, 피투성이 된 얼굴로 떨어졌다.

아니야, 안 돼. 어머니 잃은 상처, 마음속에 깊어서 날카로운 것도 싫다는 너……. 제 손가락 잘려 나가는 걸……. 그걸 어떻게 눈 뜨고 보게 해. 나는 그렇게는 못해. 내가 지켜줄게. 눈 가려주고, 손 절대 놓지 않고 옆에 있어줄게. 어디든 같이 갈 터이니……. 김지원, 괜찮아. 괜찮아…….

더는 기다리지 않고 사내가 혜정의 어깨를 잡아 쥐었다. 혜정은 눈에 띄는 대로 바닥에 나뒹구는 무딘 검을 들었다. 고운 아가씨, 그거 가지고 놀다 다치시니 이리 내놓으라, 얼굴에 흠 나면 사창가에 팔지도 못한다, 싸우지 말고 한번 놀아보자고 아예 작정하고 치근덕거리는 사내들이 먼저 우중우중 다가섰다. 혜정은 전혀 두려움 없이 검을 휘둘렀다. 만만히 보고 몽둥이도 내려놓은 채 맨손으로 어깨 잡은 사내, 제대로 찌르기나 하겠나, 방심하다가 팔에 제법 깊은 자상 입고 피를 흘렸다. 그제야 다른 사내들도 몽둥이며 들고 달려들었다.

아버지, 이민은 뛰어난 무인이었다. 혜정은 참나무의 일종인 백단으로 된 목검을 들고 수련을 했었다. 다른 소년들은 제대로 된 '검'을 드는데 여인이라 하여 아예 검도 들지 못하게 되니 말은 하지 않아도 몇 날 며칠 서운했다. 민은 그래서 자신이 훈련도감에 있을 때부터 쓰던 철목이라는 단단한 재질로 된 목검을 내어주었다. 여간한 검보다 더 날렵하니 조심해 다루어라, 허나 열두 살 무렵이나 관례 치를 나이가 되면 아예 검술은 잊어야 한다는 조건도 잊지 않았다.

아버지와의 약속이었다. 이렇게 사지에서 지원을, 반드시 지켜내야 할 일이 생길 줄 알았다면…… 그때 무슨 수를 써서든 수련을 관두지 않았을 것을. 긴장과 두려움이 검을 망치기 전에 몽둥이인지, 철퇴인지가…… 혜정의 머리에 부딪혔다. 검을 놓쳤다. 그 와중에도 혜정은 숨이 붙어 있는 한, 제 팔다리가 움직이는 한…… 어디로 가야 하는지를 알고 있었다. 쓰러진 지원을 찾아 붙들었다. 아프지 않다.

미안해, 검술을 더 익혔어야 했는데……. 십 년이나 지나 다 잊었네. 더 다치면 안 되니, 잠시만…… 눈 꼭 감고 있어, 지원아.

혜정은 온몸으로 지원을 감싸 안았다. 검을 놓쳤으니, 호위무사였던 아버지의 말씀대로……. 검이 없는 무인은, 제 목숨으로, 지키면 된다 하셨으니. 내 목숨으로, 지키면 된다고. 혜정은 지원을 품 안으로 끌어당겼다.

다행히 시간 길게 이어지기 전에 요란한 소리 들리며 상훈과 그 일행, 도착했다.

상훈이 상황을 수습하였다. 싸움이 격렬해져 칼부림에 죽은 이도 있고.

대체로 정리되자마자 상훈은 난장판 속에서 지원을 찾았다.

혜정이 기어이 이리로 들어왔구나. 지원과 꼭 부둥켜안고 있었다. 한눈에 지원의 부상 심한 줄 알겠다. 얼른 도련님 옮겨야 한다고. 혜정이 지원의 품에 고개 묻고 있으니 그저 이 끔찍한 광경에 정신 잃은 줄만 알았다.

혜정을 조심스럽게 일으키려는데 어디서부턴지 흐르는 피, 얼굴을 적시고 있다. 이마서부터 흐른 피가! 서둘러야 하는데 두 사람 꼭 잡은 손, 정신 잃고도 놓지 않았다. 상훈은 그 손 천천히 풀어냈다.

모시고 나가라 한 다음 아직도 악랄히 눈 치뜨고 있는 박씨 상단의 수장, 단칼에 베었다. 그러고 나니 눈물이 주루룩 흘렀다.

4장

"정신이 드냐?"

몸 구석구석 아프지 않은 곳이 없었다. 그래도 몇 년 만에 뵙
는 얼굴인가. 지원의 손, 따뜻하게 잡아 다독여 주었다.

"대군마마."

"나흘째, 계속 잔 것 알고 있니? 약이며 미음이며 모두 토해
내고. 정신 들어 다행이다."

"예. 부부인마마께서는."

"도성에 도착하자마자 너 이리된 거 알고 어찌나 놀라셨겠
니. 계속 네 곁에 있다가 막 눈 붙인다고 건너가셨다."

궁녀들이며 어의, 내관의 모습 보였다.

"여기가 어딥니까."

"궐 안이다. 흉악한 무리들 있다 말하였으면 길 서둘렀을 것 아니냐. 사람 찾는 일만 재촉하니 그 일만 생각하지 않았느냐."

"찾으셨습니까."

지원이 대군에게 묻는다. 눈빛이 기대로 가득 차 있다. 그게 그리 중요한 일이었더냐.

"선왕마마 승하하셨으니 역모 일 다시 조사하여 신원하여 주신다 하였다. 역적죄인 자손들은 자기 죄 없어진 줄 모르고 도망 다니며 살기 바쁘다 하더구나. 탐라로 관원 보내어 은밀히 신변 확보하라 하였으니 곧 소식 올 것이다. 그 일이 네 목숨보다 소중하냐?"

대군이 되물었다. 지원은 장난스레 웃으며

"아니요. 제가 사는 것이 더 중요하지요. 제가 살아야 기뻐하는 얼굴 볼 것 아닙니까."

"다행히 내상은 깊지 않다 하더라만, 그래도 한동안 몸조리 잘해야 한다. 꼼짝할 생각도 말거라."

대군은 짐짓 엄하게 말했다.

"상단 일은 어찌 되었습니까."

"박씨가 칼 맞아 죽었으니 일개 상단 수장이 어찌 그리 대범한 짓 하였는지 배후 캐기 어렵지 않겠느냐."

"알아도 증거가 없지요."

"아, 낙안에서 소식 왔다. 네 아버지가 말씀하시길 신체 강건히 하는 것이 효의 근본인 것 모르냐시며. 낙안에 내려오면 엄히 꾸중 들을 각오 하라 하셨다. 너, 종아리 좀 맞아야겠구나."

아버지 꾸중 들을 일이 까마득했다. 지원은 눈살 찌푸리며,

"아픈 건 싫습니다. 오래도록 이번에 다친 자리 아프다 말씀 드려야겠습니다."

지원이 아이마냥 웃었다.

오른손 엄지손가락 섬뜩한 느낌 되살아났다. 괜찮을 테지, 별일 없었을 거야. 상훈이 왔으니, 다행히 늦지 않고 왔으니. 정신없는 와중에 혜정의 얼굴만 또렷했다. 놀란 눈, 떨리던 입술, 눈물 참지 못하고 지원을 안았다. 잠시나마 혜정이 얼마나 무모한 짓하고 있는지 모르고, 그 품에 안겨 있으니 고통도 잊혀지는 것 같았다. 정신을 잃었는데도 혜정의 손, 놓지 않았는데.

"얼굴, 많이 상하였다. 그러게 병서 술술 읽을 때만큼 무예에도 좀 집중하라지 않았느냐. 허술히 익히니 이런 일 당하는 게야."

"전 평화가 좋습니다."

"살 만한 게로고. 할 말 하는 걸 보니."

대군이 자애로운 눈으로 지원의 곁 지키고 있었다. 지원은 노곤한 가운데 스르르 잠들었다.

궐내 어의들의 극진한 보살핌 속에 지원은 차차 회복되었다. 이십여 일 지났다. 온몸에 멍이며 부기 가라앉았고, 그럭저럭

거동은 할 수 있게 되었다. 그러나 대군의 염려 심하여 지원이 방문만 열어도 내관이 고개 조아리며 어디 가냐 묻고 또 물었다.

갑갑해라.

놀랐을 텐데. 그것이 걱정이었다. 그래도 대군 일행 적시에 도착하여 궐내에서 치료받고 있으니 다 나아간다고, 소식 전해야 하고. 지혜로운 여인이니 큰 걱정하지 않겠지 하다가도 속 태울 것 잘 아니 마음이 놓이질 않았다. 대범한 척하여도 얼마나 여린데 혹여라도 놀라고 걱정하는 마음에 병 얻은 거 아니냐. 걱정이 그에 미치자 가만 있을 수 없었다.

다행히 상훈이 입궐하였다. 그날 일부터 다른 피해 없는지 수장 어르신은 괜찮은지 차곡차곡 물었다. 상훈은 평소와 다를 바 없이 짧은 대답 내놓을 뿐이었다. 말끝에 지원은 예의 그 가벼운 웃음 띄우며 물었다.

"내 부탁은 어찌 되었어, 잘 들어준 게지?"

"예."

"다친 곳 없지?"

"예."

그래, 흉터라도 생기면 큰일이지. 한시름 놓는구나.

"지금은 연하동 있지? 유모가 곁에서 좀 돌봐주면 좋으련만."

"예."

상훈이 다시 대답했다. 허나 평정심 유지하고 수월하게 말하기 어렵다. 지원이 그 낌새 모를 리 없었다.

"무슨 일 있구나."

"아닙니다."

"거짓말하지 않는 사람이다. 무슨 일 있는지 말해라."

생각만으로도 목소리 싸늘해졌다. 상훈은 고개 더 깊이 조아리며, 숨길 수 없는 일이라 각오는 하였다. 상단 장진수의 당조짐을 받았다. 그 일만은 말하지 말거라 하고.

"아씨는 저희와 연락되지 않습니다."

"연하동 있는 게 아니구나."

"예."

"송치수?"

"아닙니다."

"어디 있는 줄 모르겠다는 거냐, 아는데 연락 닿지 않는다는 것이냐."

지원의 음성에 노기가 서린다.

"심재윤 대감댁으로 가셨습니다. 상단 사람 일체 만나주시지 않으니 재상댁이라 저희가 함부로 어찌할 수 없습니다."

심재윤? 지원은 차분히 정리해 본다. 이름 들어도 누군지 생각나지 않았다.

"아는 만큼 말하여라. 더하지도 빼지도 말고."

"심정우."

"그 작자가 또 나섰단 말이냐."

죽였어야 했다. 지원은 주먹을 쥐었다. 은수 아버지라 아이 홀로 둘 수 없다고 그래 목숨 부지해 준 것인데. 심재윤, 이제 야 알겠다. 그가 죽은 대비, 오라버니라 하였다. 그 권세 아래 로 들어간 것이냐. 치가 떨렸다.

"아씨가 직접 심정우 불러 가셨습니다."

"그럴 리 없다. 내가 모르는 일 있을 게다."

"도리 없었습니다."

"심정우 따라나설 사람 아니다."

"그날 밤과는 사뭇 달랐으니 마음 고쳐먹은 듯하여."

"그 작자 변한 것이 중요한 게 아니라."

무서워했다, 치 떨려 했다. 겁 많은 사람이다. 손목에 멍자 국 뚜렷이 남긴 사람, 그날 밤 일 잊고 금방 따라나설 이 아니 다. 지원은 생각하려 애썼다. 무엇을 오해하고 있어 그럴 게 다.

상훈은 끝내 남은 한마디, 입안으로 삼켰다. 아직 몸 성치 않 고. 그나마 궐내 지켜보는 눈 많으니 저기 앉아 있는 것이지 아 니면 뛰쳐나갔을 것이다. 고집은 두 분 다 똑같으니.

지원은 퇴궐하는 상훈에게 편지 한 장 써보냈다. 세화에게 전하라 하였다. 그러고나니 머릿속 다시 뜨겁다. 심정우는 무 슨 마음 먹었나. 퇴로 재상인 심재윤, 반듯한 인품 익히 들어 알고 있으나 지원은 사람 믿지 않았다.

송치수와 심정우가 등 돌렸으면 혜정은 왜 그 집으로 간 것이며, 이혜정……. 생각 이어지다 거짓말처럼 눈물 줄줄 흘렸다.

왜 우냐. 곧 다시 올 사람이다. 곧 다시 찾을 것이다.

다시 만나 차곡차곡 따질 것이다.

그날 밤엔 그리 뛰어들면 어쩌냐. 나보다 나이 많으면 뭐하나, 앞뒤 분별치 못하고 그리 철없는 아이처럼 굴면서. 심정우는 왜 따라나섰니. 아이 아버지라고 무작정 믿었다가 그 큰일 당할 뻔했으면서, 사람이 왜 착하기만 하나. 나 다시 못 보면 어쩔 뻔했나. 일 났으면 나도 딱 그만큼만 다쳐서 마음 얼마나 아플지 겪어보라 하려고 했다. 어깃장 놓고 싶더라. 투정도 부리고 화도 내고 할 것이다. 보고 싶다, 보고 싶다.

세화는 편지 받아 들고 곧장 차비하여 심재윤 댁으로 갔다. 마침 그 댁 하인 중에 아는 이 있어 문은 수월히 열어주었다. 큰 집 살림 일손 보태러 동네 아낙 드나드는 일 다반사니 별 의심하지 않았다.

"이 댁에 나들이 온 조카 내외분 있지 않어? 돌쟁이 아이하고."

"아, 그 고운 아씨. 무슨 일인지 별당에 며칠째 묵으시면서 나오질 않으시네. 의원이나 드나들까. 병 깊으셔서 그런가."

"별당은 어딘가, 점심 때니 내가 들어가 봄세."

"따로 사노비 한 사람 두고 수발하게 하신다던데 뭐 어떻든 들어가 보게."

무슨 일 있구나. 출입 없으시다니. 가만 앉아 수발받으실 분 더욱 아니다. 어디 많이 아프신가, 가슴이 떨렸다. 지원의 부탁 때문만이 아니었다. 불안했다, 그저 불안했다.

별당은 무덤 속처럼 고요하다. 아이 어루는 소리 없고 댓돌 위에 고운 갓신 한 켤레 차분히 놓여 있었다. 다행히 아씨 혼자 계시는구나.

"혜정 아씨, 안에 계십니까."

"들어오세요."

세화 목소리 금방 알아들었다. 급히 들어섰다. 곱게 비단옷 입고 혜정은 기다린 사람마냥 자리에 앉아 있다. 얼굴 야위고 창백한데다 한 달도 안 되는 사이 몸이 반으로 줄어든 것 같아 주책없이 눈물부터 흐르려 했다. 자리에 앉아 있는 것도 힘겨워 보이고, 무엇보다 그 밝으신 성품에 방 안 왜 이리 어둡게 해두셨나. 창문에 휘장 두껍게 쳐두어서 대낮인데도 방 안은 반 어둠 속이었다.

"괜찮으십니까, 왜 이리로 오셨습니까. 아무리 놀라셨어도 저희 집으로 다시 오셔야지요."

세화가 무릎걸음으로 다가가 두 손 잡으려 했다. 혜정은 그 손 잡지 않았다.

"저는 괜찮습니다. 일간 오실 줄 알고 기다리던 참입니다.

그 댁 도련님 몸 나으시거든 한 번 오십사 전해주십시오."

"아씨."

"무섭고 끔찍한 일 겪었습니다. 은수 아버지 따라 영월 가면 예전처럼 평안히 살 텐데. 제가 한때 정욕에 눈이 멀어 천지 분간 못하였습니다."

혜정은 더없이 차분하게 말 건넸다.

정욕이라니. 세화는 화가 왈칵 나려 했다. 두 분 그리 애틋하면서도 손 한 번 잡는 것도 조심스러워했다. 눈 마주치면 수줍어 고개 돌리고 다른 일하고 있으면 곁에 앉아 다정히 쳐다보고 그것만으로도 세상 다 가진 듯 웃곤 했다. 정욕이라니 세상 사람 모두 그렇다 해도 절대 아닌 일이다.

무슨 일 있구나. 스무 살, 다른 이들 같으면 아이 서넛은 키울 나이인데 아기씨 아직 여리고 착하기만 해서 그 난리 겪고 나니 마음 더 약해지셨나. 아니면 누가 뭐라 중간에서 훼방 놓았나. 하나만 바라보고 하나만 생각하면 되실 일인데. 그래도 대수롭지 않게 여겼다. 지원이 오면 다 눈 녹듯 풀릴 일이다. 손녀 달래듯 세화가 다정스레 말 건넸다.

"아씨, 몸 아프십니까. 많이 놀라셨을까 도련님도 걱정하십니다. 도련님 이제 다 나아가신다니 곧 퇴궐하실 겁니다."

"말 전해도 찾아올 사람이니 뵙고 말씀드리겠습니다."

"아무리 마음 안 좋으셔도 남의 댁에 계시면 아니 됩니다. 도련님 투기 많으신 거 아시지요?"

세화가 농담 건넸다. 그래도 웃지 않았다.

"오시면 문 열어드릴 테니 그리하라 전해주십시오."

"아씨, 다른 게 무어 그리 중요합니까. 낙안 내려가셔야지요. 아이 낳으시면 제가 키워 드린다지 않았습니까."

"사는 것이 제일 중요한 일 아니겠습니까. 다른 아녀자들처럼 살렵니다. 그만 가십시오."

세화는 그 방문 나서며 어쩔 수 없이 눈물 흘러 옷고름으로 대충 닦아냈다. 도련님 급한 성품에 혹시 월담할까 해서 두 번, 세 번 문 열어줄 테니 찾아오라 말씀하시며 그 마음 없어졌다고 거짓말하시니. 안타깝고 안쓰럽다. 어서 지원에게 소식 전해야겠다, 서둘렀다. 무슨 일인지 모르겠으나 단단히 마음 상하신 것 같으니 어서 와 달래주시라고 보듬어주시라고.

의원이 다녀갔다. 탕약을 내왔으나 고개를 가로저었다. 정우는 두 번 권할 수 없어 약 사발 내려놓았다. 그날 밤 일 외면한다고 없던 일 되지 않는다. 잘 알고 있었다. 분노와 증오심에 눈이 멀어 이 여인 망쳐 놓으리라 결심했었다. 의원에 있다는 소식 들었다. 혜정이 먼저 긴 편지 보내왔다. 편지를 보고서 무슨 생각을 했나. 아직도 정우는 자신을 알 수 없었다. 개과천선? 하하하……. 제 스스로를 짧게 비웃는다. 선비로서 수양, 정진한다……. 십수 년 책 속에 묻혀 살고 성현들의 말씀을 따르고 읽었으나 모두 가소로운 위선이었다. 그 위선을, 허위를

벗고 나니 오로지 마음을 얻지 못한 한만 남았다. 뼈에 사무쳐
증오도 되고 분노도 되고 폭력도 되었다. 그래서 이 역시 죗값
이라 여기고 있었다. 이제 이 여인을 바라보는 일이 정우에게
도 고통이 됐다. 조용히 문 닫아주고 나왔다. 혜정을 돌볼 여인
을 구했다. 올해 마흔 넘기고 작년에 아들 내외와 남편 연이어
잃고 홀로 몸 의탁할 곳 찾는다 하였다. 말수 적고, 무엇보다
얼굴에 그늘이 깊으니 혜정이 덜 힘들 것 같아서 지척에서 수
발 들게 하였다.

"좀 주무시렵니까."
"아니오. 오늘은 올 것 같습니다. 단장하고 있어야겠습니다."
순영은 다시 혜정을 쳐다보았다. 평범한 소작 농민이었던 남
편은 부치던 땅을 빼앗기곤 서럽고 원통해하다 끝내 병을 얻어
죽었다. 아들 내외는 아비의 허망한 죽음에 화전이라도 내 땅
일궈 살아보겠다고, 산에 들어가 살자 했다. 순영이 남편 기제
사는 지내고 따라간다고 아들 일가를 먼저 보냈는데 그만 화전
을 제대로 일궈보기도 전에 도적 떼를 만나 몰살당했다. 일 년
채 못 되는 세월에 피붙이 하나 남겨주지 않고 쓸어가 버린 하
늘이었다. 뭐하러 살아야 하나, 죽을 힘도 없으니 그저 방에 딱
누워서만 지냈다. 죽을 날 기다리며 살았다. 이웃 아낙들이 억
지로 밥술이라도 떠넣어주지 않았으면 굶어서 죽었을 것이다.
그러다 시간 지나니 미련한 목숨은 이어져서 누가 말수 적고

차분히 일할 사람 찾는다기에……. 병자 돌보는 일이라기에 와 보았다. 순영은 첫 눈에 혜정을 알아보았다. 숨이 꺼지는 아픔을 왜 모르랴, 죽을 힘 없어 죽지도 못하는 그 심정, 어찌 몰라보랴. 마음이 번져 가 괜스레 딸 같으니, 옆에 있은 지 얼마 되지 않았지만 정 깊이 들었다. 고운 여인의 팔자 어찌 이렇누……. 하느님도 무심하시지, 어찌 이렇게 큰 짐 지워 살게 하시누.

혜정은 순영을 편히 여겼다. 다른 사람들 도움은 죽어도 받기 싫었는데 이 사람이 거친 손으로 얼굴 한 번 쓸어주어도 마음이 놓였다.

"아주머니, 분단장해 볼까요? 분첩 있지요?"

"예."

화장경 가까이 끌어왔다.

"고와 보이겠습니까."

"분칠 안 하셔도 곱습니다."

"아닙니다. 여자 나이 스무 살이나 되었으니 아이 낳고, 지아비 뫼셔 몇 해는 살았을 텐데. 꽃 피는 줄도 몰랐는데 벌써 꽃 지는 나이 되었습니다."

"아씨를 어느 꽃에 비하겠습니까."

어여쁜 아씨, 무슨 사연 있었냐고 묻지는 않았다. 혜정이 순영에게 묻지 않았던 것처럼. 알고 있으니 서로 불쌍히 여겼다. 하인 부리면서도 꼬박 꼬박 존대하고 되도록 남의 손 빌리지 않으려 애쓰니 그 마음 애잔할 뿐이었다.

"연지도 발라 드릴까요?"

"예. 입술이 붉어야 예쁘겠지요."

"그래도 얼굴엔 다시 살 좀 오르시니 다행입니다."

"예."

혜정이 조용히 미소 띄웠다. 순영은 남편 아들 내외까지 모두 앞세우고 말라 버린 줄 알았던 눈물 줄줄 흘려 얼른 닦아냈다. 주책스럽구나. 속으로 울고 계신 분 앞에 두고. 너무 고와서 애잔했다. 살풋 번지는 그 웃음이 선녀처럼 예뻐서 보는 마음 아팠다. 분단장 끝내고 일부러 화사한 색 비단옷 꺼내 차려 입으니 다른 사람 같았다. 아무 근심 없어 보인다. 혜정은 순영에게 한 번 더 당부했다.

"손님 오시면 멀리 가지 마세요. 밖에 계시다가 제가 부르면 바로 들어와 주세요."

"예⋯⋯. 아씨, 제가 그분인지 미리 알아보아야 할 텐데. 어찌 알아보고⋯⋯."

순영의 말 듣고 혜정의 눈에, 뺨에, 잔잔한 웃음 번져 갔다. 처음 보는 얼굴이었다, 쓸쓸하고 텅 비어 보였던 미소가 아니라. 생각만으로도 그리 좋은 사람인가 보다. 잠시 머릿속으로 그 얼굴 그려보며 저리 행복하게 웃는다.

"키가 훤칠합니다. 곁에 서면 제 어깨가 그 아이⋯⋯ 가슴팍에 닿을까 합니다. 다쳤으니 치료받고 하느라 좀 야위었을 텐데 그래도 바르고 탄탄한 체격에…… 올해 열여덟 살이나 그보다 두어 살 어려 보입니다. 아이 때도 장난치는 걸 그리 좋아하더니 아직도 마음속에 여덟 살 난 사내아이가 있어 어리고 그래서 눈이 참 맑습니다. 선한 눈 아래 저와 어릴 적 놀다 생긴 옅은 흉터가 남아 있고, 청나라 다녀왔다가 생겼다는 흉터도 콧잔등에 있으나 그래도 거칠어 보이지 않으니……. 오목조목 귀하고 곱게 생겨 그러합니다. 낯가림이 심해서 낯선 이들 있는 곳에서는 좀 싸늘해 보이기도 하지만 한 번 웃으면 눈이 반달마냥 휩니다. 그래서 그 눈 보고 있으면, 그리 한 번 웃으면 세상 근심이 다 없어지는 것 같습니다. 콧날은 오똑하고…….”

혜정의 말은 끝을 맺지 못하고 울음으로 흐려졌다.

“울지 마세요. 분 다 지워집니다.”

아씨. 이를 어찌하면 좋을꼬. 마음먹기까지 얼마나 많이 되짚고, 백 번, 천 번 다시 생각했을까. 차마 그리 하지 마십시오라는 말은 떨어지지 않는다.

퇴궐하자마자 곧장 찾아왔다. 북촌 으리으리한 집 앞에 서서도 아무런 감흥 없었다. 기다린 듯 대문 열어주고, 별당까지 안내받아 갔다. 별당 안에 들어서자 여인 하나가 고개 조아린다. 지원을 유심히 쳐다봤다. 짧은 순간이나 낯선 도령을 쳐다보는 그 눈이 애틋하기도, 안쓰럽기도 하다.

“안으로 드시지요. 아씨, 도련님 오셨습니다.”

"예."

문 안에서 차분히 혜정의 목소리 들렸다. 지원은 약간은 화가 난 채로 방문을 왈칵 열었다.

세화의 이야길 듣고는 이 고집 세고 미련한 여자 혼자 무슨 생각하여 심정우 찾았냐고, 아무 말 없이 달려와서 끌고 나갈 생각이었다. 아프려니 짐작은 했다. 아파서 짐 되기 싫다고 나한테 이러는 건가. 사람 마음 왜 모르나. 저승도 같이 가준다는 사람이. 다신 병으로 사람 잃지 않는다. 내가 무슨 죄 그리 많아서 두 번이나 같은 일 당하겠냐고. 이 하늘 아래 숨 쉬고 있는 동안은, 그래, 많은 거 바라지 않는다. 그저 내 옆에 있어주기만 하면 된다. 내 옆에 있어주기만……

혜정은 흐트러짐 없이 고운 옷, 곱게 분단장하고 앉아 있었다. 문 열고 지원이 들어서는데도 쳐다보지 않았다. 그저 힐끔 아무 감정 없는 메마른 눈빛에 지원의 마음 한구석도 차차 무너지기 시작했다. 몇 년 만에 다시 만났을 때도 단번에 손잡을 수 있었는데. 보이지 않는 벽 속에 혜정이 있는 것 같았다. 아픈 건 아니구나. 마음을 다쳤구나. 지원은 숨 크게 쉬었다.

혜정은 지원을 쳐다보지도 않고 마르고 차디찬 음성으로 입을 뗐다.

"드릴 말씀 있어 뵙자 하였습니다. 지금부터 드리는 제 말씀 한 치 거짓 없으니 달리 듣지 마세요."

"……"

"저 은수 아버지 따라 영월 내려갈 생각입니다. 결심 바꾸지 않을 것이니 그리 알고 돌아가십시오."

"왜?"

지원이 되물었다. 저 격식 차린 존대도 마음에 들지 않고 건조한 눈빛도 숨 막히게 싫었다. 뭘 얼마나 아팠기에 당신은 나를 이렇게 말로 찌르려 드냐고, 잡아 흔들고 따지고 싶은 마음이, 달래고 싶은 마음보다 크다. 원망스럽다.

"할 만큼 다 해보았지 않습니까. 다함이 없어야 미련도 있지요. 사람 죽고 도련님 반 죽을 일 당하고. 저도 그 난리통에 병 얻어 며칠 앓았습니다. 호되게 병 앓고 나니 정신 들더군요. 마음이 힘들어 더는 못하겠답니다."

"내가 아는 이혜정은 이런 사람 아니다. 그런 말이라면 이 집 나가서 해. 여기서 우리가 이런 얘기해야 하는 것도 싫고, 당신이 여기 있는 것도 싫다."

"아니오. 제가 싫습니다. 저는 목숨도 바쳐 보았습니다. 그게 제 마음 바닥 끝까지 길어 올려 한 마지막 일인가 봅니다. 저희 부모님 간절히 살라셔서 피붙이 다 잃고 홀로 사는데 그깟 연모의 정이 뭐라고 가시밭길 걸으며 살겠습니까. 더는 못하겠습니다. 도저히 못하겠습니다."

모진 말 하겠지, 고집 피우겠지 충분히 예상했었다. 그런데 혜정이 힘들다, 못하겠다 간청한다. 어떤 이야길 해도 진심이 아닐 것이다, 안 되면 업어서라도 데리고 나오리라 단호히 마음먹었는데 지원의 마음도 찢어지고 아팠다.

"지금 무슨 말하고 있는지는 알아? 나중에 모두 아니었다고 말해도……. 나한테…… 지금 어떤 모진 말 하는지, 알고는 있어?"

"제가 어리석었습니다. 사내 하나 세상 전부라 알고 아이조차 버리고 그저 따랐으니 한때 실수지요. 도련님 위해서 아닙니다. 절 위해섭니다. 도련님 따라 도망 다니며 그렇게는 못 살겠습니다."

"그럼 왜 기다렸어? 열 살 때부터 지금껏?"

"도련님, 오래 기다렸다고 그 마음 영원하여 그런 줄 아셨습니까. 붙잡고 있어야 했습니다. 무엇이든 잡고 있어야 해서 그리했습니다."

어린아이를 가르치듯 혜정이 말한다.

"그럼 나는 왜 따라나섰니?"

"……제 잘못입니다. 저는 도련님 돌아가신 어머니 대신할 수 없고 지아비, 자식 버리고 청년과 야반도주했다는 멍에 쓰고 살 자신 없습니다. 그깟 연정이 뭐라고……. 제 마음 고달프게 그리 살 수 없습니다. 그 일을 모르고 이까지 일 벌려 사단 냈으니 이제는 후회스러울 뿐입니다. 지나면 잊혀집니다. 제 마음이 변해 후회되고 아니라 하는 걸 어찌하겠습니까. 제가 미혹하여, 잠시 잠깐 정욕에 눈멀어 따라나섰습니다."

분명, 다른 이유 있을 거라 생각했다. 무슨 말을 해도 한 귀로 듣고 흘려야지. 억지로 밀어내려 하는 것, 틀림없이 지원을 위해서일 거라고. 혜정의 마음만은 추호도 다시 생각하지 않았다. 그런데 이제 변했다는 말로 찌르고, 그때의 마음들도 짓밟으려 한다. 지원은 속에서 뜨거운 분노, 치밀어 누르기 힘들었다. 이 여인 마음속에 어떤 진심 있는지, 보이지도 않고 보고 싶지도 않다. 병석에 누워 있는 동안 아팠던 만큼 보고 싶었고, 또 그만큼 간절했는데.

지원의 눈에 눈물이 고이는데도, 전혀 미동 없는 혜정. 흔들림 없다. 지원은 거칠게 다가갔다. 혜정은 그제야 불한당이라도 만난 듯 흠칫 놀라며 몸 피하려 들었다. 지원이 싸늘하게 말했다.

"왜 정욕에 눈멀어 따라나섰다며. 한 번 안아보지도 못하고 그런 말부터 하면 나 너무 억울하지."

"……."

간절했다. 지원은 혜정의 가녀린 팔, 세게 잡았다. 짓밟힌 마음이 마구 날뛰려 한다. 꾹꾹, 누르고 눌러 다시 말했다. 마지막이다. 아니라고 해달라, 차라리 애처롭게 물었다.

"나, 두 번 다시 안 물어볼 거다. 이제 나가면 다시 붙잡지도 않을 거야. 당신 말만 기억할 거야. 뼈에 새겨둘 거다. 다시 말해봐. 이제 나 없이도 살 수 있어?"

"우리라고 뭐가 다르겠습니까. 목숨 걸고 절박히 살지 않아도……."

그립고, 애달팠다. 아직도 마음은 절절한데 혜정은 지원을 보면서도 한 치 흔들림 없었다. 담담하게 작별을 고하는 이 말을 견딜 수가 없었다.

지원은 거칠게 혜정을 밀어붙였다. 그녀가 원하고, 원하지 않고는 중요하지 않다. 이제 마음은 변했다고 말하니까 밀쳐내는 혜정을 힘으로 세게 붙잡으면서 함부로 입을 맞추었다. 언제가 되든, 따뜻하고 다정스럽게 입 맞춰주고 싶었다. 손끝만 스쳐도 심장이 제멋대로 뛰었다. 보는 것만으로도 가슴이 설레었다. 소중하고, 애틋한 연인이었다. 그런데 오늘 밤, 모든 것은 부정당했다.

혜정이, 지원의 가슴팍을 밀어냈다. 주먹쥔 손이 떨렸다. 그제야 혜정의 눈에서 눈물이 흘렀다.

"당신만 아무것도 안 남기면 되나. 나한테도, 미련은 없어야지."

지원은 씹어 뱉듯 말했다. 그래, 다 거짓말이었다 치자. 죽어도 잊혀지지 않는 마음 따윈 없다고. 너도, 나도 그저 사람이니까 살아질 거라고 생각해 보자. 힘없이 무너지는 혜정을 두고 지원은 방을 나왔다. 뒤도 돌아보지 않았다.

세상 모두가 등을 돌린 것 같다. 아닐 거라 생각했는데 분명 다시 찾을 수 있을 거라 생각했는데. 혜정이 아니라 하니 어디서부터인지도 모르겠다. 세상이 달라졌다. 애태울 것도 없고, 피 마를 일도 없다.

방 안은 엉망이 되었다. 무슨 난리인가. 병풍도 쓰러져 있고. 그 가운데 혜정은 버림받은 아이처럼 앉아 있었다.

　"너무 우시면 몸 버립니다. 울지 마세요."

　눈물 많은 여인이라 이제 앞으로 어찌 살려고 이러시나. 옆에서 보는 순영의 마음이 이다지도 아팠다.

　"아주머니."

　혜정이 순영을 찾았다.

　"예. 저 여기 있습니다."

　"그 사람, 몸 성하던가요."

　"예."

　"다친 곳, 다 나았던가요. 얼굴에 또 흉 지지 않았던가요. 손가락은 괜찮지요? 걷는 모양새며 다 괜찮던가요?"

　혜정은 참았던 말들, 눈물과 함께 쏟아낸다.

　"예. 몸 건강해 뵈셨습니다. 아씨 말씀처럼 눈 고우시고, 코 오똑하시고, 오목조목 거친 곳 하나 없이 잘생기셨고 얼굴에 흉터 더는 안 보였고, 손이며, 걷는 모양새며."

　혜정을 다독여 주려 했는데 두 손 부여잡고 순영도 울고 말았다. 그러게 마음 절절히 담아 아니라 하시면 어쩝니까. 그 마음 진짜인 줄 알 텐데. 그저 혜정이 안쓰럽다. 깊고 아린 상처 안고 있는 혜정을, 안아 다독여 줄 뿐이었다. 울음소리 구슬프게 이어졌다.

*

　보름이 지났다.

　대군과 함께 청나라로 갈 것이다. 더 일찍 나섰어야 했지만, 지원이 다쳐 늦어지고 이왕 늦어졌으니 곧 사월 초파일, 법회 보고 돌아가겠다 하여 다시 일정 늦춘 것이다. 세화는 지원을 보며 몰래 한숨 쉬었다. 속이 썩어 문드러지는데도 표시를 내지 않으니 독하시구나. 소리 내어 우시거나, 아예 술이라도 드시거나 좀 힘든 내색이라도 하시지.

　"도련님, 뭐하십니까."

　"……그냥."

　"울적하십니까."

　세화가 조심스레 말 붙였다. 그 마음 아직도 뜨겁고 아픈 걸 잘 아니 혜정은 이름조차 올릴 수 없었다. 아무리 아들 같은 도련님이라 해도, 한 번 무너지면 무엇으로 달랠 수 있으랴. 자신 없었다.

　"자운영인가, 저 꽃."

　지원이 마당 한 켠을 가리켰다. 봄이라 꽃 피었구나. 세화가 괜히 더듬더듬.

　"예. 자운영이 곱다고 심으셨지요."

　지원, 피식, 웃는다.

"토끼풀인 줄 알았네. 저깟 꽃 뭐가 이쁘다고, 심어놨으면 끝까지 보든지."

휙 돌아선다. 꽃잎 끝에 분홍색 살짝 물들이고 아기자기 피어 있는 자운영. 누굴 닮았구나. 수줍어 볼 붉어지던 모습이 세화에게도 또렷이 남아 있다. 마당가에 앉아 이 꽃, 저 꽃 심으며 자꾸만 웃었더랬다. 곧 낙안 내려가실 텐데, 왜 봄꽃 심냐 했더니, 다음에 이 집에서 살 사람들이라도 보면 좋지 않겠느냐고.

세화도 혜정이 그리웠다. 물 같은 웃음이 그립고, 따뜻한 마음씀이 그리워서……. 멀리 시집간 딸마냥 생각났다. 영락없이 두 분 혼인하여 오손도손 사는 양 볼 줄 알았는데. 혜정 아씨, 그러실 분 아닌데. 어찌 나서볼까 하다가도 지원이 얼마나 애타게 잡았을까, 누구보다 간절했던 두 사람이니. 바라보는 속만 상했다.

대군은 관복 잘 차려입고 입궐한 지원을 물끄러미 쳐다보았다.

"사람 찾아달라 하더니 막상 찾았는데 왜 말하지 않니?"

"아, 예."

대군이 자신을 각별히 귀애한다는 것 알면서도 사사로운 부탁 하지 않았던 아이가, 서찰까지 보내어 '이경'을 꼭 찾아달라 했다. 선왕 승하하고 새 왕이 보위에 오르며 역모 죄인 다시 살펴 죄 없애주는 일은 흔한 일이나 그 죄인 자손 찾는 것은 쉬운 일 아니었다. 대군 역시 지원이 웃는 얼굴 한 번 보자고 한 일인데 녀석의 내색 없으니 아버지 같은 마음에 서운해지려 했다.

"한양 잘 올라왔고 옛집이며 재산도 잘 찾았다 하더구나."

"예."

무뚝뚝하긴. 좋은 표시를 내야 알 것 아니냐.

"여동생은 시집갔는데 무슨 일인지 오라비가 데리고 나설 듯하더라. 왕실과도 먼 연이 닿아 있으니 나하고도 팔촌쯤 되겠다. 헌데 그 사람은 왜 찾아달라고 했었니?"

기어이 물었다. 지원은 씁쓸하게 웃으며,

"이제 이유 없어졌습니다."

세상 천지에 천둥벌거숭이로 홀로 버려진 기분, 가만히 있어도 가끔 가슴속으로 찬바람 들어오는 듯한 그 싸늘한 마음. 혈육을 잃은 마음이란 그런 거란 걸 알아서 돌아가신 부모님 살려줄 순 없어도 하나뿐인 오라비 찾아주고 싶었다. 그래서 그 웃는 얼굴 보고 싶었다. 부모님 대신해서 오라비 있는 곳 친정 될 것이며 그곳에서 혼례 올리고 싶었다. 그랬었다. 오랫동안 꾸었던 달콤하고 잔인한 꿈을 생각했다.

"무슨 대답이 그러하냐. 오늘 주상전하 알현한다고 내외지간이 아이들 데리고 입궐했는데 어찌 한번 만나보겠느냐?"

"아닙니다."

그 얼굴 보면 또 생각날 것입니다. 지원은 괜찮다, 고개 짧게 저었다. 대군의 자제군관 자격으로 청나라로 떠날 것이다. 서너 달, 긴 여행길이다. 류 대인과의 거래도 성사해야 하고 장마가 오면 역병 돌기 쉬우니 그전에 조선 땅으로 돌아오거나, 아예 여름 넘겨야 했다. 그 다음 일, 그 다음 계절을 생각해야 하는데…… 혼자 보낼 시간이 뿌옇게 변해 버렸다.

퇴궐하는 길. 경회남문 나서는데,

"미안합니다."

여섯 살쯤 되었을까, 넋 빼놓고 궐 높은 담 쳐다보다가 지원과 부딪혔다.

"괜찮다, 어머니 놓칠라."

지원은 아이 등 두드려 주었다. 똘망똘망 눈매가 참 귀엽구나. 오랜만에 웃었다. 아이는 제 엄마, 아빠 있는 곳으로 총총 뛰어간다. 가서는,

"어머니, 어머니, 저분, 고모가."

다음 말은 들리지 않고, 걸음 재촉했다.

"혹시 대군마마께서……. 연안 김씨댁, 김지원 도련님 아닙니까."

"예?"

그 아이 아버지가 와서 지원을 잡는다. 좀 거칠어지긴 했으나 기품 잃지 않은 모습이었다.

"어릴 적 얼굴이 남아 있으시군요."

"누구십니까."

"이경입니다. 신원되었어도 동생 찾을 생각은 못했을 겁니다. 혈육 만나게 해준 은혜 찾아뵙고 감사드려야 해서, 오늘 입궐 길에 혹시 볼 수 있을까 했는데. 대군마마와 청나라 가신다구요."

지원은 숨 크게 쉬었다.

당신과 눈매가 닮았구나. 이 잔잔한 미소도 닮았구나. 올망졸망 옆에 선 세 아이들이 호기심 가득한 눈으로 지원을 올려다보고 섰다. 조카들이구나, 그러고 보니 귀엽고 예쁘네. 좋아하겠다. 한꺼번에 가족 많이 생겨서.

"예."

"조금만 늦었으면 큰일 있을 뻔했습니다. 누가 관원까지 보내어 탐라에 있는 일가붙이 찾을 수 있겠습니까."

혜정이 찾아오던 일 생각했다. 그때 업어 나오지 않았으면, 며칠이라도 지체되었으면 부모님 곁으로 보낼 뻔했다. 다시 생각해도 등골 서늘해졌다.

"아닙니다."

이 얼굴 마주보고 서 있기 불편했다. 지원은 가볍게 인사하고 돌아섰다.

그 뒷모습에 대고 아이들이 제 엄마, 아빠 붙잡고,

"고모, 고모가 얘기하던 그분이시지? 항시 얼굴 어찌 생겼다, 체구 어쩌시다 말해줘서 나 보자마자 알았는데. 흉터 요기

조기하고, 응……. 맞지?"

"그래."

"고모가 저분 뵈면 아니 운다 했는데 집에 모시고 가면 안
돼?"

천진난만하게 물었다. 이경은 아이 만류하며,

"그런 말 밖에 나와 함부로 하면 안 되는 법이랬지?"

"고모 아픈데 같이 가면 좋겠다."

아이가 못내 아쉬운지 투정 부렸다.

지원은 그 이야기들 귓등으로 흘렸다. 왜 영월로 따라나서지
않았니, 마음 힘들지 않게 보통 여자처럼 살고 싶다며. 아프긴
왜 아프니? 내 마음에 이렇게 피 철철 흐르게 하였으면 마음껏
미워할 수 있게 아프진 말아야지. 눈물은 속으로 삼켰다.

✳

혜정은 일절 바깥출입하지 않았다. 오라비인 경은 혜정이 심
정우에게 정 없다는 것 알 수 있었다. 그래도 부부지간이라 맺
어져 있으니 아이 병 나으면 돌려보내겠다고 좋은 말하여 혜정
을 데려왔다. 어릴 적 살던 집이니 익숙하고 혜정이 지내기 훨
씬 편할 것이고. 순영도 따라나섰고 아이들이 혜정의 곁을 한
시도 떠나려 하지 않으니, 그래도 웃는 일 많아졌다.

다음날 사월 초파일. 한길이며 상점이며 연등 너울너울 걸려

있었다. 해 질 무렵 되니 연등에 불 밝혀서 한양 도성 안을 화려하게 수놓았다. 오랜만에 혜정은 외출할 준비를 했다. 곁에서 순영이 고운 옷 꺼내 입혀주고 유난히 혜정을 따르는 여섯 살 막내, 사내아이 규완이 주변 맴돌며 좋아라 어쩔 줄 몰라했다.

얼마나 야무진 아이였는데. 옷고름 하나 맬 때도 남의 손 빌려야 하니 바라보는 경의 속이 쓰렸다.

"오라버니, 그렇게 쳐다보지 마십시오."

규완이 머리 만져 주며 혜정이 불쑥 말한다.

"뭘."

"불쌍하게 보지 마십시오. 싫습니다."

"고모, 아버지가 고모 불쌍하답니까?"

"응, 그리 보고 계시지 않냐."

"이왕 하는 바깥 출입, 도성 내 큰 절 가도 될 것이고, 또 좀 밝을 때 나서면 좋지 않니."

"저는 남들 보지 못하는데 남들이 저 쳐다보는 거 싫습니다."

혜정은 여전히 웃으며 말한다. 그 자존심 오죽하랴.

규완은 분위기 무거워지는 거 금방 알고 혜정의 치맛자락 당기며 말한다.

"고모, 고모. 그럼 정토사는 작습니까?"

"아주 작아."

"응."

"고모 잃어버리면 어쩌니."

"내가 실로 꽁꽁 묶을게요."

규완이 하도 제 고모 따라나서겠다 졸라대서 어쩔 수 없이 허락하였다. 규완은 어디서 붉은 줄 구해와 혜정의 손목에 감고 제 손목에도 감았다.

"이 줄은 무슨 색이니?"

"붉은 색. 이모 입술처럼 빨갛고, 봉선화처럼 고와요."

"붉은 줄이 뭘 뜻하는 줄 알아?"

"뭔데요?"

"……인연. 태어날 때부터 꽁꽁 묶여 있는…… 하늘이 이렇게 묶어준 인연."

"아, 그럼 더 세게 묶어야겠다."

"아고, 피 안 통하겠다. 여간히 묶어도 될 텐데."

"고모 잃어버리면 큰일 나. 고모 너무 예뻐서 누가 업어가면 어째."

장난 많고 활달한 규완이 옆에서 재잘댈 때마다 그 어느 때가 생각났다. 웃어지기도, 울어지기도 했다.

아직도 가슴 한 켠, 파르르 떨렸다. 문 열리며 활짝 웃는 그 아이 얼굴, 선명하게 그릴 수 있었다. 꿈에라도 다시 볼 수 있을까 마음에서 놓아준 사람인데 천천히 잊혀질 텐데, 이제 세상이 온통 뿌옇게 변했으니 눈뜨고 보았던 세상, 한 사람 얼굴만 뚜렷해졌다.

　대군 내외 연등회 참석하였고, 내일 유시경에 한양 떠날 것
이다. 가기 전에 류 대인과 거래 준비한다고 장진수에게 들렀
다. 그간 서로 행동 조심한다고 한동안 보지 못했고 이번에 떠
나면 서너 달 뒤에나 볼 것이니 장진수는 더욱 반갑게 지원을
맞았다. 일 정리하고 채비하다 보니 금세 해가 졌다. 상단 사람
들과 가벼이 이런저런 얘기 주고받았다.

　그래도 목에 가시처럼 걸렸다. 아픈가……. 괜찮아 보였는데
속병이라도 얻었나? 울긴 왜 우나. 우는 거 그리 싫어하면서.
마음 쓰이는 거 아니라 하면서도 약재상 장부 좀 달라 하여 꼼
꼼히 넘겨보았다. 상단 내의 거래 내역 살피는 것이 일이었으
니 당신 때문 아니다, 속으로 몇 번이나 말하면서. 어디 아픈지
나 알면 잊기 쉬울 거라고. 이제 오라버니 곁으로 갔으니 어련
히 잘 살피겠냐고.

　"도성 내에 눈병이라도 돌았나?"

　"예?"

　거래되는 약재 살피던 지원이 되물었다. 약재 소매 담당하는
이가 고개 조아리고 섰다가 의아한 눈빛으로 지원을 쳐다본다.

　"아니. 안질 환자라도 있나, 무슨 환이며 약재가 전부
눈……. 잠깐."

　약재 사간 곳, 짚어가다가 사색이 된다. 혜정이 있는 곳의 의

원 하나뿐이니 그곳에 어떤 약재 팔았나 볼 생각이었다. 그렇다 해도 병 짐작할 수 있는 건 아니지만, 그런데,

"아, 예에. 뭐 아프단 소문 돌면 큰일이라도 나는지, 의원 찾아가지 않고 부득불 약재상으로 와서 이것저것 사가지 않겠습니까. 의원 아니라 팔지 않으려 했는데 하도 간곡히 청하니 소량인데도 팔았습니다. 뭐 역병도 아닌데 아랫사람 시키지도 않고, 양반 대감께서 직접 다니며 약 구하시더라구요. 가족 중 누가 어디 다쳐 앞이 보이지 않는다 하던데요. 사정 딱하여 팔았습니다. 자잘한 일 처리하니 귀찮긴 해도……."

심장이 터질 것 같았다. 그의 오라비 이름 쓰여 있었다. 다 듣지도 못하고 자리를 박차고 나갔다.

상훈을 찾았다. 자신을 붙드는 지원의 눈빛 절박하다. 언젠가 알 일이라 생각했으니, 상훈은 담담했다.

"다시, 말해봐. 거짓말하지 않는 사람이니까. 다시, 하나도 빼지 말고."

"뭘 물으십니까."

"의원 찾아갈 생각이다. 그 다음엔 집으로 갈 것이고. 내 눈으로 확인하기 전에 먼저 말해. 그날 무슨 일 있었어?"

"아씨 많이 다치셨습니다."

"……."

"몽둥이 휘두르는데 별수 있겠습니까."

"어딜 다쳤는데."

"피 많이 흘리셨습니다. 머리를 다치셨는데 내상인지 열병인지, 이틀 만에 정신 드셨는데 그때부터 앞이 안 보인다 하셨습니다."

그래서, 날 보지 않았던 거구나. 보지 않았던 게 아니라 보지 못했던 거구나.

그래도 이 미련한 여자 같으니. 당신은 내가 안 보이면 어쩔 거야. 당신은 내가 눈 안 보인다, 짐 되기 싫다, 속으로 피눈물 흘리며 가라 하면 당신은 어떻게 할 건데!

*

규완은 자꾸만 끈 잡아당기기 바빴다.

"풀고 먼저 가, 고모 천천히 갈게. 아주머니하고 가면 돼."

순영이 옆에서 혹여나 넘어질까 해서 팔 꼭 잡고 있었다. 혜정이 손목에 묶인 끈, 풀어주려 했다.

"싫어."

굳이 고집이니 웃으며 따라줄 수밖에. 초파일이라 해도 절은 고요했다.

법회 끝나고 사람들 썰물처럼 빠지고 난 다음 들어섰다. 풍경 소리, 목탁 소리 들리고 규완이 철없이 깔깔 웃고 떠들지만 부처님도 괜찮다, 자애롭게 봐주실 듯하다.

"법당 앞에선 조용히 해야 돼."

규완이 작은 어깨 잡으며 혜정이 엄하게 말했다. 아이 금방 알아듣고 고개 끄덕였다. 순영은 죽은 아들, 남편 명복 빈다며 법당 안으로 들어가 정성스레 기도했다.

"손 많은 부처님이네."

"응, 천수관음이신가 보다."

"천수관음?"

"응, 천 개의 손이 있고 그 손에 또 천 개의 눈이 있어서 세상 구석구석 살펴보신대."

"욕심 많다. 두 개만 고모 주시지."

규완이 쫑알거렸다.

오랜만에 바깥 공기 마시니 기분이 좋아진다. 아기가 여기 저기 뛰고 다니다 잠든 걸 순영이 업었다. 날이 저물어 산을 어찌 내려갈까 걱정인데 스님께서 절 근처에 약초꾼 머무는 작은 띠집 한 채 있는데, 하고 먼저 운을 떼신다.

"아직 거기, 그대로입니까?"

"예, 보살님도 기억하시지요?"

"예……."

혜정은 고개를 숙이고 지긋이 웃었다. 옛 기억이 이대로 날아갈까 마음속에서도 꺼내놓기 조심스러웠다. 희미해진 시야 안에서 절 뒷마당을 돌아 들꽃마냥 묻혀 있던 지붕 낮은 집을 찾아갔던 일들이 떠올랐다. 원래는 정토사에 딸린 작은 암자였으나 약초꾼이며 혹은 기도하러 올라오는 아낙들이 며칠 머물

일 생기면 편히 있다 가라고 부러 담도 따로 둘러둔 곳이었다. 객이 있을 때보단 비어 있을 때가 많아서 혜정과 지원이 종종…… 밤새 툇마루에 걸터앉아 밤하늘 별 보고 풀벌레 소리 들었던 곳이다. 혜정은 순영에게 그곳에서 하룻밤 머물다가자, 먼저 말한다.

순영은 규완이 업고서도 혜정이 발 헛디딜까, 정토사에서 가깝다고는 하나 산길 걷는 것 불안하기만 한데 혜정은 나무 막대 하나 의지하여 자박자박, 어두워진 숲길을 되려 순영보다 더 잘 걸었다. 허술하게 잠겨 있던 사립문도 손으로 몇 번 더듬어 밀어 열고 들어섰다. 얼마 전까지 사람이 머물렀는지 다행히 온기도 다습고 먼지 하나 없이 정갈했다. 혜정은 방 안으로 들어가지 않고 마루에 걸터앉았다.

"여긴, 그대롭니다."

그때처럼 툇마루에 앉았다. 봄날 밤, 어디선가 꽃향기가 바람 타고 오고 멀리서 물소리 은은히 들려온다.

"도련님, 참 별나시지. 끈 풀어드릴까요?"

순영이 두 사람 꽁꽁 묶어놓은 줄에 피식, 웃으며 묻는다.

"아니요. 불안해요. 이대로 두세요……. 아주머니, 혹, 여기는 연등 걸 자리 있을까요?"

"예……. 그럼은요."

굳이 법당 앞에는 못 걸겠다던 연등이다. 무슨 마음으로 이 연등 여기 거신다 하실까. 순영은 저도 모르게 한숨 내쉬었다.

"그러지 마세요. 저 불쌍히 여기지 않으셔도 돼요."

혜정이 작게 웃는다. 마음 평안해지셨구나. 정토사에 도착하고, 인적 그친 산에 들고부턴 얼굴빛 유난 밝았다.

"여긴 언제 와보셨습니까?"

"옛날에, 굉장히 오래 전에요."

사신 행렬 떠나겠지, 내일이면. 감히 정토사 안에 연등 걸 수 없었다. 지원의 마음 할퀴며 밀어낸 것이 죄스럽고 용기 없는 제 자신이 미워서. 그래도 기도는 하고 싶었다. 무사히 잘 다녀오라, 고생하지 말고 몸 건강히 타국 가는 먼 길, 그 여행길에 우리 기억도 하나하나 버리고⋯⋯ 웃으면서 살라고.

이대로 평화롭다. 한참 앉아 옛 생각을 했다. 규완이 묶어둔 줄, 움직이기에 그저 아이가 자다 뒤척대는 것이려니 했다. 순영은 원래 말수 적은 사람이니 별 대답 없어도 그대로 곁에 있는 것이려니 했다.

혜정은 마루에 앉아 제 무릎 꼭 끌어안고 옆에 순영 있다 생각하고, 그쪽 보며 말했다.

"정토사에 전설 있습니다. 조신이라는 사람 살았는데, 태수 김흔의 딸을 좋아했답니다. 사랑이 이뤄지지 않자 부처님 원망했는데. 부처님이 하룻밤 꿈으로 두 사람 살게 해주었지요. 그런데 꿈속에서 사십여 년을 살았는데, 그리 고생했답니다. 그래서 여인이 먼저 말하지요. 저는 당신이 있어 '누'가 되고, 당신은 제가 있어 근심이 된다고 헤어지자 합니다. 조신이 그 말 듣고 헤어져요. 헤어지고 나니 하룻밤 꿈이더랍니다. 아주머니, 근심이 되기 전에, '누'가 되기 전에 헤어졌으면 좋았을걸요. 그렇지요."

대답이 없다. 혜정은 심장이 덜컥 내려앉는다. 어디 가셨습니까, 말없이 가실 분 아닌데 고요한 절간이니 고함 한 번 지르면 누구든 달려와 주겠지만, 우선은 무서워서 아무 생각 들지 않았다. 손목에 묶인 끈 당겨본다. 여섯 살 아이에게라도 의지하고 싶은 마음이 제 스스로 안타깝다.

"규완아, 장난치지 마. 고모 놀라. 옆에 있으면 대답해야지."

"왜 헤어지냐. 고생해도 좋으니 사십 년 살아보고 그럼 헤어지자."

여전히 다부진 목소리. 그의 숨소리, 들렸다. 손끝이 떨렸다. 혜정은 자신을 진정시키려 애쓰며, 차분히 말했다.

"가. 달라질 거 없어."

"그래, 달라질 거 없어."

옆에 있구나. 혜정의 여린 손목 잡는다.

"이깟 끈 묶고 여섯 살짜리 아이한텐 의지하면서 나한텐 근심 될 거라고?"

"아파서 싫다고 했잖아. 이 마음 안고 살기 힘들다고."

"왜 말 안 했어?"

"어디 아픈지가 뭐 중요해."

얼마나 애타게 그리워했는지 지원의 목소리만 들어도 가슴이 무너지고, 굳은 결심 다 흩어지고 손목으로 전해지는 그의 든든한 손, 체온에 기대고 싶다.

그래도 혜정은 지원의 손 밀쳐 낸다. 지원은 장난스레,

"어쩔 거야. 같이 지낼 수 있는 시간, 고집 부리느라 보름이나 그냥 보냈네. 아까워서 어떡해."

"손 놔. 아주머니는, 규완이는?"

"가셨어, 가실 거야."

아무리 밀쳐 내려고 해도 손목 잡은 손, 꿈쩍도 하지 않았다. 힘으로 못 당하겠다.

"놔, 손 놓으라고."

"울어? 손 좀 잡았다고, 울어? 스무 살 처자가 이거 좀 약 오른다고 울어?"

"놔 줘."

혜정은 열두 살 아이처럼 울었다. 지원은 굳게 잡았던 손에 힘 스르르 풀었다. 애처로워서 견딜 수가 없다. 정말 나를 못 보는구나. 혜정의 집에서 이곳으로 갔다 말해주기에 급히 왔다. 순영은 금방 지원의 얼굴 알아보고 조카 업고 자리 피해주었다. 조심조심하며 곁에 앉아 보고 싶던 얼굴 실컷 보았다. 무슨 생각하는지 못 보던 사이에 더 예뻐졌네. 혜정의 말에 찔리고 다쳐서 피 흘리며 울었던 일 다 아득하게 느껴지고 곁에 앉아 그 모습 보니. 세상이 활짝 웃어주는 것 같다. 혜정은 평온한 얼굴로 옛 이야길 해줬다. 예전엔 지원이 빤히 쳐다보면 수

줍어서 금방 고개 돌렸는데 이제 마음 놓고 보겠구나, 좋아, 좋은 거야 생각하는데도 자꾸만 눈물이 나서 소리 죽여 울었다.

"안 돼, 다쳐."

혜정이 이어지는 침묵 견디기 어려운지 자리에서 벌떡 일어났다. 툇마루 높지 않아도 다치면 어쩌려고. 지원이 따라 일어나 혜정의 팔 붙들었다.

"한 걸음도 혼자 못 다녀. 아주머니, 규완이 올 때까지 기다리면 되니까, 가."

"이혜정, 고집 그만 부려, 이제."

"고집 아니야. 나 너 안 놔주면 어쩔래. 붙잡고 네 발목에 족쇄처럼 묶여 있으면 어쩔래. 나중에 후회하지 말고 놓아줄 때가."

"나 아직 화 덜 풀렸어. 그날 못된 얘기한 거며, 겁 없이 심정우 따위 찾아간 거며, 아직 속에 차곡차곡 쌓였어. 천천히 갚아줄 거야, 절대 안 까먹구. 그러니까 더 보태지 마."

"그 사람, 꿈속에서 후회했을 거야. 결국 근심이 되고 짐이 될걸, 왜 같이 살았나, 후회했을 거야. 그대로 헤어졌으면 마음에라도 남았을 텐데 사십 년 뒤에 기쁜 얼굴로 헤어지지 않았을 텐데."

"난 그렇게는 안 해. 아직 내 마음은 끝 아니야. 미련 너무 많아서 안 되겠다. 사십 년, 오십 년은 살아야 없어지겠다. 그래, 그때 헤어지고 싶으면 웃으면서 헤어지자, 그럼 되겠네. 그 자식, 배가 불러 그런 얘기 한 거야. 마음 다해 사랑하는 사람하고 사십 년, 오십 년 살아봤으니 여한 없어서 그런 소리 한 거야. 내 마음 다할 때 그때, 내가 놓아달라고 할 때 헤어져, 그럼."

"그때 내가 다시 너 잡으면 어떡하려고."

"그럼 또 당신 마음 다할 때까지 내가 기다려 줄게."

지원이, 혜정을 끌어안았다. 엄마가 길 잃고 오래 헤맨 아이, 안아주듯 그렇게 안아 다독였다. 사랑한다고 하지 못한 말, 마음에 담아 안은 손에 힘 더 꼭 주었다. 절대 안 놓을게, 절대.

인기척 들려 잘못한 것 있는 사람들처럼 놀라 방 안으로 들어왔다. 그런데 막상 들어오고 나니 멀뚱히 앉아서 혜정을 뚫어져라 쳐다봤다. 주춤 물러앉는 그 마음 헤아려 보려 애쓴다. 손 뻗고 싶은데 놀라면 어쩌나 잔뜩 웅크리고 있는 혜정이 유난히 작고 어려 보였다. 한 켠 안쓰럽고 또 한 켠으론 안아주고 싶었다.

"무서워?"

"응."

지원이 등불을 훅, 불어 껐다.

"불은 왜 끄니?"

지원은 대답 대신 혜정에게 가까이 갔다. 무릎이 부딪힐 만큼 가까이. 짙푸른 어둠 속에 두 사람 마주하고 있다. 지원의 숨소리가 생생하게 들렸다. 온몸의 촉각이 하나하나 살아나서 눈을 대신하고 있다.

"뭐가 무서워? 난 안 보여도 안 무서운데."

"……."

지원이 혜정의 손 끌어다 자기 얼굴에 대주었다.

"나 김지원 맞아."

지원의 눈매, 입술, 코, 뺨 손으로 본다.

"흉터 더 안 생겼지?"

"어."

"손은 괜찮지?"

"어, 여기 손."

지원이 아이처럼 제 손을 내밀었다.

"다행이다."

"내 손 무사한 게 다행이야?"

"응."

이 바보 같은 사람을 어쩌면 좋을까. 지원은 혜정의 손에 입 맞추었다. 심장은 터질 만큼 뛰는데 너무 애틋하고 소중해서 함부로 움직일 수도 없고 안을 수도 없었다. 간절한 마음을 어찌할 줄 몰라서 뜨거운 숨만 내쉰다.

"왜 웃어?"

혜정의 웃는 얼굴, 문밖의 연등이 바람에 흔들리며 흐릿하게 비췄다.

"너는 왜 떨어."

혜정이 되묻는다. 숨 쉬는게 느껴질 만큼 온기가 생생할 만큼 가까이 앉아 있는 지원, 목소리가 떨리는 걸 숨길 수 없었다.

"아니, 안 떠는데."

"거짓말."

긴장된 공기를 툭, 끊어놓으며 혜정이 지원의 떨리는 손을 잡았다. 장난처럼 잡았는데 지원은 그 순간 놓치지 않고 혜정을 당겨 안았다. 그리고 천천히 입 맞춰주었다. 눈, 뺨, 입술에…….

"여기 있는다고 약속해."

"……."

"대답, 안 해?"

"아무것도 해줄 수 있는 게 없어……. 그래서, 미안해."

"제일 중요한 거, 해주잖아. 내 옆에 있어주잖아."

"다음 생에 우리 만날까? 웃는 얼굴로 다시……. 우리 인연 이어지면, 그럴 수 있을까."

"이혜정, 잘 들어."

"……."

지원은 혜정의 뺨을 두 손으로 감싸며,

"다음 생, 같은 거 없어. 알았어?"

"왜."

"이렇게 생각해. 우리 전생에 안타깝게 헤어져서 지금 다시 만난 거라고. 전생에 절대 다음 생에 만나면 헤어지지 않기로 약속했다고."

혜정은 대답 대신 지원에게 깊게 입 맞추었다. 가녀린 목덜미에 입술을 대었다. 가르쳐 준 사람 없는데도 마음이 움직였다. 잘못 손대면 바스라져 버릴 것 같아서 숨이 막히고 가슴은 뜨거웠다.

두 사람의 떨리는 숨소리만 들렸다. 혜정의 치맛자락이 부스럭거린다. 지원이 용기를 낼수록 오르락내리락, 파르르 떨리는 가슴이 부딪힐 것 같고…… 서로를 원하지만 또 어리고 조심스러워서 주저하고 주저했다.

지원이 용기를 내어 혜정의 옷고름을 잡았다. 그리고 그 손, 다시 혜정이 잡았다.

"하지 마."

"……."

입술이 말랐다. 가슴속에 감당 못할 불길이 일었다. 혜정은 지원의 손목을 잡은 채로 조금 더 뒤로 물러났다. 두 사람 모두 먹먹한 어둠 속에서 서로의 움직임, 체온, 숨소리에만 모든 신경을 집중하고 있었다.

"무서워."

그만 하자. 혜정은 무서웠다. 잊혀지지 못할 것도, 언젠가 지원이 떠날 것도 두려웠다. 빛이 사라진 세상에 홀로 웅크리고 산다 생각할 때는 절망스럽긴 해도 두렵지 않았는데 이 사람에게 기억을 남길 것은 두려웠다. 그리고 혹시라도, 혹시라도. 헤어짐을 예비한 혜정의 마음은 다시금 깊게 가라앉는데,

"아야……."

지원이 짧은 탄성으로 혜정을 흔들었다.

"왜, 어디 아퍼?"

"하아 진짜로, 너무 긴장을 해서 그런지 다리에 피가 몰린 것 같아, 아파."

"어디? 어느 쪽?"

혜정은 금방 나이 많은 누이로 돌아와 아이 돌봐주듯 편하게, 지원의 종아리를 열심히 주물렀다. 그 틈을 놓치지 않고 다시 혜정의 가는 허리 감싸 안았다. 그리고 조금 더 거칠게 조금 더 용기를 내어 깊게 입을 맞추었다. 영원히 잊지 않으려는 사람처럼……. 꽃잎에 바람이 불어온 것처럼 혜정이 파르르 떨고 있었다.

혜정이 지금, 지원을 밀어내는 것은 언젠가 헤어질 일을 생각하기 때문이란 걸 안다. 영원히 놓지 않을 텐데. 당신 없는 세상이 내겐 아무것도 보지 못하는 것과 마찬가지인데. 내게 세상은 당신뿐인데 이 바보 같은 사람은, 또 뒤를 돌아보고 그곳 어딘가에 자신이 숨어버릴 곳을 만들어놓으려 한다.

지원은 조심스럽게 혜정에게 체중을 실었다. 그대로 혜정을

바닥에 눕혔다.

"김지원."

"초례청이야, 여기. 이제."

"……."

"백년해로, 난 백 년까지도 안 바란다. 반토막? 오십 년만 같이 살자 허락한 거지?"

"그래."

"난 친영 온 거고 폐백까지 다 드렸다 치고 오늘이 첫날밤인 거다."

"지원아."

"어디 도망가지 말라고, 나하고 혼인했으니까, 이제."

지원은 오롯이 자신의 품 안에 들어와 곱게 누운 그녀가 사랑스럽기만 했다. 아래로 내려다보며 말 쏟아냈다. 혜정은 그래도 웃지 않았다. 그저 눈 꼭 감고, 지원의 옷자락 세게 쥐고 있을 뿐이다.

힘주면 바스라질까, 다칠까, 망가질까. 어린아이가 오랫동안 소망하던 물건, 곱게 곱게 꺼내놓듯이 혜정의 몸에 손대었다. 천천히 옷고름 풀고 저고리 벗겨냈다. 원하는 만큼 애틋한 만큼 마음이 뜨겁고 간절한 만큼 그렇게 몸이 움직이도록 두었다. 서툴고 조심스럽고 그러나 너무나 사랑하는 그 마음 그대로 솔직했던 두 사람의 첫날밤이 지났다.

"험험, 부인."

익숙하고도, 낯선 음성에 혜정이 천천히 눈꺼풀을 밀어 올렸
다. 보이지 않은들 어떠랴. 이 손끝이 누구인지 알고 있다. 아
무것도 아니어도 좋으니 그저 이 손, 온기 하나에만 매달려 한
평생도 살아낼 수 있을 것 같았다.

"일어나…… 셨…… 어요?"

지원은 혜정의 입술에서 떨어진 '셨어요'를 따라 첫날밤보
다 더 얼굴이 붉어졌다. 두 사람은 이제 지아비이고, 지어미이
니……. 어릴 적처럼 함부로 반말하며 지내지도 못할 테고 아
버지께 배운 대로 평생 손님 대하듯, 예를 다할 때는 그렇
게…… 해야지. 의젓하게, 더 어깨도 펴고. 어른이 되었으니 그
래야지. 같은 마음이었다.

"부인도 이제 일어나요. 날이 밝았는데…… 형님께서 사람
보내오실 듯 싶어요."

"예."

"이거…… 물이 좀 차, 물을 끓여서 적셔 왔는데, 부인 자는
모습이 고와 한참 보다가 수건이 식었고. 얼굴에 대면 놀라 깰
까 봐, 일어나면 닦아주려 했는데 하도 안 일어나시기에 내가
깨웠어요."

지원은 늦게야 제 손에 든 물수건을 변명하고 혜정은 이부자
리에서 몸을 일으켜서 지원의 손을 다시 잡았다.

"세수해 주시려구요?"

"응, 부인. 내가 얼굴 닦아줄 테니 눈 감으세요."

혜정이 눈 감았다. 속눈썹이 파르르 떨린다. 끝에 금세 눈물 고였다. 여덟 살, 열 살일 때……. 그 늦봄 마당귀에서 맞절하고 시집가는 놀이했던 일, 처음 만나 울었던 일, 송치수 집에서 다시 만났던 일, 모두 이 위에 차곡차곡 쌓였다.

"……서방님."

"예."

"이제 다시 앞을 보지 못해서……. 수 곱게 놓아드리지 못해도……. 곱게 저고리 지어드리지 못해도……. 금박으로 이름 새겨 드리지 못해도."

"예."

"손으로, 마음으로, 꼭, 서방님, 우리 지원이…… 만 보고 살겠습니다."

이제 지어미 되었으니, 혹여 눈 낫지 못하게 된다 하더라도 단단히 마음먹고 하는 언약임을 알고 있다.

"나도…… 아무것도 못 해줘도 마음 다해 아끼고 귀애하며, 우리 혜정이, 부인…… 흰 머리 성성한 할머니 될 때까지 곁에서…… 곁에서 살게. 내 곁에 있어주면 됩니다, 부인은."

혜정이 여리게 웃고 지원의 품에 다시 기댔다.

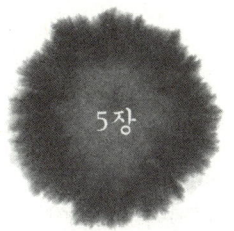

5장

　사신 행렬이 도성을 빠져나가고 있었다. 송치수는 당상관들
과 함께 대군을 알현하고 깊이 고개를 숙였다. 새 왕의 즉위를
청나라 황제에게 알리는 일도 겸하는 터라 사신 행렬은 백여
명, 건국 이래 최대 규모였다. 치수는 그 많은 사람들 중에 금
방 지원을 찾아냈다. 자제군관이라. 그래, 네 그리도 대군의 사
랑 받았더냐. 자제군관이라면, 대국으로 떠나는 사신이 자신의
피붙이에게 보다 넓은 세상을 보여주고 안목을 키워주고 싶어
데리고 나갈 때 나라에서 특별히 주는 일종의 명예직인 셈이
다. 지원은 송치수를 잠시간 뚫어져라 쳐다본 다음, 이내 고개
돌렸다. 한결 여유로운 그 얼굴에 치수는 뭔가 섬뜩한 기분 들

었다. 송치수의 가파른 심사가 채 가라앉기도 전에 주변이 소란스러워졌다.

"무슨 일인가?"

"다름 아니오라……. 중전마마께옵서……."

내관 하나가 바짝 엎드려 어찌할 바 몰라한다. 사사로이는 시아주버니의 행차이니 중전 효주 역시 나와 가는 길을 보았었다. 왕비가 한양 도성까지 나오는 것이 법도에 맞는지를 두고 말이 있었으나 정사에 무심한 왕은 왕비 하고 싶은 대로 하라, 무심히 툭, 던지고, 왕비는 도성 안이지만 출궁할 기회를 놓치지 않고 이까지 나왔던 것이다. 이제 사신행차 나가고 있으니 환궁하면 그만인데 왕비가 탄 연輦이 되돌아오고 있었다.

"중전마마, 무슨 일이십니까?"

효주는 발그레해진 얼굴로 연에서 내려섰다. 왕이 환궁했으니 뒤따라갈 것이지, 그러니 부부간의 정이 더 없는 것 아닌가. 송치수는 제 생각을 놓고서, 딸 때문에도 이맛살을 찌푸렸다. 또 연 안에서 약담배를 피웠는지 가까이 다가서자 진한 향이 분내와 섞여 진동을 했다. 아니나 다를까 비틀대는 효주를 상궁이 퍼뜩 부축했다. 어느 년이 약담배를 댔느냐, 효주는 무슨 일인지 화병이 들었다 뭐다 하여 어의녀를 시켜 약담배를 피워 몇 번이나 분란을 만들었다. 송치수는 이번에는 상궁이든 뭐든 잡아다 요절을 낼 것이라고, 몽롱한 딸의 눈빛에 울화가 치밀어 엉뚱한 분풀이를 다짐했다. 하지만 효주는 송치수가 정신이

번쩍 들 다른 이야길 꺼냈다.

"아버님, 자제군관입니까?"

"무슨 말씀이십니까?"

"이번 종친부에서 벌이는 연회에서 뵈었습니다. 훌륭히 장성하셨더군요."

"마마, 벽에도 눈과 귀가 있습니다. 지금, 무슨 말씀을 입에 올리시는 겁니까?"

중전의 뒤에 허리를 바짝 조아린 상궁과 내관들……. 아무리 권력으로 무서울 것 없는 송치수였으나 제 딸 효주가 지금 사내의 이름을 입에 올리려 하고 있었다. 백주 대낮에, 그것도 다른 이가 아닌 김지원을 말함인가. 무모하고 무지하다. 그러나 딸의 눈망울은 섬뜩하게 빛났다.

"많이 상하셨다면서요, 대군께서 정성으로 치료하셨다고. 다행입니다. 제가 대군 뵈러 이까지 나왔겠습니까. 아버님, 놀라셨습니까? 제 심정 누구보다 잘 아시리라 여겼습니다."

효주는 의미심장한 웃음 지으며 다시 돌아섰다. 송치수는 김지원과의 악연 생각했다.

박씨상단의 배후에서 돈 대고 죽이지만 말고 지원을 데려오라 했을 때도 일 그리 커질 줄 몰랐다. 혜정이 다쳐 의원에 있다는 소식 듣자마자 주변의 눈 피해 찾아갔었다. 하하. 아직도 손끝까지 짜릿한 그 느낌이 남아 있었다. 아프다, 저항할 수 없다. 빛을 인식할 뿐, 사람 형체도 알아 볼 수 없다. 피를 많이 흘려 입술이 파리하게 질려 있었다. 열이 높아 겨우 겨우 숨만 쉬고 있었다. 고요한 병실 안, 사경을 헤매는 여인. 묘하게 자극적이었다. 의원이 목숨 걸고 안 된다 만류하지 않았으면, 정신 잃은 혜정을 당장 데려왔을 것이다. 겁날 게 무엇이랴. 그 순간만큼은 뒷일 생각하고 싶지 않았다. 사헌부에 끌려가 장형을 받는다 한들 순간의 욕망이 불처럼 일어 누르기 힘들었다.

사신행차가 국경 부근까지 닿으려면 족히 일주일은 걸릴 테니 섣불리 움직이진 않을 것이다. 만만히 보다 또 일 그르칠 수 없고, 치수는 지원이 사신행차에 섞여 도성 벗어나는 모습을 유심히 쳐다보았다.

그래, 가거라. 네 아무리 도성 내에 사람 풀어두고 간다해도, 서신 주고받으려면 사나흘은 걸릴 것 아니냐, 그나마도 국경 넘어서고 나면 끊길 것이다. 손바닥만 한 종잇장에서도 혜정의 소식, 들을 수 없을 것이다.

관료들 행차 다 빠져나가고 노비들이며 무관 행렬 이어졌다. 치수는 인자하고 여유로운 부원군 흉내를 내며 젊은 자제군관 지원을 오래도록 쳐다보았다.

그때, 옆에 있던 당상관들 무심히 이야기 주고받는다.

"부부인마마님, 오실 땐 가마도 아니 타시더니."

"음. 저리 큰 마차 타시는구먼. 조선 땅 밟고 나시더니 권세 자랑하고 싶으셨던 게지."

"국법으로 사치 엄금한다지만 눈은 호강일세. 조선 땅에서는 어느 여인네가 저런 마차 탈 수 있겠나."

"저 마차 준비하고 한다고 일정 자꾸 늦추었나."

말 듣고 다시 부부인의 마차 보았다. 준마 네 마리가 끄는 크고 화려한 마차. 유난히 휘장 두껍게 드리워져 있다.

사신행차 출발하기로 한 날 새벽. 대군을 찾아온 지원은 함께 청나라로 떠나야 할 사람 있다 했다. 쉽게 허락할 일 아니었지만 지원은 제가 결정을 내리고 확신한 일에 대해서는 그 자체만으로 사람을 설득시키는 묘한 힘이 있었다. 앞을 보지 못하는 여인 은밀히 입궐시켜 나인으로 위장하였다. 저 맑고 큰 눈으로 아무것도 보지 못한다니 어의 불러 진맥하게 하였다. 어의는 의외로 수월한 대답 내놓는다. 눈은 상하지 않았고, 그저 열 때문이니 온전히는 아니더라도 시력 되찾을 수 있겠다고. 그런 일 하느라, 사흘이나 늦추어진 행차길이다. 송치수 얽혀 있으니 신중하고 조심하였다. 부원군의 권력 나날이 커질 테니 양녀로 들였던 여인 도로 데려오는 것은 일도 아닐 테지. 사신 행렬 속에도 분명 그의 눈과 귀가 있을 것이다. 다행히도 송치수는 감히 부부인의 마차 안을 의심하진 못하였다.

한양 떠난 지 나흘째 되는 날 아침. 이제 이틀 뒤면 국경 부근 책문에 닿는다. 일정이 늦어진 데다 조선 땅 안에서는 안심

할 수 없어 길 재촉했다.

"부부인께서 오늘은 데려가라시더구나."

무심한 얼굴로 내관이 올린 차를 마시던 지원, 반짝 생기가 돌았다. 대군의 말이 무엇을 뜻하는지 알기 때문이었다.

"책문에 닿으려면 이틀이나 남았고, 또 어찌 감히 부부인마마의 나인과 동행할 수 있겠습니까."

말은 정중하게 거절하는 시늉을 한다. 하지만 이미 입꼬리는 올라가 생글, 밝게 웃고 있었다.

"어의가 지어준 탕약 꼬박 꼬박 잘 챙겨 먹으니 차도 있는 것 같다더구나."

"예, 다행입니다."

"그런데 굳이 연경에 양의 찾아갈 필요 없지 않겠느냐."

대군은 넌지시 그 뜻 비쳤다. 국법을 어기는 일이다. 엄연히 혼인한 여인이며 신분 위장해 국경 넘었다가 들통나면 청나라 있을 때야 대군이 비호해 줄 수 있다지만 그리되면 다시 조선 땅 돌아오지 못할 수도 있었다.

"생각해 보면 말입니다. 아버지 따라 청나라 갈 때 저 겨우 여덟 살이었지요. 제가 청나라 말도 빨리 배우고 금방 적응했다고 신기해하셨지요?"

"그랬지."

"조선에 있으나 다른 곳에 가나 외로운 건 똑같았습니다. 얼른 자라서, 반듯하게 자라서 같이 살 거라고, 그러면 안 외로울

거라고. 다시 만날 거라는 희망 말고는 사는 재미가 별로 없었
어요."

지원은 가벼운 농담처럼 그러나 그 속에는 깊은 진심 담아
말했다.

"재미? 반 죽도록 맞고 누워 있질 않나, 이번엔 눈먼 여인과
국경 넘는다질 않나 그게 재미로 하는 일이냐. 허허, 너도 책상
물림할 팔자는 아닌가보다."

대군의 말 끝나기도 전에 지원은 자리에서 일어날 참이다.

"오늘은 그럼."

"현령 고개로 넘어오면 얼추 비슷하게 객사에 당도할 테고,
그리로 누가 쫓아오겠느냐. 걱정 말고 이따 저녁에 보자꾸나."

"예."

방을 나서는 지원의 뒷모습 물끄러미 쳐다보다가 대군도 그
저 웃고 만다. 모든 것을 걸고 있으니 조마조마하다가도 저 웃
음 보면 또 그럭저럭, 저리 좋은데 뭐가 더 필요하랴. 걱정은
묻어졌다.

국경으로 닿는 지름길이다. 큰길 피해 하루라도 쌓인 이야기
하며 오라고 배려해 주는 것이었다. 약속된 장소에 지원이 먼
저 가 기다렸다. 인적 없는 길, 저 멀리서 다른 이의 부축 받으
며 걸어오는 이의 모습 보였다. 햇빛 등지고 타박타박 걸어오
는 혜정이 새삼스럽게, 어여뻤다.

혜정을 데려다 주곤 나인은 총총히 돌아갔다. 어차피 이 길, 지름길이니 쉬엄쉬엄 가면 될 것이고. 고운 옥색 항라적삼에 북청색 치마 입고 장옷 다소곳이 쓰고 있으니 영락없이 시집간 지 얼마 안 된 여염집 여인. 지원과 나란히 걸으면 금실 좋은 내외 봄나들이 다니나 보다 할 테지.

부부인마마 아무리 인정 넘치셔도 남 폐 끼치기 싫어하는 성격에, 알지도 못하는 사람과 함께 먼 여행길, 힘들었을 텐데. 별일 없었냐, 묻고도 싶고 그냥 덥썩 보고 싶더라, 하고도 싶은데. 누가 보는 것도 아니건만 괜스레 입안에서 우물대고 툭 나온 말이라곤,

"아침은?"

"먹었어."

"약은? 어떻고?"

"머리 맑아지는 것 같고. 어제보단 또 형체가 보이는 것 같기도 하고. 그런데 너무 신경 쓰지 말라 그러셨어. 그래서 아침에 눈 뜰 땐 아무 생각하지 않으려고."

이제 길 나서야 하는데. 지원은 우물우물,

"……진맥받아 보길 잘했구나. 그래도 산길이라, 아, 여기 고개 높진 않고, 길 평탄하긴 한데 지름길이라도 사신 행렬보단 일찍 도착해야 하고"

"응…….."

혜정이 손 내민다.

말도 없이 덥썩, 손잡을 땐 언제고 한마디가 또 이렇게 어려울 때 있나 보다. 지원의 목소리만으로도 그 설렘, 충분히 느껴져서 혜정은 자꾸만 웃었다. 햇빛 좋으니 혜정이 머리에 썼던 장옷 벗고, 그걸 지원이 받아 든다. 그리고 아이처럼 손잡고 걸었다. 장옷 벗으니 빗어넘긴 머리카락 유난히 검고, 어깨며, 목덜미며 가녀리고 예쁘다.

이런저런 이야기하며 걷는데 혜정이 문득,

"부부인마마는 연세 어찌 되셔?"

"서른셋이실 걸, 왜?"

"음성만 들으니 하도 앳되셔서. 감히 묻지는 못하겠고. 대군마마는?"

"다섯 살 위시니 서른여덟 살이셔."

"자상하고 다정하시더라. 음성도 나직하고 위엄도 있고. 연세 더 많으실 줄 알았어. 용모는 어떠셔?"

그 말에 지원이 가던 걸음 멈추고. 손 놓고서 혜정의 앞에 마주 섰다.

새소리, 풀벌레 소리 들리고 봄볕은 꼭 이불 속마냥 포근하고 구름 한 점 없는 하늘은 햇살을 쏟아붓듯 내려주고 산들바람 불어와 소박한 풀꽃향기 옮겨다 준다.

"어릴 적에 수두 심하게 앓으셔서 얼굴에 자국 남으셨어."

"정말? 어째, 마음 그리 좋으신데. 많이 심하셔?"

혜정은 지원을 볼 수 없으니 한참 걱정스러운 얼굴이다.

"오 척 단구에 몸집은 어찌나 크신지, 대륙의 준마도 대군마마 한 번 타고 사, 오 리도 못 가 허리병 난단다."

흰칠히 크고 잘 생긴 대군을 얼금뱅이 단신으로 만들어놓고도 묘한 심통 다 풀리지 않았다.

안 그래도 조심 또 조심한다고 뒷모습도 제대로 못 본 혜정을 대군은 부부인과 함께 있으니 매일 보지 않았겠나. 그래서 지나가는 말로, 혜정의 눈, 좋아질지도 모른다는 말 전하며 화용월태라, 참 곱더구나. 다 똑같은 나인 옷 입고 있는데도 눈에 띄더라 하니, 아버지 같은 분이래도. 은근히 마음 불편하던 참이었다.

하지만 혜정은 또 부부인과 함께 지내다 보니 듣지 않아도 좋은 소릴 들었다. 부부인이 유난히 지원이 곱다, 예쁘다, 어찌 저리 사내가 고울까 반듯하고, 깎아놓은 것 같고 말씀하시니 신경 쓰이고, 나인들은 또 저들끼리 모이면 누가 지원을 연모했네, 어쩌네 수다 떨기 바빴다. 나인들이야 혜정을 그저 눈 고치러 청나라 가는 부부인의 먼 친척 아이로 알고 있으니 말이다. 아들마냥 아껴주신 분이니 고마운 일인데, 내가 왜 이러니……. 아무리 다잡아 봐도 마음은 종이처럼 꼬깃꼬깃 접혀 자꾸만 좁아지려 했다. 감히 연세 묻지 못하고 오늘 지원을 만나자마자 물어보고는 그 뒷 얘기는 건성. 귓등으로 흘러가는 참이다.

잠시간 침묵.

"……서방님, 역정 나셨습니까? 안 가세요?"

혜정도 마음 언짢고 지원도 속 시원하지 않고. 그 마음 담아 서방님 불러놓고 존대로 오물거린다. 혜정의 뺨이 금방 붉어진다. 어엿한 지아비로, 사내로 깍듯한 그 말투를 따라 지원도 새삼스럽게 가슴이 쿵쿵 뛰는데 부러 근엄하게, 모르는 척 말한다.

"부인, 이제 혼인하였으니. 눈 다 낫고 낙안 내려가게 되도, 대문 밖 출입 삼가고. 조신하게 지내시오, 험험."

"그러는 사람이나 아무나 보고 체통 없이 웃어주지 마시어요. 나인들 모여 앉았다 하면 지원이가 어쩌고 저쩌구. 아무리 나이 많으셔도 그렇지, 남의 집 도령 이름은 왜 그렇게 막 부르시는지."

항상 어른스럽고 의젓하게 구는 혜정도 시기할 때 있구나. 뽀로통해서 고개 푹 숙이고 종알종알 하는 양이 너무 귀여웠다.

"부인……. 투기는 칠거지악입니다."

"어찌 여인만 지조 있는지요, 사내도 똑같이 지조 있어야 한댔습니다."

"그럼 나는 지조 없나?"

"뭐, 누가 어찌 알아. 상단 사람들 따라 다니며 큰돈 만지고 그랬으면서. 기방 출입했을지 어쨌는지."

부끄러운지 고개 제대로 들지도 못하면서 얼굴 살짝 붉히며 투정하고.

지원은 고개 옆으로 기울여 장난스레 그 예쁜 입술에 짧게 입 맞추었다.

놀란 혜정이 지원의 가슴팍 툭, 쳤다.

"헉, 무슨 손 힘이 이렇게 세. 아파."

"피하지요, 그럼."

"눈, 나을 동안은 때려도 다 맞아줄게. 약 오르잖아, 안 보여 답답한데 그렇다고 내가 쏙 피하면. 손잡고 싶으면 그냥 손 내밀어. 내 손 딱 거기 있을 거고. 안고 싶으면 팔만 뻗으면 돼."

"힘들지요?"

"아니."

지원은 혜정의 손 끌어다 자기 얼굴 만지게 하고,

"막, 좋다고 웃는 거야. 이혜정 손잡고 산길 걸으니 청나라 안 가고 여기서 화전민으로 살라 해도 좋겠다고."

혜정이 대답 대신 이번엔 목덜미 끌어안고 입 맞춰준다. 말없이 한참 웃다가 다시 길 걸었다. 이대로 차분하고 평화롭고 행복한 꽃길만 이어졌으면. 두 사람은 같은 마음으로 기도하면서.

＊

찾아올 줄 알았다. 일주일 사신 행렬 곧 국경 넘을 때 되었으니, 지금껏 기다린 것도 힘들었을 테지.

　사랑채에서 송치수 맞은 경은 잠시 마른 입술 축였다. 저 눈에 독기가 번뜩인다. 몸 성치 않은 동생, 어린 사내 손에 쥐여 보낸 것도 불안한데……. 의례적인 인사말 몇 마디 오고 갔다.

　"혜정인 어쩌실 생각인가?"

　"예?"

　"많이 아프다하여 데려가지 않았나?"

　"예, 병 깊어 지아비 모시기 어려우니 우선 몸부터 추슬러야 할 듯해서."

　"자네 말이 틀리진 않으나, 혜정인 우리 집안 아이 아닌가."

　"예, 하지만 몸이 불편하니 제게는 유일한 혈육이기도 하고."

　"영월 사위가 설령 혜정이 소박 놓는다 하여도 반가의 법도 엄격한데, 친정으로 돌아와야 하지 않겠나."

　치수는 경의 당혹스러워하는 얼굴 느긋하게 쳐다보았다.

　"혜정이는."

　"내가 데려가야 하지 않겠나, 눈멀었다 얘기 들었네. 왕실과 사사로이는 사돈지간이니 내의원에 일러 진맥하게 하고, 병구완할 테니 아이 주게. 금지옥엽 귀한 여식이라 여기고 있으니 내가 잘 데리고 있다가, 영월 제 서방에게 보내지."

　아버지는 혜정이 하나라도 살리겠다며 송치수에게 양녀로 보냈는데 저 더러운 욕심, 꽃같이 고운 동생에게 품었다니. 하지만 경은 침착하게 대답했다.

"사나흘 뒤에 오십시오. 채비하겠습니다."

"그럼 그리 알고 있겠네."

치수는 만족스러운 대답 듣고 자리에서 일어났다. 그리고 경을 보며 한마디 더 보탠다.

"요즘 도성 내에 흉사가 많으니 혜정이 걱정되어 이 댁 근처에 순라군들 배로 늘이라 했네. 맘 편히 구완하시게나."

은근한 협박도 잊지 않았다.

송치수, 막 사랑채 마당 내려서는데,

"도련님!"

규완이 또 말썽이구나. 참새 잡겠다며 뛰다가 제 풀에 철푸덕 넘어졌다. 치수는 할아버지라도 되는 양 인자한 웃음 지으며 규완을 안아 일으켰다.

"이 댁에 잘 생긴 도령 있었구먼. 몇 살인고?"

"여섯 살입니다."

뒤에서 지켜보는 경, 조마조마하다.

"완아, 아버지 손님이시다. 인사드렸으면 얼른 들어가거라."

"예."

대답하고 돌아서는데 치수가 다시 아이 부른다.

"아가, 손목엔 왜 끈 묶었누? 뭐하는 것인고?"

그저 아이가 천진난만하여 물었다. 외동딸 왕실에 시집가서 자식 낳지 못하고 있으니 쓸데없는 감성이 생겼는지. 별다른

의도 없었다. 아이는 맑고 검은 눈망울로 송치수 똘망히 쳐다
보더니,

"고모하고 나하고 묶는 건데 고모가 인연이라 하였습니다.
고모 가도 잃지 않으려고……."

"완아!"

경은 앞뒤 생각지 못하고 우선 아이를 말렸다. 예감이 좋지
않다. 눈 번뜩이며 다시 물었다.

"고모는 어디 가구, 그 끈 혼자 묶고 있을고?"

숨길 수 없는 아이 천성에 눈시울 금세 붉어졌다. 그리곤 대
답 않고 샐죽하니 방 안으로 들어갔다.

치수는 사신 행렬 준비한 관리들 불러들였다. 들어올 때와
나갈 때 달라진 것 무엇인지, 숟가락 하나도 빼놓지 말고 살피
라 하였다. 입술이 타들어갔다. 그리고 곧 어의를 불러들였다.

"부부인마마의 나인 중 하나가 열로 앞을 보지 못한다 하여
시료한 적 있단 말이지?"

"예, 틀림없습니다."

"낫겠더냐?"

"다행히 눈은 상하지 않았고, 피 많이 흘리고 열이 높아 실
명한 것이니 차도 있을 것입니다."

어의는 치수가 왜 분노하는지도 모르고, 권세 어찌 휘두르는
지 잘 아는 터라 술술 대답한다.

265

"그래 여인 시료한다고 행차 늦춰진 것이로구나."

"예, 그런 듯합니다."

유난히 두꺼운 휘장 드리워졌던 마차. 치수는 실성한 사람마냥 한참 웃었다. 혜정……. 치수는 꼭 믿었던 여인에게 배신당한 것 같았다. 분노로 들끓던 가슴에 난데없는 허탈감, 슬픔마저 밀려왔다. 쇠스랑이 긁고 지나가듯, 쓰라리다. 욕정인지 복수심인지 가늠하기도 어려웠다. 치수는 자신을 다시 들여다본다. 원하는 것이 무엇이냐 스스로에게 물었다. 그래, 목숨을 주어도 좋으니 꼭 하고 싶은 일이 있다. 그 눈을 도려내고, 뛰었던 심장 멈추게 하고, 혜정을 안았을 그 육신을 자근자근 씹어 없애고 싶다. 그래서 이혜정, 너도 한번 피 토하며 울어보라고. 잡지 못하는 허상을 향해 간절히 손 뻗는 이 처절한 심정 느껴보라고.

왕은 조반도 들기 전에 찾아온 치수 때문에 심기 불편하던 참이었다. 중전인 효주와 불화하니 그의 아버지 치수에게도 정 있을 리 없고. 왕은 본디 그 성정 포악하여 왕권 제 뜻대로 휘두르지 못하는 것도 울화로 쌓이는 참이었다. 중전도 당장에 폐하고 조정을 자기 사람으로 채워넣는 송치수 따위도 내치고 싶지만. 어쩌겠는가. 폐세자의 피바람이 불고, 각종 세력들이 결탁하여 만든 자리가 이 왕위인 것을.

"그래서 부원군께서는 지금 파발을 띄워달라는 것이오?"

"예, 전하."

"하하…… 전란이 일어난 것도 아닌데 대군의 행렬을 멈추게 하라니."

"전하, 대군마마 행차에 추문이 있어서야 되겠습니까."

"추문이라 하셨소?"

"예, 전하."

스물두 살 젊은 왕은 겉으로만 고개 조아린 치수의 얼굴을 노려보았다.

"대군마마 십 년 만에 처음 고국 행차이신데, 밀입국을 도모하셨다니……."

"……"

"이 일로 조정이 다시 시끄러워져서야 되겠습니까. 그저 행차 한 이틀 멈추라는 파발 띄워주시면 조용히 처결할 것이니 윤허해 주십시오."

"부원군께서 원하는 것은 무엇이오?"

왕은 상체를 앞으로 기울이며 치수에게 물었다. 한 번쯤은 솔직해도 되지 않겠소. 중전을 앞세워 누리고 싶은 권력이 어디까지인지 묻고 싶었다.

"전하, 소신, 딸 찾고자 할 뿐입니다. 무슨 다른 욕심 있겠사옵니까."

"하하하."

왕은 그 말의 뜻을 알았다. 세자 즉위할 때 대비마마와 무슨 이야기 오갔으며, 그때 양녀 들인 것도 알고 있었다. 흥미롭구나, 부원군 지위로 왕의 심기 흩트려 가며 얻고자 하는 것이 겨우 여자라니.

"내 당장 파발마를 보내도록 하지요. 대신."

"예, 전하."

"대군의 뜻 어겨선 안 됩니다."

"예, 제가 어찌 감히."

"감히, 대군의 앞길을 막았으면 되었소. 더 하실 말씀은 없으시지요?"

"예."

하지만 이미 왕은 제 자존심에 큰 상처 입었다. 치수는 그런 용안 살피지 않고 제 갈 길 재촉했다.

＊

청나라 국경이 십 리도 남지 않았다.

객사의 깊은 밤. 혜정은 잠에서 깨었다. 함께 잠들었던 나인이 그 기척에 일어나 등불에 불 밝혀주며, 어디 불편한 곳 있냐 물었다. 꿈을 꾸었다. 집 떠나던 날 새벽, 오라버니 내외에게만 인사하고 나서려는데 어찌 알았는지 규완이 잠에서 깨어 유난스레 울며 매달렸다. 무작정 혜정의 손목에 또 붉은 끈 묶으며 품 안으로 파고드는 것을 근근이 떼어놓고 집을 나섰다.

어린아이고, 혈육이다 보니 한 달 함께 있었으면서도 깊은 정 들었나 보다. 영락없이 저 버리고 갔다 여길 텐데……. 규완이 못내 마음에 걸려 그런 불길한 꿈 꾸었나. 이제 조선 떠나면 다시 돌아올 수 없을지도 모를 일. 보고 싶어도 머릿속으로나마 그려볼 얼굴 없다는 것이 서러웠다.

그때 문밖에서 나인 찾는 목소리 들렸다.

"안에 있느냐?"

"예."

"얼른 아씨 옷 갖춰 드려라, 급한 일이다."

무슨 일인지 불안했다. 흉몽의 여운까지 남아 있는데 느닷없이 새벽에 길 떠날 준비 하라니. 방 안에 나인 드나들며 급히 차비를 해주었다.

"혜정아, 부인……."

그 목소리 들으니 팽팽하던 끈이 툭 끊어지는 것 같았다. 다른 나인 곁에 있으니 조심해야 하는데. 불안한 마음은 그럴 여유 없어서 손부터 뻗었다. 지원이 그 손 꼭 잡았다. 지원의 손이 차다.

"무슨 일, 무슨 일이예요?"

"……근처에 있는 행궁으로 옮겨 갈 건데 가마 탈 시간 없으니 서둘러야 돼."

"지원아, 김지원."

어린아이들 머리 맞대고, 철 모르고 소꿉놀이라도 하듯 장난

반 섞어 존대하고 부인, 서방님 불렀다. 그런데 지금 다시 그 이름 부르고.

"응."

지원은 듬직하게 대답했다.

"왜 이렇게 떨어."

손끝에 이는 경련처럼 지원의 목소리도 불안정하게 떨렸다.

"북쪽이라 그런지 밤 되니까 춥다."

혜정이 불안해할까 봐 억지로 웃어 보이는 것까지 보일 듯하다. 혜정은 일어나면서 지원을 끌어안았다. 어디를 이렇게 돌아다녔을까. 옷자락의 찬 기운이 혜정까지 오싹 한기 들게 했다.

"추위 좀 가셨어? 서방님, 고뿔 드시면 어쩌려고."

"음, 괜찮소. 부인 심려 마시오."

말투만 어른인······. 혜정에겐 안쓰럽고 안타까운 이 사람을······. 무슨 일이라도 같이 있기만 하면 되니 걱정하지 말라고 마음 담아 지원의 등 도닥였다.

"내가 애기야?"

"응."

"빨리 가야 된다는데 언제까지 안고 있게, 부인?"

"꿈에, 규완이 봤습니다. 그래서 잠에서 깼는데."

"······응."

"규완이 안았는데, 아이가 어찌나 차가운지."

270 천년을 내리는 눈

꿈을 돌이키니 눈물이 나려 했다. 지원의 품에 얼굴 기댔다. 꿈속에서도 규완은 자기 왜 버리고 갔냐고 제법 눈 사납게 뜨고 따지다가, 보고 싶었다고 칭얼대다가 했다. 혜정이 달래준다고 그 아일 안았는데 아이는 장맛비라도 맞은 것처럼……. 작고 작은 아이의 몸에서 찬물이 뚝뚝 떨어졌다. 장난꾸러기 도련님, 어디서 물장난했니 물었으나 규완이는 대답하지 않았다. 얼음조각이 심장을 파고드는 것 같았다. 그 냉기가 아직도 생생했다.

경은 아침 일찍 집을 나섰다. 담벼락 아래 순라군들 무리 지어 서 있다. 언제고 들통날 사실이다. 도성 내에서 살기 편하지 않을 테니 도움 청할 곳 찾아 다녔다. 그러다 점심 때 넘겨서 집으로 돌아왔는데 순라군들 보이지 않고 아내가 사색이 되어 뛰어나왔다. 신발 신는 것도 잊고 버선발로 뛰어나와 경의 두 손을 잡는데 얼굴은 하얗게 질려 있었다. 탐라에서 온갖 고생하며 산 아내, 여간한 일에 이리 평정심 잃을 리 없다. 아이에게 일 생겼구나 직감 스쳤다.

"여보."

"무슨 일……."

"완이, 규완이가 없어졌습니다."

"외출 삼가라 하였는데 어딜 나갔단 말이오?"

엄하게 호통 치면서 아이가 아버지, 어머니 눈 피해 놀러 나간 거라고 믿고 싶었다.

"아까 고모부……. 영월에서 은수 아버지께서 오셔서 당신도 안 계신데 다짜고짜 고모 찾으셨습니다. 의원에 다니러 갔다고 둘러대니 사랑채에서 기다리시겠다 하여……. 제가…… 당신, 찾으러……. 어디 가셨는지……. 급히 찾으러 나갔다 왔는데……. 규완이가 제 고모 얘기만 나오면 다람쥐마냥 뛰어나오니 고모부 왔단 소리에도 안달복달하는 걸 끌어 앉혔는데……. 급히 나갔다 왔더니…… 아이도 없고……. 고모부, 아니, 그 선비도 안 계시고……. 우리 완이, 규완이……!"

아내의 눈은 공허해졌다가 다급해지고 절박해지고, 결국엔 원망으로 가득 찼다. 아내도 한 사람을 생각함이다. 경은 우선 아내의 어깨를 붙들고,

"별일 없을 것이오. 다녀오리다. 집에 있으시오."

"여보, 송치수 찾아가실 겁니까."

"……."

"고모님 청나라 국경 넘으셨습니까? 그 일 때문입니까?"

"완이 워낙 부산스러운 아이라 갑갑해서 놀러 나갔을 수도 있고, 설혹 무슨 일 있다 해도 아이 함부로 하지 못할 것이니 경거망동하지 마시오."

경은 침착하려 애썼다.

"그 선비님도 몹쓸 마음 먹으셨던 분이지요? 송치수가 규완이 빼내어……. 부원군 권세에 아이 하나 무어 어렵겠습니까. 여보, 완이 살려주십시오. 완이만 살려주면 뭐든 한다 해주십시오."

"진정하시오. 괜찮을 게요."

치수가 알아차린 모양이구나. 그 권세 얼마나 대단하여 단 하루 만에 어디까지 움직일 수 있는지. 영월 내려간 줄 알았던 정우가 내 집에 들어와 아이 끌고 갔다……. 생각하자 숨이 턱 막혔다. 혜정이 눈멀어 아플 때 수척한 얼굴로, 경의 눈, 제대로 보지도 못하며 더듬더듬……. 친정으로 돌아가 지내는 것이 편할 터이니 그리 해주십시오, 하던 심정우. 어떤 욕심 품었다가도 씻어낸 줄 알았으나, 송치수와 손 뗀 줄 알았으나.

경이 송치수의 집을 찾아갔을 때 치수는 말에 올라타던 참이다. 말 위에 올라앉아서 거만하게 경을 내려다보는 송치수.

"무슨 일인고?"

"대감, 드릴 말씀 있습니다."

"무슨 말인지 모르겠으나 내 지금 영주 군영에 급히 처리할 일 있어 가는 중이니 내일이나 찾아오시게나."

"대감!"

경은 우선 치수의 말 앞을 막아섰다. 그러자 대여섯 명의 수하들이 탄 말, 역시 경을 에워쌌다. 그들이 움직일 때마다 칼자루가 부딪히는 소리, 끔찍했다. 등 뒤에 화살통까지 메고 있었다.

"어허, 한시가 급한 일이네. 내일이나 찾아오라니까!"

자식 일이다. 경이 무엇을 더 생각할 수 있겠는가. 말고삐 잡고 엎드린다면 엎드려 빌기라도 할 기세로,

"대감, 아이 살려주십시오. 돌려주십시오."

"무슨 일이기에 다짜고짜 이러는가. 흉사 많으니 조심하라 하지 않았는가, 아이 없어졌으면 관아로 가야지. 이리로 와서 내게 떼쓰면 될 일인가."

"······."

아무것도 할 수 없다. 아이가 어디 있는지조차 모른다. 송치수는 저리 위에서 자신을 내려다보며 여유롭게 이 상황을 즐기고 있을 것이다.

"혜정이 돌아오면, 혜정이가 조카아이 이뻐했을 테니, 곧 찾겠지."

"대감."

"자네, 잘 들어두게."

"······."

"나는 궁금할 뿐이야. 뭐가 사는 것보다, 혈육보다 중요한지 말이야. 가자, 늦었구나!"

경은 그 마당에 한참 멍하니 서 있었다. 무엇을 할 수 있을까. 어떻게 해야 하는가.

✱

행궁.

깊은 산자락에 있는 이 행궁은 온천수가 유명하여 피부병도 치유하고, 왕이 시간 날 때 와서 피접도 한다며 지은 것이었다. 그러나 행궁의 위치가 국경과 가까운데다, 왕이 궁궐 비우는 일 역시 쉽지 않은 터. 비어 있는 날이 훨씬 더 많았다. 행궁은 낡고 오래되었다. 노내관 서넛이 행궁을 지키고 있을 뿐이었다.

잠든 혜정을 한참 쳐다보았다. 아이처럼 곤히 잠들었다. 지원은 아무 일 없는 사람처럼 여유롭게 혜정의 얼굴을 가만히 만져 본다. 혜정이 눈을 반짝 떴다. 지원의 얼굴 가까이 와 있으니 일어나자마자 살풋 웃었다.

"어, 나 보여? 부인, 나인 줄 알겠소?"

"너인 건 알겠어. 서방님인 줄 알겠습니다."

"다행이다."

"예."

그래도 혜정은 이불 끝 당겼다. 밤새 말달려 온 터라 이부자리만 펴고 옷도 입은 채로 잠들었는데…… 지원이 바로 앞에 있으니 어찌할 바 모르겠다. 단정하고 빈틈없고 깔끔한 모습만 보여주고 싶은데.

"나, 이제 가봐야 돼."

"왜…… 나 혼자 두고……. 어디?"

"밖에 내관 어르신 계시니 도와달라고 말씀드려도 돼. 저녁
때쯤 다시 데리러 올 거니까 어디 가지 말고 기다려."

"어디 가는데요?"

"부인은 걱정하지 말구요."

"걱정이 안 될 수 있어요?"

혜정은 반쯤 가렸던 얼굴을 다시 쏙 내밀고 투덜투덜. 지원
은 조금 흐트러진 혜정의 머리칼을 쓸어 넘겨주었다.

어젯밤, 파발마 도착했다는 소식에 대군은 검을 챙겨 나갔
다. 전란이 아니면 파발, 행차를 멈추라는 왕의 전령이 올 리가
없기 때문이었다.

"누가 나 찾아서 다녀와야 돼."

"누구?"

"……."

"어어, 왜 대답을 안 해요? 어디 가는데 그럼?"

"나는 관직 없는 자제군관이라서 거동 쉽다고. 다녀오래요,
근처 군영에."

"그런데 나는 왜 여기다 데려다 놨어요?"

"고운 부인을…… 나 없을 때 누가 업어갈까 봐."

"……거짓말."

"어찌 알았지?"

지원은 앞으로 있을 일 다 잊고 가만 웃으며 혜정을 꼭 끌어

안았다.

"왜 이러세요, 누가 보면 어쩌려고요."

"내 맘이지요."

두 팔을 가득 벌려 품에 안으니 그저 내 몸의 일부인 것처럼 평온하고, 비워진 곳, 바람 불고 춥던 곳 온전하게 채워지는 것 같았다. 떨리는 마음이 평안해졌다. 괜찮다, 괜찮다 혜정의 체온이 지원을 다독였다.

"절대로 어디 가지 말고. 꼭, 꼭, 여기 있어."

"가지도 못해."

"……부인."

"예?"

"다녀올게. 데리러, 올게."

차마 말할 수 없었다. 당신을 사랑하는 것도 허락했으니 분명히 이 마음 지킬 힘도 주셨을 것이다.

혜정이 꾸었던 꿈…….

지원은 송치수가 보낸 물건을 받았다. 손때 묻은 붉은 끈이다. 똘망똘망하던 그 꼬마, '고모' 부르고 따르던 아이 서툴게 묶어놓았던 붉은 끈. 지원은 그 붉은 끈을 낙인처럼, 상처처럼 가슴 속에 지니고 있었다.

치수는 장죽에 담배를 담고 있었다. 시중 들던 아이가 불을 붙여준다. 연기를 길게 내뿜는다.

"내가 먼 길 달려오느라 곤해서. 담배 한 대 해야겠네."

"……."

"대범한 도령께서도 그런 얼굴 할 때가 있구만."

"아이는, 어딨습니까."

"내가 자넬 미워하고 죽여 버리고 싶은 마음이 클까, 자네가 나한테 그러고 싶은 마음이 클까?"

"어린아이입니다. 대감께서도 인두겁을 쓰셨는데, 설마 무슨 일 하셨겠습니까."

"김지원."

"……."

"그리 뻣뻣하게 굴지 말고, 니가 어찌해야 되는지 묻거라."

고개 숙이지 않는 지원을 보자니 치수는 비위가 뒤틀렸다.

"……."

"부부인의 나인으로 위장할 생각을 하다니. 그래, 감히 부부인의 나인을 내가 어찌하겠느냐. 잘못하면 목이 달아날 텐데."

"무슨 일을 하시든 반드시 그 대가 치르실 겁니다."

"그래?"

"……."

"당장 혜정일 여기로 데려다 놓거라."

"청나라로 갈 것입니다."

"네 입으로 대가라 했느냐? 그년의 죄, 대가가 어떤 것이냐? 의금부로 끌려가면 곱게 죽지도 못할 것이다."

"아이, 손끝 하나 대지 말고 집으로 돌려보내십시오."

"그깟 정분이 뭐라고 생목숨 하나 끊어놓고라도 꼭 같이 가야겠느냐."

"아이 어디 있습니까."

"한양에 개성상단 있으니 움직여 보려느냐? 한양까지 천리길, 급히 가면 내일 동트기 전에는 도착할지도 모르겠다."

"꼭 이렇게까지 하셔야겠습니까."

송치수는 더없이 차분하였다. 열네 살 때던가 저 아이 찾아와 무작정 혜정이 있냐고 물었었지. 황당하다며 웃고 넘겼지만, 그때도 지원이 치수를 쳐다보는 눈빛은 흔들리지 않았다. 그때부터 지금까지 한 번도 이기지 못했구나, 너를.

치수의 입가에 비열한 웃음이 흘렀다.

"어쩌겠느냐. 김지원, 네가 결정하려무나. 하다못해 혜정이에게 묻기라도 해야지 않겠느냐. 사내와 국경 넘는다고 여섯 살 조카 죽이겠느냐고. 내 앞에 데려다 다오. 내가 묻고 아이 죽어도 좋다 하면 혜정이 놓아주마. 아마 혜정인 의금부에 끌려가는 것은 겁내지 않을 테지. 제 아비를 닮아 강인한 여인 아니더냐. 하지만 조카 목숨과 바꾸자 하면 어찌할지 모르겠구나. 탐라에서 그 고생하며 살아냈는데 고작 사내와의 정분 때문에?"

"……."

"아이가 혜정이와 정 깊은 듯하더구나. 언제고 돌아오면 그때도 묶는다고 붉은 끈 어찌나 손에 꼭 쥐고 있던지. 하하하……. 책문 객사에서 여기까지 십 리도 되지 않으니 얼른 돌아가서 혜정이 데려오너라. 오래 기다리진 않을 것이다."

"당신 살아서 그 눈으로 혜정이 다시 볼 일 없을 겁니다. 아이에게 무슨 일 생기면, 절대 용서치 않을 것입니다."

"하하, 주상을 독대하여 대군의 행차 멈추게 해달라 할 때는 내가 무슨 마음먹었을 것 같으냐. 주상이 대군을 각별히 생각하는 걸 낸들 모르겠느냐. 그런 주상에게 동트자마자 입궐하여 올린 주청이다. 오만한 주상 심기 그르쳐 가며 여기까지 왔는데 빈손으로 갈 순 없지 않느냐?"

"꼭 데려가셔야겠습니까?"

"그럼 김지원, 이건 어떠냐?"

"……."

치수는 마음껏 이 상황을 즐기리라 결심했다. 심정우를 움직였다. 한 번 품었던 욕정은 쉽게 사그라질 것 아니다. 영월 땅서 은둔하며 마음 못 잡고 반폐인으로 살고 있는 정우에게 이왕지사 더럽혀진 것 아니냐, 운을 떼었다. 정우가 휘청하는 것이 느껴졌다. 더 몰아세웠다. 발 빼신다고 될 일 아니라, 끝까지 도우셔야겠다고. 외간 남자와 도주한 부인 붙들어오는 것이니, 남들이 손가락질할 것 없으며……. 처가의 조카아이 하나 귀여워 데리고 나온 것이라 하면 그뿐이니 선비님은 그까지만 해주시면 된다, 말은 공손히 올렸으나 날선 협박이었다. 욕정에 눈멀어 나와 손잡았을 때는 언제고 이제 와 너만 고고한 양 목 빼고 앉아 있으면 다인 게냐. 가소롭다, 비웃었다. 정우는 순순히 여섯 살 사내아이, 송치수가 지시하는 곳으로 데려다 놓았다.

죽일 것이다, 그리고 그 죽음 혜정의 가슴속에 깊이 새기고 파놓을 것이다. 피눈물 흘리게 하리라, 뼈저린 한 품게 해주리라. 지원을 볼 때마다 이 사내와 같이 살자고 조카아이 죽게 했다는 생각, 절대로 떨치지 못하게 해주리라.

"하룻밤은? 그것도 싫으냐? 하하하……. 혜정이한테 내 직접 물어보마. 하룻밤만, 그리해 주면 내 당장 한양에 사람 보내 아이 집에 곱게 데려다 줄 것이라고."

지원은 치수 앞에 놓고 있던 서탁을 던졌다. 치수의 늙고 주름진 이마에 핏자국 생겼다.

대군은 차분하게 지원을 기다리지 못했다. 행차를 이틀 멈추라는 주상의 전령, 송치수는 번듯하게 제 이름 적어 지원에게 물건을 보냈다. 혜정이란 여자 첩첩산중이구나. 행궁을 내어주기는 어렵지 않았다. 역적죄인이 아닌 이상, 행궁을 범하겠느냐.

하지만 대군의 심기 편치 않았다. 송치수의 악귀 같은 집착, 욕정도 끔찍하였으나 지원이 걷는 길이 구비구비 눈물자국, 핏자국으로 얼룩질 것 같아 두려웠다. 자식 같은 아이였다. 한 켠

어둡고, 한 켠 밝으며, 또 서늘하고 냉정하기도 하고, 따뜻하고 다정하기도 한 지원이 어린아이일 때부터 열여섯 살 소년이 되는 것을 지켜보았다. 전생에 무슨 인연이 있었을까, 다음 생에는 내 자식으로 태어나려무나 마음속으로 간절한 기도도 했었다. 그런 아이였다.

"그래서 지금 어쩌겠다는 거냐?"

"어차피 행차 내일 떠날 것이니 한양에 다녀오겠습니다."

"한양까지 천리 길이다. 네 몸이 버티겠느냐? 그리고 간다 한들, 방도가 있느냐?"

"개성상단 찾아가 도움 청하겠습니다."

"개성상단? 하하하하. 지원아, 상단과 엮여 그 곤욕 치룬 지 얼마 되었느냐. 차라리."

송치수. 악랄한 늙은이, 최고 권세 누리는 부원군 아니더냐. 네가 맞설 사람이 아니다. 파발마까지 띄워 그 여인 붙잡으려는 노인이다. 그 여인을 마음에서 내려놓으면 네 삶 평안하고 평탄할 것인데. 저대로 길 나서면 무사할 수나 있을까. 하지만 지원의 고집 잘 알고 있다. 절대 꺾지 않을 것이다.

"그런 말씀, 하지 마십시오."

"네가 그리 도끼눈 뜨고 덤빌 줄 알았다. 송치수도 네가 즉각 한양으로 달려간다 생각 못하겠느냐?"

"해도 상관없습니다."

"네 목숨이 서넛 되는 줄 아느냐. 살아야 그 다음이 있는 법이다. 너를 돌볼 생각은 왜 못하는고."

"대군마마, 염려해 주시는 그 마음, 잊지 않겠습니다."

지원은 고개를 깍듯하게 숙이고 밖으로 나서려 한다. 저 아이, 저렇게 제 몸 돌보지 않고 불구덩이로 뛰어들 줄 알았다. 그 여인의 조카아이? 대군에겐 그저 멀 뿐이다. 여인 역시 마찬가지. 가장 가까이 있는 이는 아들 같은 지원이었다. 저대로 둘 수는 없다. 어차피 송치수 마음먹으면 뭐든 쥐고 흔들 수 있지 않겠느냐. 그렇다면 그때마다 지원은 목숨 걸고 뛰어들 것 아니냐. 안 되겠다, 그 끔찍한 손아귀에서 너를 끊어내야겠다. 내, 너를 꼭 살려야겠다.

"밖에 아무도 없느냐."

"예, 대군마마."

"여기 죄인을 묶어라."

지원은 갑작스럽게 벌어진 일에 당황했다.

"대군마마!"

"한시도 감시를 소홀히 해서는 안 될 것이다. 심양궁에 도착할 때까지 풀어주지 말거라."

"예."

군관은 명령 받들어 지원을 오랏줄로 묶었다. 지원은 대군의 뜻, 알았다. 하지만, 하지만 바닥에 무릎 꿇리니 치열한 눈빛으로 대군을 쳐다봤다. 너무나 절박해서 대군은 오랏줄 풀라 하고, 네 뜻대로 하거라 허락할 것 같아서 그 눈을 외면했다.

"어젯밤에 받은 물건 내놓아라."

"마마."

"네가 영원히 나를 이해하지 못해도 무관하다. 죄책감 안고 사느니 차라리 나를 미워하는 마음을 안고 사는 게 더 편할 것이다. 혼자 한양 갈 것이냐? 네 목숨 걸어도 그 아인 구하지 못할 것이다. 다 내 탓이라 하마. 나를 원망하거라. 송치수, 그 간악한 영감이 네게 칼자루 쥐어주었다. 그 칼, 내가 쥐마. 뭐하고 섰느냐. 저 품 안에 붉은 끈 있을 것이다."

군관은 지원이 가슴 속에 지니고 있던 붉은 끈 꺼내놓는다. 대군이 그 끈 들었다.

"죄인 놓치면 너희 목숨도 무사치 못할 줄 알아라. 끌고 나가거라."

"마마!"

"지원아. 절벽 끝을 향해 성큼성큼 걸어가는 자식을 손 놓고 그냥 쳐다볼 부모는 없다. 부모에겐, 자식이 제일 중하니라. 끌고 가거라."

대군은 눈을 질끈 감았다. 지원이 애달파서, 지원이 흘리는 눈물에 마음이 아팠다. 네 나이 아직 스무 살 아니더냐. 십 년만 살아보자꾸나, 죽지 말고, 십 년만 살거라. 그때도 잊혀지지 않고 그때도 지금처럼 뜨거운 눈물 흐르겠느냐.

✻

행궁, 혜정은 눈을 길게 감았다가 떴다. 형체가 구별된다. 앞이 보인다! 다시 눈을 감았다 뜨고, 보이는 것이 정말일까, 벽에 걸린 옷도 쥐어봤다. 덧문을 열어보았다. 낡은 단청 오래된 나무기둥 여기구나. 마당에 햇빛이 쏟아지고, 지나가던 노내관이 혜정을 보고 고개를 조아리기에, 혜정도 같이 고개를 숙였다.

세상이 보여도 지원이 없으니 의미가 없다. 지원을 봐야 세상이 다시 찾아온 것 같을 텐데. 혜정은 방을 둘러보고 자개농을 뒤졌다. 찾는 물건 있구나. 삭도와 작은 가위. 뺨에 닿을 때마다 수염이 까끌거렸었다. 앞이 보이지 않으면, 영원히 해주지 못할 것 같아서 마음 쓰렸는데 수염 깎아주고, 가위로 정성 들여 손톱 다듬어줘야지. 언제 오려나, 문가에 서 있다가, 들어서면 활짝 웃어주어야지 설레고 즐거웠다.

그날 밤. 대군은 몸소 행궁을 찾았다. 지원을 기다리던 혜정이 인기척에 반색을 하며 일어났다가 대군을 보곤 급히 고개를 조아린다.

"앞이, 보이는구나."

"아…….예."

"하하하, 내 오 척 단구에 얼금뱅이 아니라 놀라지 않았니?"

"아닙니다."

혜정이 웃는다. 대군 역시 무거운 이야길 내려놓고 싶다. 하지만 아들 살릴 길이다, 마음 다잡는다.

"혜정아, 내가 지원일 두고 이렇게 찾아온 이유를 말해야겠구나. 하기 힘든 이야길 해야겠다."

대군은 송치수 지원이 찾아갔던 일까지 차근차근 풀어놓았다.

"어디 갈 것이냐."

"영주 군영이라 하셨습니까. 그리로 가겠습니다."

"이미 늦었다."

"……."

"군영을 나섰다 하더구나. 설혹 네가 앞서 간다 해도 방법 없을 것이다."

"규완이, 규완이가……."

"목숨 구하긴 어려울 게다."

"……."

"파발까지 띄워 행차 늦춘 노인이다. 앞으로 또 무슨 일을 할 지 나도 모르겠구나. 사람이 인두겁을 벗고 짐승이 되어 하는 일이라 짐작하기 어렵고, 그저 그 사람이 권력 갖고 있으니 두렵기만 하구나."

"……."

"내일 예정대로 국경 넘을 생각이다. 지원이 고집 꺾을 자신 없어서 오랏줄로 묶어두었다. 별수 없으니 그렇게 해서라도 청나라 넘어가야겠다."

혜정은 대군이 할 이야기가 무엇인지 알 수 있었다. 텅 빈 가슴속을 서늘한 칼이 베고 지나가는 것 같았다.

"예. 무슨 말씀인지 알겠습니다."

"피 흘리고, 다치는 모습이라도 죽어가는 모습이라도 곁에서 보아야만 하겠느냐. 그저 무사히 이 하늘 어딘가에서 잘살아 있으려니, 건강하려니 멀리서 생각할 수 있는 게 오히려 좋지 않겠니."

"……."

"처음에는 지원이 뜻대로 두 사람이 함께할 수 있는 방법 생각해 보았다. 여러 번 궁리해도 여기 저기 다 벽뿐이구나. 그런데 두 사람 떼어놓고 보니 길이 보여서 난 그리하라 하고 싶다."

"예."

마음속 깊이 떨리고 아픈 사람은 오히려 말 꺼내고 있는 대군이고, 혜정은 차분하게 대답한다. 마치 모든 것을 예상하고 있던 사람처럼.

"지원인 청나라로 데려가 상단 일 마무리하게 할 테고. 대과 준비시킬 생각이다. 망아지 같은 놈이니 내가 감당할 수 있을런지는 모르겠다만 할 수 있는 만큼은 해봐야지 않겠니."

"예."

"평생 그 아이가 날 원망하더라도 너를 의금부에 넘겼다고 할 생각이다."

"예."

창백하게 질린 혜정을 본다. 혜정이 가슴속에 눈물을 눌러 담고 있는 것이 느껴진다. 되려 지켜보는 대군의 눈에서 눈물이 날 것 같다. 알 수 없는 여인이구나, 제 눈물 하나 없이 사람을 이렇게 서글프게 만들 수 있다니.

"주상께 친서 보냈다. 송치수에게 양녀로 갔던 사연하며 영월 사람과 혼인하였던 일, 족쇄처럼 묶여 있을 테니 바로잡아 달라 하였다. 내 조선 떠난 지 오래되어 댈 수 있는 줄이라곤 주상뿐이구나. 하지만 송치수 하는 짓 보니 구실이나 명분 따지지 않을 것 같아서 걱정이다."

"괜찮습니다. 마음 써주신 것, 그리고 이까지 함께 올 수 있게 해주신 것, 은혜 잊지 않겠습니다."

대군은 혜정이 끝끝내 눈물 한 방울 흘리지 않는 것이 마음 아팠다.

"두 사람의 원망, 다 떠안으려 했는데. 왜 날 원망하지 않니?"

"왜 대군마마를 원망하겠습니까. 이까지 온 것만으로도, 충분합니다. 규완이 원망이 제 몫인 듯합니다. 오라버니 내외 원망이 제 몫이겠지요."

"지원이와 청나라 다녀와서 함께 살 생각하지 않았니?"

"아니요."

혜정은 고개 푹 숙이고, 엷게 웃는다.

"그런 생각하지 않고 지원이 따라나섰니?"

"규완이한테 가보겠습니다."

"가마꾼과 길 안내할 사람 준비해 두었다. 한양으로 가지 않는 것이 널 지키는 길이겠으나."

"대군마마, 부탁이 있습니다."

"말해보거라."

"지원이 가는 모습 볼 수 있겠습니까."

침착했던 혜정이 이런 이야기 하니 대군은 놀란다.

"보고 싶으냐?"

"제가 마지막으로 본 지원이 피 흘리고 다치고 아픈 모습이었습니다. 그 얼굴, 가슴에 담아두면 제가 조금 힘들 것 같아서. 규완이 어찌 되었을지 알면서 이런 부탁드리니 송구스럽습니다."

"내일 동트기 전에 출발할 것이다. 죄인이라 밧줄로 묶고 억지로 끌고 가는 것이니 좋은 낯은 아닐게다."

"예."

혜정이 이제서야 눈을 뜬 사람 같았다. 그래, 네 눈에 지원이 담지 않고서야 눈 뜬 것, 무슨 소용 있겠니. 대군은 마음이 쓰라렸다. 이제 그만 자리에서 일어나려는데 한쪽 구석에 혜정이 꺼내놓은 물건. 하얀 무명천 위에 삭도와 작은 가위 챙겨놓았다. 앞이 보이자마자 하고 싶었던 것이 저것이구나. 지원이 수

염 다듬어주고, 손톱 정리해 주고 싶었구나. 이렇게나 마음이
아플 줄이야……. 대군은 한숨 참을 수 없었다.

혜정은 대군이 무엇을 보았는지 알고.

"아, 눈 보이니 해주려고…… 꺼내두었습니다. 마음 쓰지 마
십시오."

혜정은 허둥지둥 삭도와 가위를 챙겨 담았다. 마음을 짓누르
던 손, 서두르다가 삭도에 손 끝 살짝 베었다. 혜정의 가는 손
가락 끝에서 눈물 대신 피가 뚝뚝 떨어진다.

"이를 어쩌니, 어디 보자."

"괜찮습니다."

하얀 무명천에 붉은 피가 금방 베어 들었다. 혜정은 우악스
레 제 손을 꾹꾹 누르고만 있었다.

"혜정아."

"괜찮습니다."

"미안하구나."

"괜찮습니다. 삭도가 제법 날카로워서."

기어이 눈물이 뚝 흐른다. 혜정은 얼른 그 눈물 닦아냈다. 보
이고 싶어하지 않는 마음 알아서 대군은 얼른 방을 나왔다. 방
안에서 들리는 소리, 애써 외면했다.

"마마, 꼭 저리 묶으셔야겠습니까."

"아니면 감당하겠소?"

"혜정이, 정 불안하시면 그냥 행궁에 두셔도 되었을 것을. 꼭 의금부로 넘기셨어야 했습니까."

부부인은 남편을 물끄러미 쳐다본다. 지원에 대한 애정 각별한 줄 알았지만 다른 사람의 목숨을 이리 쉽게 생각하실 분이 아닌데. 게다가 혜정이 지원의 손에 의지하여 대군 내외 만나러 왔던 날, 생각해 본다. 언제부터 두 사람, 함께 있었을까. 마치 아주 오래 전부터 그리 손잡고 있어라, 손잡고 살거라 누군가가 허락한 것 같았다. 보는 내내 마음이 이상하게 애잔하고 또 아팠다.

"살아 있으면, 다시 두 사람 만날 것 같고. 그리하면 또 지원이 목숨 걸어야 하지 않겠소."

"평생 마마 원망할 텐데."

"괜찮소. 원망으로라도 잊으면 좋지."

군관 두 명이 지원을 양쪽에서 잡고 끌고 나왔다. 하룻밤 새 물 한 모금 마시지 않아서 입술이 까칠하게 말라 있다.

"죄인을 말에 태워라."

"예."

죄인을 말에 태우라니 군관도 놀라 머뭇거렸다. 대군은 길목 어디쯤에선가 보고 있을 혜정을 생각했다. 멀리서라도 꼭 보라고. 두 사람을 지켜주지 못하고, 당신에게 희생하라 했으니 배려해 줄 수 있는 것은 이것뿐이다. 왕에게 보낸 편지에는 다른 일을 생각지 못했다. 혹시나 지원이 다시 조선에 돌아와도 혜정이 죽었다 생각하고 살 수 있기를, 누구의 눈에도 띄지 않기를. 혜정도 자신의 뜻을 이해해 줄 것이라. 지원이 살기를 바라는 그 마음은 같으니, 알 것이라고 믿었다.

"의금부로 보내셨습니까, 왜 그러셨습니까."

지원은 묶여서 끌려 나오면서도 대군에게 당당히 물었다. 대군은 몇 번이나 대답할 말을 준비하고 또 했으나,

"너를 살려야 하니 어쩔 수 없었다."

음성이 떨린다.

"……."

"네가 군영으로 떠났을 때 바로 보냈다. 그 여인의 죄목 찾자면 한두 가지 아니었을 테니, 아마 목숨 부지하기 어려울 것이다."

"대군마마, 절 위해 그리하셨습니까."

"……."

지원이 묻는다. 대군은 선뜻, 대답이 나오질 않았다. 제발 거짓말이라고 해달라 지원의 애타는 눈빛을 봤다.

"제가 위험할까, 걱정되어 하신 거짓말이지요? 십 년이라 하셨습니까, 그럼 십 년 기다릴 테니 죽었다는 말, 하지 마십시오."

안 되겠구나. 절대로 안 되겠구나. 대군은 더 독한 마음먹었다. 십 년 세월도 짧다. 언제고 다시 또 찾아가서 늪이든, 불구덩이든 뛰어들 아이구나.

"남편 두고 밀입국하려 한 여인이다. 긴 절차 필요 없었을 것이다. 되려 송치수가 중간에 나서 손 쓰기 전에……"

"거짓말일 것입니다. 그러셨을 리 없습니다."

믿고 싶지 않다. 의금부로 끌려갔다니, 살지 못할 것이라니 가슴이 찢기고 타는 것 같아도, 사실이 아닐 것이다. 주문처럼 되뇐다.

"정녕 시신이라도 보여주어야 사실이라 믿고 내 뜻 따르겠느냐."

"……"

"의금부로 죄인 송치하였다는 문서 보여주면 믿겠느냐? 옥에 갇힌 죄인이다. 너도, 송치수도 이미 손쓸 수 없으니. 포기하여라."

지원의 어깨가 가파르게 떨린다.

"대군마마, 부모 마음이라 하셨습니까."

"그래."

대군은 뛰는 가슴, 누르며 차분하게 대답했다.

그저, 멀리서 바라보고 생각하라고. 그것만으로도 마음 족할 수 있지 않겠느냐. 혜정은 그 말에 고개 끄덕였으나 지원은 끝까지 왜, 그래야 하냐고. 꼭 그 여인과 함께 살고 말 것이라, 죽고 사는 것도 문제 아니라 제 뜻 굽히지 않을 것 같고. 그렇게 할 것만 같아서. 널 위해서는 이렇게 독한 거짓말 할 수밖에 없다고 아픈 마음 감추려 애썼다.

"이런 아버지는 아버지 아니라 하고 싶으냐?"

"왜 저만, 저만 이래야 합니까."

"지원아."

"또 죽었다 하십니까. 또 땅에 묻힌다고, 다시 만날 수 없다고 저한테 손 놓으라고 하는 겁니까."

"……."

"싫습니다. 손 안 놓을 겁니다. 죽었다고 해도 제게는 죽지 않은 겁니다."

지원은 입술을 깨물었다. 아무것도 생각나지 않았다. 여섯 살 언제나 지원을 보고 웃어주던 어머니. 그래서 어머니 귀찮게 하면 안 된다 아버지가 말려도 어머니 곁에 누워 있는 게 좋았다. 어머니의 얼굴은 희미해져도 그 웃음 생각하면 저도 모르게 웃어졌다. '엄마, 엄마' 부르면 가녀린 손으로 아이의 뺨 만져 주곤 했었다.

'지원아, 엄마가 너 버리고 가는 거 아니야. 알지?'

엄마는 그대로인데, 엄마 가슴은 아직도 따뜻한데 사람들이 몰려와 이제 손 놓으라고. 돌아가셨다고, 다시 올 수 없는 곳으로 갔다고 했다. 아무것도 해주지 않아도 좋았는데. 엄마, 부르면 고개 돌려 웃어주기만 해도 행복했는데. 왜 내가 불러도 나를 향해 웃어줄 수 없는 곳으로 갔다는 것인지. 엄마는 버리지 않는다 했는데, 왜 엄마 손을 놓아야 하는지 실컷 울지도 못했다.

그 눈물이 가슴속에 차오르기만 했다. 그때 만난 사람. 감춰 둔 눈물에 나 대신 울어주었던 사람.

아닐 것이다. 살아만 있어달라는 내 간절한 부탁, 잊었을 사람 아니니 어디서든 다시 만날 수 있을 것이다.

"죽었다, 이미 죽었을 것이다."

대군은 다시 한 번 차갑게 말했다.

"……"

마당에서 어머니 옷가지를 태울 때 나던 매캐한 냄새, 뿌연 연기가 다시 눈앞에 보이는 것 같아 지원은 눈을 감았다. 지원이 하도 서럽게 우니, 세화, 유모가 안아 달래며 불러주었던 자장가도 들리는 것 같다. 어린아이라 상여 나갈 때도, 노제 지낼 때도 집 안에만 있었다. 그런 어린아이가 세화 보기에도 많이 서럽고, 안쓰러웠던지 지원이 생떼쓰며 발버둥 치는 것도 다 받아주고. 울다 지쳐 잠드니, 안아 다독이며 자장가 불러주었다. 그 구슬픈 가락이 들리는 것 같다.

다시 우는 방법이 잊혀져 갔다. 가슴이 텅 비도록 피 같은 울음 토해놓아야겠는데…… 어찌해야 울 수 있는지, 모르겠다.

책문에 닿으려면 배를 타야 해서 나루터까지 이르는 큰길로 간다. 군관들이 길 양편 지키고 있고 그 사이로 대군, 부부인의 가마, 관료들의 행차까지 길게 이어졌다. 아침 이른 시간이나 이 자체가 큰 구경거리이니 사람들이 우중우중 몰려들었다. 그래도 혹시나 해서 멀리, 한 발이라도 멀리 떨어져 섰다. 장옷으로 얼굴 가리고, 눈만 겨우 내놓았는데도 지원이 자신을 볼까 두렵다. 다 그르치고 싶어질까 봐, 지원을 붙잡고 싶을까 봐 혜정은 손에 규완이의 붉은 끈 꼭 쥐고 있었다.

말을 타고 가는, 지원의 모습 보인다. 의관을 갖추었으나, 오랏줄로 묶여 있다. 잘생긴 청년이 줄에 묶여 말을 타고 있으니 구경꾼들은 이상한지 쳐다보며 한마디씩 한다. 아마 왕족의 귀한 자제인데 행차 중에 가벼운 잘못 저질러 야단치는 마음으로 저리 줄 묶어두었나, 짐작할 것이다.

혜정은 지원을, 오래 바라보았다.

얇은 얼음장 위에 서 있는 것처럼 불안했다. 이 얼음장이 갈라지고 나면 뼛속까지 얼려 버릴 차가운 물 속으로 빠질 것 같았다. 서러울 것도, 애달플 것도 없다. 그저 지금은 지원을 이대로 보내지 못하고, 소리내어 부를까, 규완의 죽음으로도 자신의 욕심 누르지 못할까, 그것이 불안하고 떨릴 뿐이다. 어떤 말도 할 수 없다. 잘 가라 할까, 나를 보고 웃어주지 않아도 좋으니 웃으며 살라 할까. 어머니 땅 속에 묻었듯, 그렇게 나도 묻어달라…… 할까.

마지막으로 보는 모습이라 여기니 숨 끊어지기 전에 모든 고통 사라지듯 평안해진다. 가마꾼이 늦었다 재촉하는데도 걸음 쉽게 떼어지지 않았다.

지원아, 김지원.

입안으로 불러본다. 지원의 뒷모습 점점 멀어졌다.

오랏줄 세게 묶었다. 입술을 하도 깨물어 피가 나기에 대군이 손수 닦아주었다. 의금부로 넘겼다, 죽었을 것이다, 구할 방도 없다, 말하고 나니 대군의 마음속에서도 눈물이 떨어지는 것 같았다. 말 위에 태우고 군관 서넛 주변에 세운 뒤 말고삐 단단히 잡게 하고. 나루터까지 길지 않은 길 가면서 대군은 길가 구경꾼들을 살폈다. 하지만 눈에 뜨일 리 없다. 인파 중에 묻혀 있을 것이다. 숨소리조차 조심스러워 내지 않고 바라보고만 있을 것이다. 알면서도 마음이 쓰였다. 그런데 죽었을 것이다, 독한 말 들으면서도 흘리지 않았던 눈물을, 지원이 갑작스레 뚝뚝 흘렸다. 초췌해진 뺨 위로 눈물이 흘러내렸다. 대군은 애써 그 눈물 외면했다. 울지 말거라……. 네 눈물, 마지막이라 생각하고 볼 사람 있으니 울지 말거라.

6장

　밤이 깊기를 기다려 한양 도성 안으로 들어갔다. 서둘러 왔는데도 꼬박 이틀이 걸렸다. 집에 가까이 올수록 숨도 쉬어지지 않을 만큼 떨렸다. 백 번, 천 번 각오한 일이라 해도 눈으로 확인해야 했다. 안방 문이 열리며 이경이 나왔다. 차마 왔니, 눈은 나왔구나 말조차 할 수 없는 오라비의 얼굴. 혜정은 외면할 수밖에 없다, 바라볼 수도 없어서 가늠할 수 없는 무게로 다만 고개 더 깊이 조아렸다.
　"오라버니, 규완이는."
　"……숨 끊어지지 않았다. 의원이 내내 옆에 붙어 있다가 너 온다 하여 잠시 보냈다. 남들 이목 번다하니……. 들어오거라."

살아 있다, 살아 있다. 그 말 한마디를 붙잡고 혜정은 발끝까지 힘을 주어 댓돌에 올랐다. 한 걸음, 한 걸음 어렵게 디뎠다. 내 욕심에 참혹하게 다쳐 생사 오가는 아이……. 눈먼 혜정의 곁에서 새처럼 조잘거리며 웃음이 되고 활기가 되어주었던 아이였다. 유일한 피붙이인 오라비의, 금쪽 같은 자식이기도 하다. 지원을 따라나서며 우는 규완이를 더 안아주지 못한 것, 거짓말하는 것이 싫어서 곧이곧대로 고모 이제 가면 오래도록 못 와, 말해주어 긴 울음 울게 했던 것 칼날 되어 혜정의 가슴을 헤집어놓았다.

규완은 반듯하게 누워 있었다. 이렇게 생겼구나. 머릿속으로 그려보던 얼굴 그대로이다. 오라버니 어렸을 때 생각하며 닮았으려니 했는데. 또렷한 이목구비하며 새까만 머리카락이며.

혜정이 아이 손잡았다. 여린 숨을 쉬고 있었다.

"화살에 맞아 피를 많이 흘렸다. 조금만 늦었으면……. 그래도…… 그래도 이 녀석, 꿋꿋하게 버티고 있다. 어른도 그만 한 피 흘리고 그리 아팠으면 견디기 힘들었을 텐데."

"……규완아, 고모 왔어. 눈 뜨렴, 응?"

아이의 작은 가슴팍에 둘둘 말린 붕대. 아직도 핏자국 선연하다. 눈물도 흘리기 죄스러웠다. 하지만 아이 얼굴 자꾸만 만져지고, 붉은 끈으로 묶었던 손목 쥐어보게 되고 아프다는 말로 다할 수 없는 고통에 숨이 막혔다.

"고모."

옆에 앉았던 경의 아내, 혜정을 불렀다. 슬픔이 극에 닿았으니 오히려 차분하다. 얼굴은 창백하게 질렸으나 혜정에겐 조금의 원망도 없었다. 자신의 배에서 낳아 땅에 묻어야 할지도 모를 그 처절한 심정을 짐작이나 할 수 있을까. 혜정은 이 슬픔과 죄책감의 무게가 감당하기 어려웠다.

"제가 떠나지 않았으면 이런 일 없었을 텐데……. 규완이 목숨값으로, 제가…… 제 욕심으로……."

"규완이가 다시 살아날 수 있을지, 살아난다 해도 온전히 걷고, 말하고…… 사람 구실하며 살 수 있을지 모른다 합니다. 저어린 것이…… 지금 저승 가는 길목에 서 있을 거라 생각하면. 얼마나 아플지, 이대로 편히 눈 감게 해주어야 하는 건 아닌지……. 완이 업혀와서 밤새 약을 토해내고 고열에 시달리는 거 보며 제 눈물도 거기 다 쏟았습니다."

"……."

"나는 규완이 어미예요. 우리 규완이 데려가는 것이 하늘이면, 하늘도 원망할 것이니 누구든 용서가 되겠습니까. 허나 아가씨."

"예……."

"완이 밤새 고모, 불렀습니다. 의원은 고개를 가로저어도 제가 안고서 귓가에 완아, 고모 곧 오신대. 와서 완이 이 끈, 고모손목에 묶어줘야지 하면. 대답하듯 손가락이라도 움찔거려요.

입술 달싹거려 고모 부릅니다. 방금 전까지 울다, 고모 오시니 숨소리라도 평안해진 참입니다."

"……."

"완이 업고 온 사람…… 심정우입니다."

"……네?"

말없이 눈물 뚝뚝 흘리던 혜정이 고개를 바짝 들어 경의 아내를 쳐다보았다.

"완이 데려간 사람도 심정우이나……. 송치수 뜻 거역하고 자기 역시 목숨 걸고 완이 도로 여기, 데려다 놓았습니다. 완이 아버지와 나는, 심정우와 송치수가 또 무슨 계산, 계략을 꾸며 우리 아이 살려주었는지 알지 못합니다. 설혹 어떤 함정이라 해도 완이 목숨 살려주었으니 저는 기꺼이 뛰어들 것입니다."

"오라버니. 무슨 말씀입니까?"

"……네가 심정우와 죽은 전처 사이에 낳은 아들…… 키워주며 옷 지어주고 했는데. 그 아들 저고리에 달린 매듭과 똑같은 매듭이 우리 완이 저고리에도 있어서……. 저 매듭은, 어머니가 너한테 가르쳐 주시고, 네가 떠나기 전에 눈도 보이지 않을 때 더듬더듬 손끝 수없이 찔려가며 완이에게 만들어준 것 아니냐. 벼락같이, 악몽에서 깨어나듯 그렇게 정신이 들었단다."

"은수 아버님이, 완이 데려가 송치수 손에 주었습니까."

"이제 중요하지 않다. 완이 어미 말처럼."

잊은 줄 알았던 심정우라는 이름이 갑작스레 튀어 올라 혜정의 눈앞을 가로막고 있었다. 하지만 오라버니 이경 내외는 '중요하지 않은' 일이라 하며 평정을 잃지 않은 채다.

혜정은 규완이 손목에 다시 끈 묶어주었다. 고모가 먼저 이 끈 놓고 갔으니 미안해……. 다시 이승에 발 들여다오. 고모가 네 목숨 위태롭게 하는 사람이라 곁에 있을 수 없으니 먼 곳에서…… 바라볼 터이니 살아다오, 살아다오. 같은 기도를 했다.

"탐라로 돌아갈 생각이다."

"……예."

"아픈 아이 데리고 쉬운 길 아니겠으나……. 아이 살려야겠기에 그러자 하였다. 가마에 태우고 길 위에서 상 치르는 한이 있어도…… 여기를 떠나기로, 하였다."

"……."

"살아서는 못 보겠구나. 혹여 저승 계신 아버지, 어머니가 살펴주셔 규완이 구사일생 살아난다 해도 다시 한양 땅 밟지 않을 생각이다. 혜정아, 네 잘못 아니다. 네 잘못 아니니 안 그래도 시퍼렇게 멍들었을 가슴, 그만 치려무나."

"……."

"대군마마가 친서 보내셨더구나, 그 뜻 따르기로 하였다. 네가 살아 있다는 것은 이제 나와 완이 어미밖에 모르는 일이다. 죽어 묻힌 것이다. 해 뜨기 전에 사람 온다 하였으니 따라나서거라."

"……."

"아버지 말씀 잊지 말거라. 죽은 듯이라도 꼭 살아야 한다. 이제 남은 혈육인 나와, 규완이까지 모두 인연 끊어냈으니……. 그래도 살아야 한다."

"무겁습니다. 아버지 웃으며 살라 하시는 말씀도 무겁고 제 욕심도 무겁고."

그리고 이 모든 것들보다, 내 삶의 무게보다 그 사람이 아프고 무겁습니다. 이 질기고 독한 마음이, 기어이 그 사람 땅에 묻어야 잊을런지 가슴에 안고 살 수도 없으면서 왜 이리 놓지 못하는지. 생떼 같은 아이 맨발로 저승길에 세워놓으면서도, 오라비 내외에게 이 깊은 한 남기면서도, 그 사람이 보고 싶고 그리우니……. 무겁습니다. 감당하기 어렵습니다.

"곧 개성상단에서 청나라로 물건 보낸다는구나. 그때 지원이 만날 터인데."

"이것 주십시오. 어머니 유품이라 차마 함께 묻진 못하였다고 그리하면 알 것입니다."

범을 수놓은 주머니, 그 안에 든 어머니께 받은 비녀. 언제고 다시 줄 생각이었는데. 이제 소용없어졌으니, 차분히 내놓았다.

"그래. 전해주마."

"……제가, 살아 있는 게 아니었습니다. 아버지 말씀 듣지 않고 저도 데려가라 떼써볼 걸 그랬습니다."

그리고 살아만 있어달라는 열네 살 소년의 말에 의지하지 말 것을. 세월의 물결에 따라 쓸려가고 흩어지게 버려둘 것을 그랬다고, 늦은 후회 해본다.

"아버지가 지원이 오기 전에 꿈 꾸셨다는 얘기했던 거, 생각 나니?"

"예."

"네가 겨울 숲 속에서 어떤 아이 끌어안고 그리 서럽게 울더라고 아버지가, 지원이 무작정 싫었다 하시더라. 아버진 꿈속의 아이가 지원이라 믿으셨지."

"……."

"네 사주에 눈물 많다는 말씀도 하셨어."

"예."

"아버지 다 알고도 너한테 살라고, 살아내라 하셨다. 서럽게 울 일 많을 거 알아서 사내인 나한테보다 더, 너한테 그리 울지 말라 호통 많이 치셨나 보다. 하늘에서, 우리 규완이 살아낼 수 있게 지켜주실 게다. 두 내외분 함께 너 웃으며 사는 거 보고 싶어하실 게다."

"오라버니도, 제게 살아야 한다 짐 지우시면 어쩝니까."

"완이 어미도, 나도 너 원망치 않는다. 원망하고 탓한다면 그 더러운 욕심 품은 송치수 탓할 것이고 지켜줄 힘 없는 이 아비 탓하겠지. 네 탓 아니다……. 울지 말거라. 규완이가 그저, 무사히 나아서…… 나아서…… 온전히 살도록 그리 기도 해 다오."

"……."

"혜정아"

"예."

"사람이 아무리 아프고 힘들어도 시간은 흐르기 마련이니 나중에라도 많이 늦더라도 다시 그 사람 찾아 손잡고 싶으면 그리 하려무나. 손잡을 수 있을 때, 규완이 생각하고, 이 오라비 생각해서 놓는 미련스러운 일, 하면 안 된다."

"그러면 절대 안 된다 하셔야지요. 아버지 꿈에서처럼 저 울게 하는 사람이니 안 된다 말려야지요. 다시 만나지도 말고, 생각도 하지 말고 잊으라 하셔야지요"

"그 사람 손 놓고 속으로 우는 것보다야, 그 사람 앞에서 소리내어 우는 게 낫다. 아주 늦더라도, 두 사람 꼭 그래야 할 운명이고, 인연이라면 다시 만나겠지."

경은 위중한 아이 앞에 두고, 또 도망치듯 떠나야 하는 천리 길 앞에 두고도, 울고 있는 여동생 말없이 도닥였다. 이 아이의 삶이 애달팠다. 해줄 수 있는 일이 없다. 아직 그래도 자식들 키워야 하고, 살려야 하니 할 수 있는 건 혜정이 홀로 두고 먼 길 가는 것뿐이다. 아버지 대신하여 지켜주어야 하는데, 나도 아버지가 되고 나니 내 자식이 먼저라, 널 버리는구나. 경은 또 그만큼의 죄책감을 짊어지고 있었다.

깊은 밤.

늙은 궁중 나인이 문서 한 장 내밀었다. 경은 그 문서 받아들었다. 혜정은 또, 그 옛날처럼 낯선 사람과 알지 못하는 곳으로 따라나섰다. 탐라까지 무사히 가라고, 규완이…… 꼭 살려주시라, 살펴주시라 긴 말 대신하며 고개 숙였다.

정업원.

아이를 낳지 못한 후궁들이 왕이 승하한 후 비구니가 되어 사는 궁궐 외진 곳에 있는 일종의 사찰이다. 궁궐 내에 있으나 여승들이 수행 정진하는 곳이라 하여 나인들도 드나들지 아니하고, 그래도 궐내 있는 곳이니 외부인 감히 눈길조차 줄 수 없고 입에 올릴 수도 없는 곳. 대군이 생각해 낸 방법이었다. 조선 팔도 어디에 있든 송치수의 눈에서 자유롭지 못할 것이니 궁궐이나 궁궐이 아닌 곳, 여인으로 살지 않아도 되는 곳.

한때 선왕의 후궁이었으나 이제 비구니가 된 정희는 새벽녘에 혜정을 조용히 맞았다. 굽이굽이 서린 사연은 묻지 않았다. 비밀 많은 곳이 궁궐이니 승은 입은 상궁이나, 묻어둬야 할 여인 있으면 정업원으로 보내기도 했다. 그런 아이 중 하나겠거니. 정희는 옷 갈아입어라 하고 외진 방 한 칸 내주었다.

나이는 스물두엇 되어 보이고, 자태 곱고. 방에 들어서는 품새만 보아도 궁궐 여인 아닌 줄은 알겠다. 무슨 사연으로 왕실과 인연 닿아 정업원까지 오게 되었는지. 방문 닫아주고 돌아서서 나오는데, 정희는 이상한 생각 들어 다시 들어가 보았다.

아니나 다를까.

그대로 방 한구석에 쓰러져 있었다. 이를 어쩌나,

"정신 차리시게."

흔들어도 눈 뜰 줄 모르는데. 야윈 뺨으로 눈물만 흘렀다. 번뇌 떨치지 못해 가슴 저린 사연에 눈물 흘리는 이들 많이 보았으나 이 여인의 눈물은 왜 이다지도 아픈지 모르겠다. 가슴속에 차오르고 또 차올라서 흐르는 눈물이려니. 저도 모르게 한숨 내쉬며 그 눈물 닦아주었다.

여기가 어디일까. 지원은 주변을 두리번거렸다. 발밑에서 마른 나뭇가지가 부러졌다. 움직일 때마다 타닥, 타닥 소리가 났다. 하늘을 올려다본다. 정말, 정말 당신이 거기 있냐고. 꿈에서도 되물었다.

산비둘기가 하늘을 가르며 지나간다. 아프다. 바람이 불어도 아프고 하늘이 맑아도 아프고, 누가 큰 소리로 웃어도 아프고 내가 이렇게 숨 쉬고, 살아 있는 게 느껴질 때마다 아파……. 다시 여덟 살 아이로 돌아가서 세상 아래 천둥벌거숭이로 혼자 버려진 것 같은데 어쩌면 좋을까 살아질까. 살 수 있을까.

깊은 꿈속에서나마 지원은 마음껏 눈물 흘렸다.

류 대인과의 거래 마무리 짓고 심양으로 돌아오니 장진수가
지원을 기다리고 있었다. 혜정의 비녀, 지원에게 주었던 쌈지
주머니 안에 그대로 넣어서 지원의 손에 쥐어주었다. 그리고
지원의 세상은 그 자리에서 멈추었다.

　지원은 초여름이 막 시작되는 유월, 한양으로 돌아왔다. 버
드나무가지 푸르러 가고 지열이 더 뜨거워져 가는 여름인데도
지원과 마주 앉은 장진수는 알 수 없는 냉기에 소름이 돋았다.
평소 보아오던 모습과 다를 바 없이 상단 사람들과 만나고, 인
사 나누고, 간혹 웃기도 하고 하지만 살아 있는 사람 같지가 않
았다. 죽음을 잠시 유예해 둔 사람처럼 분노와 절망이 쌓여서
지원을 굳건히 얼려 버린 것 같았다.
　허나 지원이 한양, 조선으로 돌아온 이유. 목숨 구한 규완이
소식, 꼼꼼히 되물었다. 잠시나마 얼굴에 생기가 돌기도 했다.
　"……탐라까지 내려갔습니까. 정말, 아이는 괜찮습니까?"
　"우리도 힘을 보태주었으나 결국 돈이 하는 일이고, 부모 정
성에 비하겠나. 그 지극정성에 아이가 일어나 앉았다 하고 제
법 걷고 말한다 한다."
　대답해 줄 때는 장진수도 마음이 조금 덜 무거웠다. 하지만
그 이름, 끝내 입에 올리지 않을 수 없다.
　"허나 아픈 아이 이끌고 거처 옮기며 사는 게 보통 일 아닐
게다. 그래도 송치수의 눈이 어디를 향하고 있겠느냐. 네가 이

렇게 한양으로 돌아왔으니 이제 그 오라비 찾는 일 놓아두고 너를 볼 것이다."

'송치수' 이름 듣자마자, 건조했던 지원의 얼굴에 불 같은 분노가 스쳤다. 하지만 이내 그 분노조차 감추었다.

"걱정하지 마십시오."

지원은 홀로 다른 시간을 살다 온 듯했다. 스무 살이나 꿈속에 잠겨 있던, 눈부시게 행복한 소년 지원은 어디론가 사라지고 없었다. 바위틈에 홀로 서 있는 마른 갈매나무 같기도, 혹은 먹잇감을 노리며 어둠 속에서 푸른 눈 서늘하게 빛내는 맹수 같기도 했다.

날카로운 콧날에 눈매가 매섭고, 바짝 마른 뺨 때문에 얼굴 윤곽이 더 또렷해졌다. 하지만 진수는 지원이 진정 잃은 것이 무엇인지 알 것 같았다. 그리고 처음으로, 대군의 판단이 틀렸음을 뼈저리게 느끼고 있었다. 혜정의 유품을 전해 받으면서도 지원은 울지 않았다. 감히 위로조차 건넬 수 없었다.

지원아, 너 살아서는, 다시 웃지 않겠구나. 다시, 어떤 꿈도 꾸지 않겠구나.

진수는 지원이 잃어버린 것들을 생각하며 서글퍼졌다. 그 여인 죽고 없으니 마음 추스르거들랑 내 딸과 혼인하지 않겠니 언제가 물을 생각이었다. 하지만, 부질없다. 저 아이 가슴, 다시 뜨거울 수 있을까.

＊

　송치수의 딸, 중전이 된 효주는 내의원에 일러 매번 진맥을 하고, 약을 먹고는 있었으나 가슴속에 쌓인 울화가 풀리지 않았다. 걸핏하면 상을 뒤엎거나 곁에서 절절 매는 나인들의 머리채를 휘어잡았다. 궁궐생활이 갑갑하고, 왕과의 불화는 더욱 심해지고, 무엇보다 권력 얻자고 자신을 이리로 보낸 아비도 점점 용서하기 어려워졌다. 궁으로 시집와 부귀 누리려는 탐욕, 송치수나 효주나 별 다를 바 없으니 아비 원망할 바 못 되는데도. 중전이 되고 보니 더욱더 안하무인, 제 아비조차 발밑으로 뵈기 시작한 것이다.

　왕은 송치수에게 쌓인 화를 효주에게 풀고자 결심한 듯, 후궁을 여섯 명이나 들이고, 일 년에 한두 번은 왕자나 공주의 출산 소식을 알려 왔다. 왕에 대한 애정 털끝만큼도 없으나 그 왕이 주는 가장 잔혹한 벌은 고독. 효주는 미칠 것 같았다. 게다가 송치수의 행동 또한 나날이 도를 넘고 있지 않은가. 몇 년 전 양녀로 들인 이혜정. 아버지가 어떤 마음 품고 있는지는 진작에 알고 있었다. 그리고, 혜정을 생각하면, 효주 역시 입맛 껄끄러웠다. 그 남자를 기억하고 있기 때문이다.

　치수는 사가의 어린 딸 대하듯 효주를 몰아 붙이고 있었다.

　"알아봐 달라 하지 않았습니까. 의금부에서 시신 나간 적 없다 하지 않습니까. 시신은 없는데 시신 검안서만 있다니요. 분명히 주상이 개입되어 있습니다. 의금부를 움직일 사람 누가 있겠습니까."

"아버지, 체통을 지키세요. 여인이 부족하여 이러십니까."

"그저 여인이 아니라지 않습니까!"

"내전에서 무슨 큰소리십니까!"

효주도 따라 언성을 높였다.

"내 짚이는 곳이 있습니다. 궁으로 들어왔으면 내 감히 어찌하지 못할 것이라 여겼겠지."

"아버지."

"내명부 일은 마마께서 관할하시는 것 아닙니까. 상궁을 시키시든, 직접 하시든. 마마께서도 혜정이 얼굴, 잊지는 못하셨겠지요."

효주는 치수의 말에 눈을 치떴다.

"제가 구중궁궐에서 어찌 사는 줄이나 아십니까."

"마마께선 이 나라의 국모예요, 뭘 더 바라십니까."

"됐습니다, 아버지 원하는 대로 해드리지요. 그 여인 얻고 다른 것 전부 잃으셔도 상관없으셔요?"

"마마, 제겐 전부 얻는 겁니다."

효주는 아버지의 탐욕이 새삼스레 추악하게 느껴졌다. 그래도 내색하지 않았다. 갖고자 하여 얻지 못한 것 없으니 저리도 집착하는 거겠지. 무료하고 고독한 궁궐생활, 나름 흥미로운 일이 될지도 모른다.

"주상께선 제 눈에 뜨이지 않을 곳 찾으셨을 겁니다. 감찰상궁에게 일러 은밀히 알아보겠습니다."

"그럼 그리 알고 가겠습니다."

"아버지, 잠시만요."

"예."

"궐내에서는 여인 찾으시고 궐 밖에서도 찾는 사람 있으시지요?"

효주가 간악한 눈 더욱 크게 뜨며 거리낌 없이 물었다.

"예?"

"그 사람 찾으시면 제게 주십시오."

치수는 잠시 자신의 딸을 쳐다보았다. 서로의 욕심을 향해 달려오느라 이제 남이 된 것만 같고 낯설었다. 치수는 지원을 찾고 있었다. 청나라에서 돌아왔다는 소식 들어 알고 있으며 자신을 향해 칼끝을 겨누고 있으리라는 것도 짐작하고 있었다. 하지만 다를 바 없지 않은가. 치수 역시 지원의 목숨이 필요했다.

"무엇 때문에 그러십니까."

"글쎄…… 아직 생각해 보지 않았습니다."

허나 딸까지 돌아볼 여유는 없었다.

치수는 자신이 가고자 하는 길의 끝에 무엇이 있을지 잠시 멈추어 생각했다. 그러다가, 아니다……. 천년, 만년 살자고 이러는 것 아니다. 효주에게 그러마 하고 확답을 주고 궐을 나왔다. 이제와 멈추기엔 뼈에 사무쳐 안 되겠다. 어린아이 숲에 버려두고, 화살 쏘라 할 때도 털끝만 한 죄책감 들지 않았다.

심정우가 등 돌려 아이 업어다 주고 낙향해서 아예 종적을 감추었다. 그래도 제 목숨 살길은 찾아갔구나. 송치수는 그를 용서치 않을 것이다. 사람 풀어 행방 찾았으나 심정우는 고향에서도, 몇 군데 서원에서도 찾을 수 없었다. 어린아이 업고 먼 길 쉽지 않았을 테지. 길에서 죽었을지도 모르고. 언제든…… 잡아다 일 그르친 죄 묻는 일은 늦지 않다고 분노로 떨리는 제 마음 달랬다. 치수는 제가 잃은 것이 가장 크다 여기고 있었다. 혜정을 양녀로 들이기로 하고 그날 밤, 혜정이 가마 타고 자기 집 대문 안으로 들어온 그 순간부터 이미 돌이킬 수 없던 일이다.

어린 조카아이가 네 가슴에 얼마나 한이 되었으려나. 핏줄과 살아서 생이별하여 내 눈 피해 어디서든 죽어지내는 네 심정이 아프겠나, 그 사내의 죽음이 아프겠나. 그래, 그래 벌써 혜정이 네가 죽으면 아니 되지. 살아서 좀 더 피눈물 흘려야지 그 생각하며 흐뭇하게 웃었다.

정업원은 고요와 단절의 공간이었다. 새소리조차 적막하게 들리는 곳, 살아 있는 무덤. 예닐곱 명의 비구니와 수발 들어주

는 나인 두엇이 머물고 있었지만 서로 큰 소리 내지 않고 기도
하고 경 읽고, 간혹 궐 일 도우며 시간을 보냈다. 정희는 선왕
이 승하하자 제 스스로 정업원에 들어왔다. 품계 받은 후궁이
니 출궁하여 유복하게 살 수 있는데도, 모든 것이 부질없어서.
정업원 생활 일 년을 넘어가고, 이제 마음속에 들끓던 슬픔도,
기쁨도 다 잊혀져 간다 여겼는데.

"안 자던 늦잠을 자는구나."

"예."

혜정이 몸을 일으킨다. 그래 봐야 열 살쯤 아래, 하지만 혜정
이 애틋하고 안쓰러웠다. 혜정의 사연 알게 되면서, 이 여인 가
슴속에 품은 상처가 얼마나 깊고 독한지 알게 되면서일 것이
다. 그도 살아 있고, 너도 살아 있으니……. 그것이 제일 독한
아픔이겠구나. 그래 피붙이라도 되는 양 명치끝이 아렸다.

따뜻하고 고운 사람이니 그를 사랑할 때도 그리했을 것이다.
하나 돌아보지 않고 헤어짐을 생각하지도 않고 모두 주었을 것
이다. 함께했던 시간이 짧아서 마음은 더 깊어졌을 것이다.

밤에도 깊은 잠 못 들던 혜정이 때없이 낮잠을 자니 이상하
다. 곁엔 어울리지 않는 화려한 저고리가 놓여 있다.

"또 침방針房 나인 아이가 청하였구나."

처음엔 바쁘면 수심 덜하겠지. 정희가 나인들이 할 일 가져
다주었다. 정업원에 들어온 이들 소일 삼아 궁궐 일 돕기도 하
니. 그렇게 시작하였는데 워낙 바느질이며 수놓은 것이며, 솜

씨 빼어나고 빨리 끝맺어주니 나인들 사이에 입소문이 나서 이젠 자기네들이 찾아와 좀 도와달라 부탁하는 것이었다.

"나이 어린 궁녀들 보니 귀엽기도 하고, 잘못하면 매 맞는다 그러니 마음 쓰이고."

혜정은 저고리 다시 손에 들었다.

"자미사로구나. 중전마마께서 입으실 모양이네. 이리 화려한 걸 좋아하시니."

"귀한 옷감이라 손 잘못 댔다간 낭패 본답니다."

효주를 기억하고 있었다. 그때도 순한 성격은 아니었는데 궐에 들어와서 더하는지. 비밀만큼 뜬소문도 많은 곳이 궐이다. 그래도 중전에 대한 소문은 흉흉하기 그지없었다.

그 아비를 생각하면 지옥에 떨어져도 그대로 숨 끊어져서는 안 된다, 독한 증오심 생겼다. 하지만 효주는 아비 욕심에 궐 안에서 연정 없이 살아야 하니 너도 갑갑하겠다, 평생 그 마음으로 아무도 연모하지 못했으니 얼마나 쓸쓸하겠니. 혜정은 효주도 안타깝다.

정희는 혜정의 반듯한 이마를 쓸어 넘겨주었다.

"이마 참 예쁘다. 잔머리 많으면 지아비가 넘치게 귀애한다던데."

"……"

"눈이 크고 눈꼬리가 길어서 담 안에 꽃 핀다고 그 향기가 밖으로 퍼지지 않으려나. 눈물도 많고, 정도 많고."

재미 삼아 혜정의 조목조목 예쁜 얼굴 보며 관상이라고 말해주는데, 낯빛 어두워진다.

"……."

"괜한 소리 했구나 궐생활 갑갑하지?"

정희는 금방 혜정의 등을 도닥였다. 분명히 선명하고 환한 색을 가졌을 아이였다. 그러나 지금은 붓을 들어 화선지에 그려낸 것마냥 사라져 버릴 것 같아 마음이 차갑고 시렸다.

"아닙니다. 이 저고리만 가져다주고 다음부턴 이리로 오라 하겠습니다."

혜정이 금방 저리 대답하니 정희는 또 마음 쓰여서,

"너라도 정업원 문밖 나서니 내가 그 김에 부탁하는 일 있지 않니. 이번에 청에서 사신 일행 내려오며 서고에 책 많이 들여놨다 하던데. 나인 아이에게 부탁해서 몇 권 가져다주겠니?"

"예."

방을 나오며 혜정을 한 번 더 돌아보았다.

잠시 자다 일어나서 그렇겠지. 본디 고운 얼굴이고 함께 지내다 보니 정들어 그런가 보다. 정희가 문턱 넘다 잠시 멈추어 저를 보니, 혜정이 고개 숙이며 살짝 웃어 보인다.

그 웃음을 따라 정희도 웃고 넘기는데, 여인이 유난히 성숙하고 온화해 보일 때, 고와 보일 때 불길한 생각 잠시 머릿속 스친다. 설마 그럴 리 없지 않느냐. 정희는 스스로 고개 가로저었다.

겪을 만큼 겪은 아이인데…… 또 한 번 불구덩이로 밀어 넣겠느냐. 이제 다시 울면 그치지 못할 것이고, 이제 쓰러지면 다시 일어나지 못할 것인데. 하늘도 그리 가혹하진 않을 것이다. 정희는 불안한 제 마음 달랬다.

"청나라에서 가져온 물건 잘 보았다. 형님이 챙겨주시더냐."

오만하고 젊은 왕. 그러나 자신 앞에 엎드린 사내의 기운에 눌리는 느낌이 들었다. 분명 예를 다해 엎드리고 있는데 뭔가 제 위에 아무도 두지 않은 듯한 저 눈빛은.

"예."

"이 문건들, 네가 보낸 것 틀림없으렸다."

왕은 서안에 놓은 장부 몇 권을 가리켰다.

"예."

"네 감히 부원군을 모함하느냐. 사실이든 아니든, 네 목숨 온전치 못할 것이며 만약 무고하다면 참수를 면치 못할 것인데."

짐짓 언성을 높였다. 그러나, 전혀 개의치 않는다.

"예."

"강도 흉내라도 내어 단칼에 끝내면 될 것을, 뭐하러 이렇게 번잡한 일 만드느냐."

송치수의 부정 축재 기록이며, 뇌물 받은 것이며, 매관매직한 것. 차곡차곡 숫자와 이름이 되어 적혀 있는 장부. 왕이 송치수 일파 쳐내려고 몇 번이나 내관을 보내 은밀히 조사, 진행시켰으나 이 장부의 서너 줄도 채우지 못했다.

그러나 이것으로 송치수를 확실히 옭아맬 수 없을지도 모르고, 형님이 그토록 아끼는 이 아이, 역시 어디까지 믿어야 할지……. 왕은 확신이 없었다. 지금으로선 팔짱 끼고, 누가 죽어도 상관없으니 서로 실컷 뜯고 할퀴어보려무나, 구경하는 심정이었다.

"……."

"내가 이 일 묻어두면 어찌할 것이냐."

"……."

지원은 대답이 없다. 하지만 입가에 싸늘한 미소 스친다. 단칼에 보내줄 수는 없다, 절대로. 오랫동안 칼 쓰고 옥에 갇히거라. 매일매일 살 찢어지고 뼈 부러지는 고통을 겪으며, 그래 한 일 년 동안 천천히 죽어가거라, 생각했다. 지금이라도 야밤에 담을 넘어 그 추악한 얼굴에 칼 댈 수 있었다.

하지만, 하지만.

그때 문밖에서 내관이 공손히 아뢴다.

"주상전하, 부원군마마 입시이옵니다."

"들라."

송치수는 놀란 마음 감추며 들어섰다. 대군의 자제군관으로 청나라에 갔던 이가 돌아와 주상과 독대하고 있다는 얘기에 앞뒤 가릴 것 없이 입궐했다. 지원은 송치수에게 눈길 한 번 주지 않았다. 두 사람, 나란히 앉아 있는 모습 보며, 왕은 나름, 이 상황을 천천히 즐길 셈이었다. 서로가 서로에게 한 하늘 이고 못 살 원수이니, 어쩌나 보자고.

"이만 물러나겠습니다."

지원이 먼저 일어났다. 나이 마흔, 부원군으로 권세가 하늘을 찌르는 치수가 제 감정 숨기지 못하고 살기등등한데 되려 갓 스무 살 지원은 담담했다. 왜 모르겠는가. 분노가 너무 커서 오히려 싸늘해지는 그 심정을.

누가 다치든, 설혹 죽더라도 송치수, 네가 진 싸움이구나. 그리고 지원이 직접 칼 들지 않는 이유도 알 것 같았다. 싫은 것이다, 저 추악한 피를 제 손에 묻히기가 짐승 잡는 백정 된 것 같아 아예 칼 거두고, 왕에게 대신 하라 하는 것이다. 왕은 지원이 괘씸하기도, 흥미롭기도 했다.

왕은 송치수와 그의 딸, 칼을 들면 단칼에 잘라내야 했다. 내 금위장을 비롯, 궐이며 조정 곳곳에 치수의 세력 있으니 섣불리 손댔다가 먼저 군사를 움직일 수 있었다. 왕에게 선정이니 성군이니 하는 말도 다 허무맹랑하게 느껴진 지 오래이니 송치수를 참고 견뎌주며 왕위에서 부귀 누리는 것도 나쁘진 않았다.

그런데 지원을 보니 모든 일 나른하던 왕에게도 묘한 오기가 생긴다. 더러운 피 묻히기 싫으니 나에게 칼 잡으라, 하는 것이냐. 한 나라의 군주에게. 백정 노릇 하라? 내가 백정 노릇 해줄 테니 그럼 김지원 네가 칼이 되어주렴. 왕은 송치수가 무어라 나불거리는 소리 귓등으로 흘리며 오랜만에 유쾌하게 웃었다.

퇴궐하는 길, 홍위문 막 나서려는데 내관이 와서 지원을 붙잡았다.

"이번에 올리신 서책 중, 도록에 누락된 것이 있어 확인을 해주셔야겠습니다."

"그럴 리 없는데?"

지원이 가져온 책은 그저 청나라에서 유행하고 있는 소설들이다. 왕이 그런 책 읽을 리 없고 나인들이 돌려 보게 될 것이 틀림없는데 그것 때문에 굳이 사람을 불러들인다니. 내관 역시 말도 안 되는 핑계에 고개 숙이고 진땀만 흘렸다.

효주, 중전은 자리에 가만히 앉아 있질 못했다. 지원을 찾으면 볼 수 있게 해달라, 아비한테 부탁한 지가 언제인데 소식이 없다. 감찰상궁 시켜 궐내 여인들 이 잡듯 훑고 있는데, 그 일 어찌 알았는지 왕은 여간히 해두지 않으면 서궁에 유폐시켜 버릴 것이라 을러댔다.

그런 와중에 지원이 입궐했다는 소식 들으니 몸이 다는 것이다. 중궁전으로 부르려 하는 것을 궐내엔 벽에도 눈과 귀가 있는 법인데 외간 사내를 중궁전까지 들여서 무슨 화를 당하시려 이러느냐, 지밀상궁이 하도 만류하기에 생각해 낸 것이 서고였다. 적적하여 서고 돌아보던 중에 우연히 만나 사가에 있을 적 안면도 있던 터라 인사하고 말았다 핑계 대면 그만 아닌가.

알아서 잘 붙들고 있어라, 신신당부해 두고 효주는 오랜만에 들뜨고 설레는 맘으로 분칠을 새로 한다, 옷을 꺼내본다, 야단 법석을 떨었다. 그리고 낙선재 서고로 발걸음 바삐 옮겼다. 달 빛 아래 숨겨둔 정인 만나는 듯하다.

*

중궁전 외진 곳, 낙선재. 평소에도 사람 잘 드나들지 않는다 고 혜정에게 편히 보다 가라고, 내관이 문 열어주곤 곧 자릴 비 웠다. 오래된 책 냄새……. 책을 보관하는 곳이니 창문은 벽 위 쪽에 나 있고 문살 사이로 햇살이 들어와 어두운 실내를 비치 고 있었다. 걸을 때마다 마룻바닥이 삐걱댄다. 햇살 비치는 곳 마다 뿌연 먼지가 떠다녔다. 손때 묻은 서가, 가지런히 꽂혀 있 는 책들……. 마음이 차분해진다. 오랜만에 이런저런 생각 모 두 내려놓고 한가롭게 책 꺼내보았다.

그때 밖에서, 목소리 들린다. 혜정은 잘못한 것 없는데도 놀 란 마음에 서가 사이로 몸을 숨겼다.

"안에서 도록 살펴보고 계십시오."

"예."

짧은 대답. 그 한마디 듣자 온몸에 힘이 풀리면서 저도 모르게 서가에 기대섰다.

문이 열리는 소리.

서고 안으로 들어섰다. 도록을 펼쳐 들고, 지루하고 따분하다는 듯 서가에서 이 책, 저 책 꺼내보며 하나하나 짚어간다. 지원의 숨소리조차 들릴 것 같다. 체취가 느껴질 것 같다. 꼭 잡았던 손…… 다시 만질 수 있을 것 같다.

얼마나 아팠을까. 저 마음 얼마나 쓰리고 독한 상처 품고 있을까 아직도 저 속에는 붉은 피 흐르고 있는 것 알고 있었다. 상상도 하지 못했는데. 절대 살아서는 다시 만나지 못할 사람이라고 생각했는데. 심장이 아프도록 뛰었다.

지원아, 김지원. 꾹꾹 담아두었던 이름, 불러본다. 기다린 것처럼 눈물이 후두둑 떨어졌다.

어릴 적마냥 이름 부르려 하면 정토사에서 그날 밤 이후에는 정말 혼인이라도 한듯, 우리 이제 혼인하여 서로 어른이니 그러면 아니 된다 말하던 지원.

지원이 자신을 보면 어쩌나 걱정하면서도 조심스럽게 발걸음 옮겨서, 지원의 모습 찾았다. 서가에 꽂힌 책 사이로 손에 든 종잇장 살피고 있는 지원 숙인 얼굴 보였다. 미련하다, 이 마음 안고 살면 얼마나 아플지 잘 아는데도.

혹시라도 보게 되면 어쩌나 뒷걸음질하면서도 떨리는 손으로, 서책 밀어내 보았다. 얼굴이 좀 더, 잘 보인다. 숨도 쉬지 못한 채로 속 깊이 숨기고 또 숨겨서.

김지원……. 이름 한 글자 한 글자 새기듯 불러본다.

지원은 책 목록을 확인하고 있었다. 쓸데없는 일을 다 시키는
구나 번거롭고 짜증이 나던 참이었다. 서고에 들어올 때도, 서
가에서 책 뒤적거릴 때도 별 다른 느낌 없었다. 한 칸, 한 칸 서
가를 살피는데 마침 새로 가져온 책이 있어서 잠시 멈춰 섰다.

이상하다. 그나마 간신히 찾은 평온이 깨지고, 깊은 곳에서
무언가가 깨지고 부서지는 것 같았다.

절대 울지 않으리라. 아직은 당신의 죽음 애도하지 않을 것
이라고, 당신은 아직 내게는 절대 죽은 사람 아니라고.

당신이 잡아주었던 내 손에 그 더러운 피 묻히지 않을 거고.
당신을 담았던 내 가슴에 지독한 증오를 채우고 버티진 않을
거라고. 하늘이 있다면, 만약 누군가, 내가 어찌할 수 없는 더
크고 높은 것이 있어서 우릴 이렇게 이끌어 가는 것이라
면……. 그저 묻고 싶을 뿐이야. 당신이, 우리가 왜 이렇게 울
어야 하냐고.

고개 들었다. 인기척, 나는 것 같았다. 순간 긴장했다. 어딜
가든 경계심 풀지 않았는데, 궐이라 안전하다 생각했구나.

그때, 문 열리며 다급히 내관이 들어섰다.

"계십니까."

묻는다. 지원에겐 목례하고 지나쳐선,

"아이고, 여즉 계시면 어쩝니까. 중전마마 납시옵니다. 얼른

나가십시다."

나인이 있었구나. 내외 법도 엄격하여 없는 듯 있었으려니 대수롭지 않게 여겼다. 지원이 내관과 함께 나서는 나인에게 미처 시선 주기 전에 중전이 들어섰다.

"이게 얼마 만입니까, 그간 잘 계셨습니까."

분냄새 진동하며 오래된 벗이라도 되는 양, 지원을 보고 반색하며 다가와 손부터 잡았다. 중전을 따라 들어선 나인들은 당황하여 어찌할 바를 몰라 하고.

"강녕하셨습니까."

우선 그 손 뿌리치며 정중히 허리 숙였다.

좁은 서고 통로. 책을 보관하는 곳이니 어둡다. 문살 사이로 비치는 햇살은 손바닥만 했다.

다급히 스쳐 지나갔다. 감히 고개 들지 않고.

중전은 그저 지원에게 정신 팔려 제대로 쳐다보지도 않았다. 반듯하게 허리 숙인 지원 손끝이 닿은 것 같기도 했다. 옷자락이 스친 것 같기도 했다. 그리고, 그리고……!

오랜 꿈에서 깨어난 사람처럼, 지원의 시선이 그 나인의 뒷모습을 찾았다. 하지만, 이미 문밖으로 나가고 난 뒤다.

"입궐하셨단 소식 듣고 뵙고 싶어 제가 이리로 뫼셨습니다. 중궁전에는 보는 눈이 많으니."

중전은 교태 섞인 목소리 내며 지원에게 더 다가섰다.

눈짓하니 내관도 밖으로 나가 버리고, 서고문 꼭 닫아준다.

하지만, 지원의 귀에 이 여자의 목소리 따위 들리지 않았다. 아무리 찰나의 순간이었다 하더라도.

혜정아, 이혜정!

눈물이 날 것 같아 입술을 깨물었다. 이것도, 잔인한 꿈의 한 자락일지도 모른다.

찰나의 순간이라도 좋으니 이 꿈에서, 꿈이라면 깨지 않을 것이다. 살아 있을지도 모른다. 그리고 내 곁을 지나갔을지도 모른다. 차마 여기 있다고 말할 수 없어서, 그래도 내 속에 차고 또 차오른 눈물이 보여서 그리움에 목이 메어서, 내 손 잡아주고 싶은데 그럴 수 없어서. 그래, 그렇게 스쳐 지나친 거라고. 당신과 나의 인연은 이렇게라도 꼭 다시 만나게 되어 있다고. 그게 하늘이 내게 준 답이라고 믿고 싶다. 지원은 오래 눈 감았다. 깨고 싶지 않았다.

＊

괜스레 발 동동 구르며 혜정을 기다렸다.

"왔니."

"예."

"왜 이렇게 늦었니, 혹 무슨 일 있었더냐?"

"아닙니다."

고개 흔들지만 안색이 창백했다. 무엇에 심하게 놀라거나,

그러고 보니 부탁한 서책, 한 권도 가져오지 않았다.

"무슨 일 있었구나."

다시 되묻기 전에, 혜정이 허공 딛고 선 사람마냥 휘청 했다. 정희가 얼른 부축했다.

정희는 후궁 시절부터 자신을 돌봐주었던 내의녀를 불렀다. 아무 의녀나 부를 수도 없고, 사가의 의원을 들일 수도 없고.

혜정은 잠들었다. 이제 나이 지긋해진 의녀는 차분히 진맥을 하고 정희를 쳐다봤다. 할 말이 있는 것이다. 원래부터가 진중하고 말을 아끼는 사람이었다.

"사연 있어 오월부터 정업원에 왔는데. 궐 사람 아닐세. 어떤가."

궐 사람 아니다, 그 말이 그나마 무게 덜어주었는지 내의녀는 잠든 혜정과 정희만 있는 방 안인데도, 한 번 더 주변 둘러보고. 조심스럽게 입을 뗐다.

중전 효주, 얼굴도 기억나지 않았다. 뿌리치다시피 하고 낙선재 서고 밖으로 뛰어나왔다. 하지만, 마른 궐 마당에는 무심한 햇빛뿐 아무도, 보이지 않았다. 아직도 미친 듯 뛰는 가슴이 진정되질 않는다. 지원은 그 내관 붙들고 물었다.

"아까, 나인 어디 사람입니까."

"어찌 물으십니까?"

쉽게 대답할 일 아니었다. 반듯하게 예의는 다하고 있지만,

경계심 풀지 않았다. 나인은 왕의 여자다. 함부로 눈길 주어서
도, 입에 올려서도 안 된다.

"말씀드려라. 그 나인 어디서 왔느냐. 뉘지도 모르고 중궁전
서고에 함부로 들였다면, 목이 남아나질 못할 것이다."

효주가 어느새 뒤에 와 있었다. 카랑카랑한 목소리다. 위엄
있는 듯하나 그 안에는 독기가 번뜩였다.

"수방나인과 함께 왔습니다."

지원이 뜨거운 숨 고르기도 전에 효주가 다시 말했다.

"아는 분이라도 보셨습니까?"

"아닙니다."

하지만 이 남자의 온몸이 펄펄 끓고 있음을, 저 눈빛이 당장
무엇이라도 태워 버릴 듯함을 왜 모르겠는가.

효주는 열여섯 살, 시집오기 전 지원을 처음 만났을 때를 생
각했다.

그땐, 소년이었다. 오만하고, 도도한. 그리고 차디찬 눈빛으
로 효주를 봤었다. 지금 저 눈과는 아주 다른. 궐생활에 더할
나위 없이 날카로워진 심사 때 없는 투기심이 일었다. 당신이
본 게 무엇입니까. 지원에게 묻고 싶었다. 죽어서도 못 잊을,
놓지 못할 그 여자를 보았습니까.

"자주 입궐하셔야겠습니다."

"……."

"아버지도 죽지 않았을 거라시며 어떤 여인 찾으시더군요."

"······."

"아버지는 제게 청하셨습니다. 간혹 궐을 가장 안전한 곳이라 생각하는 사람들이 있긴 합니다."

"이만, 물러가겠습니다."

"원하는 것이 궐 안에 있다면 반드시 저를 다시 찾아오셔야할 것입니다. 그리고 제가 원하는 걸 주셔야지요."

지원은 그제야 효주를 돌아보았다. 효주는 개의치 않고,

"아버지가 그리 가르쳐 주시더군요. 거래를 하는 방법, 말입니다."

지원은 효주를 무섭게 노려보았다. 가슴속에 악과 분노만이남을까 두려웠다. 마음으로는 몇 번이나 죽고 죽이면서도 비워내기 위해 애썼다. 언젠가, 송치수의 목을 베게 되더라도 울지않으며 벨 것이다. 나무 한 그루 쳐내듯, 그렇게 베어낼 것이다.

내 마음속에 다른 것은 아무것도 남기지 않을 것이다. 다짐했다. 그런데, 효주가 나서서 이 마음을 쥐고 흔들려 한다. 지독한 악연이구나. 지원은 내색 않고 다시 한 번 고개 숙이고 궐을 나섰다.

"뭐라? 상궁이나, 상선내관을 알아봐 달라?"

"예."

무리한 요구이다. 차라리 내외 신료들에게 뇌물 주고받는 거

래가 안전하지, 궁녀를 찾아내려 하는구나. 진수는 숨이 턱턱 막혀왔다. 어찌 이 아이는 죽음을 인정하지 못하고 포기하지도 못하는지. 그 여인은 죽어서도 지원일 이렇게 위험한 곳으로 자꾸만 이끄는지. 굳이 저승길, 같이 가야 시원한지. 느닷없는 원망까지 생겼다.

"궁에 들어갔다가, 비슷하게 생긴 여인이라도 보았느냐?"

"아닙니다."

"그러면."

"얼굴, 보지 못했습니다."

"그런데."

"살아 있습니다."

지원은 또 무얼 확신하는지. 진수는 답답했다.

"네가 가진 돈만 갖고도 내관 하나 매수하는 것이 어렵겠느냐. 허나 궁녀라면, 말이 달라진다. 만약, 백 번 양보해서 그 여인 살아 있다 하자. 그것으로 족하면 안 되겠니. 궐내에 살아 있다면, 송치수도 쉽사리 손대지 못할 것이고, 부지런하고 몸 바른 여인이니 그 안에서 남은 생 평안히 살지 않겠느냐. 굳이 그 여인도, 너도 사지로 가야겠니."

간곡한 만류였다. 정녕 이 아일 아끼는 마음으로, 아비 같은 마음으로, 그 고집 꺾지 않으리란 걸 알면서도 한 번 붙잡아보는 것이다. 그런데 지금껏 울지 않았던 지원이다. 죽었단다, 묻어주었단다, 받거라, 혜정의 비녀 전해줄 때도 먹먹하고 깊은 눈엔 눈물 맺히지 않았었다.

그런데 울고 있니? 지원아.

지원이 아이처럼 서럽게 울었다. 어깨까지 들썩이며, 가슴으로, 제 속에 영혼이 운다면 저런 모습이겠거니. 보는 사람까지 무너질 것 같은 눈물이었다.

"왜 그래야 합니까. 그저 같이 살자는데, 왜 안 됩니까."

지붕 낮은 집에서…… 아침이 되면, 그 손으로 나 깨워주었으면. 햇살 고운 마당 한 켠에 텃밭 가꾸고. 흙 묻힌 손으로 열심히 씨앗 뿌리고 꽃 가꿀 바지런한 그 여인 바라보고. 끼니 때 되면 소박한 밥상 차려 마주 앉아 먹고, 밤 깊으면 등잔 밝히고 바느질하고 있을 그 사람, 졸라서 빨리 자자 하고. 또 세월 지나, 어린 것 생기면…… 그리 키우면서, 같이 늙어가는 것 그것밖에 없는데. 사소한 일로 다투기도 하고, 봄이 되면 뒷산 꽃구경 가고, 장날 되면 같이 손잡고 나가 거울도 사주고 가을 낙엽 지는 것 보고 겨울 눈 쌓이면 장작불 피운 방 안에서 하루 종일 이불 쓰고 얼굴만 바라보고 있어도 좋을, 그런 날들. 왜 목숨을 걸어야 하느냐고, 나를 이렇게 절박하게, 벼랑 끝으로만 몰아가냐고 진수가 아니라, 하늘에 묻고 싶었다. 울지 않고 버텨온 지난 시간들이 모두 한꺼번에 내려앉았다.

지원은 그렇게, 한참을 울었다. 진수는 달래줄 수조차 없어서, 아니, 그 울음 보고 있는 것조차 버거워서 자리 피해주었을 뿐이었다.

＊

정희는 밤이 깊기를 기다렸다. 수절하는 과부들이 모인 곳, 밤이나 낮이나 다를 바 없으나, 그래도 무섭고 떨리는 마음에 눈 부릅뜬 해가 지길 기다렸다. 혜정과 마주 앉았다. 호롱불이 애처롭게 흔들렸다. 그 흔들리는 불빛이 혜정의 얼굴에 짙은 음영을 드리우고 있었다. 입술이 바짝 말랐다. 괴괴한 침묵만이 둘을 내리누르고 있었다. 이제 입 밖으로 꺼내고 나면 어찌할 것인가. 움직일 수 없는 사실이 될 것도, 이 무서운 일을 아는 것도 무엇보다 혜정을 보는 것이 힘겨웠다.

"사내가 누구니?"

혜정의 얼굴에 핏기가 걷힌다. 일부러 모질고 독하게 말했다. 제 몸 하나 처신하지 못해서, 함부로 하여 이런 일 생긴 것 아닌 줄 알면서도. 이리 마음 다잡지 않으면 그만 혜정의 손목 부여잡고 먼저 울어버릴 것 같았다.

"……."

"의녀 왔다 간 일, 알고 있지?"

"예."

"강원도 있는 혼인한 그 선비더냐, 아니면 야반도주하려 했던 청년이더냐."

"……."

아랫입술 사려 문다. 혜정의 긴 속눈썹에 눈물이 그렁그렁 맺혔다. 울지 마라 네가 먼저 울면 안 된다. 나는 그저 정업원의 늙어가는 여승일 뿐이라 널 도울 수 없고, 평생 풀 수 없는 한이 될 것이나 그래도 네가 살아야 하니.

"약, 구해다 줄 터이니"

"……."

"네 몸이 약해져서 버틸 줄 모르겠으나 다행히 손써볼 수 있겠다 하더라. 궁에 들어온 여인이 아이 가지면 두 가지 밖에 없다. 낳아 죽이거나, 낳기 전에 없애거나. 너라도 살거라."

"제가 아이를, 가졌습니까."

"생각하지 말거라. 아이가 있다고 여기지도 말어. 궁녀가 수태한 사실 발각되면 죽는 길뿐이다. 혹여 배불러 오는 것, 어찌하여 감출 수 있다 해도 아이 낳고 그 핏덩이 묻어야 한다. 하겠니. 그리하고 제 정신으로 사는 여인네 못 보았다. 따라 죽거나, 정신을 놓거나 네가 그리되는 것 보고 싶지 않다. 아이라고 생각지 말거라. 사내도 잊고, 아이도 잊거라."

정희의 말이 자꾸만 빨라졌다. 간곡한 심정에 혜정의 손 붙들었다. 제발, 그렇게 하겠다고 대답해 주렴. 혜정의 새처럼 여린 가슴팍이 큰숨 쉬느라 오르락내리락했다. 눈물 끝끝내 흘리지 않고 막막함도 두려움도 없는 말끔한 눈으로 정희를 다시 쳐다보았다.

"염려해 주셔서 고맙습니다."

목소리 끝이 여리게 떨릴 뿐이다. 되려 보는 정희의 가슴이
시렸다.

"아무것도 생각하지 않으면 된다."

"어제, 낙선재 서고에서 보았습니다."

"……."

혜정은 아무 일 없는 사람처럼 평온히 말했다. 아름답고, 슬
펐던 찰나였다.

"잘 견딜 수 있을지 걱정입니다."

"……."

혜정의 얼굴에 처연하도록 고운 미소가 번졌다. 그날 밤을
생각하고 있었다. 연등회가 있던 정토사. 앞이 보이지 않을 때.
아직도 가슴이 뛰고, 어제 일처럼 생생했다. 앞뒤 꽉 막힌 골짜
기, 아니면 천길 낭떠러지 칼날 위에 서 있는 것처럼 물러설 곳
도, 나아갈 곳도 없는데. 그날 밤의 수줍은 속내까지 낱낱이 깨
어났다. 그리고 하량 없이 웃어졌다.

서방님, 아이가…… 생겼다 합니다. 저는 이 아이 살리고 키
우며 살 터이니……. 다음 생에라도 끊어지지 않을 인연 기다
리며 살 터이니. 서방님께서는 잊으셔요. 살아가면서 한 번은
웃어야 할 터이니. 지금은 생살 잘라내는 것처럼 아파 견딜 수
없어도, 그리고 속으로만 참지 말고 목놓아 울기도 하고, 그리
산 것처럼 살아야 하니…….

"그 사람의 상처가 아파서 제가 아팠습니다. 제 살아 있는

상처이고 기쁨이라 여겼습니다. 고스란히 제 전부인 사람입니다. 그 사람의 아이입니다."

채워주고 싶은 빈자리, 자꾸만 보이는 안쓰러운 사람이기도 하고 견고한 성 같아서, 그 등에 기대고 업히고 싶은 사람. 지원의 아이…… 였다.

이제 다시 보지 못해도 너와 함께 살겠구나, 나는. 그것만으로 살아지겠구나.

"혜정아."

"중전마마 만나 뵐 수 있도록 해주십시오."

혜정은 단호히 말했다. 누가 목을 조른다 하더라도 변하지 않을 결심이었다.

"어쩌려고 그러느냐."

"만나게 해주십시오, 아니면 제 발로 중궁전 찾아가겠습니다."

"너, 무슨 생각하고 그러는 게냐!"

정희는 혜정의 결심이 무엇인지 알 것 같았다. 저도 모르게 언성 높아지며 혜정의 손목 쥐었다.

"그 사람을 지키듯, 이 아이를 지킬 겁니다."

"너, 그리 살 수 있니? 정녕 그렇게 살 수 있어?"

"예."

혜정은 가슴속에서 그치지 않던 눈물이 이제야 마르는 듯했다. 아무리 참혹하게 다쳤다 하더라도 숨 붙어 있는 규완이 앞에 두고 절망하지 않았던 어미의 심정이 고스란히 이 자리에 옮겨 와 있는 것 같았다. 괜찮다, 살아 있으니…….

지원을 보내야 한다 여겼을 때는 발밑에 아무것도 없는 것 같았다. 아니, 오래된 물 고인 질퍽한 땅을, 아픈 발 끌고 고되게 살아야 하는 줄 알았다. 햇빛 한 자락 없다 여겼다. 그런데. 또 다른 심장이 여기서 뛰고 있다고, 배 위에 살포시 손을 얹어 보았다.

서방님, 이제…… 울지 않고 불러볼 수 있겠습니다. 지켜내야 할 사람, 잃지 않아야 할 사람…….

우리 아이……. 정신이 아른해지는 것 같았다. 졸음이 몰려왔다. 뜨거운 불길을 안은 듯, 안절부절, 애타하는 정희를 앞에 두고, 혜정은 벽에 몸을 기대고 눈을 감았다.

꿈에서라도 지원을 보게 되면. 나도 그저 여염집 아낙네처럼, 낯 붉히며, 아이 가졌어 말하고. 기뻐하는 네 얼굴, 수줍어하며 바라봐야지. 아들일지, 딸일지 가늠해 보고, 널 닮아 유리알처럼 까맣고 깊은 눈매를 가진 우리 아기 그려보고. 아이 가졌으니 밥상도 네게 들어달라 투정도 부려보고 그 무릎에 기대 잠들기도 해야겠다. 낮고 다정한 음성 들으면서 마음껏, 이 기쁨 누려야겠다. 꿈에서라도 웃어야지. 그래야 꿈에서 깨고, 다시 살아야 하는 시간 돌아와 혼자서도 이 아이 지킬 수 있을 테니까. 이제 이 아이가…… 당신, 이니까.

＊

중궁전.

아직 애티 벗지 못한 나인 아이가 바짝 엎드려 부들부들 떨고 있었다. 하지만 중전의 분노는 쉽게 풀릴 것 같지 않았다. 나이 지긋한 상궁이 곁에서 만류해 보지만 들을 사람 아니었다.

"그년이 만든 옷 전부 골라내라."

"……."

"얼른 골라내라지 않느냐!"

나인이 수북히 쌓인 호화스러운 옷들 사이에서 몇 가지 끌어내기도 전에 중전, 효주가 아이의 뺨을 사정없이 후려쳤다. 옥가락지 낀 손이었으니 나인의 뺨에 금방 피 배어 나왔다. 사단이 나겠구나. 중전 체모 잃고 또 분란을 만들 것. 기어이 효주는 나인의 머리채를 쥐어 잡고 흔들었다. 침방, 수방나인들이 정업원 여승들에게 일 부탁하는 것 하루 이틀 일 아니고, 그저 관례로 굳어져 있건만. 중전을 저대로 두면 아예 이 자리에서 아이 하나 죽어나겠다. 비명 소리 들리고, 효주는 아예 이성을 잃은 사람마냥 광기 번뜩이며 이제 옷 찢었다.

지밀상궁은 대전으로 사람 보냈다. 이 일로 중전과 왕 사이 더욱 멀어지겠지만, 우선 이 소란은 끝나야 하지 않겠나.

"주상전하 납시오."

왕이 내전에 들어서니 피비린내 훅 끼쳐 왔다. 이 여자가 정녕 미친 겐가.

"우선, 저 나인부터 데리고 나가거라."

왕은 눈살을 찌푸렸다. 저 여자의 흉폭함은 어디까지 가려는가. 나인이 쓰러진 아이를 부축해 나갔다. 짐작할 만하다. 가위로 옷을 자르고, 아무 죄 없는 나인 아이 찌르기까지 했구나.

효주는 그래도 분이 덜 풀렸는지, 눈에서 독기 풀지 않았다. 사사로이는 부부 관계였다. 송치수의 탐욕이 효주와 왕의 관계 멀어지게 하였다. 하지만, 왕위에 오르기 전에도 효주와는 정 없었다. 도저히 그냥 둬선 안 될 부녀구나. 왕의 결심을 더욱 재촉하는 말, 효주가 뱉었다.

"전하, 정업원 감찰하게 해주십시오."

"뭐라셨소?"

"정업원 감찰하게 해달라구요. 왜, 무슨 꺼려지는 일이라도 있으십니까?"

왕은 노기 누르며,

"정업원은 선왕을 모셨던 분들이 계시는 곳이오. 중전이 입에 올릴 수 있는 곳이 아닙니다."

"그래서 그 정업원에 사람 감춰두셨군요. 전하와는 무슨 상관이기에 죽은 사람 만들고 그곳에 숨기셨습니까?"

"중전께서도 도가 지나치십니다."

"도? 주상께서 도리를 말씀하시는 겝니까?"

"정업원은, 부왕에 대한 예의이고 명복을 비는 곳입니다."

"그래서요, 왜요? 전하께서도 그년 미모에 혹하셨습니까?"

"중전, 중전의 아버님과 함께 아예 나라를 세우시오. 하하하."

왕은 뒤도 돌아보지 않고 중궁전을 나섰다.

대전에 돌아오자마자 사람을 시켜 서찰을 보냈다. 유일한 동복형제인 형님이 멀리 중국 심양에 있으니. 형이 굳이 먼 나라로 떠나 있는 이유, 동생의 왕위를 염려함이었다. 아버지가 자식을 죽이기도 하는 것이 왕위 아니더냐. 그 피바람을 고스란히 봐오며 왕위에 올랐으니 형에 대한 마음은 더욱 각별했다. 그 형의 부탁이라 이혜정이라는 여인, 두말 않고 정업원에 들인 것이다. 그것뿐이었다. 별일 아니라 여겼다. 그런데 송치수와 그 딸이 정업원까지 입에 올리고 손대려 한다.

송치수, 할 수 있을 만큼 해보거라. 혜정을 얻기 위해 날뛰다 실수라도 하게 된다면, 그걸 구실 삼아 날개를 꺾어놓을 생각이었다.

처음부터 왕의 계산 속에서는 송치수, 효주, 지원과 혜정. 누가 죽거나 살거나 상관없었다. 다만 한 가지, 바뀐 것이 있다면 날개 꺾는 것으론 안 되겠다. 숨통을 끊어놔야겠구나, 그 딸년과 함께.

이 모든 폭풍이 한 여인 때문에 시작된 것이라고 생각하니 우습다, 그리고 새삼 어떤 여인인지 궁금했다. 왕은 정업원 일 처리했던 내관 다시 불렀다.

＊

장진수는 안타까운 눈으로 지원을 보았다.

관복 차려입으니 영락없이 군관의 모습이다. 하지만 감히 왕의 친위군대로 위장을 하다니, 궐내 어디든 출입할 수 있겠지만 발각되면…….

"진시에 연추문에서 교대가 있으니 그때 들어가야 한다. 문지기가 하나 있을 것이나 미리 매수해 두었고."

"예."

지원은 머릿속으로 정업원까지 가는 길, 그려두고 있었다. 다른 생각은 아무것도 하지 않는다.

"무슨 일이 있어도 유시 전에는 나와야 한다. 그때는 조례 시작하는 시각이라 일시 점검이 있으니, 잡히면 방법 없다, 알겠느냐."

"예."

"나흘이나 제대로 먹지도, 자지도 못했다. 버티겠느냐?"

"걱정하지 마십시오."

"녀석, 웃는 모습 오랜만에 보는구나."

지원이 걱정하는 진수를 돌아보며, 흐리게 웃었다. 그래, 생각만 해도 웃어지는구나.

"다녀오겠습니다."

"지원아, 왕의 친서에는 뭐라 하였느냐. 살려준다 하더냐, 둘이 살 수 있는 방법 마련해 준다 하더냐?"

"아니오."

며칠 전, 왕이 편지를 보내왔다. 그 내용이 궁금했으나, 지원의 얼굴이 더 어두워지는 것 보곤 짐작만 할 뿐, 묻지 않았다.

"그저 정업원에 살아 있다는 이야기만 있더냐?"

"아니오. 주상께서는, 저를 이용하고 싶어하시고, 저 역시 주상을 이용하고 싶어하니 곤란한 일이 생기겠다 하셨습니다."

"음 그래?"

"아직, 대답하지 않았습니다."

"아무래도 걱정이구나. 폭군은 아니라 하나 성군도 아니라. 왕위에 오르자마자 조정은 송치수 사람으로 채워졌고, 그 틈바구니에서 정사에는 손 놓고 후궁 치마폭에 쌓여 산다 하니."

"살아 있는 것 보아야 저도 산 사람 되니 그 다음은, 그때 생각해 보겠습니다."

장진수가 자신을 혈육인 양 애달아하며 아껴주는 마음 잘 알고 있다. 그러기에 은혜 잊지 않겠다는 흔한 말 대신하여 고개 더 깊이 숙였다. 감사하다 하지 않고 무사히 돌아오겠노라 하였다. 하지만 지체할 수가 없었다.

기다리고 있을 것이다. 죽었다는 말 한마디로 끊을 수 없는 인연임을, 알고 있을 것이다.

보고 싶다, 보고 싶다.

눈을 감고 아무리 머릿속으로 그려봐도 잘 기억나질 않았다. 몇 년 동안 헤어져 있던 그 시간들 속에서도 또렷하게 남아서 날 살도록 이끌어주었는데. 지금은 짙은 먹장구름 속에, 굵은 장대비 고스란히 맞고 있는 듯 눈물 속에 있는 당신밖에 그려지질 않는다.

정업원에 가야 한다.

눈이 맵고 시렸다. 입속은 모래라도 씹는 듯 거칠다. 지쳐 가고 있는 것이다. 행복했던 시간들이, 너무 짧았다. 웃었던 시간보다, 울어야 했던 시간들이 더 길다. 궐로 향하는 길, 달도 없는 밤하늘을 올려다보며 지원은 스스로에게 되물었다. 우리, 혹시 전생에 너무 많은 죄, 지은 걸까? 그 죗값 아직도 충분하지 않은 건가? 막상 혜정의 손잡고 나면 주저앉아 버릴까 두려웠다. 그리고 할 수 있는 일 아무것도 없으면 어쩌나. 어린 짐승처럼 혜정의 품 속으로만 파고들어 아무것도 보지 않고, 듣지 않고 싶어질까 무서웠다. 당신을, 혹은 우리를 지킬 힘이 아직도 내게 없을까.

초여름의 깊은 밤, 어디선가 스산한 바람이 불어온다. 지원은 걸음을 재촉했다.

정희는 며칠 전 보았던 장면 생각하며 다시 몸서리를 쳤다.

혹여나 해서 중궁전 살피러 갔다가 그 참혹한 일을 직접 눈으로 본 것이다. 너무 끔찍해서 눈 질끈 감았다. 사람 목숨을 그리 쉽게 아는 여인이다. 더군다나 혜정에게 무슨 원한이 그리 깊은지. 혜정이 만들었다는 이유만으로 그 옷들을 다 찢어내고, 아무리 아랫사람이라 하나 산 사람을 가위로 찌르다니. 그런데도 저 곱기만 한 여인은 제 발로 중궁전 찾아가겠다고 한다. 며칠간은 정희가 곁에서 지켜보며 정업원 나서지 못하게 했다. 허나 언제까지 이럴 수도 없고, 무엇보다 배불러 온다면 중궁전에서 죽으나, 여기서 죽으나.

정희는 의녀에게서 받아온 약 곱게 갈았다. 저녁상 차리며 국그릇에 탔다. 독하게 마음먹어야지, 혜정이 살리는 길 이것뿐이지 몇 번이고 당조짐하면서도 손이 부들부들 떨리고, 뒷골이 서늘했다. 불지옥에 떨어져도 어쩔 수 없습니다, 이 죗값 제가 받을 터이니 혜정이 평온히 살 수 있도록, 저 악귀들에게 끌려갈 일 없도록, 그리 살펴주시옵소서 마음속으로 쉴 새 없이 기도했다. 중전의 손아귀에서 무사하지 못할 것이다. 그 저고리마냥 쉴 새 없이 찢어지고 할켜질 것이다. 그리고, 송치수는 상상만으로도 끔찍했다. 그 부녀 생각하고 나니, 저녁상을 들고 혜정의 방으로 가는 정희의 걸음이 조금은 가벼워졌다. 눈물자국, 깨끗이 지웠다.

아이 가지니 자꾸만 졸린가 보다. 정희가 밥상 들고 들어갔더니 또 한 켠 벽에 기대 곱게 잠들어 있다. 인기척에 금방 눈

을 뜨고, 정희에게 밥상 들게 한 것이 미안한지 꽃같이 웃으며
제가 밥상 받아 들었다. 뱃속의 아이가, 혜정을 이 무서운 고통
속에서도 자꾸만 웃게 하는 것이다.

안다, 알고 있다. 그래도, 네가 살아야 웃고 울고 하지 않겠
니.

"잠이 많이 오는구나."

"예, 노곤합니다."

"먹는 것이라도, 착실히 먹어두거라."

밥상을 그 앞으로 밀어주고 수저 챙겨주었다.

"제가 잠이 드는 바람에, 상 따로 차리시고. 죄송합니다."

"아니다, 국 한 가지, 밥 한 그릇이면 그만인데 번거로울 게
뭐 있느냐. 먹어라."

"예."

쳐다보는 정희가 되려 심장 멎을 것 같았다.

몇 번이고 되물었다. 정녕, 이상 없는 게지? 태아만 그래야
한다, 산모는 살아야 한다, 그런 게지? 의녀가 고개를 주억거
렸다. 다만 몸도 마음도 오래 앓을 것이니, 곁에서 잘 돌봐주라
하였다.

"무슨 일, 있으십니까?"

정희의 안색이 너무나 창백하니, 혜정이 되물었다. 눈빛이,
저리도 온화하다. 따뜻한 봄볕으로 이끌어 도닥여 줄 듯하다.
그러니, 그러니 더 네가 살아야 한다.

"아니다, 일은 무슨. 얼른 먹어라."

"……."

혜정은 선뜻 숟가락질하지 못하고, 다시 정희를 쳐다봤다. 그 눈이 정희의 심장까지 뚫고 들어오는 것 같았다.

"그 아이, 아비 되는 이 말이다."

꺼내지 말아야 할 말인 줄 알면서도 무엇에 홀린 듯, 이야기했다.

"예."

"아니다, 얼른 밥 먹어라."

"예."

그 남자를, 그리도 사모하느냐 묻고 싶었다. 혜정의 큰 눈망울이 한 치도 어긋남 없이, 그렇다고 대답할 것 같았다.

혜정은 정희가 자신을 살리려고 어떤 일 하는지 짐작도 하지 못하고, 그저 걱정하고 안쓰러워 그러려니 여기고 천천히 늦은 저녁, 먹기 시작했다.

무섭지도, 떨리지도 않았다. 이 자리에서 위장이 발각될까 가슴 조일 일도 없었다. 구중궁궐에서 길 잃지 않고 정업원까지 가야 했다. 내금위장 차림 하고 있으니 고개 숙여 인사하는 이 있어도 지원을 유심히 보는 사람은 없었다. 정업원 문 앞에 와 섰다. 한 걸음, 정업원 마당 안으로 들어섰다. 풍경 소리 은은하게 울렸다. 숨막힐 듯한 고요. 지원이 걸음 옮길 때마다 그

소리까지 고스란히 퍼졌다.

"길 잘못 드셨나 봅니다. 군관께서 출입하시면 안 될 곳입니다."

인자해 보이는 여승이 합장을 한 다음, 정중히 말했다.

"사람을 찾으러 왔습니다."

지원의 대답에 순간 눈빛이 흔들렸다.

"오시면 안 될 곳입니다. 얼른 돌아가십시오."

세상 빛 보지 못하고 가야 하는 아기를 위해 기도했다. 또, 혜정의 앞날……. 감히 행복까지 바라진 못해도, 제발, 울지 않고 살 수 있게 해달라 기도했다. 간절한 기도 끝내고 불전을 막 나오는데, 지원과 마주쳤다.

그리고 이 사람을 한눈에 알아보았다. 혜정이 왜 저와 같은 사람이라 하였는지 비로소 알 것 같았다.

"혜정이 여기 있는 것, 알고 왔습니다."

"어쩌자고 이러십니까. 정녕 혜정이 죽는 것 보아야겠습니까."

저도 모르게 언성 높아졌다. 당신은, 어찌 감당하려고 군관으로 위장하여 이까지 들어왔나. 발각되면 죽는 길뿐인데. 두 사람의 절박함에 정희도 숨이 막혔다.

"시간, 없습니다. 혜정이 어디 있습니까."

다시 묻는다. 목소리가 갈라진다. 이 형형한 눈빛을 외면할 수가 없었다.

"혜정이 많이 아플 것입니다."

"어디 있습니까."

"살 방법 찾느라, 아이 없애는 약 먹였습니다."

"……."

"대웅전 뒤 켠에 삼신당 있고, 그 삼신당 뒤로 들어가면 요사채, 제일 구석진 방입니다. 하룻밤 위로는 해주실 수 있겠으나 그 다음은 어쩌시겠습니까."

"……."

"이 생에는, 두 사람 아니 될 것입니다. 그 마음, 아무리 절절해도 내려놓으십시오. 그리하시면, 두 사람 다, 평온할 것입니다."

"……."

지원은 아무 말 하지 않았다. 머릿속은 복잡하게 뒤엉켰다. 확신했던 무언가가 무너지고, 마지막으로 남겨놓았던 경계선이 허물어졌다. 단단한 껍질이 벗겨지자 한없이 여리고 약한, 상처투성이인 스스로가 무서운 현실 앞에 고스란히 드러났다. 처음으로 포기하지 못한 자신이 원망스럽다. 언제 어느 때고 놓아줄 수 있을 때, 아프지 않을 때 잊혀질 수 있을 때 돌아섰어야 했다. 혜정을 지켜주지 못했다. 피멍이 들도록 제 가슴을 쳐도, 엄연한 현실은 넘어설 수 없는 것이다. 내가 당신을, 사랑해서 당신이 이렇게 아파야 하는구나. 내가 당신의 죄구나. 눈물로 시야가 자꾸만 흐려졌다.

장지문 밖에 한참 서 있었다. 댓돌 위에 신발 차분히 놓여 있다. 방 안에선 아무 인기척 없었다. 지원은 겨우 숨 고르고, 마루에 올라서 방문을 열었다. 인기척에 혜정이 놀라 일어섰다. 그리고, 거짓말처럼 방 안에 들어선 지원을 본다. 그 눈 속에 담겨 있는 참담한 고통이 혜정의 심장을 덜컥 내려앉게 했다. 흐르지 못하고 괴어 있는 눈물, 하늘에 맺힌 슬픔이 혜정을 울게 했다.

"미안해."

그의 첫마디.

당신에게 나는 죽은 사람이어야 하는데.

지원은, 그토록 그리운 사람 앞에 두고도 선뜻 더 다가서지도 못하고, 미안하다는 말만 던져 놓았다.

"왜, 이제 오셨습니까?"

얼마나, 무섭고, 떨렸는데. 왜 이제 왔냐고.

정희가 가져다준 저녁 밥상. 정희의 정갈하고 꼼꼼한 성격에, 한 번도 그런 적 없었는데 국이 미지근하게 식어 있었다. 그리고 아이 아버지를 물어봤다. 김지원, 지원아. 생각하고 불렀다. 뱃속의 아직 여리고 약하기만 한 생명이 자신에게 닥쳐올 어떤 일을 예감하는지 혜정을 붙잡았다. 약을 먹으라 하시는구나. 널 보내라 하시는구나. 지원아, 우리 아이 낳지 말라하는구나. 우릴 위하는 사람도, 우릴 해치려는 사람도 손 놓으라 하는구나. 아무도, 우리를 허락해 주지 않는구나. 어머니가 되면 강건하게 살리라 다짐했다. 지원이 닮은 아이 보면서 그 아이 커가는 것 보면서 죽어도, 이 아이는 지켜내고야 말리라 그것으로 의지 삼고 살아내야겠다 생각했다.

그런데 따뜻하게 감싸주고, 돌봐주시던 분이 내놓은 약이다. 서러웠다. 서럽고, 지원이 그리워 견딜 수가 없었다. 이 일, 혼자는 감당하지 못하겠다고 나 데리고 가달라고, 밥상 밀쳐 놓고는 혼자 웅크리고 한참을 울었다.

"미안해."

"아예 오지 마시지요, 찾지도 마시지요."

마음에 없는 말 했다.

지원이 울고 있는 혜정에게 조심스럽게 다가와 처음 포옹처럼 조심스럽게 안아주었다. 혜정이 그 품에 기대, 소리 내어 울었다. 혜정은 지원의 상처가 아프고, 지원은 혜정을 울게 해서 또 아팠다. 서로에게 어떤 위로도 해줄 수 없었다. 그저 이렇게 가슴을 열어 같은 상처를 안아주는 것밖에는.

"얼굴이 거칩니다. 수염도 하나 안 깎고."

마주 앉았다. 혜정이 지원의 얼굴, 뺨에 손대보았다.

"어."

당신의 따뜻한 손이 좋아. 파헤쳐진 상처를 어루만져 주는 것 같았다. 지원은 편안히 눈 감았다. 부드럽고 따뜻한 손, 이

촉감.

"쓰러지겠다, 잠시 누워 눈 붙이세요."

혜정이 일어나 이부자리 깔아주려 했다. 지원이 그 손목 꼭 잡았다. 고개를 가로저으며,

"괜찮아, 그냥 여기 있어."

"왜요."

"보고 싶어."

혜정이 다시 앉았다. 지원은 평생 잊지 말아야 할 얼굴, 마지막으로 보는 사람마냥 애타는 시선으로 혜정을 쳐다봤다.

"……많이 힘들었지요, 힘들지요?"

이 남자가 안쓰러웠다. 정업원까지 들어오느라 얼마나 힘들었을까. 죽었다고 했으니 또 얼마나 아팠을까. 이렇게 숨은 나를 찾느라 지치고 고달팠을 텐데. 아기 가져 약해진 마음에, 지원이 보자마자 목놓아 울어버린 것 미안했다. 내 눈물이 또 이 사람 가슴 안에 맺혀서 상처 될 텐데.

지원은, 혜정을 보며.

내 손이 너무 작고 약하구나, 내 심장이 너무 여리구나 그래서 내 여자를 울게만 하는구나. 우리에게 얼만큼의 시간이 허락되어 있을까. 오늘이 마지막 밤일까. 생각할수록 자꾸만 약해졌다. 다시 해가 뜨면, 이 손을 놓아야 한다. 살갗이 벗겨지는 것처럼 쓰라렸다. 왜 이렇게 작고 약해 보일까. 저 안에 눈물만 차 있을 텐데. 저 작은 몸에 무거운 짐 지워 거친 숲 헤매

게 하는 것 같아서 혜정이 안쓰럽고 가여워서, 울지 않으려는데 눈물이 났다.

혜정에겐, 지원이 속으로 꾹꾹 누르고 있는 눈물까지 보였다.

하지만, 때로는 사랑이 연인을 얼마나 단순하게 만드는가. 여기가 물 한 모금 마실 수 없는 사막이라 해도, 한 치 앞 보이지 않는 안개 속을 헤매는 것이라 해도 지원을 보는 혜정의 가슴속은 슬픔이 걷힌다.

다음 날, 다음에 올 시간 걱정되질 않았다. 그저, 지원이 앞에 있으니 좋을 뿐이다. 심장이 아릴 만큼 보고 싶던 사람, 그 사람이 내 눈 채워주고 있으니 여기가 어디라 해도 상관없었다. 위로해 주고 싶었다. 소년 같은, 햇살 같은 그 맑고 환한 웃음 보고 싶다.

혜정이 지원에게 먼저 다가갔다.

울지 마세요.

거칠어진 입술에 조심스럽게 입 맞추며…… 하고 싶은 말을 대신했다.

괜찮아요.

떨리는 손으로 지원의 두 뺨, 귓불, 머리카락, 목덜미 만져보았다.

내 손 놓지 않아서 고마워요. 나 혼자 욕심으로 우리 인연을 붙잡고 있는 거라면, 더 많이 미안했을 겁니다. 같은 마음으로 있어줘서 고마워요.

깊고 뜨겁게 입 맞추었다.

우리, 같이 살아야지. 이 아이, 낳아 키워야지요. 이제 아이 아버지이고, 한 여자의 지아비이니까.

긴 입맞춤, 지원이 한꺼번에 숨을 토해놓았다. 눈물 맺혔지만 혜정이 수줍게 웃었다.

떨렸다. 암담하고 우울한 그늘이 걷히고. 철없고 가슴 뜨거운 어린 연인이 되어 손가락 끝으로 지원의 귓불 살짝 간지럽혀 본다. 지원의 얼굴이 세게 뛰는 심장, 숨기지 못하고 홍조를 띈다. 그 뺨에 다시 입 맞추니 뜨거웠다.

지원이 웃었다. 상처 없던 어린 날처럼, 당당하고도, 해맑게. 입가로 번지는 미소를 보니 언제 울었을까, 언제 아팠을까 싶었다.

"부인이 먼저 시작한 거지?"

지원이 장난스레 물었다. 혜정의 얇은 손목, 다시 꼭 그러쥐었다.

"아파요."

"진짜?"

"무슨 손힘이 이렇게 세."

혜정이 타박 아닌 타박하자, 지원은 손 스르르 놓았다.

"곱다."

"내가요?"

"응."

지원이 한마디 툭, 뱉고는 다시 고개 떨궜다. 갈 곳 잃은 손이 괜히 옷자락만 괴롭히고 있었다. 혜정은 큰 눈 깜박거리며.

"아이 가지면 예뻐 보인다 합니다."

"응……. 고마워, 부인."

"나도, 이 아이도 지켜줄 거지요?"

"응."

"같이…… 살 거지요?"

"응, 예. 부인……."

그 대답만으로 모든 고통이, 앞으로 닥칠 시련이 끝난 것 같았다.

지원이 한참 혜정을 보다 격하게 끌어안고, 또 그보다 더한 격렬함으로 입 맞췄다. 혜정이 방바닥에 쓰러질 듯하다가, 지원의 가슴팍 밀어냈다.

"서방님은 꼼짝하지 마세요."

"……."

혜정은 지원의 조심스러운 그 마음, 잘 알고 있었다. 그러니 괜히 더 대담하게, 지원을 등허리 끌어안고 목덜미며, 귀, 뺨, 입술……. 그래도 오래 참아줄 지원이 아니었다. 혜정을 품 안에 온전히 가뒀다. 그리고 똑같이 입맞췄다.

"따가워요, 산적 같아."

혜정의 여린 속살에 따끔한 촉감. 지원은 뭐가 그리 좋은지,

혜정의 가늘고 고운 목에 길게 입 맞춰주며 웃었다. 혜정이 따 갑다 투정하는 것도 예쁘기만 했다. 그렇게 밤이 깊어갔다.

두 사람, 서로를 품 안에 고스란히 안고 먼 날을 위한 달콤한 하룻밤, 깊은 잠 자며 편히 보냈다.

"혜정아……. 부인."

다정한 목소리가 귓가를 간지럽혔다.

"응."

"일어나."

"어."

지원이 혜정의 얼굴, 이마며, 뺨이며, 만져 보았다. 먼저 일 어나 혜정을 깨웠다. 혜정은 괜히 아이처럼, 이불 안에 몸을 더 웅크렸다. 잘 못 일어나는 사람이, 먼저 일어나 말끔히 차려입 고 혜정을 깨웠다.

눈 뜨자마자 지원의 얼굴이 시야를 가득 채웠다. 따뜻한 손 길, 느껴졌다. 눈 마주치자 혜정이 수줍게 웃었다. 깨우지 않고 갈까 했다. 언제든 곧 다시 만날 사람처럼, 무심하게, 오늘 아 침이 마지막 아닐 테니, 매일 같은 날 반복될 것처럼. 지원은 한참 곁에 앉아 잠든 혜정을 지켜보고 있었다. 지켜줄게. 같이 살자. 같이 살게 되면, 한 날도, 한시도, 허투루 보내지 말고 우 리 두 손 가득 하늘이 주는 선물처럼 여기고 그렇게 살자.

깨우지 않고 그냥 가는 지원의 마음 충분히 헤아릴 것 같았다. 그런데 막상 방문 열고 나서려다 보니, 비가 오고 있었다. 바람도 없이, 여린 빗줄기가 세상을 고요히 적시고 있었다. 초여름이라 정업원 안 마당, 버드나무, 살구나무는 더 푸르러 가고 여명의 빛과 빗물이 어울려 놀랍도록 풋풋하고, 아름다웠다.

함께 있어서 아름답다. 길가에 서 있는 흔한 나무들도, 질척거리기만 했던 빗물도, 매일 뜨는 해조차. 그러니 우리에게 잔인한 세상이라도, 손 놓치지 말고 건너가자고, 말하고 싶었다.

"비 와."

문 열어두니 바깥의 비냄새, 풀냄새, 흙냄새가 들어와 따뜻하고 뭉근한 방 안의 공기와 섞였다.

"조심해서 가세요."

"……."

"조심해서. 알았지요?"

"혜정아."

가슴에 새기듯, 이름 불러보았다. 혜정은 지원이 부르는 자신의 이름이 특별하게 들렸다. 이 나직하고 다정한 음성에 왜 갑자기 눈물이 날까.

"응."

"곧, 데리러 올 터이니. 조금만 더 기다려 줄 수 있지요, 부인?"

"네, 서방님."

"나는 하나도 안 힘듭니다."

이럴 땐 또 아이 같다. 혜정이 지원의 손, 굳게 잡았다.

"서방님 계셔서 저도 하나도 안 힘들어요."

지원이 혜정의 여린 어깨에 손 얹었다. 가볍게 안아주며,

"밥, 잘 먹고 있어. 이제 홑몸 아니니까."

제법 엄격하게 말했다.

"예."

혜정이 고분고분하게 대답했다. 어찌 보낼까, 여기서 헤어지면 또다시 긴긴 이별 있으면 어쩌나, 송치수의 탐욕이 어디까지 뻗어올까. 뒤로는 어둠이 덮쳐 오고, 앞으로는 검푸른 강물이라도 있는 듯했다. 어둠이 이 사람을 삼켜 버리면 어쩌나. 강물이 이 사람 쓸고 가버리면 어쩌나 손 놓을 수가 없어서. 하고 싶은 간절한 말들은 서로를 울게 할까 가슴에 묻고, 또 묻으며 지원도 일어서질 못하고, 혜정도 '얼른 가야지'라는 말, 차마 나오질 않았다. 이러다 시간 놓치겠다. 다시 볼 사람이다 괜찮다. 지원이 일어났다.

"나오지 마시오. 비 오는데."

지원이 한 번 당부하고 문밖 나섰다. 마루에 앉아 부러 느리게 신발 신는데 웅크린 등허리며 목덜미가 혜정의 눈에 밟혔다. 울며 보내주면 그 마음 더 무거울 줄 알면서도. 이리 지체하면 위험할 줄 알면서도 작별인사 끝내놓고 지원의 허리께를 말없이 끌어안았다. 이 등에 기대보았다. 어릴 적 아버지에게

업힐 때처럼 커다랗게만 보이는 뒷모습. 지원은 말없이 혜정의 손잡았다.

"나중에 늙어도 우리 심심하진 않겠다."

"응."

"아기한테 얘기해 줘야겠다. 느이 엄마가 날 너무 연모해서, 아침에 신 신고 있으면 뛰어나와서 끌어안아 보고 막 그랬다고."

"……."

지원은 나이 훨씬 많은 사람처럼, 아니 애달파 하는 어린 딸 달래듯 혜정의 작은 손 토닥거렸다. 말끔히 웃는 얼굴로 혜정을 마주 봤다. 조금만 힘들어도 서로가 있으니까 조금만 더 가자. 다짐하고, 약속하면서.

지원이 처소로 돌아왔을 때 내관이 그를 기다리고 있었다. 훨씬 편안한 낯으로 늦어서 미안하다고 정중히 말 건네고 붓 들어 망설임 없이 써 내려갔다. 예의나 격식은 필요 없을 터. 짧은 글 속에 충분히 자신의 뜻 전달되리라 믿었다.

"늦어 송구하다는 말씀, 꼭 전해주십시오."

내관은 서찰 받아 들고, 보퉁이 하나 내놓았다.

"보면 알 거라 하셨습니다. 다른 말씀 없으셨으니, 이만 가 보겠습니다."

지원은 왕이 보낸 보퉁이 풀어보았다. 작은 함이다. 짧게 한

숨을 쉬었다. 잠시나마 떨리고 무섭다. 먹먹하기도 했다.

그러다 제 손을 멀거니 쳐다보았다. 혜정을 잡았던 손이다. 이제 자신의 아이가 이 손에 달려 있었다. 주먹 쥐었다 폈다. 그만 울도록 할게. 어디서든 이 목소리 들을 사람인 것을 안다. 제 등에 기대왔던 작고 여린 여인을 생각했다. 머릿속이 맑고 개운하였다. 아무 방해도 받지 않고 한참을 쉬었다 나온 사람처럼, 다시 태어난 사람처럼. 어제까지는, 얼음조각이 핏속을 흐르는 것 같았다. 그래서 온몸을 아프게 찌르고, 살아 있는 지원을 하루하루 죽어가게 만들었다. 무서운 절망감이었다. 다시 한 번 더 버틸 자신은 없었다. 언젠가, 혜정이 자신에게 했던 말을, 지원이 되뇌었다. 어디든 같이 가자, 저승이라도 같이 가줄게. 혼자 두지 않을게.

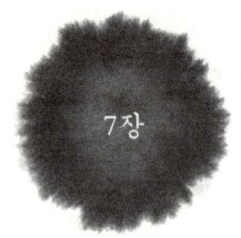

7장

중궁전.

송치수는 비슥 비슥 독사 같은 눈 번뜩이며 새어 나오는 웃음을 감추지 않았다.

"정업원이란 말입니까?"

"예."

딸에게서 원하는 대답 듣고 어찌하면 되겠다, 벌써 계획이 섰다. 정업원에 숨겨두는 묘책을 마련했었구나. 치수는 대군이 나름 머리 굴린 것, 제법 비상하다고 여겼다. 궁녀나 나인이 아니니 중전인 딸도 소용없겠구나. 그러니 효주는 더욱 눈에 들어오지 않았다. 딸의 눈이 자신을 닮아가는 것도 알지 못했다.

"그만 물러가겠습니다."

"이제 어찌하실 겁니까."

효주는 핏대 선 눈으로 제 아비 쏘아보며 물었다. 일전에 나인 아이 죽은 일로 왕은 중전이 망령이 났으니 치료를 해야 한다고 내의원에 명해, 아예 사람을 미치광이 취급하고 있었다. 그런데도 아비란 작자는 제가 원하는 여인 얻을 생각에 출입하는 의원 뻔히 보면서도 어디 아프냐, 괜찮으시냐 말치레조차 하지 않았다.

"어찌하다니요. 이 아비가 알아서 하지요. 마마께 해되진 않을 것입니다."

"그런가요?"

"계집 하나 데리고 나가는 게 부원군인 제게 무슨 큰일이겠습니까. 마마께서는 아무 심려 마십시오."

"그러다 발각되면요?"

효주가 도전적으로 물었다.

"봉선군의 외아들이 올해 일곱 살이니 그 아이를 세자 책봉할 생각입니다. 봉선군은 죽은 지 오래됐고, 그 어미인 희빈 역시 출궁하고 이태 전에 병 얻어 죽었으며 이렇다 할 친인척도 없습니다. 그러니 마마의 양자로 입적시킨 다음, 세자위에 올리면 문제될 것 없습니다. 조정 중신들과는 벌써 그리 이야기가 되었습니다. 두려울 게 무어 있습니까? 제가 중전의 아비이기도 하고, 뒷날 보위를 이을 분의 외조부가 되는데요."

"아버님이 걱정되어 그러는 것 아닙니다."

"그럼, 왜요?"

치수는 갑갑하기만 했다. 효주가 오늘따라 왜 이렇게 말이
많은지. 마음은 벌써 궐 밖을 달려 나가고 있었다. 혜정을, 이
번에는 절대로 놓아주지 않을 것이다. 지금껏 애태우고, 애 닳
게 한 것 충분히 갚아줘야 하고 원한만큼 안아보기도 해야지
않겠느냐. 이 욕정 다 채우려면 한시도 떼어놓지 못할 것이다.
하하……. 그리고 또. 네 눈에서 피눈물 흐르는 것도 보아야지.
나한테 매달려 애원하게 될 거란 생각만으로도, 뿌듯했다. 새
삼스레, 산 보람조차 느껴지는 것이다.

"정업원에 있는 것, 알려주었으니. 제게는 무얼 주실 겁니
까?"

효주가 신경질적으로 따져 물었다. 한 켠 처량하건만. 제 외
동딸에게 줄 연민조차 마음에 남아 있지 않은 치수이다.

"중전마마, 한 나라의 국모께서 그런 말씀하시다니요. 이미
충분히 얻으셨지 않습니까?"

"지원이 입궐했더군요."

거의 반쯤 일어났던 송치수, 자리에 다시 앉았다. 그리고 딸
을 쏘아봤다.

"예."

"만났습니다. 그 덕분에 저도 그년이 정업원 있다는 거 알았
지요."

"뭐라? 그럼 혜정이, 지원과 만났단 말입니까?"

"거야 모르지요. 궐에 드나드는 사람까지 제가 일일이 살필 수는 없지 않습니까."

또 한 발 늦을지 모르겠구나. 조급증에 머리카락이 쭈뼛 설 지경이었다. 입안이 바짝 말랐다.

"음……. 마마께서 실수하셨습니다. 그런 화급한 일이 있었 으면 그 즉시 말씀해 주셨어야지요."

"아버님. 저는 주상과 정, 없습니다. 평생 이렇게 살 수는 없 습니다."

"그래서요."

"지원이는 어쩌실 겁니까."

치수는 그 이름만 들어도 눈썹이 움찔거렸다. 타오르는 분 노, 누르기가 힘들어서.

"죽여야지요."

"예?"

이번엔 효주도 놀랐다. 궐에 들어오기 전에도 양반가의 규수 라 하여 집 안에서만 갇혀 살았다. 명문대가 댁 외동따님이라 그 도도함에 여간한 사내들은 눈에 들어오지 않기도 했다. 처 음엔 고운 외모에 혹했었지. 얼마나 떨었는지 찻잔을 쏟았지 않겠나. 두고 온 정인을 그리듯, 고독한 궐생활에서도 지원을 떠올렸다. 사가에 있을 때 한 번 만남이니 오래 기억할 거리가 없는데도, 괜스레……. 간혹 출입하는 군관이며 벼슬아치들 보면 지원은 어떤 남자가 되어 있을까 궁금했다. 그러다 대군 청나라 행차 때 보았던, 어엿한 청년이 된 김지원, 그리고 한 여자……. 고스란히 옛날과 똑같았다.

"혜정이 보는 앞에서 천천히 죽일 것입니다."

"그리 독한 마음 먹으셨는지는 몰랐습니다."

"세상사 주는 만큼 받는 것, 아니겠습니까?"

"그래서 그년 우는 것 보면 속 시원하시겠습니까?"

"울기만 하겠습니까. 애간장 끊어지겠지요. 피눈물 흘리겠지요. 그 여린 속이 갈기갈기 찢어질 것입니다. 뼛속에 새겨줄 것입니다."

"안됩니다."

"예?"

뜻밖의 말에 송치수의 얼굴에서 웃음 걷힌다. 이건 또 무슨 말인가.

"죽이지 마십시오."

"뭐라셨습니까?"

"그년도 죽이지 마십시오."

"중전마마."

"살려준다면 무엇이든 할 사람이니, 아버님과 제가 양쪽 끈 잡고 있으면 되겠군요."

"……."

"어찌하면 되겠습니까. 팔다리 묶어서 가둬두면 되겠지요?

저도 한 번은 그리 살아봐야 하지 않겠습니까?"

"지금 마마께서 무슨 말하고 있는지 알고는 있습니까?"

"하하, 아버님이 도리를 말씀하실 생각입니까. 듣기 민망합니다."

"중전마마."

"됐습니다. 물러가 보십시오. 아버님이 제 뜻 안 따라주시면 저도 제 나름 길 찾을 것이니 명심하십시오."

숫제 협박이었다. 잃을 것 없는 효주의 눈빛은 독하게 번뜩였다. 치수는 그래도 딸 아니냐, 하늘도 어쩌지 못한다는 것이 천륜이거늘 결국 아비 뜻 따르겠지. 건장하고 곱상한 사내 하나 찾아 적당히 데려다 주면 될 것이다. 대수롭지 않게 여기고 궐을 나왔다.

✻

깊은 밤. 하루 종일 아무것도 먹지 못하고 물 한 모금도 다시 게워냈다. 아직 작은 생명일 뿐인데……. 두 사람이 한 몸에 들어 살고 있는 듯, 힘에 부치고 움직이기도 싫고 생전 하지 않던 밥투정을 다 했다. 정희가 혹여, 아이 떨구려 했던 일 서운해서 그러냐…… 했다. 혜정은 고개를 가로저었다. 진실된 마음은 무엇에든 통하는 법이라 정희가 저를 아껴 그리 했던 것도 알고, 이제 다시 말없이 돌봐주려 하는 것도 잘 안다. 하지만 지원의 얼굴 마주보고 밥 먹고 싶었다. 그러면 모래알이라도 달게 먹을 듯하다. 아이처럼 투정만 늘어가는구나. 약해지는구나.

며칠 전 헤어진 사람이 이렇게 목메이게 그리웠다. 보내주지 말걸, 어리석은 후회가 된다. 할 수 있는 일이라곤…… 이렇게 기다리는 것말고는 없는데. 벽에 기대앉아 적막한 방에 혼자 앉아 있으니, 눈을 감아도 떠도 지원의 모습이 밀려들어 헤픈 눈물이 또 흐르려 했다.

아가……. 미안해, 엄마가 아직, 약한가 보다.

열여섯 살, 역적으로 몰려 가문이 몰락할 때도, 송치수 집으로 등 떠밀어 보내면서도 끝내 눈물 안 보이려 애썼던 어머니. 항상 울지 마라, 울지 마라 했던 아버지도, 꿈엔들 잊을 수 있을까. 지원이 만나지 말라고 그런 것 아니라, 이 가시밭길 거쳐 가는 것이 딸의 운명인 걸 미리 알아서. 그리 강인하게 키우려 애쓰셨을까.

지원을 만나지 않았다면, 여덟 살 꼬마 아이 우리 집으로 오지 않았다면. 그늘진 방 한 켠에서 바짝 마른 눈망울로 혜정을 바라보던, 아픈 아이 마음에 담지 않았다면 혜정도 이 세상 사람 아니었을 것이다.

눈 스르르 감고 벽에 기대앉은 채로 반쯤 잠이 들었다. 종일토록 비가 온 날. 밤은 유난히 말갛다.

그때, 문밖에서 가벼운 발소리 우중우중 몰려들었다. 날렵하고도 위협적인 움직임. 어디 있든 마음 놓을 수 없는 처지를 알고 있으니 혜정은 이 인기척에 얕은 잠 깼다. 아직 아무 일 일어나지 않았는데도 온몸이 철없이 떨렸다.

장지문 열렸다. 내관 대여섯 명이 들어섰다.

"묶어라."

가장 나이 많아 보이는 이가 혜정의 얼굴 확인하고, 명 내리자마자 혜정의 입 틀어막고 묶었다. 양팔 잡아 일으킨다. 내관 중 한 사람 낯이 익었다. 정업원 들어오던 날 새벽에 보았던 그 사람이다. 몸가짐 조심하고, 될 수 있으면 문밖 출입하지 말라 음산한 목소리로 말했던.

반항해 보아야 소용없는 일. 건장한 내관 하나가 혜정을 들쳐 업었다.

궐 생활 오래한 내관들은 한 치 실수도 없이 길을 짚어갔다. 발소리조차 묻힐 지경이다. 궁궐 내 태원전, 왕실의 제사 모시던 곳이었다. 그런데 몇 해 전, 위패 모시는 곳 따로 건축하며 자연스레 버려졌다. 제사 지내는 곳이었으니 밝은 대낮에도 엄숙하고 고요했다. 지밀상궁 하나, 왕의 호위무사 서넛이 있을 뿐이다.

"전하, 당도하였나이다."

"들이라."

방 안에서 거친 음성 들려온다.

내관은 그제야 혜정을 바닥에 내려놓고, 묶인 줄 풀어주었다. 오랫동안 버려졌던 곳이니 음산한 분위기가 혜정을 짓눌렀다. 방은 턱없이 넓기만 한데 왕은 보료에 기대앉아 나른한 눈빛으로 혜정을 보고 있었다.

"뭣하느냐. 인사 올리지 않고."

곁에 섰던 상궁이 혜정을 다시 일으키려 했다.

"됐다, 귀찮다. 다 나가보거라. 말하기 전엔 들어오지 마라."

"예."

상궁과 내관, 방을 나갔다. 혜정은 그제야 자신을 이리로 끌고 온 사람이 누구인지 알았다. 놀랐던 마음이 쉽게 진정되지 않아서 자꾸만 머릿속이 아득해지려는 것을 가까스로 지탱하며 왕에게 절을 올렸다.

"네가 이혜정이로구나."

음성도, 눈빛도 탁하다. 이 사람이 왕이구나. 하지만 혜정의 눈엔 오랫동안 동굴 속에 갇혀 산 사람처럼 신경질적이고 유약해 보였다.

"예."

"왜 너를 데리고 오라 했는지 아느냐."

"모릅니다."

"후훗, 죽는 게 무섭지 않은 게로구나."

"……."

"내가, 김지원과 거래를 했다. 그 청년의 목숨이 걸려 있고,

물론 네 목숨도 걸려 있다. 부원군이 요즘 중전과 모의하여 일 꾸미는 듯하여 내가 먼저 움직인 것이기도 하고. 원래 궐은 비밀이 많은 곳이다."

왕은 혜정을 쳐다보며 자신이 지나치게 많은 말을 하고 있음에 잠시 놀랐다. 본디 모든 일이 심드렁했다. 손만 뻗으면 얼마든지 안을 수 있는 나인들이 천지로 깔려 있다. 혜정을 데려오라 할 때도 부원군이 그토록 공들여 가며 한 번 안아보려는 계집, 무어 그리 특출하게 아름다운가. 얼굴이나 한 번 보자꾸나 하는 심사였다.

내관이 업어 와 바닥에 짐 풀듯 조심성 없이 내려놓을 때만 하더라도 그래, 듣던 대로 곱다……. 어여쁘다……. 속으로나마 툭 뱉었다. 여인의 아름다움은 가지각색이어서 그 화려함이 지나치면 아무리 흠잡을 곳 없어도 천박해 보였다. 또 지나치게 단정하면 갑갑하고 숨 막혀서 마음이 동하지 않아 아름다움이 아름다움으로 느껴지지 않았다. 왕에게 정실부인인 효주는…… 굳이 따지자면 아름다움은 있으나 마음이 느껴지지 않아 겉으로 드러나는 아름다움마저 다 갉아먹은 축이었다. 이여인은, 어쩌하여 부원군의 마음을, 아니, 인생을, 권력을 통째로 걸고 그리 흔들리게 하나, 따져 볼 생각이었다. 화려한가, 단정한가. 넋을 빼놓게 고운가. 따지듯 살폈다. 이 살피는 시선을 받으면서도 흔들림 없었다. 왕과 독대한 자리 아니겠나. 조붓하게 절 올리고 앉는 품새는 단아했다. 감히 고개 들라 하지도 않았는데 눈 초롱초롱히 뜨고 왕을 쳐다봤다. 무언가 늘어진 신경을 팽팽히 당기는 듯했다. 고작 여인에게 질 수 없어서 왕도 혜정을 뚫어져라 쳐다보았다.

바닥을 짚고 있는 손목이 너무, 가늘다. 어깨는 좁고, 작았다. 어찌 저 몸으로 그 일들 다 겪어냈나, 대군의 편지에 담겨 있던 이 여인의 사연을 생각했다. 눈망울이 깊고 맑았다. 깨끗하고 선한 심성이 눈에서 드러났다.

왕은 무엇에 홀린 듯 주절주절 떠들고 있었다. 혜정은, 왕의 입에서 '김지원'이라는 이름 나오자 말할 수 없이 애틋한 얼굴이 됐다. 그 이름만으로도 안정이 되고, 마음을 놓을 수 있다는 듯. 맹수 우리라도 두렵지 않다는 듯.

"……."

"널 숨겨놓을 곳이야, 궐내에만도 수십 군데는 되지. 허나 내가 먼저 보고자 했다."

"예."

"나는 다섯 살 때까지 궐에서 살았다. 여기는 내겐 아버님과 다를 바 없는 형님과 함께 숨바꼭질을 하거나 경연이 지겨운 날 숨어들곤 했던 곳이다."

"예."

인적이 드문 곳을 생각했을 뿐인데. 오래 전에 잊었던 어린 시절이 떠올랐다.

왕은 그제야 자신의 마음이 무엇인지 알았다. 이 여인을 안

심시켜 주고 싶은 게다. 구차한 말이라도 덧붙여, 나는 널 해칠 사람이 아니다, 나도 어린아이였을 때가 있었느니라. 마음 놓아도 된다는 말이 하고 싶은 것이었다. 자신을 지키려 애쓰고 있지만 저 속은 무섭고 떨리리라. 그것이 염려되어 하지 않아도 될 이야기를 덧붙이고 있는 것이다.

"그와 내가 무슨 거래를 했을 것 같으냐?"

"알 수 없습니다."

"그래서 알고 싶지도 않고?"

"그 사람이, 무엇을 하든 저를 지키고자 하는 것이니 그것으로 족합니다."

"그것으로 족하다?"

"······."

여기 저기 켜놓은 등불, 왕이 움직일 때마다 옷자락이 부스럭대는 소리가 크게 들렸다. 할 말을 잃고 혜정을 다시 보았다. 어스름한 불빛 아래······. 고단하고 힘들지언정 마음속에 한 사람 있으니, 그것으로 되었다고 말하는 가냘픈 여인.

"내일 밤, 지원이 너를 데리고 나가기로 하였다. 여기서 한 발자국도 움직이지 말거라."

"예."

"고단해 보이는구나."

"······."

혜정이 가만히 웃었다. 입가로 번지는 미소. 왕은 자리를 피

해주려 먼저 일어나 방을 나왔다. 상궁에게 잘 살피라, 일러두고. 침전으로 온 왕은 한참을 뒤척였다. 가슴에 불덩이를 안은 듯 잠이 오질 않았다. 앞으로 불 피바람을 생각하니 골이 쑤신 게지, 넘겨보려 해도 쉽게 되질 않았다. 그래서 삼경이 지난 시각, 다시 태원전을 찾았다.

문 앞에 서 있던 상궁은 마치 왕이 다시 찾아올 것을 알았던 사람처럼,

"방금 잠든 듯합니다. 제가 들어가 깨울까요?"

물었다.

"아니다."

대답하고 방 안으로 들어섰다. 한 켠 구석에 아이마냥 몸을 웅크리고 잠들어 있었다. 그래도 불안했는지, 불도 끄지 않고. 이불 손수 가져다 덮어주었다. 그리고 불 꺼주었다. 칠흑 같은 어둠 속에서 한참 혜정을 보고 있었다.

✳

왕이 혜정을 태원전으로 데려간 그 시각, 지원은 도성 인근 빈집에서 누군가를 기다리고 있었다. 왕이 보낸 함, 왕은 덫을 놓아 사냥을 하고자 했다. 지원은 그 의도를 알고 있다, 왕이 잡으려는 짐승과 덫으로 유인할 미끼가 무엇인지. 장지문이 열리며 기다리던 이가 나타났다. 다시 이렇게 또 마주 앉을 줄.

이마에 선명한 흉터, 남아 있었다.

"겁이 없는 것은 어릴 때나 지금이나 다를 바 없구나."

팽팽하게 당겨진 침묵을 깨고 송치수가 먼저 입을 열었다.

"왜요, 무서우십니까?"

"하하. 내가, 무서울 게 무에 있어."

"……."

송치수는 싸늘한 웃음을 거두고, 지원에게 되물었다.

"중전이 폐위될 것이라는 교지가 어찌 네 손에 먼저 닿은 것이냐."

"제가 대감보다 거래에 더 능하여 그러한가 봅니다."

중전이 폐위될 것이다. 그리고 왕의 다음 칼날이 어디를 향할지 알고 있었다. 미리 조정 중신들을 모아 손을 써야 한다. 내일 조례 전까지……. 그리고 어쩔 수 없다. 송치수는 치욕스러웠으나 지금은 살기 위해 고개 숙여야 할 때임을 알고 있었다.

"너와 나는 악연이라도 인연인가 보구나. 딸년과 나의 목숨 값으로 충분하겠느냐."

저 더러운 입으로, 그 이름을 입에 올리는 것조차 싫었다, 치떨리게. 지원은 소매 안에서 물건을 내놓았다.

"청홍사입니다."

"쯧쯧, 중전께서는 이것 하나 제대로 간수 못하여."

입맛이 썼다. 청홍사, 청실과 홍실을 엮은, 혼약하며 신부가 받는 일종의 매듭이다. 왕실 혼례였으니 보통 양반가에서는 흉내도 못 낼 만치 화려하고 아름다운 청홍사. 이 물건이 외간 남자의 손에 있다면 중전은 도리 없이 누명 쓸 것이었다.

"그런데, 이대로 두면 중전과 내가 영락없이 죄받을 것을 알면서 왜 굳이 나와 거래하고자 하는 것이냐."

"주상께서는 제가 청홍사를 가지고 중전과 내통하였다는 증언을 해주길 원하셨습니다. 허나 중전이 폐위되면 저는 사약을 받겠지요. 그까지 생각 못할 만큼 어리석지 않습니다."

"왕이 살려준다 약조하였을 텐데."

"믿지 않습니다."

"그럼 나도 믿지 않겠구나."

송치수가 되묻는다. 지원은 가만히 송치수를 보았다. 부귀영화 마음껏 누리고 살았으니 마흔이 넘은 나이에도 건강한 체격이었다. 안색은 약간 검붉고 얼굴에는 기름이 흐른다. 눈은 가늘고 매섭게 번뜩이고 투실투실한 손으로 잘 다듬은 수염을 쓰다듬는다.

"예."

"장담하지 못할 거래를 하는 장사치도 있느냐?"

"왕과는 거래할 수 없습니다. 하지만 당신에겐 외동딸이니, 핏줄을 버리겠습니까."

송치수는 쓰게 웃었다. 그래, 외동딸 효주. 딸을 살리기 위해 혜정을 놓아야 하는 것이냐. 너는 그리 쉽게 생각하는구나. 마치 허상인 듯 손에 잡힐 듯 잡히지 않는 그 여인, 사람 죽여가며 얻고자 했던 여인을, 내가 죽는다 한들 놓아지겠느냐.

"내일 아침 이대로 청홍사 들고 입궐하면 중전과 내가 죽는 대신, 너도 죽을 터이고 이걸 내게 주면 너는 살 것이니, 이것으로 된 것이다."

"예, 살아서는 다시 뵙지 못할 듯합니다. 부디 몸조심하십시오."

지원이 자리에서 일어났다. 두려울 것도, 조마조마할 일도 없다. 어찌하다 보니 이 지저분한 싸움터에 송치수와 왕, 그리고 지원이 올라와 서로를 보고 있을 뿐이다. 피바람이 불 것이다. 지원은 송치수보다 먼저 그 집을 나와 밤하늘을 쳐다보았다. 비 온 뒤라 씻은 듯 검은 하늘 속에 달이 제 빛을 내고 있었다. 어서 시간이 흘러주길, 바랄 뿐이었다.

다음날 아침.

조정 대신들이 입궐한 자리, 왕은 중전의 폐위교서를 내렸다. 이미 송치수에게 매수된 신하들은 조목조목 이유 들어가며 폐위는 불가하다 언성을 높였다. 중전이 절개를 지키지 않았다 하나 증거 없으며 모두 누명일 뿐이라, 오히려 중전을 음해한 무리를 찾아 처단하라. 왕은 쓰게 웃었다. 너희들은 내 신하가 아니라 송치수의 신하들이구나. 국정에 관심 쏟지 않았으니 어쩔 수 없는 일일 테지. 왕은 예상한 일인 듯 편히 말했다.

"경들은 들으라, 이미 중전의 행실에 대한 고변이 있는 터라 그저 넘어갈 수는 없는 일이다. 폐위가 과하다니 연경당에 유폐하고 이 일을 소상히 조사하여 진상을 천하에 밝힐 터이니 그리 알라."

왕의 명에 따라 내관들은 중궁전의 현판을 끌어내리고, 중전 첩지를 불살랐다. 효주는 마치 제 몸이 불타는 듯이 발악을 해댔다. 낡고 초라한 연경당에 유폐된 효주는 누구를 향해 있는지도 모를 분노에 온몸을 떨었다. 현판을 내리고 첩지를 불태워 없애는 일, 그것은 언제가 되더라도 반드시 중전을 폐위하고야 말겠다는 의지를 보여주는 것이다.

왕과 같은 길 걸을 수 없겠구나. 감히 내 목에 칼을 겨누려함이냐. 송치수는 자신의 딸, 돌아보지도 않고 퇴궐했다. 시간이 없었다, 세를 모아 군사를 일으킬 것이다. 왕이 칼을 꺼내들었으니 사는 방법은 이것뿐이겠지. 그리고 무언가 끝이 다가올수록 더 극악해지는 송치수. 머릿속으로 단 한 가지 장면을 그리고 있었다. 왕위도, 나라도 다 준다 하여도 바꿀 수 없는일이 있었다. 모든 것을 다 가진다 하여도 채우지 못할 일이 있었다. 반드시 내 눈으로 보고야 말리라.

치수가 원하는 것은 왕이 옥쇄를 내놓는 것도, 효주가 중궁전으로 돌아가는 것도 아니었다. 그의 피를 보아야 한다. 이미

한 번 고개를 조아렸지 않느냐, 이마에 흉터 아직 선명하다. 긴 세월, 이어온 질긴 악연. 매듭지을 때가 되었다.

하루 종일 격무에 시달린 왕은 이마를 손으로 꾹꾹 짚었다. 골이 지끈거렸다. 파발을 띄워 각 가까운 지방의 군사를 도성으로 은밀히 움직이라 명하여 두었다. 군사를 동원하여 송치수와 그 일파를 잡아들일 것이다. 의금부가 차고 넘칠 것이며 육조 앞 큰길은 유배지로 가는 죄인들의 행렬로 가득 찰 것이다. 잔당들을 뿌리까지 뽑아낼 것이다. 능지처참하여 그 목을 성문 앞에 내걸 것이다. 그렇게 폭군이 되어서라도 더럽혀진 조정을 깨끗이 치우리라.

"전하, 당도하였습니다."

문밖에서 조심스럽게 알려 온다. 깊은 밤, 관복도 갖추지 않은 지원이 들어섰다. 한층 편해 보이는구나. 혜정을 보고 이 사내를 보니 기분이 미묘했다. 왕은 애초에 지원에게 청홍사와 중전 폐위교서를 함께 보냈다. 왕은 그대는 여인을 믿고, 나는 내 여인을 믿지 않는다는 한 줄 글을 써보냈을 뿐이다. 지원이 일을 그르친다면 그를 함정이요, 덫으로 삼아 송치수와 함께 죽일 것이고 제 살 길을 찾아간다면 놓아줄 것이라 생각했다. 그러기에 혜정을 지켜준 것이다. 허나 두 사람의 간절함이 만들어내는 기운이 왕의 마음을 천천히 흔들고 있었다. 어느새 지원이 동지인 양 여겨졌다.

"송치수가 사병을 모으고 있다고 하나, 나 역시 군사를 움직이고 있으니 내일 아침이면 모든 일이 끝날 듯하다. 네가 도와주어 이 일 오래 끌지 않을 수 있었으니 고맙구나."

"아닙니다. 전하께서 마음먹으셨으면 무슨 일인들 못하셨겠습니까. 송치수가 제 무덤 판 것입니다."

"오늘 밤이 지나 움직이는 것이 낫지 않을까 싶은데. 아무리 궐내에 제 딸 있다 하여도 탐욕스런 송치수이니 옥중에 가두어야 마음 편치 않겠느냐."

"오늘 밤에 떠나고 싶습니다."

지원은 다시 한 번 단호히 말했다. 너무 먼 길, 너무 오랜 시간들을 둘러 왔다. 이 극악스러운 곳에서 한시라도 빨리 떠나고 싶었다.

"내 하나만 물어도 되겠느냐."

"예."

"나는 믿었느냐, 나 역시 너의 여인에게 마음 품었으면 어쩌려 했느냐."

신경질적이고 피로에 지친 왕의 모습은 어디론가 사라지고 조금이나마 따뜻한 말투, 눈빛이다. 지원은 엷게 웃었다.

"잘 모르겠습니다."

"잘 모르겠다, 말은 그리하면서도 눈빛 매섭구나."

"……."

"가보거라. 밤바람이 그래도 찬데, 굳이 밖에 나와 기다린다는구나."

"예."

사내인데도 참, 곱게도 웃는구나. 달빛 아래 자신을 기다릴
여인을 생각함이구나.

왕의 거칠던 마음이 조금은 편안해졌다. 굳이 두 사람을 지
켜준다느니 할 수 있겠냐마는, 세상 어딘가에 저토록 사랑하는
사람들 편안히 그 마음 그대로 살 수 있다는 것만으로도 나쁘
지 않겠다는 생각이 든다. 답답한 궐 안에서, 권력싸움에 지칠
때마다 이 생각하면 나도 간혹 저렇게 맑게 웃어질까.

"들키지 말고, 조용히 뒤따르라 해라."

지원이 침전을 나서자 왕은 내관에게 한 번 더 당부했다.

"예."

"내일 아침, 송치수 의금부에 갇힐 때까지만이다. 혹여 두
사람에게 일 생기면 책임 엄히 물을 것이니 그리 알라."

"예."

인정이라고는 없어 보이던 왕이 이런 명을 내릴 줄이야. 내
관은 의아했으나 내색치 않고 명 받들 뿐이었다. 어쩌면, 송치
수의 세도가 끊긴 이 왕실이 평안해질지도 모르고, 자신이 모
신 이 사람이 성군이 될지도 모른다는 생각을 하면서, 말이다.

태원전 마당 달빛 아래 어슴푸레한 그림자 보였다.

왕의 배려이겠지. 나인복 아닌, 여염집 아낙처럼 곱고 단아

한 차림. 발자국 소리 듣고 금방 돌아섰다. 지원을 보곤, 저 달보다 더 환하게 웃었다. 물비취색 치마에 흰색 저고리 입고 머리 촘촘히 넘겨 비녀 꽂고, 쪽진 머리 앞가르마 가운데 첩지—은으로 만든 작은 나비까지 꽂았다. 주변에 아무도 없는 사람처럼 사뿐히 걸어와 지원의 손 꼭 잡는다.

"걱정했습니다."

"왜 나와 있어요, 홑몸도 아닌데?"

"가만 앉아 있을 수가 있어야지요."

"가요, 이제."

"응……."

두 사람 손 꼭 부여잡고 궁궐을 빠져나왔다. 구중궁궐 출입을 엄격히 관리하나 상선내관이 길을 미리 터두어서 지체 없이 궐문 나설 수 있었다.

"근데 누가 이리 입으랍니까?"

궐내에서는 괜히 발소리도 조심스러웠는데 그래도 성문 밖 나오니 마음이 놓여 도란도란, 다정스레 이야기 나누던 참. 달빛 아래 혜정이 너무 곱고 예뻐서 월궁항아 같은데 목소리는 괜히 퉁명스레 나왔다.

"나인 차림으로 길 나설 수 없으니 이리 입으라셔서."

"그래?"

"왜……. 보기 싫어요?"

혜정이 새초롬해져서 물었다.

"아니, 그건 아니지만."

혜정은 지원을 봤다. 갓 아래 뺨이 핼쑥하고 입술이 까칠하고 날카로운 콧날 아래 굳게 다문 입술.

"얼굴이 많이 상했습니다. 낙안 내려가면 아버님이 나 꾸짖으시겠습니다."

"왜요?"

"서방님 잘못 모셨다고. 얼굴이 반쪽 되었다고."

그제야 지원이 피식 웃었다. 웃어, 그래. 초승달처럼 눈이 휘어지니 그 눈꼬리가 예쁘다.

초여름 밤, 날씨는 알맞게 선선하고 달빛이 방금 빨아 넌 옥양목처럼 깨끗했다. 두 사람의 앞날을 비춰주듯 큰길에 푸근히 퍼져 있는 달빛. 남들 보면 달이 환해서 밤 마실 나온 양반가의 젊은 내외간이려니 하겠지.

도성을 벗어나 산길로 접어들었다. 도성 안에서는 간간히 순라군이나 행인들 모습 보였는데 인적 드문 산모퉁이 돌아들자, 산새들이 푸드득 푸드득 자리 옮겨 나는 소리만 들려올 뿐. 짙푸른 어둠, 산 그림자……. 혜정은 잡은 손에 자꾸만 힘주게 된다.

"무서워, 부인?"

잠시 걸음 멈추고 다정한 음성으로 물었다.

"아니, 안 무서워요."

"조금만 더 가면 쉴 곳 있으니."

"예."

"산에서 재울까 걱정 안 돼?"

"나는 괜찮지요, 허나 아기는 안 괜찮을 겁니다."

"하하…… 그렇네, 이제 놀리지도 못하겠다. 부인한테 내가
계속 져야겠다."

나직한 웃음소리, 잔잔한 미소. 지원이 다시 웃었다. 벌써 아
이 품에 안은 아버지처럼 해사한 웃음. 지원은 좀 더 가까이 서
서 걸었다. 어차피 보는 사람 없으니, 어깨 살포시 끌어안았다.

"혜정아."

"응."

"부인."

"예, 서방님."

"대답해 주니까 좋다. 좋습니다."

"별 게 다 좋습니다."

"억울해서 우린 한 백 년 살아야 될 것 같다."

"예."

여름 밤이라 별이 유난히 밝았다. 사금파리를 쪼개 뿌려놓은
것처럼 총총히 빛나는 별, 고요한 가운데 두 사람의 발자국 소
리, 낮고 작은 목소리, 중간중간 섞여 드는 웃음소리. 불길한
예감 따위 들어설 틈 없는, 그들의 밤이다.

화전민이 살다 버리고 간 듯한 집. 토담은 반이나 허물어지

고 구들도 내려앉았으나 봉당 흙마루는 그런대로 제 격을 유지하고 있어서 하룻밤 쉬어가기는 나쁘지 않았다. 객사나 주막을 찾아들면 사람들 눈에 뜨일 것이고, 깊은 산 샛길로만 온 터라 그런 것이 있을 리도 없었다.

지원은 혜정을 안에 들어가게 하고 청솔가지를 모아와 불을 피웠다. 지원은 그 앞에 앉아 한참이나 손부채질을 하고, 매운 연기에 눈물 찔끔 흘리고, 기침을 하고. 비온 뒤라 불이 잘 붙지 않는지 고생이다. 그래도 혜정이 도와준다 나서니 정색을 했다.

"말 좀 들어. 부인은 거기 가만히 앉아 있어요."

제법 엄하게.

혜정이 피식, 웃자 그 연기 속에서 콜록대는 와중에도 놓치지 않고.

"서방님 말씀하시는데 지금 웃는 거야?"

"웃깁니다."

"안 되겠네, 부인은 내훈을 다시 배워야겠습니다. 웃음이 너무 많아요. 사내를 보고 막 웃으니 외간 남자가 나한테, 마음 품었으면 어쨌을 거냐 묻질 않나."

마른 나뭇가지를 툭 분질러트리며, 왕의 음성이 생각나 한 번 제대로 따져야겠다 마음먹었던 걸 이 참에 풀어놓았다. 왕의 호의, 반 농담이었던 걸 왜 모르겠나. 그래도 저리 곱게 웃는 걸 보니 저 웃음을 다른 사내도 보았으려니 생각하니 투기가 일었다. 함께 있기를 소원했던 게 엊그제인데, 그에 비하면 넘치는 호강인 줄 잘 알지만.

"뭐, 누가 그래?"

"서방님께 말씀하시는 거 좀 보게. 아이 듣겠네."

벽에 기대 편히 앉아 있던 혜정의 눈매가 날카로워졌다. 그래도 지원은 개의치 않고.

"아버님께서 고운 딸을 왜 호방하게 키우셔 가지고, 검술이 웬 말이며 가마를 안 타다니요. 부인, 이제 어디든 나가면 장옷 쓰고 눈만 딱 내놓고 다녀야 합니다."

"왜, 아예 줄로 매놓는다 하시지요?"

"그것도 좋은 생각이긴 한데. 걱정하지 마세요, 내가 꼭꼭 옆에 같이 다닐 겁니다."

이제 솔가지에 불이 완전히 붙어서 불길이 노랗게 피어올랐다. 지원은 손 탈탈 털고 일어났다. 매끈하고 단단한 봉당마루에 나란히 앉았다. 저 불 하나 피워져 있고, 지원이 옆에 있고 밤이슬 가릴 수 있는 지붕 있으니 먼 길 떠돌다 집에 돌아온 것처럼 아늑한 기분마저 들었다. 홑몸 아닌데다 제법 먼 길 걸었으니 자꾸만 졸렸다. 지원의 어깨에 기대 눈 감는다. 지원은 혜정이 편히 기댈 수 있도록 어깨 좀 더 낮추어준다. 손잡는다. 밤이 깊었으니 이제 새들도 제 집 찾아갔는지……. 사위는 고요하고, 나무 타는 소리와 청솔가지 타는 냄새가 맴돌 뿐.

"내일 하루만 지나면 편히 쉬면서 낙안까지 가도 돼. 이 고개만 넘으면 되고. 듣고 있어요, 부인?"

"응⋯⋯. 아, 예, 서방님."

가물가물 잠이 쏟아진다. 지원의 조곤조곤 다정한 말들에 대답해 주고 싶은데.

"⋯⋯말하지 않아도 알고 있지?"

"응⋯⋯."

"말로 해버리면, 쉽고 가벼워질까 봐 말하지 않는 거야."

"무슨 말인데요?"

졸린 눈 뜨고 지원을 빤히 쳐다보았다. 지원은 대답 없이 웃기만 했다. 혜정도 따라 웃다가 아예 지원의 무릎 베고 누웠다.

"⋯⋯나도 앉아서, 서방님 곁에 앉아서 같이 밤새고 싶은데 너무 졸려. 아기가 자꾸만 자자 합니다."

"그래요."

"응."

"근데, 신기하다."

"뭐가요?"

"이 작은 몸 속에서 아기가, 자라고 있단 말이지요?"

"예."

"당신도 이제 어머니 되는구나."

엷은 잠 든 혜정의 얼굴에 잔잔한 미소 퍼졌다.

뼈와 살이 여물어가겠지⋯⋯. 우리 단정하고 착한 아이로 키워서 나중에 제 정인 만나 행복하게 사는 것 지켜봐 주자. 얼마나 좋을까…… . 생각만으로도 자꾸만 가슴 저 밑바닥부터 무언가가 뿌듯하게 차오는 것 같았다. 온전히 제 보호 아래 작은 몸 웅크리고 잠든 여인을 바라보며 지원도 잠시 눈 붙였다.

다음날 아침, 붙여놓았던 불은 꺼져서 까만 재만 남아 있다. 산속의 아침은 더없이 맑고 깨끗했다.

"근처에 샘터 있으니 물 좀 길어올게."

"혼자?"

"그럼, 혼자 가지. 저기 얼마 멀지 않아요. 여기서 기다리고 있어요, 부인께선."

"아닙니다, 같이 가요."

혜정이 따라나서려 하자 지원은 어깨 붙잡아 도로 앉히며,

"이렇게 한시도 떨어지기 싫어서 어쩌누. 그냥 있어, 금방 다녀올게요."

나무로 된 작은 물동이 하나 찾아내서 들고는 유쾌하게 손까지 흔들었다.

심장이 때 없이 불안스레 뛰지만 워낙 고생 많이 겪었으니 이 인적 끊긴 산속에서도 마음 편치 않은 거겠지. 함께 사는 하루하루가 일 년, 이 년 쌓여야 이 조급한 마음이 좀 편해지겠지. 오래 지원의 뒷모습 바라보았다.

한참을 기다렸는데도 지원은 돌아오지 않았다. 어느새 해는 중천에 떠 있다. 샘터에서 급히 물 길어 오다가 넘어졌을지도,

그래서 발목이 조금 삐었을 게다. 그럴 것이다, 다른 일은 있을 리 없다. 혜정은 지원을 찾아 나서려다가, 혹여 산속에서 길 엇갈리면 어쩌나 다시 앉았다가 머릿속이 복잡해지고, 심장이 터질 것 같았다.

기다리는 시간이 길어질수록, 혜정은 뼈마디 하나하나 조각나고 무너지는 듯했다. 다른 일 있구나. 줄이라도 묶어서 절대로 혼자 가게 두지 말 것을……. 어젯밤 그 어둠 속에서는 따사롭고 포근하기만 했던 이곳도 다시 낯설고 무서웠다. 소름이 한꺼번에 돋았다. 누가 커다란 바윗돌이라도 가슴 위에 얹어준 것처럼 숨이 잘 쉬어지질 않는다.

이제 어떻게 해야 하나. 깊은 산속에서 이 사람을 잃었으니 어디에서 찾아야 하나. 샘터 멀지 않다 했으니 우선 물소리 나는 곳 찾아가면 될 것이다.

마음먹고 일어서는데 멀리서 사람 발자국 소리 들렸다. 그러나 한두 사람 아니다. 무장한 군사들이 들어섰다. 얼핏 보아도 삼사십 명은 됨 직하다. 그중 우두머리인 듯한 자가 나서서,

"궐로 돌아오시라는 명입니다."

"누가요."

혜정은 그 눈 똑바로 보며 되물었다.

"어명입니다."

"돌아갈 수 없습니다."

"어젯밤 두 분의 안위를 염려하여 무관 대여섯, 뒤따르게 하

였는데 그들 모두 습격을 받아 죽었습니다."

"그래서요."

"왕실의 무관을 죽였으니 역모입니다. 다행히 오늘 새벽에 도주하려는 죄인은 잡아들였으나……. 선비님의 생사가 달린 일이니 저희와 함께 길 서두르셔야 할 것입니다."

어쩔 수 없었다. 혜정은 그들 뒤따랐다. 불과 하루 만에 궐로 돌아오게 될 줄이야.

도성 내의 공기는 흉흉하기 그지없었다. 죄인들이 줄줄이 잡혀 들어갔고, 무엇보다 부원군 송치수가 왕실의 무관을 여섯이나 죽였으니, 중전인 제 딸을 두고도 그런 짓 저질렀다. 수하를 시켜 사람 죽인 다음 저도 도성을 빠져나가려는 것을 붙잡아 들였다.

혜정이 궐에 도착했을 때는 날이 저물고 있었다. 왕은 몸소 정전 마당까지 내려와서 혜정을 맞았다. 여전히 흐트러짐 없는 여인이 단정하게 허리 숙였다. 허나 입술이 파리하게 질렸다. 단단한 껍질 속에서 자신을 지키려고 애쓰고 있으나 감당하지 못할 절망감에 무너지기 직전이라는 것을 왜 모르겠느냐.

"송치수가 제 목숨 내놓아야 하니 막다른 길목이라 망언하는 줄 알았다, 혹시나 해서 군사를 보냈는데."

"오늘 아침에 샘터에 물 긴다고 갔습니다. 오랫동안 오지 않아서 막 찾아 나서려던 참이었습니다. 산이 깊고 인적이 드물어서 별다른 생각하지 않았는데 제 불찰입니다."

비록 쇠진한 목소리나 말끝 힘주어 짓이긴다. 그래서 더 애절했다. 같이 따라나서지 못해서, 죽어도…… 살아도 그 길 함께하지 못해서 잘못이라고 후회한다고…… 고개 떨구는 여인.

"종일 고문했으나 네가 오면 말하겠다 하고 얘기하지 않는다. 독한 늙은이다."

"예."

형틀에 묶인 송치수. 그래도 아직은 국문 심하게 받지 않았는지 머리를 풀어헤치고, 앞섶에 핏자국 좀 있을 뿐 정신은 멀쩡해 보였다. 혜정이 제 앞에 서자 그 눈 더욱 형형히 빛났다. 그 눈빛이 닿는 것조차 싫다. 더러워진 얼굴, 혜정을 보고 만족스럽게 웃으니 허연 치아가 드러났다.

"무슨 생각으로 이러셨습니까."

혜정이 차분하게 물었다.

"뒤따르라 했다. 궐에서 나갈 줄 알았거든. 내 딸이 있다고 쉽게 움직이지 못하리라 생각한 것이 어리석지."

목소리에는 아직도 기운이 넘친다. 곁에 선 왕의 입술이 분노로 떨린다.

"두 사람이 떨어져 있을 때를 노리라고 했다."

"그래서요."

"지원일 잡아 가둔 다음 천천히 죽일 생각이었지. 아주 천천히. 너는 네 발로 올 것 아니냐."

"……"

"찾아 헤매느라 애태워야지 않겠느냐. 지원이 죽었을까, 살았을까 네 속 시꺼멓게 태워가며 울며 헤매야지."

"……."

치수는 실패한 제 계획을 주절주절 떠벌리면서도 생각만으로도 흐뭇한지 계속 웃음을 흘리고 있었다. 그 눈이 장면을 떠올리는 듯, 꿈이라도 꾸는 듯, 아련해진다.

"애태운 다음 지원일 찾아내야지. 내가 반쯤만 죽여놓을 생각이었다. 그 살을 찢어놓을 것이다. 정강이 부러뜨려 놓고, 고통스러워하는 모습, 낱낱이 네게 보여줄 것이다."

"……."

"그래서 네 앞에서 아주 천천히 죽여야 하지 않겠느냐. 지원이에겐 네가 피 토하며 우는 걸 보여줘야 하고, 네게는 그리 간절한 지원이 죽는 걸 보여줘야지. 뼈에 사무치지 않겠느냐. 규완이 죽이지 못해서, 그 아이 짐승 잡는 화살에 맞는 모습 보여주지 못해 아쉬워서 그런다."

"제가 영감께 무슨 잘못 저질렀습니까."

오히려 차분해진 혜정, 증오와 원한에 눈이 멀어 짐승과 다를 바 없는 송치수 원망할 가치도 없었다.

"잘못?"

"지원이 어딨습니까."

"내가 보낸 아이들은 충직하나 포악해서 요령이라는 걸 모른다."

네 뜻대로 피 토하며 울지는 않을 것이다. 네 뜻대로 가슴속에 사무치는 한, 만들지도 않을 것이다. 혜정은 꼿꼿하게 송치수를 쳐다보았다.

"가서, 폐비를 데려오라."

왕은 더 이상 송치수의 짓거리를 봐주기 어려웠다. 딸이 궐내에 있을 때 역모 꾀한 노인이다. 별 소용 없으리라 생각하면서도, 고초를 겪은 딸을 보면 마음 달리 먹을지도 모른다.

송치수는 조금의 동요도 없이, 오로지 혜정의 눈을 응시했다. 마치 죽기 전에 실컷 봐두기라도 해야 하는 것처럼.

"진시부터, 한 시진마다 처리하라 했다. 내가 오든 말든."

"어딨습니까"

"팔을 부러뜨리라 했지. 양팔 부러뜨린 다음엔 양다리를 분질러 놨을 게다. 아, 이제 해가 질 때쯤이구나. 쯔쯔, 어쩌겠느냐. 나는 죽는 게 무섭지 않다. 너도 너 죽는 것은 두렵지 않을 것이나, 지원이 어디서 천천히 죽을 생각하면 마음이 찢어지겠구나."

"……"

그때 형장에 폐비가 끌려왔다.

"지금이라도 말하면 네 딸은 살려줄 터이니 말하라."

효주가 제 아비 얼굴 쳐다본다. 하지만 송치수는 그런 딸을 돌아보지도 않고, 여전히 제 앞에서 치맛자락 손에 꼭 쥐고 부들부들 떨고 있는 혜정에게서 시선 떼지 않았다.

"혜정아, 내가 원망스러우냐. 내가 널 원망한 만큼 너도 날 원망하겠느냐?"

"……."

"원망하는 마음이래도 간절하니, 그 마음 받은 것으로 해볼까? 네년을 한 번 안아보지도 못하고 죽는 게 아쉬울 뿐이지. 저승길에 지원이 만나거들랑 안부 전해주마."

치수는 고개를 뒤로 젖히고 호탕하게 웃었다.

혜정이 휘청하며 잠시 몸의 균형을 잃었다. 얼른 나인이 부축했다.

왕은 방법이 없으니, 하는 수 없이 군사를 풀어 인근 산이며 민가 샅샅이 수색하는 수밖에 없구나. 늦지 않아야 할 텐데. 마음이 조급해졌다.

그런데 효주가 입을 열었다.

"전하. 소첩이 말씀드리겠나이다."

왕은 이 그악스러운 부녀, 끔찍하기만 했다.

"너라도 아비 팔아 살아야겠느냐?"

"아니오. 아버지가 저를 버리셨으니 저 역시 아버지를 버리는 것입니다. 같이 죽여도 상관없습니다."

"그래?"

"제 아비가 사람 잡아 가두는 곳은 벽소령 골짜기 인근일 것입니다. 예전부터 그곳에 거처 마련하여 두었습니다."

치수가 그제야 희번덕거리며 제 딸을 쏘아봤다. 하지만 핏줄로부터 배신당한 딸은 조금의 흔들림도 없이.

"광석천 있고 숲 무성하여 사람 숨기기 좋은 곳이라, 미리 준비하였습니다."

"효주야!"

"아버지는 저를 버렸습니다. 억지로 저를 대군에게 시집보내어 부원군 되셨고, 연경당에 유폐되었어도 그저 퇴궐하시며 버리시고, 아버지 욕심에 국문장에 끌려온 절 보면서도 눈길한 번 주지 않으니 혈육을 세 번이나 모질게 버리시는 아버지가 또 계신답니까. 저승길에서도 아버지 모시지 않을 겁니다."

효주는 매몰차게 고개 돌렸다. 치수가 이를 으득으득 갈아도 소용없는 일이다. 여인 하나 갖고자 영혼을 악귀에게 팔았구나. 핏줄도 외면했구나. 그 끝은 이렇다. 왕은 급히 벽소령 골짜기로 군대를 보냈다.

혜정이 다시 나서는 것을 말리지 않았다. 어차피 소용없을 일이고 무엇이 두 사람, 그리 굳게 묶어두었는지 몰라도 누가 죽고 사는 것이 중요치 않을 테지. 지원이 산속에서 목숨 잃었다면, 혜정도 살지 않을 것이다. 그것을 잘 알기에 가라, 하였다.

저리 지친 몸으로는 지원을 찾는다 해도 앓아눕겠다. 왕이 해줄 수 있는 일은 내의원과 의녀 몇 함께 보내주는 것뿐이었다.

벽소령 골짜기, 노을이 지고 어둠이 깔리고 있었다. 군사들은 정연히 움직였다. 하지만 혜정은 이 깊은 산속에 자신의 발자국 소리만이 크게 울리는 듯했다. 따라나선 의녀가, 혜정이 곧 정신 잃을 듯 보여 몇 마디 붙이는 말도 귓가에 맴돌 뿐 들리지 않았다. 온 세상 아무도 없는 것 같았다. 광석천 큰 개울 소리가 유난스레 잔인하고도 흉포하게 들렸다. 혜정은 자신이 땅을 딛고 있는지 아닌지도 모르겠다.

광석천 근처 흉물스러운 집 한 채 서 있었다. 군사가 들이닥쳤으나 안에는 이미 건장한 사내들이 몹시 두들겨 맞고 묶여 있을 뿐, 지원은 보이지 않았다. 한 번 더 심장이 발끝으로 떨어졌다. 벌써 일 끝냈구나 직감 스치며, 어디 있든 같이 갈 것이라고 그러려면 지금 정신 놓으면 안 된다고 다잡았다.

"웬 놈이냐!"

묶인 놈들을 끌어내는데 또 다른 무리들이 있었다. 일순 긴장했으나 혜정이 다행히 그들의 얼굴 알아보았다. 상훈 일행이다.

"아씨, 괜찮으십니까."

"지원이는요?"

"어르신께서 두 분 따르라셔서 근처 있었습니다. 놈들도 도련님을 놓쳤다 합니다."

"무사합니까?"

"싫어하셔도 무예 여간히 갖추셨으니 쉽사리 다치셨겠습니까, 마음 놓으십시오. 이 근처 어디에 계실 것입니다."

"예."

"내일 날이 밝으면 다시 찾아보는 것이……."

"아닙니다. 지원이 보기 전에는 아무것도 못합니다. 밤을 새
서라도 찾겠습니다."

군사들은 송치수의 잔당들 이끌고 산을 내려갔다. 그래도 무
슨 일 있을지 모르니 상훈은 혜정의 곁에 남았다. 산속의 밤은
빨리 와서 칠흑 같은 어둠이 깔렸다. 상훈은 지원보다, 지금 앞
서 걷는 혜정이 더 걱정스러웠다. 발밑에 자갈이 굴러 떨어지
는 소리에도 소스라치게 놀라며 뒤돌아봤다. 그러다 몇 번 넘
어질 뻔하기도 했다.

"아씨, 저들도 놓쳤다 했습니다. 안전히 몸 피하셨을 것입니
다. 염려치 마십시오."

뒤따르며 말하였으나, 들리지 않을 테지. 어디 계시려나, 곧
장난스레 웃으며 모습 드러낼 것 같은데 이 고운 여인 그만 애
태우시고, 어서 나타나셔야지.

정적이 무섭게 귓가를 짓누르다가도 돌덩이 무너지는 소리
에도 소름이 돋았다.

"아씨."

묵묵히 따르던 상훈이 혜정을 붙잡았다. 안 되겠다. 지원의
안위가 문제가 아니라 혜정이 버틸 수 있을지.

"찾아야 합니다. 찾아서 이젠 절대로 놓치지 않을 겁니다."

달빛을 숲 그늘이 가리고 있었다. 혜정은 눈물을 삼키고 꼭 지원과 어디서 만나기로 약속한 사람처럼, 걸었다.

얼마나 더 헤맸을까. 건장한 상훈도 숨이 가쁘고 지치는데, 혜정은 무슨 힘으로 저리 걷는지. 갑자기 인기척. 검푸른 어둠 속, 단단한 체구의 청년, 뒤따르던 상훈은 얼굴 보이지 않으니 칼부터 뽑아들 채비를 하는데.

혜정이 쓰러질 듯 달려가 그를 안았다. 이제야 숨 크게 쉬어진다. 살았구나, 무사하시구나 하는 안도감보다 앞서, 혜정이 지원을 찾아, 그의 품에 있다는 것이 안심이 됐다.

지원은 약간 긁히고 다쳤으나 별 다른 부상은 없었다. 샘터에서 습격받았고, 광석천 근처까지 영락없이 끌려왔으나 중간에 기회를 보아 몸을 피한 것이다. 날이 밝으면 산을 내려갈 생각이었다. 혜정이 걱정스러웠으나, 왕을 믿는 수밖에.

혜정아. 그래, 내가 너였다 하더라도 이 산 내려가지 않았겠지.

혜정이 지원을 어찌나 세게 끌어안고 있는지, 마치 절벽에 매달린 사람이 마지막 남은 바위를 붙잡은 것처럼 절박하고 절실하게 지원을 안고 있었다.

"내일 아침이면 볼 텐데 이렇게 헤매고 있으면 어쩌니."

"이번에도 무슨 일 있으면 나는……."

"아기 듣는다. 괜찮아, 절대 아무 일 없어."

아직도 혜정의 손이 부들부들 떨렸다. 지원은 숨이 막히도록

자신을 안고 있는 혜정의 등 도닥였다. 한참이나 그러고 있다
가,

"얼굴 좀 봅시다. 부인이 걱정입니다."

"서방님."

"응, 부인."

"저도 대답해 주니 되었습니다……."

혜정이 그 대답 들으며 눈 감으니, 그제야 속눈썹에 매달려
있던 눈물이 주루룩 흘러내린다. 너무 놀라고 떨려 차마 울지
도 못했다. 지원이 눈물 닦아주었다. 혜정은 다시 지원의 가슴
에 얼굴을 묻었다. 혜정의 심장 뛰는 소리가 들리는 것 같다.

두 사람 모습 멀찍이 지켜보던 상훈, 결국 한마디.

"도련님, 여기서 밤새실 작정입니까."

"아, 있었지. 참, 왜 매번 때를 잘 못 맞추는 게야?"

지원의 말에,

"그럼 어르신이 저 보낼 줄 알고 계셨습니까?"

"응."

"그러게 도성 밖에 처소 마련해 두셨으니 하루만 쉬셨다 출
발하셨으면 이 난리 없었지 않습니까."

상훈의 원망에도 아랑곳 않고, 지원은 혜정에게 말했다.

"내 잘못입니다. 부인이 이렇게 놀랄 줄 알았으면 하루 더
있다 나서는 건데."

"무사하니 됐어요."

숲길 조심조심 걷다가, 지원은 난데없이,

"부인, 업어줄까?"

물었다.

"아닙니다."

"아냐, 업어줄게. 업어요."

"……괜찮대두요, 괜찮습니다."

"부인 업는 거 아니고 우리 아기 업는 거니까 업혀, 얼른."

상훈은 못 본 척, 못 들은 척 벌써 서둘러 앞서 내려가고 있었다.

"업자. 내려가서 나도 좀 쉬게요."

"힘들어요, 서방님도."

"아휴, 부인 고집은 참 황소 고집입니다. 부인 고집 꺾기가 더 힘듭니다."

지원의 넓고 단단한 등, 듬직한 어깨. 종일 마음 쓰고 온 산 헤매느라 힘들었으니 그리고 평생 살며 또 이렇게 힘들 때 있으면 이 등에 기대 살아야 할 테니. 혜정은 지원을 위하는 마음, 잠시 접어두고 지원에게 업혔다.

힘주어 야무지게 업고 걸음을 옮긴다.

"무겁지요?"

"아니 아기도 있는데 왜 이렇게 가벼워, 어린애 같습니다."

"신랑이 고생시켜서 그러지요."

"어……. 예."

"힘들지요?"

"아니, 아니요."

그래도 여인네 업고 산비탈 내려가는데, 이상하게 걸음도 가볍고 즐겁고 마음이 평화로웠다. 혜정이 업힌 등이 하나 불편하지 않고, 되려 그 체온이 따뜻하게만 느껴졌다.

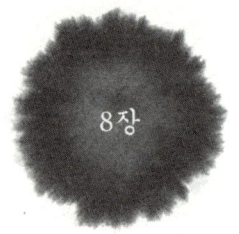

8장

혜정이 좀 앓았다. 태아도 무사하고 큰 병은 아니지만 며칠
마음 쓰고 무리하였으니 열도 있고 하여. 수원성 근처에 거처
마련해 두고 몸조리했다. 그러다보니 보름이나 시간 지나고.

초여름 지나는 하늘은 뙤약볕이 내리 쬐고 있어서 지원이 밖
을 쳐다보며.

"부인, 우리 여름 지나고 낙안 갈까요?"

"왜, 아예 아이 낳아서 안고 내려가자고 하지요."

"그것도 좋은 생각이긴 한데."

혜정이 고개 떨구고 웃었다. 바깥사람이라곤 의원밖에 드나
들질 않았다. 일하는 사람 없으니 불편할 만도 한데, 혜정이 앓

아누워 있는 동안은 서투르나마 지원이 부엌일도 했다. 지금도 이 집에 두 사람 말곤 아무도 없으니 혜정의 다리 베고 누워서 한껏 여유를 부리는 참이었다. 혜정은 또 가만가만 부채질해 준다.

"아버님 기다리십니다."

지원은 누운 채로 혜정을 빤히 올려다봤다.

"열네 살 때 그러고 나서 언젠가 제사 때 한 번 아버님 뵙고 다시 가지 않았습니다."

"왜요?"

"엄마 놓으라 했던 사람이라 원망스러워서."

"지금은…… 뵙고 싶어요?"

"어."

"서방님."

"응?"

"아버님이 나 안 된다 그럼 어쩌실 거예요?"

지원은 피식, 웃으며,

"그 정도는 겁나지도 않지요."

"……일 너무 많이 겪어서?"

"어."

"나 때문에?"

"아니, 부인 덕분에 많이 자랐지. 아버지도 되고, 이제."

소중한 것을 잃어버리지 않기 위해서 울지 말아야 한다는 것도 알았고, 부딪히고 다칠수록 점점 더 선명해지고 굳건해지는 마음의 중심을 보았으니까.

뼛속까지 따뜻하다. 행복하다. 지금 이 순간이 벅차게 좋다. 그런 지원을 아는지 모르는지 혜정은 무던히 부채질만 하고 있었다. 지원은 부채질하는 손 잡아서 멈추게 하고, 혜정의 여리고 가는 목덜미 감아서 깊게 입 맞췄다.

낙안으로 나섰다. 서두르지 않아도 되는 길이라 쉬엄쉬엄 나흘 만에 낙안 읍성에 당도했다. 남쪽으로 내려올수록 여름은 또렷하게 와서 길가 버드나무 가지 푸르고, 읍성을 한 바퀴 휘감아 나가는 개울가에는 아낙들 모여 앉아 빨래하고, 또 물가 어디선 아이들이 장난질하느라 첨벙대고 논에서는 모 심는 농민들의 노랫소리 흥겹게 들려오고, 이런 풍경을 나이 지긋한 할아버지마냥 자애롭게 품어주는 낮은 산등성이의 모습까지. 오래 이곳에서 살았던 사람처럼 정겹고 눈에 익었다.

지원의 아버지는 평소 성품 그대로 며칠 집 나섰다 돌아온 자식 맞듯이 하였다. 내색하지는 않지만 소식조차 뚝 끊었다가 제 처 데리고 나타난 아들, 마음의 정처를 찾은 것이 눈에 보여 흐뭇했다. 객지에서 고생한 사람 같지 않게 얼굴빛이 환하고 단정하다. 부부가 나란히 앉아 있으니 언제부터 함께했던 사람처럼 웃는 것도, 눈매도, 사소한 버릇까지 꼭 닮았다.

며칠 본가에서 묵고 제 집으로 나서는 지원에게,

"이제 네 뜻대로 살거라."

말하는 아버지였다. 제 세상 만들고 충분히 감당하겠구나. 대문 나서는 아들 며느리를 보는 마음이 든든하였다.

한여름. 날이 워낙 더우니 한길에는 인적이 끊기고 길가 큰 소나무 아래 정자에는 노인들 앉아 장기나 바둑 두며 소일하고, 아이들은 개울에서 멱 감으며 열을 식혔다. 지원과 혜정, 두 사람은 인근에 단출한 기와집에서 산다. 그동안 혜정은 제법 배불러 와 아이 가진 여인 태가 나고, 오손도손 재미나게 사는 것에도 익숙해질 무렵, 지원이 한양에 올라갈 일 생겼다. 혜정이 따라나선다 했으나 몸 무겁다며 절대 안 된다 하니 하는 수 없이 혼자 보냈다. 아무리 평온한 날들 보냈다 해도, 매몰차게 절대 안 된다, 하고 혼자 휘적휘적 떠나는 지원이 섭섭하고, 지원이 없는 집이 어찌나 쓸쓸하고 적막한지. 하루 해가 유난히 길었다. 지원이 한양 떠난 지 나흘째, 평소 바지런하던 혜정이 손 놓고 멍하니 앉아 있었다. 헤어져서 몇 해도 지냈는데 이제는 고작 나흘 남짓 없어도 서운하고 매사에 흥이 나질 않는다. 같이 가지, 뭘 그리 급한 일이라고 속으로 원망도 해보고. 설마 또 무슨 일 있진 않겠지? 괜한 걱정 만들어서도 하다가. 서산에 해 뉘엿뉘엇 지는데, 대문 열리며 몸종 아이 급히 들어와선,

"아씨 마님, 지금 나오시라구요. 곧 진고개 넘으신다구."

"그래?"

마중 나오라구? 그럴 거 같이 가면 좋았지.

나가지도 않고, 아예 문 꽁꽁 닫고 숨어 있을까 보다, 실컷 보고 싶으라고. 속으로 투덜대면서도 입꼬리 자꾸만 올라갔다. 고갯마루쯤 닿으니 저 멀리서, 바삐 걸어오는 모습 보였다. 해가 지고, 노을이 보랏빛, 붉은빛 온통 하늘을 물들이고…… 선선한 바람 어디선가 불어오지만, 땅의 열기는 식지 않은 한여름 저녁 무렵.

"몸 성히 다녀오셨습니까?"

그래도 다붓이 고개 숙이며, 혜정이 제법 서방님 대우를 했다. 지원이 주변 휘— 둘러본 다음, 긴 팔 벌려 덥썩 안았다.

"같이 갈걸."

"……누가 봐요, 흉봅니다."

몸을 비틀어 지원의 가슴팍 살짝 밀어냈다. 하지만 나흘 만에 보는 얼굴이라 얼마나 반가운지, 세상없이 환하게 웃어 서로를 비추고 있었다.

개운하게 씻고, 저녁 잘 차려 먹고 밤이 깊었다. 내외간에 마주 앉았다. 덥다고 마루에 앉으니 휘영청 달이 흰 수국꽃다발처럼 밝다. 마당에 여름 화초 피고 지고, 제법 용마루까지 잘 자란 매화나무며, 윤기 도는 듯한 치자나무, 목련, 석류나무까지. 오밀조밀 선 모양이 정답고 다정해 보였다. 훤한 달빛에 가지를 드리우고 담장 안, 두 사람의 집을 그림처럼 만들어준다.

혜정이 삭도를 잘 갈아서 깨끗이 헹군 다음 지원의 수염 깎아주려 했다. 지원은 또 당연스레 턱 내밀었다.

"산적 같습니다."

"응."

"말하지 말구, 잘난 서방님 얼굴에 흉 집니다."

"응, 흉 지면 큰일이지."

"말하지 말라는데요."

조심스레 깎아준다. 지원이 자꾸만 웃어서 그럴 때마다 또 장난치고 투닥이느라 시간 오래 걸렸다.

이번엔 가위 들고 온 지원이 혜정의 손톱 깎아준다며 부산이다. 불안해도 손 꼭 잡고 조심스레 깎아주는 모습은 여인처럼 어여뻤다. 그 모습 웃으며 보는 걸 아는지 모르는지 지원은 지나가듯 말했다.

"그런데 이번에 올라가서 입궐했었거든요, 부인."

"예."

"역모 일으킨 일당들 다 능지처참당했다고……. 아, 아가 넌 못 들은 걸로 해."

"아……."

송치수가…… 죽었구나. 그래도 마음 어딘가에 여리나마 흉터 남아 있는지, 금방 어딘가 아픈 것 같다.

"그런데."

"어."

"폐비는 능지처참당하지 않고 온전히 자결하게 해주었다고. 듣고 있어, 부인?"

"아, 그래요?"

"어, 뭐……. 과거 치뤄서 인재 등용하고 뭐 그럭저럭 나라 잘 다스리려고 애쓰는 거 같기도 하고."

약간은 퉁명스럽게 왕의 소식을 둘러 둘러 전하는 지원. 혜정은 괜히,

"주상전하신데 선비께서 불경스럽게 옆집 사람 말하듯 그리 말하십니까?"

"안 듣는 데선 무슨 소릴 못하나?"

"잘 계시지요, 강녕하시구요? 워낙 정신없을 때 뵈서 제대로 인사도 못 드리고……."

"……인사 안 해도 됩니다."

지원이 단호히 못 박았다. 혜정은 지원의 마음 잘 알면서, 더 물었다.

"예? 보통 군신 관계도 아니고 저희에겐 생명의 은인이요, 따로 마음 써주셨으니 인사드려야지……. 아야!"

"미안……. 가위 잘 안 드네, 갈아두어야겠습니다."

"치이……. 한양, 그래서 혼자 갔지요?"

"나쁘더라, 올 때 꼭꼭 부인과 동행해서 오라잖습니까. 그 말만 안 했어도 같이 갔을 터인데."

"그리 말씀하세요?"

"그 말씀만 하셨는지 알아요? 이번에 또 무슨 후궁이 공주 낳으셨다고 우리 아이 태어나면 사돈 맺자고도 했습니다."

"아, 공주님. 딸도 좋지요."

어느새 열 손가락 손톱 다 깎아주고, 이제 호호 불어서 남은 정리 해주고.

"무슨 후궁이 그리 많으신지 여덟 명이래, 여덟 명."

"그래서, 신랑은 그게 부러워요?"

"뭐, 사내들이야 다 똑같지요?"

지원은 짐짓 심각한 얼굴로 혜정의 표정을 살핀다.

"진짜, 진짜요?"

"농입니다. 어유, 이런 얘기 농담으로라도 하지 말아요. 다시 고생시킬라. 떼놓고 애먹이면 어쩌려고."

"누가요?"

"우리 인연 이어준…… 하늘이?"

"예……."

밤하늘 별이 낮아지도록 도란도란 얘기 나누는 두 사람이었다.

혜정이 부엌에서 점심 차리고 있다. 몸종들 말고도 부엌 식구들이 있긴 했지만 식구들 밥상 차림은 혜정이 나서서 해야 마음이 놓였다. 하루 다르게 쑥쑥 자라는 아이들 키우며, 이제 어엿한 가장이 된…… 아직도 애틋하고 간절한 사람과 함께 사니 하루가 즐거웠다. 안방에 밥상 들여보내고 혜정이 따로 국그릇이며 챙겨 들어가니, 점잖게 앉아 있던 지원이 벌떡 일어나 국그릇 받아 들었다.

"부인, 아직 무거운 거 들면 안 된다 그랬는데."

"괜찮아요, 하도 누워 있으니 갑갑하고. 이제 아이 백일도 지났는데 저도 바깥바람 좀 쐬야죠."

두 사람이 밥상 두고 마주 앉았다. 곁에는 강포에 싸인 아기, 곱게 잠들었다. 딸아이 지긋이 쳐다보고, 다시 혜정에게.

"그래도 산후 조리 잘못하면 뼈에 바람 든대요. 부인이 나보다 두 살이나 많으니 먼저 죽으면 아니 되오."

"치이……. 꼭 한 번은 놀리셔야겠지요?"

혜정이 여린 몸으로 아이 셋이나 낳아 염려가 많았다. 하지만 아이도 혜정도 건강했다.

"연이는 어디 갔어요?"

아까까지 지원이 무릎에 앉히고 놀아주던 올해 다섯 살 된 셋째 딸.

"제 오라비들 마중 나간다고."

"그리고 보니 글방에서 올 때가 되었는데."

찌개에서 김이 모락모락 올라온다. 겨울 초입, 날씨가 제법 찬데 근처 서당에 간 아이들이 돌아올 시간이 지났다.

그때 장지문 밖에서 아이들 데리러 갔던 하인이,

"마님."

"아이들은 어쩌고 혼자 오는가."

"그게 저 뫼시고 오다가 잠시 한눈 판 사이, 두 분 다 어디로 가셨는지."

"연이도 따라 나갔는데."

이 장난꾸러기들. 혜정이 나가서 찾아볼 참이다. 지원은 덧저고리 꺼내서 챙겨주었다.

"감기 걸려, 입고 나가."

"예."

"나도 같이 나가야겠다, 욘석들. 오늘 혼 좀 나야지. 매번 글방에서 바로 집으로 오래도 그렇게 말 안 듣고. 어머니 찬바람 자꾸 쐬게 하고."

혜정은 말없이 웃으며 손잡았다. 누굴 닮아 그리 장난을 좋아하고, 한시도 가만있지 못하고 뛰어다니는지 잘 알면서.

혜정과 지원이 동구 밖 큰길까지 나가니, 햇빛 판판히 비치는 길가 풀밭에 옹기종기 앉아 있는 세 아이 보인다. 등 뒤로 따뜻한 햇빛 받으며 뭐가 그렇게 재미난지 머리 맞대고 깔깔 웃으며 정신이 없다.

"이놈들!"

한참 그 모습 뿌듯하게 웃는 낯으로 보다가, 짐짓 인상 쓰고 부르자 아이들이 놀란 토끼마냥 눈 동그래져서 발딱 일어났다.

"아버지."

"엄마!"

첫째는 여덟 살, 이제 제법 소년 태가 났다. 어머니가 걱정하셔서 동구 밖까지 나오셨구나, 아버지 화내시겠다 알고는,

"이것만 보고 가려고 했습니다."

변명을 했다. 아직 일곱 살인 둘째는 그저 눈만 똘망똘망, 지원을 보곤 배실배실 웃는다. 다섯 살 딸아이 연이는 혜정에게 쪼르르 뛰어와 허리 꼭 껴안았다.

"엄마, 오라버니가 저거 뵌준다구."

"고뿔이라도 들면 어쩌려고 이러니. 얼굴 찬 거 봐."

혜정이 사과처럼 통통한 딸아이 뺨 두 손으로 보듬어주었다. 여덟 살 장남은 영락없이 어릴 적 지원의 모습 그대로였다. 차갑고 맑고, 새까만 눈망울하며, 약간 통통한 볼하며 호기심 많은 성격까지.

"있지요, 아버지. 쥐꼬리망초꽃이 있습니다, 아직. 아버지가 이건 가을에 피고 진다고 하지 않았습니까? 그런데 지금은 겨울인데 쥐꼬리망초꽃이 있어요."

금방 눈빛 초롱초롱 빛내며 지원의 손잡아 끌었다. 지원은 또 그 옆에 같이 쪼그리고 앉아서, 이번에는 부자가 풀숲에 머리 맞대고.

"어, 맞네. 쥐꼬리망초꽃이네!"

"아빠, 이거 왜 지금 펴?"

둘째도 그 사이 비집고 들어가서 물었다.

"여기 마른 풀이 언덕이 되어줘서 찬바람 막아줘서 그런가

보다.”

자상하게 대답해 주는 아버지, 지원.

“아버지, 그럼 쥐망초꽃은 왜 보라색입니까?”

장남이 다시 물었다. 아직까진 제 아버지는 세상에서 모르는 것 없는 사람이다.

“그거야 네 어머니가 보라색을 좋아해서 그러지.”

“아, 어머니가 좋아해서 그렇구나.”

혜정이 피식, 웃었다.

“이제 그만 들어가시지요.”

“부인.”

“예?”

“그래도 이 꽃보다 부인이 더 예쁘고 고와.”

얼굴 붉어지는 사람은 혜정뿐이고. 아이들은 오히려 덤덤했다. 어린것들이 그래도 여동생이라 각별한지 연이 가운데 세우고 양손 꼭 잡고서 세 아이 앞서 걸었다.

세 아이들 뒷모습 보며 집으로 가다가,

“완아, 오늘 글방에서 뭐 배웠느냐?”

“저는 명심보감 읽었고, 선이는 동몽선습 외웠는데.”

“잘 했니?”

“선이는 또 종아리 맞았습니다.”

둘째, 선이가 금세 어깨 축 떨어트렸다.

“괜찮다. 사내란 가끔 못하기도 해야지. 대신 우리 선이는 엄마 닮아서 씩씩하잖아, 나중에 장군 될 것이다."

지원이 이렇게 말하면서 크게 웃고, 혜정은 지원의 손, 안 보이게 살짝 꼬집었다.

"참, 부인."

"예?"

"우리 조카님, 규완이 과거도 입시하셨고. 좋은 혼처가 들어왔다 하시던데."

"벌써 완이가 장가들 때 되었군요."

"올해 열다섯이잖소."

듣고 있던 두 사람의 큰아들 완이 금세 말참견을 했다.

"응? 아버지, 저 벌써 장가듭니까?"

"하하, 아니다. 너 말고, 전에 통영까지 내려가 뵈었던 형님 계시지 않느냐. 규완이 형님 말하는 게다."

호기심 많은 선이도, 참지 않고 어머니 혜정의 손을 잡아끌었다.

"어머니, 완이 형님이 또 있습니까?"

"그래, 있어."

"우리 형님도 완이인데, 또 완이 형도 형이에요?"

"……어머니, 아버지 인연, 놓지 말라고, 제일 고생했던 사람이 규완이라. 우리 규완이 건강하라고, 고맙다고 잊지 말자고 규완이 형 이름 끝 자를 따서 완이라 하였다."

"그럼 저는 어머니 이름 따서 혜나 정이라 해주시지."

아들의 말에 또 웃음을 터트리고, 무사히 잘 치료되고 장성하여 혼사 올린다는 소식 전하는 규완에게 두 사람 한 마음으로 감사했다.

겨울 밤. 얼음 같은 별들이 총총히 박혀 있다. 여섯 식구 한 방에 모였다. 장지문 밖으로 휘잉— 바람 소리 무섭게 들리고 들창문이 흔들리지만, 그런 것과는 상관없이 방 안 공기는 푸근하고 따습기만 했다. 이제 백일 지난 아기는 쌔근쌔근 잠들어 있고. 둘째 선이는 이불 뒤집어쓰고 앉아서 책 보다가 꾸벅꾸벅 졸고 완이는 그래도 형이라고,

"선아, 그거 다 안 읽으면 내일 또 종아리 맞는다."

"형아도 종아리 맞잖아."

"그래도 공부는 해야지."

그러다 둘이서 아웅다웅. 한 살 터울이라 그런지 장난도 심하고, 다툼도 많고 그래도 친구마냥 서로 의리 있기도 하고. 여튼 간에 두 아이 눈빛이 심상치 않다. 혜정은 막내딸아이 저고리 짓다가,

"싸우면 아버지께 혼난다."

"그래, 아버지가 제일 싫은 게 싸우는 거랬지? 팔씨름해, 팔씨름."

지원이 서탁을 옆으로 밀쳐 준다.

"안 돼, 그러다 또 저번처럼 화로 엎으려고. 다쳐, 하지 마."

혜정이 말렸다. 두 아들 겨울 밤 길고 길어 지겨운지 엊그제
는 둘이서 팔씨름하고, 아버지 지원은 또 심판을 본다고 있고.
힘 비슷한 아들 둘이 기를 쓰고 하다가 화로를 엎어서 장판 가
운데가 새까맣게 탔다.

지원은 셋째 딸 연이 앞에 앉히고 잘 익은 홍시 반으로 쪼개
서 숟가락으로 떠서는 먹여주고 있다. 아이는 꼭 아기 새마냥
입 크게 벌리고 쏙쏙 받아먹고, 입가에 홍시가 묻어서 엉망이
다. 그래도 좋다고 연이는 자꾸만 웃고, 지원은 그런 딸이 사랑
스러워 못 견디겠는지 뽀뽀해 주고.

"아버지, 어머니 화내십니다. 연이만 너무 예뻐하시면."

완이 눈치 살피고.

"아빠, 나두."

선이는 투정 부리고.

"연이 공주님이 동생 잘 봐줄거라, 아버지가 이뻐서 그러는
거야, 알지?"

두 아들이 아닌 혜정을 은근히 달래주는 지원이었다.

"눈 오나 봐요."

잠시 문 열었다 닫았다. 마루귀에 걸어놓은 등불 빛이 솜을
떼어다 뿌리는 듯한 함박눈 비쳤다. 사륵사륵 옷자락 움직이듯
들리는 눈 오는 소리, 바람 소리, 질화로에 묻어놓은 군밤이 터
지는 소리, 아이 글 읽는 소리, 웃음소리. 혜정과 지원이 서로

를 보는 따뜻한 눈빛 그 속에 겨울 밤이 깊어갔다.

다음날 아침. 문 열자 세상이 온통 흰색이다. 눈이 소복이 쌓였다.

부지런한 하인이 싸리비 들고 나오자 지원은,

"그냥 두거라, 아이들 좋아할 텐데."

마당에 눈이 아이들에겐 제법 발목 묻힐 만큼 쌓였다. 완이, 선이, 연이 세 아이, 당장 뛰쳐나가고 싶어 안달하는 걸 혜정이 앉혀놓고 귀마개 해주고, 목 감싸주고, 털옷 입혀주고, 솜 따뜻하게 누빈 버선 신겨주고, 채비 단단히 해준 다음,

"나가 놀아."

엉덩이 토닥토닥 하고 나가라 허락해 줬다. 멀리도 아니고, 마당에서 신나게 뛰어다니는 아이들.

햇빛이 하얀 눈 위로 부서져서, 겨울인데도 포근하게 느껴지고. 아이들 걸어간 자리마다 귀엽고 앙증맞은 발자국 콩콩 찍혔다. 또 그러다 넘어져서 서로 뭉쳐 장난치고. 혜정과 지원은 혹여 아이들 다칠까 해서 눈 떼지 않고 있었다. 혜정이 막내딸 아이 안고 있는 걸, 지원이 또 어깨 안아주며.

"봉숭아 물들인 거 그대로네. 첫눈 올 때까지 그대로니까 이뤄지는 건가?"

"이뤄진 거지요."

"예."

"고마워요, 부인."

"예."

사랑한다는 말은 정말 나중에 꼬부랑 할머니, 할아버지 되어서 손자, 손녀들 재롱 볼 때, 그때 하자. 그 말로 다할 수 없으니까 아직, 우리 '겨울' 많이 남았으니까…….

〈천년을 내리는 눈〉 完

작가 후기

　이 글, 천년을 내리는 눈 마지막 장을 썼던 날은 유난히 비가 많이
왔다. 2009년 6월 말이었던 것으로 기억한다. 다 쓰고 나서 한참 자
판 위에 손을 얹어두고 뭔가 모를 아쉬움에 잠시 숨 고르기를 했던
기억도 새삼스럽다. 글을 쓰면서 막히면 습관적으로, 다른 책을 펼쳐
본다. 표현이 막히거나 답답할 때면 평소 내가 좋아하는 책들을 펼쳐
보고 또 보고 했다. 이 글을 쓰면서 민망하게도, 딱 한 번, 내 기분에
울어봤는데 늦더라도, 많이 늦더라도 이곳으로 와줄 수 있겠느냐는
노래— 가사를 듣고 마침 쓰고 있던 부분과 절묘하게 맞아서였다. 그

래서 이 노래를 들으면 아직도 뭔가 가슴 속에서 울컥한다. 끈기가 없는지라 쓰다가 만 잡문들이 한둘이 아니다. 그런데 이 글은 석 달 정도, 일을 하느라 정신없는 와중에도 푹 빠지고 매달렸다. 접을까, 말까 하는 위기의 순간이 없었던 건 아니다. 그래도 글 속 남녀 주인공이 내 머릿속에서 누구보다 생생하게 살아 있어서, 마치 내가 절절히, 연애하는 듯했다. 마지막 장면이 가장 쓰고 싶었던, 그렸던 장면이다. 이제 낯선 이들의 마음 속으로 떠날 내 주인공들, 지원과 혜정. 누구라도 좋으니 어느 사람들의 마음 속에서 생생히 살아 있었으면 좋겠다. 내 마음속에 소설, 글의 뿌리를 내리게 해준, 내가 닮고, 앞으로도 닮고 싶은 우리 어머니 허금순 씨에게 첫 글, 첫 책을 드리고 싶다. 또, 사람이 사람을 사랑할 수 있는 최고치— 인 두사람의 승호에게도 지면을 빌어 기도와 입맞춤을 보낸다.